Remigiusz Mróz

IL LABIRINTO DELLE OMBRE

Romanzo

TRADUZIONE DI
RAFFAELLA BELLETTI

EDITRICE NORD

Titolo originale
Nieodnaleziona

ISBN 978-88-429-3314-4

In copertina: foto © jaap-willem / Getty Images
Grafica: pepe *nymi*

IL LABIRINTO DELLE OMBRE

A quanti sanno che il silenzio è il grido più forte.

«Ci sono due tipi di maschi:
gli uomini che sostengono i diritti delle donne,
e i vigliacchi.
A te la scelta.»

ABAIDA MAHMOOD

PARTE PRIMA

1

Se le avessi chiesto di sposarmi qualche attimo prima, tutto questo non sarebbe mai successo. Non saremmo stati aggrediti, io non sarei finito in ospedale e lei non sarebbe scomparsa per sempre dalla mia vita.

Sarebbero bastati trenta secondi, forse anche meno. Tuttavia, a volte è sufficiente un momento per distruggere un'intera esistenza. E per trascorrere quanto ne rimane a cercare di dimenticare.

A me non è riuscito. Ho rimuginato a non finire sull'avvenimento e ho riflettuto su come sarebbe andata se avessimo bevuto una birra di meno, se fossimo usciti prima dal pub o se non fossimo rimasti tanto a fumare in riva al fiume.

Gli psicologi lo chiamano «pensiero controfattuale», e consiste nel creare scenari alternativi per avvenimenti che hanno già avuto luogo. Non è un fenomeno raro e neppure del tutto negativo: permette, infatti, di evitare di commettere gli stessi errori in futuro, a volte rimette in sesto e dà la sensazione di avere il controllo del proprio destino.

Nel mio caso, però, ho ottenuto l'effetto diametralmente opposto. Sono sprofondato ancora di più nella depressione, il mio senso di colpa è aumentato, come pure la sensazione di non avere la minima influenza sul mondo circostante.

Continuavo a ripetermi che sarebbe bastato tirare fuori l'anello solo pochi secondi prima.

Ma non l'avevo fatto. Ogni passo, anche il più piccolo, di

quel giorno disgraziato, ogni decisione, anche la più futile, avevano condotto a ciò che era accaduto.

Quel sabato sera di dieci anni fa cominciò come al solito. Io ed Ewa andammo all'Highlander, il nostro pub preferito nella Città Vecchia di Opole, in una stradina a due passi dal fiume.

Eravamo habitué del locale da molto prima che fossimo autorizzati a bere alcol. Al tempo, frequentavamo altrettanto assiduamente il Loża Szyderców - il Ritrovo dei Burloni -, un posticino sulla riva della Młynówka cui conduceva una stretta rampa di gradini dietro il pub. Non so a chi fosse venuta l'idea di quel nome. L'avevano scritto con lo spray su un muro più di dieci anni prima e aveva preso subito piede.

Quando scendemmo sulla riva, Ewa aveva già subodorato qualcosa. Qualcosa che però non aveva nulla a che fare col gruppetto di uomini che beveva birra all'Highlander. Mi conosceva come le sue tasche e, fin dall'inizio della serata, doveva aver notato il mio nervosismo.

In fondo, stavamo insieme da quando avevamo memoria. Le circostanze ci avevano uniti già negli anni '80, quando correvamo nei cortili dei caseggiati in via Spychalski, nel quartiere di Zaodrze, spensierati e ignari di ciò che ci avrebbe riservato il futuro.

Eravamo diventati subito inseparabili. Frequentavamo la stessa classe alle elementari, ci eravamo scambiati il primo bacio a dieci anni, sulle scale degli spogliatoi. All'inizio del liceo, durante una gita scolastica, eravamo andati per la prima volta a letto insieme. Dopo la maturità, tutti avevano predetto una rapida fine della nostra storia: Ewa sarebbe andata al Politecnico, io all'università. Secondo i nostri conoscenti, saremmo stati vittime di quel legame esclusivo, ma non era andata affatto così.

Avevamo affittato un appartamento e avevamo cominciato a fare piani per il futuro. Mi sembrava naturale chiederle al più presto di sposarmi. E forse Ewa sapeva che l'avrei fatto proprio quel giorno.

Avevo scelto il Loża Szyderców perché era l'unico luogo di Opole in cui avevamo passato tanto tempo. Là avevamo consumato tonnellate di nicotina, bevuto ettolitri di brandy a buon mercato e fumato il primo spinello.

Una volta, il posto non aveva nulla di romantico. Era un breve tratto di riva coperto di rifiuti e nascosto dalla chioma rachitica di un vecchio albero solitario. Ma, quando le chiesi di sposarmi, non era più così: ormai faceva parte della Venezia di Opole, un lungofiume riqualificato nel quale spiccava una serie di edifici vivacemente illuminati che arrivavano quasi a toccare l'acqua.

Il Loża Szyderców era il posto giusto. O almeno così mi sembrava.

M'inginocchiai, e mi sarei di certo sentito l'ultimo degli imbecilli se non avessi bevuto in maniera adeguatamente generosa. Ewa si portò la mano alla bocca in maniera teatrale, facendomi capire con quel gesto che sapeva alla perfezione cosa bolliva in pentola.

Le infilai l'anello al dito, ci baciammo, ci abbracciammo stretti e rimanemmo qualche istante senza dire niente. Tra noi c'era una tale intimità, che il silenzio sembrava il cemento del nostro legame, non la fonte dell'abisso che spesso si spalanca tra le persone.

Eravamo entrambi ebbri di felicità, ci sentivamo beati e spensierati. Strinsi Ewa, quindi salimmo di corsa i gradini che conducevano al pub e al piccolo parcheggio. Un attimo prima che varcassimo la soglia dell'Highlander, dal locale uscirono cinque clienti. Ubriachi fradici, schiamazzavano e si spintonavano.

Non ci preoccupammo, facevano parte del paesaggio notturno del sabato sera nel centro di Opole. Ma, un attimo dopo, le cose cambiarono.

Uno di loro fissò lo sguardo su Ewa e ammutolì. Dava l'impressione di essersi ritrovato all'improvviso nell'occhio di un ciclone. Gli amici lo strattonarono, gli gridarono qualcosa, però lui se ne stava lì impalato e guardava la mia fidanzata. « Cazzo... » disse.

Continuo a tornare col pensiero a quel momento, a quello sguardo e alla voce di quell'uomo. Sono per me altrettanto confusi di allora, quando abbracciai più forte Ewa e affrettai un po' il passo.

L'uomo che aveva parlato ci sbarrò la strada. Gli amici lo avevano guardato con aria incerta, quindi gli si avvicinarono.

« C'è qualche problema? » chiese Ewa.

Adesso lo so, sono io che avrei dovuto dire qualcosa. Attirare la loro attenzione su di me. Allora forse gli avvenimenti avrebbero preso una piega diversa.

O forse no.

« Già », si limitò a rispondere lo sconosciuto.

Gli altri si fecero zitti e seri. D'un tratto fissarono tutti Ewa, e io mi guardai nervosamente intorno. Nei paraggi non c'era nessuno. Un po' più in là, nella piazza del mercato, avremmo potuto sperare in qualche passante. Lungo il fiume, però, non c'era anima viva.

Ewa mormorò un « *sorry* » e provò a oltrepassarli, ma nessuno degli uomini accennò a spostarsi. Ci fermammo a pochi centimetri da loro, e mi sembrò che il cuore stesse per schizzarmi fuori dal petto. « Di che si tratta? » chiesi.

« Avete lasciato qualcosa laggiù », rispose il più robusto indicando la scala.

Gli altri erano meno muscolosi, ma non significava nulla.

Loro erano in cinque, io ero solo. Neanche se avessi praticato tutti i giorni arti marziali me la sarei cavata.

Me lo confermò il primo colpo, che per poco non mi buttò a terra. Era impreciso, tipico dei combattimenti da strada, ma talmente inaspettato che mi mise quasi KO all'istante.

Lo aveva sferrato il tizio palestrato. Sentii Ewa gridare qualcosa, però la sua voce mi rimbombò così forte nella testa, che non riuscii a distinguere le parole. Ci afferrarono e ci spinsero verso il Loża Szyderców.

Prima che me ne raccapezzassi, eravamo di nuovo sul fiume. Cercavo di divincolarmi, ma uno di loro mi trattenne e il primo mi colpì un'altra volta. E poi altre tre o quattro. Caddi, accanto all'albero sotto il quale io ed Ewa avevamo fumato la prima canna.

Il sangue mi fuoriusciva a fiotti dalla bocca, eppure non ne sentivo il sapore metallico. Nonostante la vista annebbiata, li vidi chiaramente scaraventare Ewa a terra, poco lontano.

Dicevano qualcosa, ridevano, Ewa gridava. Tutt'oggi non riesco a ripescare quelle parole dalla memoria.

Provai ad alzarmi, ma mi riatterrarono subito. Bastò un colpo ben assestato. Una volta caduto, cominciai immediatamente a strisciare verso la mia fidanzata.

Si stavano già occupando di lei. Uno di loro le strappò la camicetta, un altro si mise a strizzarle forte i seni. Gridavo senza voce, o almeno così mi sembrava, cercando invano di raggiungerla.

A un certo punto, si accorsero dei miei patetici tentativi. Ricevetti un calcio in testa, per un momento divenne tutto nero. Quando riuscii di nuovo a vedere, uno dei cinque stava tirando giù i pantaloni a Ewa.

Il mondo divenne irreale. Soffocato da qualcosa di pesante, come il grido della mia fidanzata quando uno degli aggressori le tappò la bocca. Minacciai, imprecai, e poi li implorai di smetterla. Quando non mi rimase altro, cominciai a pregare Dio d'intervenire. Gli promisi di tutto, purché salvasse Ewa.

Poi vidi la sua biancheria intima di pizzo rosso, che aveva comprato qualche tempo prima. Diceva che era destinata a un'occasione speciale.

Ridendo sguaiatamente, gli aggressori le strapparono le mutandine. Il primo si tolse i pantaloni e le si mise sopra. Un altro mi stava dietro e mi teneva la testa sollevata, in modo che fossi costretto a guardare che cosa succedeva.

Ogni volta che cercavo di divincolarmi, venivo colpito alla nuca. Urlavo, e intanto continuavo a cercare disperatamente di raggiungere Ewa. Scavavo con le unghie nel terreno ma, quando lo stupratore ebbe finito, non mi ero avvicinato neppure di mezzo metro.

Poi le si mise sopra il successivo. La schiacciava a terra, quasi volesse annientarla. La sentivo strillare e piangere, la vedevo sforzarsi di spingerli via. Non aveva la minima possibilità.

Ero riuscito ad avvicinarmi un po', quando gli altri mi rivolsero di nuovo la loro attenzione. Uno di loro mi si accostò, disse qualcosa e alzò una gamba. Prima che calasse la pesante scarpa su di me, guardai ancora Ewa. L'espressione di sofferenza, dolore e umiliazione sul suo viso mi s'impresse nella memoria, perché quella fu l'ultima volta che la vidi.

Almeno fino a quando, dieci anni dopo, per puro caso non m'imbattei in una sua foto su Facebook.

2

Non fu mai stabilito chi fossero gli aggressori. Non trovarono né loro, né la mia fidanzata. Ewa sparì nel nulla, come la vita che avevo progettato.

E non solo perché dovevo viverla senza di lei. Cambiò sotto ogni altro punto di vista.

Dopo la maturità, avrei potuto fare domanda con successo alle facoltà di Economia di Breslavia, Poznań o Cracovia. Ognuno di quegli atenei mi avrebbe accolto a braccia aperte, ma avevo scelto la facoltà di Management dell'università di Opole solo per rimanere accanto a Ewa. Si ostinava a non voler lasciare la città.

Non aveva impiegato molto a convincermi. Per me contava solo lei e, grazie ai buoni risultati negli studi, avrei potuto comunque sperare in un lavoro ben retribuito a Opole. Magari non entusiasmante, ma in grado di permettermi una vita dignitosa. Non avevo bisogno d'altro.

Però non terminai l'università. Dopo quella tragica notte non mi ripresi più.

Nei primi mesi ero pieno di adrenalina, cercavo febbrilmente di trovare una qualsiasi traccia della mia fidanzata. Non lasciavo nulla d'intentato, controllavo ogni pista, mi rivolgevo a tutti gli uffici, le organizzazioni e le associazioni che potessero aiutarmi in qualche modo.

Ma niente.

Proprio come se Ewa fosse stata risucchiata in un buco

nero. Evidentemente i nostri aggressori erano a Opole solo di passaggio. All'inizio ero convinto che venissero da uno dei villaggi vicino alla città però, dopo qualche mese, dovetti escluderlo. In quel lasso di tempo, qualcuno li avrebbe sicuramente individuati.

Nel frattempo rimanevano anonimi. E i loro visi, vaghi e inquietanti, sembravano esistere soltanto nella mia memoria.

Dopo quei mesi così intensi, mi ritrovai completamente privo di forze.

Rinunciai agli studi e per un po' mi rintanai nel nostro appartamento. Trascorrevo quasi tutto il tempo sprofondando inesorabilmente in un torpore morboso. Bevevo sempre di più e m'interessavo sempre di meno al mondo esterno.

Non pensavo ad altro che ad aprire birre e ad ammazzare le giornate come capitava. Il più delle volte lo facevo giocando al computer. *Dead Space, Left 4 Dead, GTA IV* e *Fallout 3* sostituivano la realtà.

Ed è forse grazie a essi che sopravvissi, in qualche modo. Laddove «in qualche modo» sono le parole chiave.

Quando mi fui finalmente abituato alla nuova situazione, era ormai troppo tardi per tornare ai progetti di un tempo. Avrei dovuto ripetere troppi esami, mentire nel CV e, per di più, sarei stato costretto a rinunciare a tutto ciò che mi aveva tenuto in vita nel corso di quei mesi.

All'incirca un anno dopo quanto era accaduto al Loża Szyderców, tornai sul posto. Trovai lavoro come barista all'Highlander e ci rimasi a lungo. Tanto a lungo che alla fine conoscevo ogni graffio sul bancone e ogni cliente.

I carnefici di Ewa non tornarono mai. E chissà se ci avevo mai sperato davvero.

Passavo da un locale all'altro senza rimanere troppo

nello stesso posto, senza entrare in confidenza con nessuno. In una città di centoventimila abitanti tutti sapevano chi ero. Nessuno si meravigliò che fossi diventato un tipo strano.

E, benché fossero passati quasi dieci anni, lo ero ancora quando trovai lavoro in un ristorante che aveva appena aperto sulla piazza del mercato, non lontano dal monumento che chiamavamo « La donna sul toro ».* Lo SpiceX serviva piatti di cucina indiana e io fui assunto come cameriere. Era l'unico locale del genere a Opole, per giunta in un'ottima posizione, quindi lo stipendio e le mance mi bastavano per pagarmi casa, alcol e Internet a banda larga. Tutto sommato, altre spese, non ne avevo.

Negli anni più magri mi aiutò Adam Blicki che, fin dai tempi delle elementari, avevamo soprannominato Blitz, l'unico che potessi definire un amico. Almeno in un certo senso. Non uscivamo mai insieme, io non andavo da lui e neanche lui veniva mai a trovarmi. Si era arreso dopo vari tentativi, durante i quali avevo finto di non essere in casa.

In compenso veniva regolarmente in tutti i locali dove lavoravo, quasi fossero i suoi preferiti. Andammo avanti così per circa dieci anni e forse era la cosa migliore per entrambi.

Di solito si presentava con buone notizie, come se ne avesse fatto una questione d'onore, di provare perennemente a sollevarmi il morale. Un giorno però non andò così. Entrò nello SpiceX col portatile sotto il braccio, si guardò intorno e mi chiamò con un gesto nervoso. « Werner! » gridò, e si sedette a un tavolino vicino alla finestra.

Lo raggiunsi senza fretta, perché il più delle volte Blitz si esaltava per cose che mi erano indifferenti. Mi misi accanto

* Chiamato anche « Nike di Opole », si tratta del *Monumento ai Combattenti per la Polonicità della Slesia* di Opole, inaugurato nel 1970 e raffigurante una Nike ad ali spiegate su un uro. (*N.d.T.*)

al tavolino e aprii la bocca, ma non mi fece parlare. «Devi vedere questo.» Aprì il portatile. «Siediti.»

Era mattina presto, nel ristorante c'era un solo cliente al quale avevo appena servito un lassi al mango. Non dovevo preoccuparmi che il capo mi desse problemi per aver chiacchierato con un amico. Mi sedetti accanto a Blitz e fissai lo sguardo sullo schermo.

«Non dirmi che non è lei», se ne uscì Adam.

«Di che parli?»

«Guarda», ordinò indicando il computer.

Il sistema si risvegliò dallo standby e sullo schermo comparve un post di Facebook. La foto era un po' mossa, ma non tanto da rendermi difficile riconoscere chi ritraeva.

Mi sembrò che l'aria si fosse caricata di elettricità, preannunciando un temporale. Però non tuonava chissà dove, in lontananza; i tuoni erano lì, sopra di me.

Ewa.

Era cambiata, come cambia la gente in dieci anni. Le rughe di espressione si erano accentuate, era leggermente ingrassata, si era tinta i capelli, forse si era ritoccata il naso, ma non c'era dubbio. Stavo guardando una sua foto. «Come...» m'interruppi, le parole che mi morivano in gola.

Blitz, che chiamavamo anche Blitzer o Blitzkrieg, di solito reagiva a tutto in maniera fulminea, quasi vi fosse obbligato da quel soprannome. Ma questa volta rimase come paralizzato, incapace di rispondermi.

Quanto a me, avevo l'impressione che il mondo divenisse sempre più surreale. Esattamente come dieci anni prima, sulla riva della Młynówka. Provai a inghiottire la saliva, mi sembrava di avere in gola solo ovatta. «Com'è possibile?» chiesi infine a fatica.

«Non lo so.»

«Che pagina è?»

Era senz'altro una domanda tipica dei nostri tempi. Una volta avrei cominciato dal chiedere a Blitzer come aveva trovato la foto, dov'era stata scattata e così via. Adesso non era necessario perché, rispondendo a quell'unica domanda, il mio amico in realtà poteva dirmi tutto.

« Spotted: Breslavia. »

Scossi la testa e mi resi conto solo allora che stava succedendo davvero. Mi afferrai la nuca e mi guardai intorno con aria nervosa. Mi sentivo come un animale selvatico in un recesso scuro e impenetrabile, braccato da un'intera squadra di cacciatori.

« È proprio lei, Werner. »

Mi costrinsi a un lieve cenno del capo.

« Ed era a neanche cento chilometri da qui. »

Mi chinai di nuovo sul portatile, cercando di riprendermi. Dopo anni di ricerche, alla fine avevo una pista. Era baluginata una fievole speranza; alla fine, forse, avrei ottenuto risposta a tutte le domande che mi ronzavano in testa da dieci anni.

Che cosa le era capitato dopo lo stupro? Perché era sparita senza lasciare traccia? Che cosa ne era stato di lei in tutto quel tempo? Conosceva gli aggressori?

Ogni dilemma, questione inspiegata e irrisolta tornarono come l'eco della salva di artiglieria che aveva raso al suolo il mio mondo.

Osservai la foto. Ritraeva Ewa durante un concerto all'aperto. Era tarda sera, ma la scena riluceva di una fantasmagoria di colori folli, quasi deliranti.

Non guardava l'obiettivo, forse non sapeva neppure che qualcuno l'aveva immortalata in uno scatto. Sorrideva e allungava una mano. Accanto a lei c'era un uomo con una felpa, la teneva per la spalla, come se volesse attirare la sua attenzione o stringerla a sé. Il viso non si vedeva, era di schiena. Sulla felpa grigia con cappuccio c'era il logo dei Foo Fighters, una bomba con le ali e la scritta THERE IS NOTHING LEFT TO LOSE.

I Foo Fighters. Il gruppo preferito di Blitz, che li ascoltava dal '95, quando gli altri volevano fare colpo sui coetanei canticchiando *Scyzoryk* di Liroy* e poi di nascosto ascoltavano rapiti la colonna sonora di *Toy Story*.

« È... » iniziai in tono esitante, indicando la felpa. « È un loro concerto? Eri là? »

« Sì. »

« Porca puttana, Blitz! L'hai vista? » Ebbi l'impulso di afferrarlo per le spalle e scuoterlo, ma mi fermai in tempo. Il cuore mi martellava, un'ondata di calore mi si diffuse nel corpo. La mia mente sembrava a tratti capire che cosa succedeva, a tratti perdere il contatto con la realtà.

« No. L'ho vista solo in questa foto, mezz'ora fa, quando... »

« Come l'hai trovata? E chi l'ha scattata? » lo assalii, rendendomi conto che, se non avessi trattenuto le emozioni, avrei sparato un'intera raffica di domande. Chiusi gli occhi, mi raddrizzai e per un po' rimasi immobile.

« Se mi fai parlare, ti dico tutto. »

« Avanti. »

« Il concerto c'è stato ieri, i Foo Fighters hanno suonato allo Stadio Cittadino. »

« Ieri?! »

« Calmati... »

Aspirai l'aria e la trattenni nei polmoni. « Non mi avevi detto che ci saresti andato. »

* Liroy è lo pseudonimo del rapper polacco Piotr Krzysztof Liroy-Marzec (1971), pioniere della cultura rap e hip-hop in Polonia. *Scyzoryk*, « coltello a serramanico », è il suo primo singolo. (*N.d.T.*)

« Perché di certe cose non parliamo », rispose, e scrollò le spalle. « Tu te ne freghi, e io non sento il bisogno di condividerle con te. Come quando rimorchio una bella puledra. »

Solo Blitzer poteva chiamare così una donna. Normalmente avrei commentato in qualche modo, ma in quel momento non mi passò neanche per la mente.

« E così è stato pure questa volta », aggiunse senza staccare lo sguardo dalla foto. « Purtroppo la tizia mi è sfuggita, l'ho persa di vista tra la folla, allora stamattina mi sono messo a cercarla. E mi sono imbattuto in questa pagina Spotted... e in questa foto. »

Adesso la fissavamo tutti e due come ipnotizzati. A differenza dell'uomo in felpa, Ewa indossava la T-shirt di un altro gruppo. Si leggeva solo una parte del nome, Gutierrez Y Angelo. L'album o il singolo si chiamava *Better Days*. Non mi diceva niente.

Il silenzio si prolungava, e non mi accorsi che l'unico cliente del locale aveva ormai finito di bere il lassi al mango e si guardava intorno spazientito.

« Forse... » cominciai con aria incerta. « Forse ho creduto troppo in fretta che fosse lei. »

« Cosa? »

« Non può essere. Dopo dieci anni, sarebbe spuntata fuori così, all'improvviso? »

« E come sennò? »

Era una domanda come un'altra. Forse mi ero fatto trasportare dalla speranza e avevo concluso precipitosamente che fosse Ewa. O forse no. Forse era davvero lei.

« Cristo... » gemetti, poi scossi la testa. « Sembra felice », aggiunsi.

« È a un concerto dei Foo Fighters. »

« Ma... »

« Pensavi che l'avessero tenuta chiusa per dieci anni in una cantina? »

« Non lo so, che cosa pensavo. »

Non avrei potuto dire niente di più vero. C'erano troppe teorie: in parte le avevo ideate io stesso, in parte le avevo desunte dai commenti dei giornalisti e degli internauti anonimi agli interventi che comparivano ogni anno nei portali locali per ricordare che Ewa risultava ancora scomparsa.

Articoli, ne spuntavano sempre: erano corredati da una foto e osservavano come lo scenario più probabile fosse che la ragazza era semplicemente caduta nel fiume. Tuttavia, il corpo non era mai stato trovato, sottolineavano gli autori dei pezzi.

Un paio di volte era successo che qualcuno volesse suscitare scalpore. Mi era capitato perfino di leggere il titolo: NUOVI ELEMENTI NEL CASO. DAMIAN WERNER INTERROGATO.

In realtà, più o meno a metà del tempo della prescrizione fui interrogato davvero, ma come testimone. Uno degli inquirenti voleva assicurarsi che il caso fosse stato legittimamente archiviato per mancanza di prove.

Era quello il « nuovo elemento » cui si riferiva il titolo. La solita bufala giornalistica, al contrario di ciò che avevo ora davanti agli occhi.

« La cerca qualcuno? » chiesi.

« Il tizio che ha pubblicato la foto. Phil Braddy. »

Guardai la foto minuscola e il contenuto del post. « Americano? »

« Inglese. A quanto pare, si è preso la briga di venire al concerto da Londra. E quella ragazza incontrata per caso gli è piaciuta. Scrive che hanno scambiato qualche frase, hanno riso, poi lui è andato per un momento da certi amici. Quando è tornato, lei non c'era più. E adesso prova a ritrovarla. »

Pensai subito che dovevo scrivergli. Scoprire che cosa aveva detto Ewa, come se significasse qualcosa.

« Gli ho mandato un messaggio prima di uscire di casa », aggiunse Blitz.

Annuii con gratitudine. Il cliente che era seduto poco lontano tossicchiò in maniera eloquente, ma lo ignorai. « Ha risposto qualcuno? »

« Una quindicina di persone. Comunque sia, è una foto che salta agli occhi. »

Blitzkrieg aveva ragione. Gli stroboscopi leggermente sfocati sullo sfondo, la grande festa e l'immagine a fuoco della bella ragazza sorridente. La fotografia doveva attirare lo sguardo di tutti coloro che consultavano la pagina.

« Qualcuno ha scritto qualcosa di concreto? » domandai in tono incerto.

« No. Solo commenti stupidi che non credo tu voglia leggere. »

Non volevo, ma li avrei letti sicuramente non appena fossi tornato a casa. Prima però dovevo andare in un altro posto. Avevo visto troppi film e serie tv per non sapere che uno degli errori fondamentali in una simile situazione è non informare tempestivamente le forze dell'ordine.

Ringraziai Blitz, quindi andai nel retro e telefonai al capo, spiegando che stavo covando un malanno. Il lavoro nella ristorazione aveva l'indubbio vantaggio che i proprietari dei locali prendevano seriamente certe notizie. Soprattutto quelli cui premeva che i clienti prima o poi tornassero.

Il mio sostituto si presentò abbastanza presto, ma feci comunque in tempo a servire al cliente un papadum, una focaccia sottile di farina di fagioli, e a osservare la foto di Ewa tanto attentamente da fissarne in mente ogni dettaglio.

Quando mi presentai al comando cittadino in via Powolny, in realtà avrei potuto descrivere al funzionario che mi ricevette l'intera foto a memoria. Ma non fu necessario. Entrammo nella pagina e gliela mostrai. Lui la studiò a lungo, aggrottando la fronte.

Il vicecommissario Prokocki si era occupato del caso dieci anni prima. Mi aspettavo di scorgere nei suoi occhi un lampo che mi spingesse a credere a quanto vedevo. Eppure sembrava che gli avessi mostrato l'immagine di una persona qualsiasi.

« È normale », disse infine.

« Che cosa? »

« Che lei cerchi la sua fidanzata scomparsa in altre donne. »

Aprii la bocca, ma non riuscii a spiccicare parola. Il tono categorico della sua voce mi aveva assolutamente sconcertato. Prokocki distolse lo sguardo dallo schermo, fece un profondo respiro e mi osservò con commiserazione. « Da allora non si è legato a nessuno, vero? » domandò.

« No, non mi sono legato a nessuno. Ma questo cosa c'entra? »

« Le manca ancora, dunque è naturale che... »

« Starà scherzando. »

« Sono cose che succedono. »

Puntai il dito sullo schermo, come se stessi accusando qualcuno. « Vede la stessa cosa che vedo io? »

« Vedo una ragazza che assomiglia a Ewa, signor Werner. Tutto qui. »

Spostai il peso da una gamba all'altra e mi guardai intorno con aria impotente, quasi che di punto in bianco, nella stanza, potesse spuntare fuori qualcuno in grado di aiutarmi. « Ma è lei, maledizione! Non vede? »

Inspirò di nuovo profondamente. « Purtroppo non posso essere d'accordo con lei. Certo, una somiglianza c'è, ma... »

« So com'è fatta la mia fidanzata. »

Prokocki si alzò adagio, quasi temendo che altrimenti mi avrebbe ferito. Mi mise una mano sulla spalla, quindi cominciò a spiegarmi lentamente che sapevo com'era fatta dieci anni prima e che ora la mente mi giocava un brutto tiro. Continuò così per qualche minuto, e a ogni frase lo ascoltavo con sempre meno attenzione.

La sua assoluta certezza, il tono deciso della voce e la mancanza di qualsiasi disponibilità ad ammettere che c'era una sia pur remota possibilità che fosse lei mi misero in allarme.

« Naturalmente controlleremo », mi assicurò accompagnandomi all'uscita. « La prego di non dubitarne. »

Certo, non ne dubitavo. Non dubitavo che ci fosse qualcosa che non quadrava affatto.

3

Ero sicuro che tornare a casa mi avrebbe recato, almeno in parte, sollievo. Succedeva ogni giorno, quando mi chiudevo la porta alle spalle e facevo girare le tre robuste serrature.

Se non dovevo più andare da nessuna parte, ero quasi invaso da un senso di ebbrezza. Se invece, per qualche motivo, avevo la prospettiva di uscire di nuovo, più tardi, provavo ansia e nervosismo.

Quel giorno, le quattro pareti di casa mia avrebbero dovuto avere un effetto tranquillizzante. Invece fu tutto il contrario: mi sentii un estraneo nel mio appartamento. Lo riempii della musica dei Rainbow perché, a differenza di Blitz, preferivo i gruppi usciti di scena già da un pezzo.

Mi tremavano le mani, mi sentivo la febbre. Solo allora mi resi conto di quanto fossi sudato. La T-shirt gelata mi si era incollata alla schiena, e dell'ondata di calore che mi aveva assalito poco prima non c'era traccia. In piedi davanti allo specchio, quasi non riconobbi il mio riflesso. Ero cadaverico, le ombre sotto gli occhi erano diventate ancora più profonde. I capelli, che di solito erano comunque in disordine, facevano pensare a un groviglio di cavi.

Mi sciacquai il viso con l'acqua fredda, poi aprii una birra e mi sedetti davanti al pc, che avevo assemblato da solo, risparmiando così qualche centinaio di złoty. Caricai l'ultimo capitolo degli *Elder Scrolls*, quindi presi il telefono, ma solo per spegnerlo.

Dovevo scomparire dal mondo. Adesso, prima di andare completamente fuori di testa. Non aveva senso tormentarsi, fare il refresh del post di Facebook o aspettare che Phil Braddy rispondesse.

Avevo aspettato dieci anni. Potevo aspettare un altro po', ma dovevo calmarmi.

Tuttavia, Blitzer non me ne diede la possibilità. Avevo appena preso lo smartphone, che il viso ridente del mio amico comparve sul display e dall'altoparlante fluirono gli squilli della suoneria standard. La foto, Blitz se l'era fatta da solo, anni prima, quando lavoravo ancora all'Highlander.

Sì, ero una di quelle persone che quando cambiano telefono trasferiscono tutte le foto sul nuovo. Ora l'operazione non comportava grandi difficoltà ma, al tempo, il passaggio dal primo Sony Ericsson con fotocamera al nuovo Nokia era stato piuttosto problematico.

Misi in pausa gli *Elder Scrolls* e feci scorrere il dito sullo schermo. « Non chiami in un buon momento », lo salutai.

« L'hai visto? » chiese in tono nervoso, e tossicchiò. « No, non l'hai visto, altrimenti non avresti cominciato la conversazione in questo modo. »

« Che cosa avrei dovuto vedere? »

« Il nuovo post su Spotted. »

Spensi alla svelta il gioco, come se la mia stessa vita dipendesse dalla velocità con cui lo facevo. Accesi il browser e aggiornai rapidamente la pagina. In effetti, comparve un nuovo post di Phil Braddy.

Forse grazie a questa foto qualcuno la riconoscerà, aveva scritto in inglese, quindi aveva aggiunto il link al post precedente.

Osservai l'immagine, ma mi sembrò di guardare dritto in un portale che conduceva a una realtà alternativa. Conoscevo benissimo quella foto. Per me aveva un significato particolare.

«Sei ancora lì?» domandò Blitzer.

Provai a farfugliare qualcosa, invano.

«Werner!»

«Ci... Ci sono.»

«È lei, al mille per cento», concluse. «Del resto, qui è sicuramente da qualche parte sulla Krakowska, non lontano dalla *Donna sul toro*. Ed è di parecchi anni più giovane.»

«Di dieci...» gemetti.

«Come?»

«L'ho scattata io, quella foto.»

«Come sarebbe? Quando? Dove?»

«Qualche giorno prima che scomparisse... Blitzkrieg...»

«Sì?»

«Non l'ho mai mostrata a nessuno. Non l'ho mai messa in rete e non ho neanche mai detto a nessuno di averla...»

«Cosa? Perché?»

«Non lo so», risposi, e mi sfregai febbrilmente la testa. «Forse volevo avere qualcosa solo per me, qualcosa che fosse soltanto mio, perché...»

«Non importa», m'interruppe. «Ma come mai il tizio inglese ha questa fotografia?»

«Non ne ho idea.»

Non riuscivo a immaginare come avesse fatto Phil Braddy a procurarsi la foto. Quella foto. La mia foto.

Tutte le possibili spiegazioni erano semplicemente assurde. Anche se aveva parlato con Ewa più a lungo di quanto si deduceva dal primo post, nemmeno lei aveva quella fotografia. Non avevo fatto neppure in tempo a mostrargliela, e io stesso me ne ero ricordato solo dopo la sua scomparsa.

Allungai la mano verso la birra e la vuotai d'un fiato. Il gas mi gorgogliò in pancia.

Mi resi conto che quel giorno avevo ottenuto molto più di una vaga traccia. Il fatto che Braddy avesse quella fotografia dimostrava che doveva essere implicato in qualche modo nel caso.

« Ti ha risposto? » chiesi.

« Sì. »

Mi venne la pelle d'oca.

« Subito dopo aver pubblicato la foto. »

« E...? »

« Sostiene che in realtà non la conosce, che non l'ha mai vista né prima né dopo e che voleva semplicemente contattarla. E ha chiesto se la conoscevo. »

« Scrivigli che... » Mi bloccai, perché ero giunto alla conclusione di non dover più fare affidamento solo su Blitz. Andai sul profilo di Phil Braddy e diedi un'occhiata al viso che ormai conoscevo alla perfezione, avendolo osservato per ore e ore. Poi gli mandai un messaggio.

> Conosco la ragazza che cerchi. Dove hai preso la seconda foto?

Blitzkrieg disse qualcosa nel ricevitore, ma la sua voce sembrò perdersi lungo la linea. Osservavo lo schermo del computer e cominciavo a sentire sempre più caldo. Alla fine comparve la piccola icona azzurra sulla destra del messaggio che avevo mandato. Braddy l'aveva letto. Ma non stava digitando la risposta.

Spostai un po' la sedia, mi piegai e cominciai a battermi sulle cosce con le mani. Nel fissare lo schermo avevo l'impressione di lanciare una sfida.

Una sfida che non fu raccolta.

« Non risponde. »

« Eh? » borbottò Blitzer. « Gli hai scritto? »

«Sì, ma...»

«Avresti dovuto lasciar fare a me.»

Non ricordavo che avessimo preso accordi in tal senso, ma forse, visto che tutto era cominciato da lui, Blitzer supponeva di avere una certa responsabilità nel condurre la faccenda sino in fondo.

«Continua a non rispondere», lo informai. «Anche se ha letto il messaggio.»

«Aspetta un po'.»

«Non faccio altro, Blitz. Sono dieci anni che aspetto», borbottai.

Ogni secondo sembrava scorrere sempre più lentamente, mi stavo spazientendo. Sentivo di avere la risposta a portata di mano. Bastava soltanto pressare quel tizio.

«Tutta la storia secondo cui starebbe cercando la ragazza del concerto è una scemenza. Si tratta di altro», osservai.

«E cioè?»

«Non lo so. Ma intendo scoprirlo.»

«Da solo?»

«Col tuo aiuto», ribattei, rendendomi subito conto che probabilmente era la cosa più gentile che gli avessi mai detto. Per la verità, era la prima volta che lo trattavo come avrei dovuto. Come un amico su cui poter contare.

«Si capisce. Ma forse non sarà sufficiente.»

«Domattina, come prima cosa, andrò al comando.»

«Non ci sei ancora stato?»

«Sì, ma mi hanno mandato via con un pugno di mosche.»

Quando gli riassunsi la conversazione col vicecommissario Prokocki, rimase a lungo in silenzio. Io continuavo a tenere lo sguardo incollato allo schermo, quasi che, così facendo, potessi costringere Phil Braddy a rivelare qualcosa.

Ma la casella della posta in arrivo era vuota. Ormai era

chiaro che non aveva nessuna intenzione di rispondermi. Non si faceva vivo neanche con Blitz. Andai a tirare fuori un'altra birra, sapendo già che quel giorno avrei preso alcune decisioni sbagliate a causa delle quali l'indomani mi sarei svegliato con un forte mal di testa.

« La cosa non lo ha interessato affatto? » chiese infine Blitzer.

« Non solo non lo ha interessato, ha cercato pure di liquidarla. »

« Strano. »

« All'inizio l'ho pensato anch'io. »

« E poi hai cambiato idea? »

« Mmm », confermai. « Ogni giorno in Polonia una cinquantina di persone sparisce senza lasciare traccia. E ogni giorno a Prokocki viene di sicuro segnalata la miracolosa ricomparsa di una di loro. »

« Ma ha visto la foto. Doveva riconoscerla, in fondo l'ha cercata per mesi e mesi. »

« Magari l'ha riconosciuta. E semplicemente non ha voluto darmi speranze », ammisi.

Era la spiegazione più logica, che giustificava come mai, alla nuova prova, non fosse stato dato nessun peso. Le altre versioni che avevo preso in esame conducevano a scenari fin troppo cupi.

Però tutto ciò non aveva più importanza. Ora che su Internet era comparsa la stessa foto che avevo nella memoria del telefono, potevo esibire una prova inconfutabile.

Prokocki avrebbe sfruttato l'occasione finché era in tempo. Finché non fosse sopraggiunta la prescrizione. Avrebbe voluto chiudere il caso, che di sicuro figurava nei suoi fascicoli delle indagini irrisolte.

E forse non solo nei fascicoli. Forse, sebbene avesse dato l'impressione di non tenere conto della notizia, in realtà si era gettato subito in un vortice di lavoro. Potevo immaginarlo, quantunque ciò richiedesse l'apertura di altre due lattine verdi piene di ottimismo in forma liquida.

Secondo le mie previsioni, mi svegliai intontito. Mi ero addormentato sul divano, il portatile era aperto sul tavolino accanto. Ancora nessuna risposta da Braddy. Aveva ignorato anche Blitzer.

Feci una rapida doccia, solo per non dare l'impressione che avessi confuso il comando di polizia con una cella per ubriachi.

Dovetti aspettare un po' prima d'incontrare Prokocki, ma non pensavo che mi ricevesse subito. Di certo era convinto che fossi andato a tormentarlo senza motivo.

Quando alla fine mi lasciò passare, gli mostrai la seconda foto e il post su Facebook. Gli utenti cominciavano pian piano a esprimere solidarietà all'inglese sulle tracce della polacca. Avevano identificato il luogo con Opole, lo avevano informato che non era lontano da Breslavia e che la cosa migliore era cercarla lì. Ma nessuno aveva riconosciuto Ewa.

Neanche Prokocki.

« È lei? » domandò in tono diffidente.

Mi ci volle un po' per accettare il fatto che me l'avesse chiesto davvero. Scossi la testa e ricominciai a spiegargli che ero stato io a scattare la foto. Poi gliela mostrai sul telefono.

La osservò a lungo, dopodiché mi guardò come se fossi un criminale e non qualcuno alla ricerca della fidanzata scomparsa. « Ha bevuto stamattina? »

Era una domanda retorica. Avevo il respiro accelerato, e poi l'odore di alcol aveva sicuramente invaso l'ufficio del vicecommissario non appena mi ero seduto davanti alla scrivania.

« Che importanza ha? »

« Nessuna. È la sua vita. »

« Diciamo piuttosto un suo surrogato », replicai sottovoce, poi indicai il display del telefono. « Perché dopo la sua scomparsa non ne è rimasto che questo. Lo capisce? »

« Certo... »

« E vede senz'altro che si tratta della stessa fotografia. »

« Non c'è dubbio. »

« Dunque perché questa diffidenza? »

Fece un sospiro profondo. « È solo cautela professionale. Deve capire che ho già risolto parecchi casi del genere. »

Rimasi in silenzio, temendo che altrimenti avrei detto qualcosa di cui in seguito mi sarei pentito.

« Può contare sulla mia esperienza. »

« Certo », dichiarai, sebbene a quel punto non avessi più nessuna fiducia in lui.

« In tal caso la prego di lasciar sbrigare a noi la faccenda. Le prometto che faremo quanto è in nostro potere per chiarire tutte le circostanze. »

« Non ne dubito. »

Mi aspettavo qualcosa di più. La garanzia che avrebbero cercato di rintracciare Phil Braddy, qualsiasi cosa. Eppure Prokocki si alzò da dietro la scrivania e mi porse la mano.

Pensai che lo facesse per congedarmi, ma era vero solo in parte.

« Temo che dovrà lasciarci il telefono. »

« Come? »

« Potrebbe rivelarsi un importante elemento probatorio. »

« Ma... »

« Signor Werner, deve fidarsi di me, davvero. Faremo di tutto per ritrovare la sua fidanzata. »

Guardai il cellulare e mi sembrò di dover dire addio a qualcosa di molto più prezioso di un semplice telefono. A essere sinceri non lo usavo troppo spesso, non ne avevo motivo, ma dentro c'era la *sua* foto.

« Preferirei... »

« Vuole ritrovarla? » m'interruppe il vicecommissario.

Annuii.

« In tal caso la prego di affidarsi a noi. Sappiamo il fatto nostro. » Rimase con la mano tesa finché non gli consegnai il cellulare. Forse ci avrei pensato due volte, se non fossi stato così stordito. E se gli ultimi avvenimenti non mi avessero suscitato una sensazione di totale disorientamento.

« Dunque riaprirete le indagini? » chiesi mentre mi accompagnava alla porta.

« Se il nuovo materiale lo consentirà, naturalmente. »

« Se? »

« Ci terremo in contatto », mi assicurò Prokocki.

Lì per lì non pensai che sarebbe stato piuttosto difficile, visto che mi aveva appena preso il telefono.

Ma non era l'unica cosa che persi quel giorno.

Tornai a casa con l'idea di scaricare al più presto la foto da Facebook. Dovevo averla, in un certo senso per me era più importante dei ricordi legati a Ewa.

Però la fotografia era scomparsa. Come il post precedente.

E come l'account di Phil Braddy.

4

Prima di mezzogiorno, a Opole, non era facile trovare aperto un locale dove mangiare bene. Lo SpiceX era una delle eccezioni. Il capo apriva la mattina, si lavorava fino alle dodici, poi chiudeva per un paio d'ore e di pomeriggio si ripartiva a pieno ritmo.

Nei Paesi mediterranei o in India forse questo modello funzionava. Da noi prima o poi avrebbe portato al fallimento, ma non avevo intenzione di condividere tale riflessione col proprietario.

Blitzer si fece vivo prima delle undici, di nuovo col computer portatile. Non era molto più in forma di me, probabilmente aveva dormito poco anche lui. Doveva essersi addormentato solo all'alba perché, quando ci avevo parlato su Skype dopo la visita al comando, avevo avuto l'impressione di averlo svegliato. Allora lo avevo aggiornato brevemente su tutto ciò che doveva sapere.

Mi faceva uno strano effetto condividere la mia esistenza con qualcuno. E, grazie a ciò, mi resi conto che per dieci anni ero stato chiuso al mondo esterno. Perfino quando andavo a trovare i miei genitori nel loro piccolo appartamento in via Grottger, in realtà parlavamo di tutto tranne che di quanto mi era successo.

Blitz si sedette allo stesso tavolino dell'ultima volta e mi fece cenno di avvicinarmi. «Continuo a non capacitarmi. I post sono semplicemente scomparsi.»

« Hai scritto all'admin? »

« Subito dopo la nostra conversazione. »

Questa volta mi toccò affidarmi a lui. Avrei preferito chiedere un giorno di permesso, anche perché avevo i postumi di una sbornia, ma sapevo che poi avrei avuto problemi col capo. E non potevo permettermi che la mia unica fonte di sostentamento andasse in fumo. Immaginavo che avrei avuto bisogno di soldi.

« Hanno risposto che non è stato tolto nessun post », aggiunse Blitzkrieg. « Si dice che da Internet non sparisca nulla, però non ne ho trovato traccia. »

« Come pure di Braddy. »

« Già », confermò Blitz pensieroso, rigirandosi tra le mani il menu che stava sul tavolo.

Un istante dopo, s'irrigidì e sollevò lentamente lo sguardo su di me. Non aveva bisogno di dire niente, eravamo entrambi consapevoli di quanto tutta la faccenda potesse essere ambigua.

Ogni tanto i media trasmettevano notizie su poliziotti le cui malefatte venivano alla luce solo a distanza di anni. Di recente, alcuni di loro erano stati incolpati di negligenza nel caso dell'omicidio di una ragazza avvenuto una quindicina di anni prima. Erano stati accusati d'inadempienza al dovere e di abuso d'ufficio, nonché d'intralcio alle indagini.

Per anni avevano manipolato le tracce e occultato la verità. Erano stati coinvolti in macchinazioni insieme con parecchie altre persone, coprendo a vicenda se stessi e i colpevoli. Era così anche nel caso di Ewa? Od ormai cominciavo a essere un complottista?

Ma, anche supponendo che la polizia ci fosse dentro fino al collo, come avevano fatto a cancellare tutte le tracce da Facebook? E così alla svelta?

E come mai Braddy aveva la mia foto?

Le domande si moltiplicavano, eppure ero convinto che avrei trovato le risposte. Dovevo soltanto mettere le mani su qualcosa di concreto. Qualcosa che mi permettesse d'imboccare la pista giusta.

« Te l'avevo detto, che il mio aiuto non sarebbe bastato », osservò Blitzer.

« Già. E guarda un po' come siamo finiti. »

« Ma io non avevo in mente la polizia. »

« E che cosa? »

« Un'agenzia investigativa. »

Lo guardai con aria incredula. I detective privati mi facevano pensare ai teatrini mediatici da quattro soldi o allo spionaggio dei coniugi infedeli.

« Una di quelle serie », aggiunse Blitz girando il portatile verso di me.

Mi guardai intorno per assicurarmi che non fossero arrivati clienti e mi chinai sul tavolo. Un po' controvoglia, cominciai a leggere la descrizione di un'agenzia che si presentava col nome di Reimann Investigations.

« Il proprietario era un ufficiale operativo dei servizi segreti. L'agenzia ha la licenza ministeriale per le attività investigative, è nel registro statale. Ho controllato tutto », spiega Blitzer.

Scorsi con lo sguardo le informazioni generali raccolte nel sito.

« Fa anche parte della WAPI. »

« Di cosa? »

« Dell'associazione mondiale dei detective professionisti. È inoltre membro della WAD, che dal 1925 riunisce le agenzie di tutto il mondo. Non sono referenze da poco. »

Mi chinai ancora di più e cliccai sul tariffario, più che altro per capire di che cosa si occupavano concretamente.

La tariffa oraria ammontava a cento złoty, mentre per

un'intera giornata lavorativa ne veniva proposta una di millecento. Lo spionaggio finanziario era un po' più caro, la verifica del luogo di soggiorno dei testimoni più economica. La Reimann Investigations forniva anche servizi agli studi legali, svolgeva inchieste finanziarie, eseguiva la localizzazione di patrimoni e naturalmente si occupava di cercare persone scomparse.

Quell'ultima voce del tariffario prevedeva il compenso più alto. I prezzi andavano dai quattromilasettecento złoty in su.

« Dai un'occhiata al team », suggerì Blitz.

Aprii la pagina contenente le informazioni relative alla sede dell'agenzia e ai collaboratori. « Rewal? » chiesi. « È sul mare, a circa seicento chilometri da qui, Blitzkrieg. »

« Questo è un dettaglio secondario. »

« Forse per qualcuno con la grana. Io, certe trasferte, non posso permettermele. »

« Lavorano per lo più a distanza. »

Mi avvicinai una sedia e mi sedetti davanti al computer.

« Non sono più i tempi in cui un detective doveva correre dietro a qualcuno col teleobiettivo e non perderlo d'occhio », continuò Blitzer. « Basta che sappia fare la stessa cosa su Internet. E questa gente evidentemente lo sa fare. »

Esaminai la lista dei collaboratori. Non erano molti, e per ovvi motivi non se ne mostrava il viso. Il proprietario era Robert Reimann, ex ufficiale del Servizio Doganale. Aveva ricevuto una serie di riconoscimenti e vinto vari sondaggi come Uomo dell'Anno del voivodato. Sua moglie, Kasandra Reimann, era la responsabile dei servizi investigativi, cosa che conferiva all'impresa una certa credibilità. Chi faceva imbrogli non vi avrebbe certo coinvolto la famiglia.

Completavano il team alcune altre persone. Una di loro era laureata all'AGH, l'Università della Scienza e della Tecnologia di Cracovia, un'altra al Politecnico di Łódź, una terza aveva frequentato l'Università Tecnica di Kaiserslautern. Vantavano tutte esperienza nel settore della TI, la tecnologia dell'informazione, ma non venivano forniti dettagli.

« Sembra niente male. Ma... »

« Hai bisogno di quella gente, Werner. »

« Forse. Ma ho anche bisogno dei soldi per assumerla. »

« Ti farò un prestito. »

« E come te lo restituirò? »

« In qualche modo ci metteremo d'accordo », buttò là con un gesto noncurante della mano. « Adesso l'essenziale è arrivare alla verità prima che facciano sparire le tracce. »

Inarcai le sopracciglia con aria incredula e lo guardai. « Chi, nel concreto? »

« Non lo so. E forse è la cosa peggiore di tutte », rispose.

In un primo momento ero pronto a concordare con lui ma, subito dopo, pensai che la cosa peggiore era un'altra. E cioè che qualcuno mi avesse nascosto la verità.

No, non qualcuno. Era stata lei.

E adesso Ewa o le persone che le avevano fatto del male cercavano in tutti i modi di tenermi all'oscuro di quanto era davvero successo dopo quella maledetta notte.

« D'accordo », dissi.

Blitz corrugò la fronte e mi fissò.

« Se garantisci per i Reimann, li assumo. »

« Mi sembrano due persone serie », rispose Blitzkrieg senza esitare. « Ho fatto una piccola *research* esplorativa. »

« Che significa? »

« Ho cercato su Google. »

« Non è una vera *research*, ma l'equivalente virtuale del dare un'occhiata in giro. »

« Non sottovalutare le potenzialità di questo strumento. C'è gente che ci vive. »

«Non le sottovaluto», risposi.

«Gli informatici, per esempio. In novantanove casi su cento la loro superiorità sui comuni mortali consiste nel saper visionare al volo i risultati delle ricerche su Google.» Blitz chiacchierò un altro po' sulla rilevanza storica della società creata dai due dottorandi di Stanford.

Smisi di seguirlo più o meno quando passò a spiegare che un motore di ricerca che non funziona è l'unica prova universale e inconfutabile che Internet non funziona sul nostro computer. E che eravamo giunti a un punto della Storia in cui stentavamo a credere che Page e Brin avessero creato Google... senza servirsene.

Mentre Blitzer parlava a ruota libera, forse per tenere sotto controllo le proprie emozioni, esaminai le altre referenze e le dimostrazioni che la Reimann Investigations sapeva davvero fare il suo lavoro.

Ricominciai ad ascoltare il mio amico solo quando arrivò a occuparsi di fatti concreti.

«Del resto, guarda tu stesso i risultati», borbottò vedendo la mia mancanza d'interesse. «In Pomerania non sono certo dei signori nessuno. Versano cifre cospicue alle associazioni caritatevoli, sostengono le imprese locali e mantengono due ricoveri per animali.»

«Suona sospetto.»

Blitz alzò gli occhi al cielo. «Se per te la gente che aiuta il prossimo è sospetta, non voglio sapere come appare il mondo dalla tua prospettiva.»

«Come un posto che alcuni stronzi vogliono distruggere a ogni costo.»

«In realtà non è così male.»

«No», ammisi facendo spallucce. «Peccato che tutti gli altri li stanno a guardare curiosi e, invece di fermarli, aspettano l'evolversi degli eventi.»

« Ma senti da che pulpito! »

« Mmm », bofonchiai. Non volevo sprofondare ancora di più nel pessimismo che mi pervadeva. « Cos'altro hai scoperto sul conto dei Reimann? »

« Solo che sostengono anonimamente un'organizzazione non governativa. »

« Tanto anonimamente che me ne stai parlando. »

Blitzer sospirò, come afflitto all'idea di dover fare la parte dell'avvocato del diavolo. « Lo hanno scoperto alcuni giornalisti del luogo, è un'informazione non confermata. »

« Suona comunque sospetto », ripetei, e alzai una mano per impedirgli di controbattere. « Voglio dire, hanno chiaramente accumulato una piccola fortuna e... »

« Sì, l'hanno accumulata. »

« Con l'attività investigativa? »

« No, Robert Reimann ha lasciato il servizio dopo avere ereditato un conglomerato locale che comprendeva qualche porticciolo, imprese di ristorazione e aziende agroturistiche. Da parte sua, la moglie aveva una ditta che si espandeva dinamicamente nel mercato immobiliare. » Blitzkrieg si era preparato a puntino. Mi porgeva la potenziale soluzione del mio problema su un vassoio d'argento. Come se non bastasse, si offriva di pagarla.

Riconobbi che non c'era da esitare oltre. « Okay. Se sei disposto a farmi un prestito, proviamo. »

« Magnifico. Tanto più che ci siamo già accordati su un forfait. »

« E cioè? »

« Ho già discusso la questione dei costi con Kasandra. Una puledra incredibilmente amabile. »

« Non ne dubito. » Immaginai una tipica donna d'affari, moglie supponente del ricco magnate locale. Anche se – stando a Blitz – difendevano la loro privacy e si mostravano ra-

ramente in pubblico, mi figuravo i Reimann come una coppia di Hollywood.

«Il pagamento avverrà in anticipo, perché riescono a valutare approssimativamente i costi dell'indagine.»

«Dunque? Quanto vogliono?»

Blitzer liquidò l'argomento con un gesto della mano, ma supponevo che il prezzo fosse molto più alto di quello indicato sul sito.

«Sappi che non accettano tutti i casi che capitano.»

«Solo quelli mediatici?»

«No. Non sono interessati a suscitare clamore, te l'ho detto.»

Operavano davvero nell'ombra? In effetti, dal punto di vista di un PR, era la strategia adatta a un'agenzia caratterizzata da una certa enigmaticità. Forse rappresentavano davvero l'antitesi di tutti i detective che vedevo ogni giorno in televisione.

Quelli cui si rivolgevano per lo più i disperati. Sospirai e mi resi conto di essere tra questi. Lo dimostrava la situazione pietosa in cui mi trovavo. Ma, se la polizia non voleva aiutarmi e le prove si volatilizzavano più in fretta di quanto comparivano, cos'altro mi restava da fare?

«Ho una condizione», mi prevenne Blitz.

«Quale?»

«Che stasera ti fai vedere.»

«Cosa? Dove?»

«Porca puttana, Werner... Si dice così quando s'invita qualcuno a casa propria», gemette. «I rapporti interpersonali non sono davvero il tuo forte, eh?»

Era una domanda alla quale era superfluo rispondere. Dieci anni prima non mi distinguevo in nulla dallo studente medio di una qualsiasi università, avevo trascorso buona parte degli anni di studio a fare baldoria e non ero per niente indietro in fatto di relazioni interpersonali.

Adesso invece ero arrivato al punto di rifiutare perfino i giochi virtuali in multiplayer. Miravo esclusivamente alla modalità individuale.

«Ti fai vedere, ci beviamo una birra, parliamo di tutto.»

«Oggi? Veramente pensavo di...»

«Cosa?» m'interruppe. «Di sbronzarti da solo?»

Nonostante il fastidio dei postumi della sbornia, in realtà quell'idea mi aveva sfiorato davvero.

Tutto sommato non avevo altra via d'uscita che accettare la proposta di Blitzer. Riconobbi che forse mi avrebbe fatto bene. E che forse, unendo le nostre forze, avremmo ricomposto il tutto in un insieme coerente.

Ci sbronzammo di brutto.

In realtà, per un'ora o due bevemmo birra, ma fu soltanto un preludio innocente al consumo di liquori più forti, che Blitz teneva in frigo. Il peggior veleno si dimostrò il gin tonic, però credo che, visto l'intruglio che avevamo ingurgitato prima, perfino della birra analcolica avrebbe potuto darci il colpo di grazia.

Quando mi svegliai, non mi sentivo affatto male, e la conclusione ovvia era che fossi ancora ubriaco. Il peggio doveva venire.

Scesi a fatica dal letto nella stanza degli ospiti e andai in salotto. Qui mi si presentò una scena post-apocalittica. Feci scorrere lo sguardo sulle bottiglie e sulle lattine vuote, sui pacchetti di patatine aperti e sui portacenere traboccanti. Mi venne la nausea.

Ricordavo come attraverso una nebbia che, dopo la prima o la seconda birra, avevamo contattato la Reimann Investigations. I loro metodi mi avevano preoccupato un po', implicavano una segretezza al limite della cospirazione.

Per parlare con la persona che si occupava del nostro caso ci era toccato ottenere tramite messaggio un codice di accesso valido una sola volta e inserirlo insieme col login e con la password in una pagina dedicata. Quella non aveva un dominio ma solo un indirizzo IP, e ci era stato pure assicurato che non era indicizzata in nessun motore di ricerca.

Avevo avuto l'impressione che fossero tutte strategie di marketing destinate a far credere al cliente inesperto di avere di fronte dei veri specialisti nel campo della TI. Forse perfino un gruppo di hacker che non potevano rivelare la propria identità.

Avevamo trasmesso alla RI le informazioni più importanti, fissato un appuntamento per sentirci il giorno seguente e ci eravamo dedicati seriamente alla degustazione di ogni bevanda alcolica che Blitz aveva in casa.

Forse, a un certo punto, avevamo fatto addirittura un salto allo spaccio di alcolici per comprarne degli altri, ma non ci avrei messo la mano sul fuoco. Ora, nel valutare il livello di caos che regnava nel salotto, mi sembrava piuttosto che avessimo fatto acquisti al supermercato all'ingrosso Makro.

Raccolsi le mie cose e barcollai verso la porta. Non volevo svegliare Blitzer. Per tutto l'impegno profuso meritava almeno di farsi una bella dormita.

Quando arrivai alla porta d'ingresso, vidi che era accostata.

Mi allarmai, ma la mente annebbiata mi suggerì che quella notte, dopo essere tornati dal negozio, evidentemente eravamo troppo ubriachi per richiuderla.

Inghiottii la densa saliva che sapeva di alcol e feci dietrofront. Dopo una breve esitazione, mi avviai verso la stanza di Blitzer. Mentre aprivo la porta, mi girava leggermente la testa.

Eppure non era nulla in confronto alla sensazione che mi assalì non appena vidi il mio amico.

Giaceva supino sul letto, un braccio ricaduto sul pavimento. Le lenzuola erano un lago di sangue e Blitz guardava il soffitto con gli occhi aperti, vuoti. La bocca era spalancata in maniera innaturale, quasi vi si fosse rappreso un grido macabro.

Non so quanto tempo rimasi lì immobile.

Alla fine mi riscossi e, inciampando, raggiunsi il letto. Misi subito due dita sulla carotide di Blitz, ma fu solo una reazione istintiva. Sapevo che non aveva senso controllare se il mio amico era ancora vivo.

5

Fui a lungo incerta sulla persona cui assegnare il caso della ragazza di Opole. In realtà le candidate erano solo due, le altre erano occupate in diversi progetti. Con Robert non intendevo parlarne, ormai per lui la Reimann Investigations era un'attività marginale. All'inizio l'aveva considerata un hobby, adesso era diventata uno dei tanti affari di vecchia data dei quali non sembrava neanche ricordarsi.

Alla fine mi decisi per Jola Kliza, laureata all'università di Kaiserslautern, che, a dire il vero, avevamo assunto solo perché poteva vantare questa voce nel CV.

Era una ragazza magra, decisamente complessata ma non timida. Dava piuttosto l'impressione di essere brusca. Sapevo, tuttavia, che ciò non era dovuto a cattivo carattere, quanto a scarsa scioltezza. Quando l'avevamo assunta, Robert non l'aveva degnata di uno sguardo, ed era uno di quegli uomini che sapevano apprezzare la bellezza femminile.

C'incontrammo in un locale di proprietà di Robert, sulla Grunwaldzka, a Pobierowo. Durante l'alta stagione, il Baltic Pipe era sistematicamente preso d'assalto, però in quel periodo dell'anno mi servivo spesso del piccolo caffè per sbrigare questioni di lavoro.

A dispetto di quanto credevano i nostri clienti, non avevamo una sede. In effetti, nel Registro Giudiziario Nazionale figurava l'indirizzo della nostra casa sul mare, ma soltanto per motivi burocratici.

Mi sembrava sensato, visto che operavamo per lo più su Internet. Il nostro team era costituito da persone come Kliza, che vi navigavano come i windsurfer più esperti della costa di Rewal.

Le avevo trasmesso tutte le informazioni necessarie, e la sera stessa Jola si era messa in contatto col cliente. Sulla carta, si trattava di Adam Blicki ma, nel discutere le condizioni, questi aveva sottolineato che il vero mandante era un certo Damian Werner.

Era la prima volta che Kliza arrivava in ritardo a un incontro. Supponevo che avesse passato tutta la notte a raccogliere informazioni. Quando l'avevamo assunta, ci eravamo aspettati che la squadra si arricchisse di una *researcher* competente, mentre ci era capitata una zelante *workaholic*. Dal nostro punto di vista, non sarebbe potuta andare meglio.

« Kasandra, ti chiedo infinitamente scusa », disse piano Jola sedendosi al tavolino.

Insistevo che i nostri dipendenti mi dessero del tu. Robert si era adeguato, ma sapevo che lo faceva malvolentieri. Del resto, partivo dalla considerazione che, siccome quasi tutte le nostre conversazioni avvenivano attraverso la messaggistica istantanea, darsi del lei non aveva senso.

« Non c'è problema », risposi, e le porsi il menu.

Fece di no con la testa e si aggiustò i capelli spettinati.

« Non vorrai lasciarmi bere da sola? » chiesi mostrando il mio bicchiere di Prosecco.

« Ma è appena mezzogiorno passato. »

« Ragione di più per farmi compagnia. » Vagai con lo sguardo nella sala arredata in stile industriale, chiamai con un cenno il cameriere e indicai il bicchiere. Capì al volo.

Non bevevo molto, o almeno non tutto in una volta. Da oltre sette anni, però, sorseggiavo Prosecco nel corso dell'intera giornata. Avevo cominciato subito dopo la gravidanza, quando era nato Wojtek e mi era toccato rifarmi dopo un lungo periodo di astinenza.

Non stavo a pensare se la mia fosse una dipendenza. E, se lo era per me, allora lo era anche per gli antichi greci e romani, secondo i quali inaugurare la giornata con un bicchiere di vino era normale come per noi lo è farlo con una tazzina di caffè. Tenevo vive antiche consuetudini.

« Grazie, ma ho ancora del lavoro da sbrigare », rispose Jola allungando la mano verso il tablet. Lo mise sul tavolo e lo accese. La pagavamo abbastanza perché potesse comprarsi un iPad ultimo modello, ma lei sosteneva che preferiva un apparecchio che si potesse rootare in fretta e adattare alle necessità. « Mi hai affidato un caso interessante », aggiunse.

« Senza dubbio », ribattei con un lieve sorriso.

Lei sollevò lo sguardo e aggrottò le sopracciglia. Le palpebre gonfie divennero ancora più evidenti.

« Stanotte non hai dormito, è chiaro », constatai.

« Non tutti possono avere il tuo aspetto. »

« Grazie a Dio », replicai alzando il bicchiere. « Altrimenti ci sarebbe un profluvio di snob arricchite che si spacciano per aristocratiche. »

Jola aprì la bocca ma, prima che potesse rispondere, il cameriere mi mise davanti il vino frizzante.

« Non intendevo questo. »

« Tranquilla, ho un atteggiamento molto distaccato nei miei confronti. Tutto merito del Prosecco. »

« Ma non... Non credo che tu ti veda in quel modo, no? »

Feci spallucce, e Kliza si guardò intorno. « Per molti sei... a quanto ne so, quasi un'icona. E sicuramente un modello da imitare. »

« In fatto di caccia ai ricconi? »

« Piuttosto in fatto di stile, eleganza e classe. »

Sorrisi, perché la sua goffaggine le impediva di afferrare anche le battute più banali. «Non contare su un aumento. A meno che non mi senta rivolgere qualche altro complimento del genere.»

«Proverò a fare di meglio», ribatté indicando il tablet.

Ci concentrammo, consapevoli che era giunto il momento di venire al dunque.

«Provaci, provaci, perché il caso potrebbe suscitare scalpore.»

«Non pensavo che tenessimo alla pubblicità.»

«Non nel senso del lavoro in sé. Ma i risultati sono un altro paio di maniche.» Scostai il bicchiere e incrociai le mani sul tavolo. Stavo seduta dritta come un fuso. La giacca costosa e la camicetta azzurro chiaro, quasi cento per cento seta, avrebbero comunque fatto il loro dovere ma, dopo anni di pratica, assumevo involontariamente quella postura professionale. «Che cosa hai trovato?»

«All'inizio era stato sospettato il fidanzato.»

«Damian Werner?»

Annuì. «E le risultanze preliminari facevano pensare a un omicidio.»

«Il cadavere però non è stato trovato.»

«No, sebbene gli inquirenti supponessero che il ragazzo l'avesse gettata nel fiume. Ne era stato perlustrato il letto, ma solo molti giorni dopo che Werner aveva denunciato la scomparsa. Nel frattempo, il corpo poteva essere finito da tutt'altra parte.»

«Perché lo sospettavano?»

Mi sembrava una domanda sensata, anche se era la prassi: la polizia s'interessava in prima battuta ai contatti più stretti. Nell'ottanta per cento dei casi erano loro i colpevoli. Compivano delitti non premeditati, provocati dalle emozioni, e le statistiche dimostravano che, il più delle volte, la verità veniva a galla già dopo quarantotto ore.

Naturalmente, c'era anche chi nascondeva il corpo del coniuge in cantina per vent'anni e faceva credere a tutti che la data persona fosse scomparsa o se ne fosse andata.

« Nessuno aveva assistito a quella presunta lite davanti al pub », disse Kliza.

« Perciò Werner si sarebbe inferto le ferite da solo? »

« Si era pensato che magari la fidanzata avesse provato a difendersi. »

« Una versione tortuosa », valutai. « Era stata davvero presa in considerazione? »

« Sì. »

« Il ragazzo fa la proposta di matrimonio, poi violenta la fidanzata, la uccide e la getta nel fiume? Ne avevano, di fantasia. »

« O di esperienza. »

Osservazione azzeccata, constatai tra me. Gli inquirenti ne avevano sicuramente viste di peggio.

« Dunque non c'era nessun testimone? » chiesi.

« Nessuno. I clienti ricordavano soltanto un gruppo di uomini che era uscito dal pub più o meno all'ora indicata da Werner. Ma tutto il resto si basava sulle sue deposizioni, dunque... » S'interruppe e scrollò le spalle.

« Tracce di DNA? »

« Erano state prelevate dal tavolino cui erano seduti gli uomini. Dai controlli nel sistema non erano emerse corrispondenze. »

« E sul luogo del delitto? Al Raduno dei Buffoni? »

« Al Loża Szyderców », mi corresse, e annuii. « Là c'era una vera e propria zuppa di mitocondri. Tanto di quel materiale da dare lavoro a tutti i laboratori della Polonia. »

« Tracce di sperma? »

« Non se n'erano trovate. »

« Sudore? Altre secrezioni? »

« Di tutto e di più », rispose Jola sempre senza staccare lo sguardo dal tablet. « Ma a quanto pare è un posto piuttosto frequentato a Opole, o almeno lo era al tempo. Adesso c'è il giardino di un pub attiguo, lo spazio è stato quasi completamente riqualificato. »

Feci un profondo sospiro, quindi vuotai il bicchiere e ordinai un drink analcolico per Jola. Il cameriere era pronto al minimo cenno, ascoltava la conversazione e non ci perdeva d'occhio.

« Registrazioni di telecamere di sorveglianza? »

« Non ce n'erano. La più vicina si trovava qualche centinaio di metri più in là, ma non aveva registrato la presenza di nessun gruppo di uomini, a quell'ora. Gli individui ripresi erano stati identificati e interrogati. Quella notte non erano nei pressi della Młynówka. »

« Di che cosa? »

« È il vecchio letto dell'Oder », spiegò Kliza, e fece un gesto per liquidare l'argomento. « Non ha importanza. »

« Chiuse, non ce ne sono? »

« Sì. Su entrambi i lati. »

« Dunque... »

« Se il ragazzo avesse gettato il corpo in acqua, una avrebbe dovuto sicuramente trattenerlo ma, finché non si era dato inizio alle ricerche, alcune di esse erano rimaste aperte. Considera che all'inizio si era pensato a un caso di scomparsa, solo in seguito si era ritenuto che andasse cercato un cadavere. »

« Ma alla fine era stato escluso che il nostro cliente fosse coinvolto? »

« Ufficialmente, sì. »

« E ufficiosamente? »

« A quanto pare, il funzionario incaricato, Tomasz Prokocki, che attualmente ricopre il grado di vicecommissario, aveva dubitato fino all'ultimo che fosse la decisione giusta. »

« Perché? »

« Werner gli sembrava sospetto. Sul rapporto si trovano di certo maggiori particolari, ma a quello non ho accesso. »

« Non ancora. »

Kliza capì l'allusione non troppo velata e annuì. Sapevo che era in grado di arrivare a qualsiasi informazione, purché avesse tempo a sufficienza. E purché, nel mentre, non fosse costretta a interagire con altre persone.

Mi ci era voluta un'eternità, per far sì che in mia compagnia si sentisse abbastanza a suo agio da articolare frasi intere. Non riuscivo a immaginare come avesse superato certe difficoltà, a Kaiserslautern. Ma forse non l'aveva fatto. Forse si chiudeva nella sua stanza e si buttava anima e corpo nello studio, il che spiegherebbe gli straordinari risultati accademici.

Ascoltai il suo rapporto per un'altra mezz'ora buona.

Nessuna prova si era rivelata decisiva contro Werner perciò, alla fine, si era ritenuto che il fidanzato non fosse implicato. Arrivare a tale conclusione era sembrato richiedere alla polizia più tempo di quanto non avrebbe voluto la semplice logica.

Condivisi quella riflessione con Jola ma lei, per tutta risposta, storse la bocca. « Probabilmente sono stati solo scrupolosi, almeno riguardo a lui », osservò. « In ogni caso, c'è qualcos'altro che mi sembra sospetto. »

« Che cosa? »

« Dal suo corpo e dai suoi vestiti erano state prelevate tracce biologiche. Del resto, anche l'analisi tracceologica delle impronte trovate sul suo viso aveva dimostrato come l'avessero conciato, i suoi aggressori.»

Inarcai le sopracciglia.

«Parlo d'impronte di scarpe.»

«Sì, lo so di cosa si occupa la tracceologia», replicai con un lieve sorriso, e allungai la mano verso il Prosecco. «Che c'è di sospetto in questo?»

«Che gli inquirenti non avevano confrontato tali impronte con le tracce prese nel pub. Con un briciolo di fortuna, insieme con le tracce cheiloscopiche e con quelle dattiloscopiche sul boccale, avrebbero potuto creare un profilo coerente.» Questa volta sorvolò sul fatto che le prime si riferivano alle labbra. «Avrebbero potuto avere molto di più. Ma per qualche motivo non si erano presi la briga di avercelo.»

«Qualcuno della polizia voleva nascondere qualcosa?»

«Forse.»

Rimanemmo per un istante in silenzio. Il cameriere ci osservava come se non fosse un dipendente del Baltic Pipe, bensì il domestico di un palazzo aristocratico. Vedevo che ciò metteva a disagio Jola, ma non potevo farci niente. Robert dava al personale ordini su cui neanch'io potevo intervenire.

«Dunque, la ragazza scompare dieci anni fa, e poi di punto in bianco si presenta a un concerto dove, per caso, c'è pure un conoscente di Werner», ricapitolai.

«Non un conoscente, ma il migliore amico. L'unico amico, da quanto ho potuto appurare.»

«Inoltre, in rete compare una foto che Werner aveva solo sul suo cellulare.»

«Mmm-mmm», confermò Kliza.

«E infine, appena si comincia a scavare nella faccenda, tutto svanisce come un sasso nell'acqua, insieme con l'account di chi aveva postato la fotografia.»

Jola fece una smorfia, come se, con l'ultima osservazione, avessi toccato un tasto sgradevole. « Peggio di un sasso. Perché, un sasso sott'acqua, l'avrei individuato. Mentre, questo Braddy, non riesco a rintracciarlo. »

Probabilmente era la prima volta che la sentivo pronunciare qualcosa del genere. Diceva sempre che su Internet non svanisce mai nulla, proprio come accade in natura. Tutti lasciano una traccia, perfino il massimo virtuoso nella cancellazione di piste virtuali.

Tacevo, in attesa che continuasse. Ma evidentemente Kliza non ne aveva intenzione.

« Hai detto che è più facile nascondersi in un deserto che su Internet. Qualche traccia, avresti pur dovuto trovarla. »

« L'ho trovata », rispose, e trasse un profondo sospiro. « Google ha archiviato quei post, ma l'unica cosa su cui ho messo le mani è... una traccia della presenza di Phil Braddy su Facebook. Ho potuto verificare l'IP, e basta, il che mi ha consentito di stabilire soltanto che ha usato TOR. »

The Onion Router. Una rete a strati che permette di cifrare i propri movimenti su Internet. Grazie a essa si nascondevano efficacemente alle forze dell'ordine più persone degli jihadisti rintanati nelle grotte afghane durante il periodo aureo di Al-Qaida.

« Il numero dei router era risibilmente alto », proseguì Jola. « La maggior parte si trovava in Gran Bretagna. Ed è possibile che uno di essi fosse nel computer di Braddy. Ormai non posso più stabilirlo. »

« Dunque, prima di pubblicare la foto, si è dato parecchio da fare », constatai.

« Senz'altro più di un comune spotter. »

Scorsi un guizzo nei suoi occhi e non mi stupii che la faccenda non la facesse dormire. Al suo posto, avrei trascorso sicuramente anch'io tutta la notte a cercare di risolvere l'enigma, almeno in parte.

«Okay», dissi, lasciando intendere che avevo saputo tutto ciò che m'interessava. «E ora che pensi di fare?»

«Seguirò la pista della seconda foto. Visto che era solo sullo smartphone di Werner, devo appurare se c'era qualcuno che vi aveva accesso.»

«Forse l'amico?»

«Ora si direbbe il principale sospettato. Tanto più che era a Breslavia. E ha trovato la foto nel profilo di Spotted», ammise.

«Però è stato lui a pagare la nostra parcella.»

«Può averlo fatto solo per salvare le apparenze.»

Diedi un'occhiata fuori della finestra e rimasi per un momento in silenzio. Le vie deserte, che nel giro di qualche mese si sarebbero riempite di un flusso inesauribile di turisti, avevano su di me un effetto tranquillizzante. «La domanda fondamentale è: può davvero essere lei?» mormorai.

«Tutto sembra confermarlo.»

«Non aveva una gemella scomparsa? O una sosia?»

«Né questo né un clone o un avatar in una realtà alternativa.»

«In tal caso, che fine ha fatto in tutto questo tempo? E perché è sparita?» Scossi la testa. «Qualcuno l'ha tenuta prigioniera contro la sua volontà?»

Jola mi guardò incerta, come chiedendosi se stessi ponendo quelle domande a me stessa o a lei. «Nella foto del concerto non sembra che nessuno la costringa a fare nulla.»

«A volte l'apparenza inganna.»

«Già. L'uomo che sta di spalle ha un'aria tutt'altro che amichevole.»

Le possibilità erano tante. Raccomandai a Jola di restringerne al più presto il campo, quindi mi alzai dal tavolino.

Notai che Robert era appena arrivato al Baltic Pipe con la sua BMW Serie 4 metallizzata. Il Gran Coupé era appariscente ed era difficile non notarlo in strada, ma avrei saputo anche a occhi chiusi che mio marito era arrivato. Dovevamo vederci a quell'ora, e lui non era mai in ritardo.

Salutai Kliza e, nel congedarmi, la invitai ancora una volta a bersi un Prosecco a spese della ditta. Poi montai in macchina. Benché avesse più di un anno, odorava di nuovo.

Osservai Robert rivolgere un lungo sguardo al cameriere che stava davanti alla vetrina. Quello gli fece un cenno del capo e si allontanò.

Mio marito si schiarì la gola. « Ascolta, Kas... »

« Non vale la pena parlarne. Quanto è successo ieri è acqua passata. »

« Sei sicura? »

Ero sicura, ma di tutt'altro. Ciò che aveva fatto Robert avrebbe avuto conseguenze gravissime. Avrebbe distrutto la sua vita e cambiato completamente la mia, sebbene lui non se ne rendesse ancora conto.

Ritenendo il mio silenzio una risposta sufficiente, girò la macchina e si avviò in direzione della nostra villa sul mare. « Com'è andata? » chiese.

« Kliza è la persona giusta. »

Annuì in silenzio, fissando la strada davanti a noi. Poi mi guardò in un modo che conoscevo fin troppo bene.

« Mio Dio, Robert... » gemetti. « Non le ho detto niente. Di che cosa mi sospetti? »

Non rispose.

6

A casa dei miei genitori, in via Grottger, arrivai sudato, sfinito e completamente frastornato. A dire il vero, non sapevo neppure che cosa stessi facendo, forse si era attivato un meccanismo biologico che, in una situazione critica, spingeva a cercare aiuto presso i genitori.

Non dubitavo che li avrei trovati a casa. Eravamo in mezzo alla settimana, è vero, ma erano entrambi in pensione da qualche anno. Trascorrevano quasi tutto il loro tempo a rileggere i tanti libri che conoscevano già a menadito. Di rado riuscivo a convincerli a fare qualcosa di nuovo.

Venne ad aprirmi mia madre. Non le diedi neanche il tempo di dire alcunché, perché la superai come un fulmine ed entrai. Non mi sfuggì l'espressione spaventata che le attraversò il volto.

« Damian? Che cosa è successo? » chiese con voce tremante.

Respirando a fatica mi sbattei la porta alle spalle e mi ci appoggiai con la schiena. Inclinai la testa di lato e chiusi gli occhi.

Bella domanda, pensai.

Che cosa era successo?

Prima di fuggire da casa di Blitz, nella stanza da letto avevo notato un coltello insanguinato. Sul corpo avevo scorto solo una ferita, subito sotto le costole. Il sangue, che inzuppava quasi tutto il letto, faceva pensare che Blitzer avesse impiegato qualche tempo a morire, forse cercando aiuto. Oppure lottando contro il suo aggressore per salvarsi la vita.

Rabbrividii.

Non poteva essere un caso. Non avevo dubbi.

A quanto pareva, dall'appartamento non era scomparso nessun oggetto di valore, e poi Blitz non aveva nemici. Gli volevano tutti bene, non ce l'aveva mai con nessuno e le donne con cui andava a letto e che lasciava alla svelta ignoravano perfino dove abitava.

L'aveva ucciso chi stava dietro la scomparsa di Ewa.

« Che cosa è successo? » ripeté mia madre.

Aprii gli occhi e la guardai nell'istante in cui mio padre uscì dal salotto corrugando la fronte. « Figliolo? » disse con la sua voce tonante, profonda.

Mi si rivolgeva sempre in quel modo, forse non mi aveva mai chiamato per nome. All'inizio era stata la sua protesta personale contro il fatto che mia madre avesse scelto di chiamarmi Damian, che a lui non piaceva affatto. In seguito era diventata un'abitudine.

Erano tutti e due persone bonarie, perbene. Lo direi anche se non fossero i miei genitori. A volte mi pareva che, per loro, il concetto di male assoluto, così chiaro a molti, fosse una pura astrazione.

Perciò mi fu molto difficile descrivere loro l'accaduto.

Mi ci volle un'ora buona per sputarlo fuori. Eravamo seduti nel piccolo salotto pieno di vecchi mobili, e in teoria bevevamo del tè. In pratica, le tazze rimasero a lungo sul tavolo e il tè fece in tempo a raffreddarsi completamente prima che ne bevessimo un sorso.

All'inizio i miei non potevano credere alle loro orecchie, poi entrarono nella fase del rifiuto. Infine, però, accettarono ciò che era successo più in fretta di quanto non avrebbero fatto molti altri al posto loro. Conoscevo il motivo di quel comportamento. Eravamo abituati alla tragedia, per noi non era niente di nuovo. Dopo la scomparsa di Ewa, ormai eravamo pronti a tutto.

Per loro era come una figlia. Le si erano avvicinati soprattutto dopo la morte dei suoi genitori, avvenuta in seguito a un incidente automobilistico, meno di un anno prima dell'aggressione sulla Młynówka. In precedenza nel loro rapporto si percepiva una certa distanza, forse perché mia madre e mio padre non andavano particolarmente d'accordo coi suoi. Venivano da mondi diversi: i miei erano cresciuti in semplici famiglie operaie, non avevano mai nuotato nell'oro. Al contrario dei miei mancati suoceri, che ci sguazzavano.

Il destino aveva strappato Ewa a mio padre e a mia madre proprio quando il loro rapporto si era fatto più stretto. Ero convinto che quell'avvenimento ci avesse temprati tutti ma, appena ebbi terminato il mio racconto, mi convinsi che, almeno per quanto riguardava uno di noi, non era così. Mi veniva da vomitare.

«Sei bianco come un cencio», disse mia madre.

Potevo aspettarmi un altro commento? Mi guardava tutta preoccupata, mentre mio padre fissava la parete con occhi assenti. Per un po' rimanemmo in silenzio.

«Gesù...» gemette mia madre. Scosse la testa e si alzò di scatto. «Aspetta, ti preparo qualcosa da mangiare. Perché... non hai mangiato niente, vero?»

«Già, però...»

Andò in cucina, e io scambiai uno sguardo breve ma eloquente con mio padre. A poco a poco ci rendevamo conto della terribile situazione in cui mi ero cacciato.

«Hai informato la polizia?» chiese.

Feci segno di no.

«Forse dovresti. Meglio che lo sappiano da te.»

«A che pro?»

«Farà un'impressione migliore.»

«L'impressione non può essere più chiara. Le mie impronte sono ovunque», replicai.

«È quello che sto dicendo, figliolo. Devi dimostrare al più presto che non hai nulla a che fare con questa storia.»

Dal momento che, ormai da anni, per noi il trauma era solo un peso, adesso ragionavamo a mente fredda. Malgrado ciò, non riuscivo a comporre uno scenario che potesse rivelarsi favorevole per me.

«Non posso fare miracoli», ribattei sprofondando ancora di più nella poltrona. «E poi qualcuno avrà sicuramente già chiamato la polizia. Forse a quest'ora stanno perfino rilevando le impronte. Oggi stesso le controlleranno nella banca dati e verranno a prendermi.»

«Questo non puoi saperlo.»

«No?»

Sbuffai, forse per la sensazione d'impotenza. Chiusi gli occhi, piegai la testa all'indietro e, per un momento, ebbi l'impressione che tutto ciò fosse solo un'allucinazione da dopo sbornia.

«Hai visto un coltello laggiù, vero?»

«Sì, credo di sì.»

Ricordavo tutto come attraverso una nebbia, ma non m'illudevo che le cose sarebbero rimaste a lungo così. Sarebbe andata esattamente come nel caso dei ricordi della Młynówka. In principio confusi, in parte inafferrabili, quasi schermati da una cortina protettiva. Poi, grazie agli incubi e alle immagini riemerse dai recessi della memoria, sempre più nitidi. E alla fine chiari come il presente.

«Sopra non ci sono le tue impronte. Tanto basta», aggiunse mio padre.

«Diranno che magari indossavo dei guanti.»

«Ed erano da qualche parte?»

«Papà...»

«Sono tutte domande sensate.»

Scossi la testa impotente. «Per te, ma non per la polizia. Penseranno che li abbia portati con me e che me ne sia semplicemente liberato.» Appena lo dissi, mi resi conto che andarmene dall'appartamento era stata la cosa peggiore che potessi fare. Sarei dovuto rimanere sul posto e informare subito le autorità. Poi aspettare senza toccare niente.

Dalla cucina ci giunse un odore di uova fritte. Mia madre faceva la migliore frittata del mondo ma, in quel momento, il solo pensiero di mangiare mi dava la nausea.

Mi chinai e nascosi il viso tra le mani.

Che cosa stava succedendo, maledizione? Chi e perché avrebbe dovuto uccidere Blitzer? E in modo che tutto facesse pensare...

Interruppi il flusso dei pensieri, assalito da un'improvvisa ondata di calore. Mi s'inumidirono subito i palmi, la nausea si fece più forte. Abbassai lentamente le mani e fissai mio padre con uno sguardo assente.

«Che c'è?» chiese.

«Il coltello...»

Mio padre inarcò le sopracciglia e le lunghe rughe sulla sua fronte sembrarono avvicinarsi all'attaccatura dei capelli grigi ormai radi.

«Cazzo...» gemetti.

«Che succede, figliolo?»

«Ieri sera l'ho usato», risposi strofinandomi nervosamente la nuca. «Ho aperto una bottiglia di vino, ho tagliato la capsula filettata...»

«Sicuro che si tratti dello stesso coltello?»

Annuii. Non ne ero certo al cento per cento, ma mi sembrava logico. L'assassino era entrato in casa, aveva visto il coltello sul piano della cucina e aveva deciso di servirsene. Blitz non poteva opporre molta resistenza, era sbronzo quanto me. Se non di più.

Senza volerlo, lo immaginai svegliarsi dal suo sonno alcolico solo per morire un attimo dopo. Rabbrividii.

Io e mio padre rimanemmo qualche tempo in silenzio. Riuscimmo a strapparci al nostro stordimento solo quando mia madre entrò nella stanza con la frittata. Ci porse i piatti, sebbene dovesse sapere che la colazione avrebbe condiviso la sorte del tè, ancora intonso. Tuttavia, aveva bisogno della consapevolezza di aver fatto qualcosa; cercava in qualche modo di prendersi cura di noi.

Si sedette sul divano accanto a mio padre e mi guardò con una profonda angoscia. « Che facciamo? »

« Per il momento niente », risposi. Temevo che mio padre mi spingesse comunque a contattare la polizia, ma non disse nulla. Solo dopo un po' capii che aveva scelto un altro modo per esprimermi le sue obiezioni.

Infatti, mi stava trapassando con uno sguardo che conoscevo bene.

« Non avrebbe senso », bofonchiai.

« Non ho aperto bocca, figliolo. »

« Non è necessario. Vedo che vuoi sempre che chiami la polizia. »

« Non è vero. »

« Meno male », risposi in maniera un po' troppo brusca, ma le emozioni cominciavano ad avere il sopravvento. « Capisci bene che sono nei guai. E che chiunque ci sia dietro tutto questo ha una certa influenza sulla polizia. »

Lui sospirò, e mia madre distolse lo sguardo. Per loro quello era un vecchio ritornello che avevo ripetuto a non finire, dopo la scomparsa di Ewa. Allora ero passato attraverso tutti gli stadi della depressione, accusando chiunque mi saltasse in mente.

Per un po' avevo sostenuto la versione che gli inquirenti nascondevano le prove ed erano addirittura coinvolti nell'accaduto. A un certo momento, mi era venuta perfino l'idea che gli aggressori fossero funzionari che avevano deciso di spassarsela dopo il lavoro.

Alla fine avevo rigettato le teorie complottistiche e tutti gli altri scenari assurdi, ma ora dovevo prenderli di nuovo in considerazione. A questo punto ogni cosa era possibile.

« Non sono più i tempi della Polonia Popolare », mi fece notare mio padre. « Adesso hanno le attrezzature, hanno la tecnologia... Stabiliranno che cosa è successo veramente. »

Era successo che io ero vivo e Blitz no.

Il motivo non poteva essere che uno. All'assassino premeva non solo di eliminare il mio amico, non solo di mandare un segnale, ma anche di scaricare la responsabilità su di me. Perché? Non sarebbe stato più facile uccidere pure il sottoscritto?

Mi venne ancora più caldo quando pensai a quanto ero stato vicino alla morte. Sarebbe bastato un attimo. La decisione di un unico uomo.

« Vedranno solo le prove contro di me. Chiunque sia stato ha provveduto affinché sia così », dissi sottovoce.

Prima che uno dei due potesse rispondermi partì una suoneria, che ci fece trasalire tutti. Soltanto dopo un attimo mi resi conto che era il cellulare di Blitz. In preda al panico, dovevo averlo portato via dall'appartamento per avere un qualche contatto col mondo. Lo tirai fuori dalla tasca e vidi un messaggio non letto.

La Reimann Investigations aveva mandato un codice di accesso. Appoggiai meccanicamente il telefono sul bracciolo della poltrona, ma subito dopo aggrottai la fronte e fissai lo sguardo sullo schermo che si stava spegnendo.

Lo presi e andai nella mia vecchia stanza, che ora mio padre usava come studio. Qualche tempo prima, avevo passato ai miei il mio vecchio computer, perché avevano insistito nel voler seguire lo spirito dei tempi e approfittare di tutti i vantaggi offerti da Internet. Il pc, piuttosto decrepito, non era molto adatto allo scopo, però i miei non si erano lasciati convincere ad acquistarne uno nuovo.

In un armadietto c'era anche un vecchio Asus, il mio primo portatile, che sarebbe stato altrettanto bene in un museo. Tra i due mali, quello minore era il pc.

Accesi l'apparecchio, mi loggai sul sito e digitai il codice.

Apparve una piccola finestra e una lista di due soli utenti. Eravamo identificati soltanto da sequenze di cifre e segni casuali. Presumibilmente lo script del sito era munito di forti protezioni, ma non sapevo quanto ciò corrispondesse a verità e quanto invece si trattasse di una strategia di marketing dei collaboratori della RI per indurre Blitzer a utilizzare i loro servizi.

Garantivano che tutte le informazioni fossero cifrate automaticamente tramite il protocollo militare AES-256 CTR. E che ciò avvenisse prima dell'invio dei dati dal computer del mittente, ragion per cui sul server arrivava solo la versione criptata, impossibile da leggere senza il codice che dovevo ricevere prima per messaggio.

Un'ulteriore protezione doveva essere rappresentata dal fatto che i messaggi venivano conservati sugli hard disk della Reimann Investigations solo per dieci secondi.

Guardai lo schermo nero e aspettai. Alla fine comparve una domanda.

[xc97it] Tutto ok?

Non dovetti riflettere a lungo sulla risposta.

[w0p6z1] No. Niente è ok.

[xc97it] Parlo con Werner, giusto?

[w0p6z1] Sì. Chi sei?

[xc97it] Jola.

Osservavo le righe di testo apparire e sparire subito dopo. Il nome non mi diceva niente. Per la verità non sapevo neppure se dall'altra parte ci fosse davvero una ragazza.

[xc97it] Abbiamo parlato ieri.

[w0p6z1] Non ricordo granché.

Ci fu una lunga pausa, o almeno così mi sembrò. Ebbi l'impressione che fosse passata non una decina di secondi, ma un minuto, quando comparve il messaggio seguente.

[xc97it] Che cosa è successo?

Ora mi ricordai che la persona che avevo contattato il giorno prima si era presentata come Jola Kliza. Era lei che doveva occuparsi del caso di Ewa e Blitz sosteneva che non saremmo potuti capitare meglio, soprattutto perché se la immaginava come una bionda dalle gambe lunghe e dal corpo a clessidra.

Feci vagare lo sguardo nella stanza e notai che i miei vi avevano lasciato molte cose della mia infanzia. Per esempio, alcuni regali che Ewa mi aveva fatto alle elementari: dei pupazzetti di Spider-Man, per il quale al tempo avevo una fissa. Al punto che Ewa mi chiamava come Mary Jane chiamava Peter Parker. Tigre. Normalmente sarebbe stato un po' imbarazzante ma, vista la mia adorazione per Spider-Man, non poteva che farmi piacere.

C'era anche il disco di latta che io e Blitzer avevamo staccato da un segnale stradale ai tempi del liceo.

Solo ora sentii il peso di quanto era accaduto. Tuttavia, sapevo che, per il lutto, avrei avuto tempo in seguito. Adesso dovevo cercare di evitare che il mondo mi crollasse addosso da un momento all'altro.

Forse ero paranoico, però credevo di sapere che cosa sarebbe successo in caso contrario. La polizia mi avrebbe arrestato subito, la procura mi avrebbe incriminato. Sarei finito in custodia preventiva e ci sarei rimasto, in attesa del processo. Poi mi avrebbero mandato direttamente in carcere.

Di scoprire una qualsiasi traccia di Ewa, neanche a parlarne. Non l'avrei mai trovata. Sarebbe di nuovo scomparsa per sempre.

Guardavo il monitor con occhi assenti, mentre i miei pensieri andavano ancora più alla deriva. Mi riscossi solo quando ricomparve la stessa domanda.

[xc97it] Che cosa è successo?

Consapevole che in quel momento Jola era l'unica persona che potesse aiutarmi, le descrissi ciò che ricordavo. Non mi diffusi in particolari, mi rendevo conto che ora non erano la cosa più importante. Poco dopo, il testo scomparve e fissai di nuovo lo schermo nero e vuoto. Il cursore bianco sembrava balenarvi in maniera inquietante.

[xc97it] Hai da scrivere?

Allungai la mano verso un cassetto e ne estrassi un blocco

di foglietti adesivi gialli. Poi vi annotai il numero che era apparso sullo schermo.

[xc97it] Compra una carta prepagata e un telefono in un negozio dell'usato conto terzi. Poi manda un messaggio con scritto « b4lt1cp1p1 » al numero che ti ho dato.

Annotai tutto.

[w0p6z1] E poi?

[xc97it] Ti darò altre istruzioni, ma per ora devi liberarti del telefono.

[w0p6z1] Vuoi che scappi?

Il cursore balenava di nuovo come gli occhi cattivi di un animale nell'oscurità. Inghiottii la saliva.

Alla fine comparve la risposta.

[xc97it] Sì.

Di colpo fui sbattuto fuori e la finestra si chiuse. Rimasi lì per un po', sbigottito, prima di capire che Kliza poteva essere venuta in possesso d'informazioni che non avevo.

Forse ne sapeva più di me.

Avevo alcune possibilità, ma erano tutte più o meno senza speranza. Alla fine scelsi quella che sembrava essere la migliore. Mi dissi che, se per qualche motivo Blitz si era fidato di quella ragazza, forse avrei dovuto farlo anch'io.

Non mi venne in mente che magari era morto a causa sua.

7

A casa mi aspettavano dei mazzi di iris bianchi. Uno in ogni stanza, il che faceva in tutto un numero piuttosto considerevole. Robert sapeva benissimo che erano i miei fiori preferiti, me li regalava in ogni occasione. Mi faceva piacere, sebbene vi scorgessi un che di assurdo. In fondo il bianco era il simbolo dell'innocenza.

E mio marito non poteva certo vantarsene.

Lungo il tragitto si assicurò ancora a più riprese che non ce l'avessi con lui, e ogni volta gli risposi di no, come un disco rotto. Quando entrammo nell'ampio ingresso, osservò attentamente la mia reazione. Dunque feci di tutto per convincerlo che le scuse non erano necessarie.

Ci abbracciammo, ci baciammo, poi mi prese per mano e mi portò nella sala da pranzo. Si trovava al pianterreno, nella parte nord della proprietà. A sud avevamo un bosco, ma dalle finestre del salone la vista si stendeva all'infinito sul Baltico. La villa era situata su una piccola scarpata che permetteva di far spaziare lo sguardo fino al lontano orizzonte. Col bel tempo, in mare aperto si vedevano i contorni di navi gigantesche che, da quella postazione, sembravano solo minuscoli puntini sullo sfondo del cielo.

Il pranzo era già pronto. Utilizzavamo l'applicazione Amica IN, che consentiva di comandare a distanza la maggior parte degli elettrodomestici. Prima di uscire Robert aveva messo il cibo nel forno, che aveva acceso lungo il tragitto verso casa.

Mi porse un'anatra alla vietnamita. Sapevo che cucinare gli mancava, era una delle passioni cui non aveva più il tempo di dedicarsi.

Il sapore piccante e le evidenti tracce di anice non mi stupirono, Robert preparava sempre così quel piatto. In realtà, non mi stupiva nulla di quanto faceva. Tutto era un elemento fisso in uno schema noto a entrambi.

« Di che cosa hai parlato con Jola? » chiese mentre ci versava un Pinot nero della Nuova Zelanda. Sosteneva che nessun altro vino si abbinasse altrettanto bene con l'anatra.

« Soltanto del caso. »

« Non hai accennato a... »

« Ti ho già risposto di no. »

Mi riempì un terzo del bicchiere e mi si sedette di fronte. « C'è una cosa che non ti ho detto. »

« Che cosa? »

« Scusa. »

Gli lanciai un'occhiata e sospirai. In realtà, fino a quel momento si era solo assicurato che non fossi arrabbiata con lui, non si era ancora deciso a chiedere scusa. Prima o poi lo avrebbe fatto, come sempre. Ma solo dopo aver preparato il terreno.

Era un balletto che entrambi avevamo deciso di eseguire per far sì che il nostro amore durasse. Gli iris bianchi, il fatto che cucinasse apposta per me, che si prendesse cura di me come se io fossi una regina e lui il mio servitore. Tutto ciò era una bella illusione.

Che aveva luogo solo di giorno.

« Non c'è problema », dissi.

Abbassò lo sguardo, dando l'impressione di essere profondamente imbarazzato. Era davvero così? Chissà. Benché ci fossimo incontrati ai tempi dell'università, innamorandoci quasi subito, mi sembrava di non avere mai conosciuto mio marito sino in fondo.

« Assaggia il vino », suggerì.

« Ho appena bevuto del Prosecco, non vorrei mescolare. »

Non insistette, e non dovetti aggiungere altro. Si rendeva conto che, se adesso avessi preso una sbornia, più tardi me lo sarei rimproverata. Fino al tramonto c'era ancora tempo, e avevo ancora molto vino bianco frizzante da sorseggiare.

Ogni HFA, un *high-functioning alcoholic*, o « alcolizzato ad alta efficienza », sapeva perfettamente che, per poter bere, è necessario mantenere una certa misura. La chiave stava nel non superarla a nessun costo.

Robert mangiò un pezzo di anatra, poi depose con lentezza le posate. Continuava a non alzare lo sguardo. « Non si ripeterà più. »

« Lo so. »

« Avevo bevuto troppo, Kas. Ho dato fuori di matto. »

« Ti ho già detto che... »

« Che non c'è da preoccuparsi, sì », m'interruppe scuotendo la testa. « Ma non è vero. » Si alzò, mi si avvicinò e si accovacciò accanto alla sedia. Mi prese la mano e mi guardò a lungo negli occhi. Nei suoi scorgevo dolore, vergogna e una profonda tristezza. Non erano sentimenti simulati, lo tormentavano davvero.

Era un uomo pieno di contraddizioni, proprio come me.

« Non possiamo semplicemente fare come se niente fosse », disse.

« Lascia stare. »

« Ti ho colpita, Kas. »

Non è stata né la prima né l'ultima volta, pensai.

Per giunta, ogni nuovo episodio sembrava peggiore del precedente. No, non « sembrava ». *Era* peggiore. Era cominciato tutto in maniera innocente, sempre che una qualsiasi violenza possa cominciare così.

Una notte, Robert mi aveva coperto d'insulti perché non avevo seguito a dovere una faccenda di poco conto che riguardava uno dei locali sulla spiaggia. Era una sciocchezza, non ricordo neanche di che si trattasse.

All'inizio mi aveva colpito solo verbalmente, ma poi era andato oltre. Mi aveva schiaffeggiato e mi aveva spinto. Si era ripreso subito, quasi strappandosi da un letargo. Mi aveva chiesto scusa, mi aveva pregato addirittura di perdonarlo e mi aveva assicurato che la cosa non si sarebbe più ripetuta.

Allora gli credetti, perché volevo credergli. Mi sentivo umiliata, debole e in pericolo, ma era pur sempre l'unico uomo di cui potessi fidarmi. Non può capirlo nessuno che non abbia subito una violenza da parte della persona amata. È qualcosa che sfugge alla razionalità e alla logica.

Non passò molto tempo e mi diede un pugno. Gli capitava di urlare, e allora pregavo solo che non si spingesse oltre e che Wojtek non sentisse nulla. Nel primo caso, le mie preghiere rimasero inascoltate, nel secondo evidentemente riuscii a ottenere che qualcuno lassù mi aiutasse.

La notte precedente Robert aveva esagerato. Mi aveva tirato per i capelli, urlato dritto in faccia e poi colpito più volte al basso ventre. Allora avevo deciso che non avrei sopportato oltre. Quello sarebbe stato il giorno che avrei ricordato come il primo passo verso una nuova vita.

Perciò Robert voleva sapere che cosa avevo fatto e con chi avevo parlato. E perciò aveva ordinato a uno dei suoi dipendenti di tenermi d'occhio. Si rendeva conto di avere superato un altro limite, e che non avrei permesso che vi si accostasse di nuovo.

Guardai i mazzi di iris bianchi. Fingevo con me stessa di

adorare ancora quei fiori. In realtà, da qualche tempo li odiavo. Erano la prova tangibile della situazione disperata in cui mi trovavo.

« Non possiamo lasciar correre », mormorò.

« Che vuoi dire? »

« Devi farti visitare... »

« Come? »

« Ti porto a Kamień Pomorski, andremo in ospedale e... »

« Sei impazzito? »

« Avrai una prova. »

Scostai la sedia e mi girai verso di lui. Si chinò e mi mise la testa in grembo. Rimase così per un po', in silenzio, mentre gli accarezzavo delicatamente i capelli.

Voleva avere una spada di Damocle sulla testa? Una prova di quanto mi aveva fatto?

Non poteva essere che quello. Pensavo perfino che le sue motivazioni fossero sincere. Vedevo che provava a cambiare, in alcuni casi era addirittura riuscito a trattenersi prima di passare ai fatti.

Ma erano solo eccezioni che confermavano la regola.

« Credi che cambierà qualcosa? » chiesi.

« Saprò che in qualsiasi momento potrai... »

« Cosa? Andare alla polizia? »

Alzò la testa. Aveva gli occhi vitrei e non sembrava affatto la persona che, la notte prima, mi aveva urlato contro, mi aveva trascinata sul pavimento e picchiata come un pazzo.

« Dovrei permettere che ti chiudano in prigione? In modo che Wojtek rimanga senza padre? E che dobbiamo cavarcela senza di te? »

« Non dire così. »

« Ma è la verità, Robert. Tu come te l'immagini? »

Da che ho memoria, eravamo sempre stati diretti l'uno con l'altra. Mi sembrava che in qualsiasi altro rapporto la situazione avrebbe avuto sviluppi completamente diversi. La donna se ne sarebbe andata, oppure la violenza sarebbe diventata un argomento tabù.

Tra noi non c'erano tabù. Parlavamo di tutto, non ci buttavamo mai polvere negli occhi. A dire il vero, non ci eravamo mai mentiti... se si esclude il fatto che Robert aveva taciuto di avere una seconda natura, brutale.

Si fece ancora più vicino e mi cinse la vita. « Come puoi stare con un simile figlio di puttana? » domandò.

« Non lo so », risposi, e mi costrinsi a sorridere.

« Al tuo posto gli avrei almeno rigato quella fottuta coupé da megalomane. »

« Pensavo di disegnarci sopra con lo spray, stanotte. »

« Buona idea. »

Quando tornò a guardarmi, lo baciai, prendendogli forte il viso tra le mani. Pensai di nuovo che eravamo diversi dalle altre coppie, che, in una situazione simile, sarebbero sicuramente finite in camera da letto.

Ma noi facevamo di rado l'amore. Da quando erano cominciate le violenze, sempre più di rado. Avevo perfino l'impressione che Robert si appagasse sessualmente picchiandomi.

Lo faceva sempre spinto da emozioni selvagge, irrefrenabili. Da un richiamo bestiale che non era in grado di soffocare. Eppure, al tempo stesso, colpiva in modo da non lasciare tracce. Era quello a inquietarmi più di ogni altra cosa, perché mi faceva pensare che, da qualche parte dietro tutto ciò, si celasse un freddo ragionamento.

Chiusi gli occhi e mi concentrai sul tocco delle sue labbra. Mio Dio, bastava davvero così poco per far scemare la mia sicurezza? Solo qualche ora prima ero certa che non mi sarei data per vinta. Che non mi sarei più fatta maltrattare.

Era con tale convinzione che ero salita sulla BMW, quando Robert era venuto a prendermi.

Quanto poco bastava a farmi cambiare idea? E l'avevo davvero cambiata? Non sapevo rispondere a quelle domande. Sapevo soltanto che l'amore è la tossina più pericolosa creata dalla natura.

Robert tornò al suo posto e bevve un lungo sorso di vino. Guardò l'anatra con aria incerta. « O non mi è venuta bene, o provo un tale disgusto verso me stesso che mi è perfino passato l'appetito. »

« O entrambe le cose. »

« Forse hai ragione », rispose allontanando il piatto.

Era pallido quasi quanto Jola Kliza, che con ogni probabilità stava all'aria aperta solo quando si spostava da un edificio all'altro. Aveva una cera quasi cadaverica, che i capelli neri, lunghi sino ai fianchi, non facevano che evidenziare. Sembrava avere sempre la testa leggermente china, perciò le ricadevano sulle guance.

Mi chiedevo se avesse fatto qualche progresso nel caso di Ewa. Era un buon argomento per distrarsi un po' da quanto era successo durante la notte. Decisi di confidarmi con Robert. « Ti ho parlato di quella ragazza scomparsa, vero? »

Lui posò il bicchiere e per un attimo mi fissò con aria seria, quasi chiedendosi se cambiare argomento fosse una buona idea. « Mi hai detto soltanto che era stata violentata in riva a un fiume e che poi se ne era persa ogni traccia. Come pure degli aggressori. »

« Finché non sono comparse delle foto. »

« Esatto. Era successo a Opole? »

Confermai con un cenno del capo.

« Devo averne sentito parlare. È accaduto molto tempo fa? »

« Dieci anni. »

« E pensate davvero che, dopo tutto questo tempo, sia rispuntata fuori? »

« Così pare. Ma nel mentre qualcuno trama perché la pista finisca di nuovo nel nulla. »

« Forse lei stessa? » suggerì Robert mentre iniziavo a mangiare l'anatra. « Forse non vuole essere trovata? »

« Difficile a dirsi », ribattei masticando un pezzetto di carne. Il piatto era troppo forte per le mie papille gustative, ma non intendevo farne parola. In fin dei conti rientrava nelle scuse, e poi la preparazione aveva richiesto molto tempo, cosa che a Robert mancava continuamente.

« Magari, dopo lo stupro, ha deciso di ricominciare tutto daccapo », osservò.

« E avrebbe lasciato il fidanzato come se niente fosse? Ne dubito. »

« Avete parlato con la famiglia? Con dei conoscenti? Forse qualcuno sa qualcosa o si è tenuto in contatto con lei? »

Decisi che, malgrado tutto, avrei bevuto del vino. « Non ha famiglia. I genitori sono morti in un incidente automobilistico un anno prima che avvenisse lo stupro. »

« Una disgrazia dietro l'altra. »

« È la vita », risposi, e feci spallucce.

Non proseguimmo sul tema, perché sapevo che Robert non era troppo interessato. Quando avevamo fondato la Reimann Investigations, era tutto preso dai possibili obiettivi da raggiungere. Si comportava come un bambino che avesse finalmente ottenuto il giocattolo tanto desiderato. Ma col tempo il suo entusiasmo si era attenuato.

Anche il mio, del resto. Si rivolgevano a noi per lo più persone che volevano spiare i coniugi o trovare debitori che erano spariti coi soldi. Eravamo sempre in attesa di casi come quello della scomparsa di Ewa. Pensavo che allora in

Robert si sarebbe risvegliato il fervore di un tempo, ma evidentemente mi sbagliavo.

Mangiammo senza sollevare nessuna questione di una qualche rilevanza. Nell'alzarmi da tavola mi girò leggermente la testa. Il Prosecco e il vino rosso non erano una buona combinazione, soprattutto se si era iniziata la giornata col primo.

E se s'intendeva finirla allo stesso modo.

C'erano giorni in cui m'illudevo che non sarebbe accaduto. Ma non era quello il caso. Lo capii chiaramente quando arrivò un messaggio da Jola.

Robert si preparava già a uscire, doveva andare a prendere Wojtek a scuola. Non mi piaceva che arrivasse davanti alle elementari con la sua BMW: ciò creava un abisso tra nostro figlio e gli altri scolari. E, conoscendo la propensione dei bambini alle malignità, supponevo che non si scatenassero solo durante gli intervalli.

Anche la bottiglia di vino vuotata a metà suscitava la mia irritazione, ma non la esternai. Sapevo che non aveva senso protestare, Robert si sarebbe messo comunque al volante e l'unica cosa che le mie obiezioni avrebbero potuto provocare sarebbe stata un ennesimo litigio.

Dalla polizia non aveva nulla da temere. Anche se lo avessero fermato, i custodi della legge avrebbero preferito fare la contravvenzione a se stessi piuttosto che a lui. Sulla carta, il comune di Rewal aveva un sindaco, e ognuna delle località che ne facevano parte un amministratore, ma chi governava davvero qui era la gente come Robert. Imprenditori locali nel ramo turistico e della ristorazione, che davano da vivere a tante famiglie.

«Qualcosa non va?» chiese Robert.

Sollevai lo sguardo dal cellulare. «Ho ricevuto un messaggio da Kliza.»

« Cosa scrive? Qualche passo avanti? »

« Piuttosto dei problemi. Dice che deve parlarmi al più presto, la situazione si è complicata », risposi a fatica.

« Ti do un passaggio al Baltic Pipe? »

« No, risolvo per telefono. »

Raccolse i piatti, quindi li risciacquò sommariamente e li mise nella lavastoviglie. Gli avevo spiegato con pazienza che non andava fatto, perché così il detersivo non poteva penetrare nello sporco e si disperdeva inutilmente, ma era come parlare a un muro di gomma.

Mi salutò con un bacio, anche se sarebbe tornato al massimo dopo un quarto d'ora. Poi sentii il brontolio sommesso del motore della BMW.

Respirai profondamente e composi il numero di Jola.

Rispose subito, quasi non aspettasse altro che la mia telefonata. « Blicki è morto », annunciò senza mezzi termini.

Non apparteneva certo al novero delle persone che fanno giri di parole. Mi prese alla sprovvista e per un momento non seppi che cosa rispondere. Nulla mi sembrava appropriato.

« È stato trovato morto nel suo appartamento », aggiunse nel tono privo di emozioni di una presentatrice televisiva.

Andai al frigorifero. A quanto pare era uno di quei giorni in cui avrei trasgredito alle regole sacre degli HFA. « È trapelato qualcosa di più? »

« Ufficialmente la polizia non fornisce nessun particolare. Il pretesto è sempre il solito, e cioè il buon esito delle indagini. »

« E ufficiosamente? »

« Sembra che Werner abbia passato la notte da lui. »

Impietrii col bicchiere in mano. « Non vorrai dire che... »

« No », m'interruppe. « Perché avrebbe dovuto ucciderlo? »

Bevvi un sorso e mi sentii un po' meglio.

« Non ha senso », continuò Kliza. « Blicki non era solo il suo unico amico, ma anche l'unica persona disposta ad aiutarlo. Inoltre, Werner è abbastanza sveglio da progettare qualcosa di più raffinato. »

« Dunque qualcuno sta provando a incastrarlo? »

« Nel peggiore dei casi, sì. Nel migliore, si tratta soltanto di un concorso di circostanze. »

Non credevo al caso. Lo consideravo una definizione vuota cui facciamo ricorso quando non conosciamo la ragione di un dato avvenimento.

« Comunque sia, sul posto c'è sicuramente un numero sufficiente di sue tracce biologiche perché possano metterlo sotto accusa. »

« Ne sei sicura? » chiesi.

« Non al cento per cento, ho tutte informazioni di seconda mano. Ma lo considereranno di certo il principale sospettato. »

« In tal caso lo dobbiamo... »

« Nascondere, lo so. Me ne sono già occupata. »

Aggrottai le sopracciglia. Allora perché mi aveva chiamata? Certo, le avevo detto spesso che volevo essere aggiornata sui casi che seguivamo, ma solo se ci fossero state questioni essenziali da risolvere. Questa volta aveva deciso da sola.

Posai il bicchiere sul piano della cucina e mi sedetti sul bordo, guardando la costa attraverso le grandi vetrate. « Assicurati che non l'abbia fatto davvero », le raccomandai. « Non vorrei che poi fossimo vittima di campagne stampa negative. »

« D'accordo. Ma per prima cosa devo fare in modo che non lo arrestino, perché perderemmo irrimediabilmente il contatto. »

« Mmm », mormorai. « Certo, però non credo che tu mi abbia telefonato per questo. »

« No, hai ragione. »

« Dunque, di che si tratta? »

« Ho esaminato di nuovo tutti i materiali. »

Nella sua voce si percepiva in modo chiaro un'eccitazione quasi infantile. E una promessa inespressa.

« La ragazza ha provato a trasmettere un messaggio », rivelò.

« Cosa? Quale messaggio? A chi? » esclamai.

Le domande mi risuonavano in testa come salve di artiglieria.

« Questo ancora non lo so. Ma intendo scoprirlo. »

8

Il cellulare, lo comprai al primo negozio dell'usato che mi capitò e la carta SIM un po' oltre, in un chiosco sulla strada. Non volevo perdere tempo, perciò mandai subito un messaggio al numero indicato dalla ragazza della Reimann Investigations.

Mi richiamò quasi subito. « Bene. Ora possiamo parlare tranquillamente », esclamò.

« La tranquillità, al momento, non so neanche cos'è. »

« Non mi stupisce. »

Mi passai la mano tra i capelli e mi guardai intorno in modo nervoso. Avevo l'impressione che tutti i passanti mi fissassero. Mi sembrava che ognuno di loro sapesse che ero nel mirino della polizia.

« Com'è successo? Com'è potuto accadere? » farfugliai.

« Col tempo appureremo tutto, ma ora... »

« No », la interruppi. « Devo sapere che cosa succede. Chi è stato? Perché? »

Un uomo che mi stava passando accanto mi lanciò uno sguardo sospetto, accusatore. Dopo averlo superato, mi guardai alle spalle ma vidi soltanto la sua schiena che si allontanava. Ero caduto in paranoia, in effetti c'era da aspettarselo.

« Perché qualcuno ha dovuto ucciderlo? » Non mi rassegnavo.

« Scopriremo tutto. »

« Chi è che mi vuole incastrare? La polizia? »

« Werner, ascoltami un istante... »

« Che cosa vogliono? »

« Werner! »

Scossi la testa e mi ripresi. In realtà, a riportarmi sulla Terra era stata la voce estranea di Jola Kliza, senz'altro perché sembrava appartenere a qualcuno che mi conosceva. Mi resi conto della brutta situazione in cui mi trovavo. L'unica persona di cui potevo fidarmi era una perfetta sconosciuta.

« Devi riprendere il controllo. Stabiliremo che cosa è accaduto, ma per ora l'importante è che tu rimanga in libertà. »

Annuii come in trance.

« Ci sei? »

« Sì. »

« Per ora non sei formalmente ricercato, perciò devi approfittarne. »

« Formalmente... »

« Voglio dire che non infrangi la legge se scappi all'estero », disse in tono fermo, ma al contempo con una punta d'incertezza nella voce. « Contro di te non è stato avviato nessun procedimento, non c'è nessun mandato. Godi della stessa libertà di qualsiasi altro cittadino. E devi approfittarne. »

« Vuoi che lasci il Paese? »

« No. Ma potrò fare molto di più per te se verrai in Pomerania. »

Mi fermai sul ponte Piastowski e feci scorrere lo sguardo sulle sue arcate d'acciaio. La gente ci si arrampicava così spesso che le autorità cittadine si erano viste costrette a collocare un avviso ridicolo che ne vietava l'accesso.

Andai sul lato destro e mi appoggiai al parapetto. Guardai verso i due alberghi di Pasieka, l'isoletta circondata dalle acque dell'Oder e della Młynówka. Il Loża Szyderców si trovava sull'altro lato.

«Non vado da nessuna parte», dissi.

«Non è molto saggio, considerato...»

«Non intendo fare cose sagge. Altrimenti mi sarei presentato da un pezzo alla polizia», replicai sottovoce.

«Non mi sembra una soluzione sensata, Wern.»

«Wern?»

«Suona bene», borbottò.

«O Damian, o Werner. Non trasformarmi in Wern.» Guardai i viali che partivano dall'anfiteatro. Invidiavo tutta quella gente che li percorreva spensierata. Non sentiva il peso del passato che io avevo sulle spalle. Non si trovava in un presente così disperato. E non aveva davanti a sé un futuro così confuso e preoccupante.

Mi chiesi se era rimasto qualcosa che dipendesse da me. Chiunque si nascondesse dietro l'accaduto, sembrava pronto a tutto. Se avevo bisogno di una conferma, mi bastava abbassare le palpebre. Avevo ancora davanti agli occhi l'immagine del corpo insanguinato di Blitz. «Forse invece dovrei farlo...» sussurrai.

«Cosa?»

«Presentarmi alla polizia.»

«In nessun caso. Non è mai una buona idea, tanto meno in questa situazione.»

«In fondo, perché no?» chiesi mentre mi giravo. Mi appoggiai al parapetto. «Forse stiamo diventando paranoici. E se la polizia non avesse niente a che fare con tutto ciò?»

«Vuoi verificarlo sulla tua pelle?»

«Perché no?» replicai con sempre maggior sicurezza nella voce. Solo nella voce. «Magari al comando di polizia sarò al sicuro, in fondo là ci sono telecamere di controllo, c'è gente e...»

« Eppure già in altre situazioni si sono verificate delle tragedie, Wern. »

« Werner. »

« Dico solo che dovresti essere prudente. E che, finché non sei formalmente ricercato, hai il diritto di spostarti in tutta libertà. »

« Un diritto solo teorico », risposi abbassando la testa. « Sono fuggito dal luogo del delitto. La prima cosa che avrei dovuto fare era presentarmi al comando. »

« Eri sotto shock. »

« Ma alla fine lo shock mi è passato. Se il caso arriva in tribunale, il mio abbandono della città apparirà quanto meno sospetto », replicai attraverso le labbra quasi serrate.

« Non importa. »

Sbuffai, perché la sicurezza della ragazza sembrava contraddire qualsiasi logica. Però forse non mi sarei dovuto stupire, di rado le agenzie investigative andavano d'amore e d'accordo con la polizia.

« A proposito di shock », riprese il discorso Kliza. « Ti sei sbarazzato del telefono? »

« No. »

« Ma perché l'hai portato via dall'appartamento di Blicki? »

« Non lo so. »

Rimase qualche istante in silenzio, però sapevo perfettamente cosa voleva dirmi. Dovevo liberarmi dell'unica cosa che mi rimaneva del mio amico. Prima o poi, il cellulare di Blitz sarebbe diventato una prova contro di me.

Inspirai, quindi mi girai e, facendo attenzione a che nessuno vedesse, gettai il telefono nell'Oder. Scomparve immediatamente nell'acqua torbida.

« So che non vuoi sentirne parlare, ma devi... »

« Eliminato », interruppi Jola.

« Bene. » Per un po' Kliza rimase di nuovo zitta. Immaginavo non le fosse facile tacere in una situazione in cui il silenzio era la conferma più eloquente della gravità dei miei problemi. Si stava certo chiedendo febbrilmente come interromperlo. Alla fine scelse il peggior modo possibile. « In questo momento non puoi fidarti di nessuno. »

« Grazie. Avevo proprio bisogno di sentirmelo dire. »

Kliza sospirò, e io mi rimisi in cammino.

« Se non vuoi venire qui, renditi almeno irreperibile. »

« Come? »

« Ti aiuteremo in ogni modo », mi assicurò. « Ti prenoto subito una stanza in un motel fuori città. Lì da voi c'è qualcosa del genere? »

« Non ho di che pagare nemmeno la pensione più economica. »

« Di questo, per il momento, non devi preoccuparti. »

« E chi pagherà? Voi? Vi siete trasformati di colpo in una società di prestito? » Sapevo che alla fine avrei dovuto usare toni più miti e smetterla di essere diffidente. Avrò anche avuto motivo di non credere a nessuno ma, alle persone su cui Blitzer contava, dovevo mostrare almeno una parvenza di fiducia.

« Pure Kasandra si è interessata al tuo caso », disse Jola, come se ciò dovesse fornirmi qualche sollievo.

« Chi? »

« La titolare della RI. »

« Pensavo che il proprietario fosse Robert Reimann. »

« Sì, ma ha smesso da un pezzo d'interessarsi all'agenzia. Ora è tutto nelle mani di sua moglie, e io cercherò di farla appassionare al caso. Del resto è già coinvolta e, via via che l'indagine andrà avanti, ne sarà assorbita ancora di più. »

« Forse non al punto di pagare i miei pernottamenti. »

« Tranquillo. Quella è gente che non deve contare il centesimo. »

O stava insinuando che li avrebbe imbrogliati con tatto, oppure ero io che per principio mi aspettavo certe cose dal prossimo.

Andando verso la Città Vecchia incrociai di nuovo passanti che sembravano concentrarsi esclusivamente su di me. Solo allora mi resi conto che non si trattava di un'impressione, ma neppure di nulla di sospetto. Ero io stesso ad attirare la loro attenzione guardandomi intorno come se mi fossi perso.

Feci qualche respiro profondo nel tentativo di calmarmi. « Perché mi stai aiutando? » chiesi.

« Perché è per questo che mi ha assunto il tuo defunto amico. »

Non risposi.

« Non è una ragione abbastanza valida? Forse la mia schiettezza ti ha offeso? »

Non sapevo neanch'io a quale di quelle domande potessi rispondere affermativamente. « Mi sembra soltanto strano. »

« Voglio scoprire perché è morto. E voglio aiutarti a trovare la tua fidanzata. »

« Hai un cuore d'oro. »

« È il mio lavoro. E poi la parcella è già stata pagata. »

Non volevo tirarla per le lunghe. Jola Kliza aveva qualcosa che non andava. Nel migliore dei casi era mossa da un interesse personale, nel peggiore era lievemente psicopatica.

« Non appena avremo scoperto cosa è successo a Ewa, verremo a capo di tutto il resto », aggiunse.

In quel momento non ne ero così convinto.

« Cominciamo dalla foto che avevi sul telefono », proseguì. « Puoi descriverla nel dettaglio? »

« Certo. Ne conosco ogni pixel. » Girando senza meta per il centro le descrissi tutti i particolari, e di quando in quando lei mormorava qualcosa. Ignoravo a cosa le servissero quelle informazioni. Se voleva ritrovare la fotografia, le sarebbe convenuto servirsi della tecnologia e procurarsi un accesso remoto al mio cellulare, chiuso in qualche cassaforte del comando di polizia.

« Bene, passiamo all'altra foto. Quella di Breslavia. »

La ricordavo meno bene, ma l'avevo osservata abbastanza a lungo per richiamare subito alla memoria le cose più importanti. « Il tizio di spalle aveva una felpa dei Foo Fighters con la scritta 'There Is Nothing Left To Lose'. C'era anche una bomba con le ali, probabilmente il loro logo o la copertina di un disco, non ne sono certo. »

« Ed Ewa? Era vestita allo stesso modo? »

« Non proprio. Aveva una T-shirt con un'altra scritta. »

« Quale? »

« Qualcosa a che vedere con dei giorni buoni. »

« Più preciso, Wern. Ho bisogno d'informazioni precise. »

Ci pensai su per qualche istante. « 'The Better Days' », dissi.

« Ne sei sicuro? »

« Sì. »

« Dalla voce non sembrerebbe. »

Aveva ragione, non lo ero. Il nome della band, l'avevo visto allora per la prima volta, e mi aveva fatto pensare a un gruppo rock indie o underground.

Mi fermai sul retro di un basso caseggiato e appoggiai la schiena al muro. Solo in quel momento mi resi conto che stavo girando per la città come in sogno. Non sapevo neanche dove mi trovavo esattamente. Forse da qualche parte tra via Anders e via Waryński. « Magari senza 'The'. Solo 'Better Days'. »

Sentivo Jola battere le dita sulla tastiera.

« Col punto esclamativo o senza? »

« Senza. »

« I Bruisers ti dicono qualcosa? »

« Mmm... No. »

« Peccato, suonano un punk niente male. »

Appoggiai al muro pure la testa, mi dolevano un po' le tempie. L'adrenalina andava lentamente scemando, anche se forse non avrebbe dovuto perché, di conseguenza, gli effetti della sbronza cominciarono pian piano a farsi sentire.

« Che importanza ha? » chiesi.

« Forse nessuna, o magari un po' », rispose Kliza in modo diplomatico. « Ricordi il nome del gruppo? »

« No. »

« Ma non erano i Foo Fighters. »

« No, sicuramente no. Era una band spagnola. »

« Quale? »

« Se ti dico che... »

« Concentrati, può essere davvero importante. »

« Perché? »

« Perché di solito a un concerto si va con una felpa o con una T-shirt del gruppo che è sul palco, no? »

Aveva ragione, ma non attribuivo a ciò grande importanza. Ewa non era mai andata matta per i Foo Fighters, sosteneva che erano troppo caotici. Lo ricordavo alla perfezione, perché Blitzer aveva cercato spesso di convincerci ad ascoltare i loro nuovi album.

Frugai nella memoria cercando di ripescarvi il disegno sulla maglietta. Sembrava più lo sgorbio di un dilettante che non la copertina di un album creata da un professionista. Forse per quello avevo subito pensato a un gruppo rock indie.

« Dunque? Come si chiamava la band? » mi sollecitò Jola.

Mi strofinai le tempie nel tentativo di mettere insieme i vari pezzi, d'imboccare la pista giusta o di trovare almeno un dettaglio che mi facesse scattare qualcosa in testa. Alla fine mi si accese una lampadina.

« Aspetta... » mormorai. « Mi ha fatto venire in mente quel calciatore con la maschera di Spider-Man. »

« Come? »

« C'era un giocatore argentino che, dopo avere fatto un gol, si metteva la maschera di Spider-Man e fingeva di segnare con una ragnatela che gli usciva dai polsi. »

Kliza taceva.

« A suo tempo andavo matto per Spider-Man. »

« A-ha. »

« Ewa lo sopportava stoicamente, benché, durante l'infanzia, mi pare che lei non avesse nessuna fissa del genere. A parte forse l'archeologia. Le interessavano soprattutto i primi insediamenti sulle terre polacche. »

Jola tossicchiò piano.

« Ognuno ha le sue perversioni », soggiunsi.

Continuava a stare zitta, e mi passò per la mente che forse non era un caso se sulla maglietta di Ewa c'era un gruppo il cui nome mi ricordava il mio personaggio dei fumetti preferito.

No, doveva trattarsi di un caso. Cercavo un significato recondito dove non c'era.

O forse no?

« Controlla su... »

« Ho appena cercato su Google », m'interruppe Jola. « Il calciatore è Jonás Gutiérrez. »

Schioccai le dita. « Gutiérrez! Ecco cosa c'era scritto sulla maglietta. »

La mia interlocutrice rimase di nuovo zitta, e cominciai sinceramente ad averne abbastanza. Se prima il suo silenzio poteva passare per un commento sarcastico alla mia passione per Spider-Man, ora mi preoccupò.

« Ci sei? » chiesi.

« S-sì... »

Aveva la voce fievole, come se d'un tratto tutte le forze l'avessero abbandonata. Potevo immaginare che fosse impallidita.

« C'è qualcosa che non va? »

« Il nome... » gemette. « Era Natalia Gutierrez Y Angelo? »

« Possibile. »

« Dio mio... »

« Di che si tratta? »

Non rispose.

« Pronto! » gridai irritato. « Che succede? »

« Più di quanto tu possa credere. »

9

Non ci avevo pensato.

Quando Kliza mi aveva chiesto se poteva venire alla villa, invece di raccontarmi tutto per telefono, avevo accettato subito. Non avevo considerato che ciò avrebbe innervosito Robert. Non gli piaceva quando prendevo certe decisioni senza consultarlo.

Per le altre coppie sarebbe stata una questione banale. Gli amici potevano passare anche senza preavviso. Ma per noi era diverso. Se ricevevamo qualcuno, tutto doveva essere fissato con qualche giorno di anticipo. Robert doveva prepararsi, e darmi il tempo di preparare la casa.

Lui e Wojtek arrivarono ancora prima di Kliza, perciò ebbi almeno la possibilità di far sembrare che mio marito, un po' di voce in capitolo, ce l'avesse.

Wojtek gettò lo zaino sul pavimento dell'ingresso e si diresse subito verso la sua stanza.

« Ehi, dove vai? » chiesi dalla soglia del salone.

Si fermò e mi squadrò. « Ciao, mamma. »

« Ciao, furfante. »

Mi venne vicino e mi abbracciò. Era ancora in quell'età in cui lo faceva senza nessun imbarazzo, ma mi rendevo perfettamente conto che sarebbe stata solo questione di altri tre, quattro anni. Un giorno mi sarebbe bastato dargli un bacetto davanti a scuola, i suoi compagni lo avrebbero visto e ne avrebbero fatto il loro zimbello. Quel giorno Wojtek sarebbe tornato a casa con la testa ciondoloni, e allora addio coccole.

Gli scompigliai i capelli e avrei voluto dirgli di raccogliere lo zaino, ma Robert lo aveva già preso. Era un padre fantastico, davvero il migliore che potessi sognare per Wojtek. Magari non aveva avuto l'accortezza di non arrivare davanti alla scuola elementare in BMW, ma sotto ogni altro aspetto era quasi il papà ideale.

Quello che gli mancava come marito, lo compensava come padre. Forse era la ragione per cui, all'inizio, accettavo ciò che mi faceva. Poi era diventato routine. I momenti drammatici che vivevo non erano accompagnati da nessun pensiero. E, quand'anche, questo spariva alla svelta come la mia risolutezza dopo l'ultimo episodio.

« Com'è andata a scuola? » domandai.

Mio figlio lanciò uno sguardo verso la sua stanza. Capivo benissimo che desiderava soltanto sedersi davanti al portatile, sebbene a scuola fosse stato sicuramente tutto il tempo su Internet con lo smartphone e in auto avesse subito acceso il tablet.

« Niente di speciale », rispose.

Anche con lui eseguivo quotidianamente una danza. Si apriva con quel « nulla di speciale », ma a poco a poco riuscivo a tirargli fuori i particolari. Quel giorno però non potevo permettermi di strappargli le parole di bocca. Lo lasciai andare e, quando posò lo zaino oltre la soglia della stanza, rivolsi un sorriso noncurante a Robert.

Continuava a guardarmi con una certa apprensione, quasi temendo che il fatto di aver superato un nuovo limite, il giorno prima, gli avrebbe scatenato contro il fuoco dell'inferno. E che sarei stata io ad alimentarlo.

Mi avvicinai e lo presi per mano. « Kliza ha trovato qualcosa d'importante. A quanto pare la ragazza ha mandato un messaggio», dissi a bassa voce.

«Un messaggio?»

«Jola non ha voluto darmi i particolari per telefono. Vuole parlarmi a quattr'occhi.»

«Allora ti porto al Baltic Pipe?»

«Le ho detto che poteva venire qui. Non ci vorrà molto, andremo nel mio studio al piano di sopra», risposi svelta.

In realtà non era un piano a tutti gli effetti, ma solo una soffitta abitabile. Tuttavia, la stanza era piuttosto ampia, e adoravo il soffitto spiovente. Era il mio rifugio, il luogo in cui mi sentivo meglio in assoluto.

All'inizio non sapevo perché fosse così, poi avevo capito che era uno dei pochi locali della villa in cui Robert non entrava quasi mai. E uno dei posti in cui non mi aveva mai colpita.

Per ora.

Scacciai quel pensiero, anche se il suo sguardo me lo rese difficile.

«Qui?» chiese, e serrò le labbra.

Scosse la testa, si girò e andò in cucina. Dopo, senza dire una parola, aprì con un gesto nervoso lo sportello del frigorifero. Scosse di nuovo la testa. Sentivo quasi fisicamente la rabbia montargli dentro.

E vedevo quanto gli costasse trattenerla.

Tirò fuori il vino e se ne versò un bicchiere. Lo vuotò in due rapidi sorsi. «Quante altre volte dovremo tornarci su?»

«Ha chiesto, e io ho semplicemente...»

«Eppure sai che non amo gli ospiti inattesi.»

«Lo so, ma è solo una faccenda di lavoro. La sbrigheremo in fretta nel mio studio.»

«Non potevate incontrarvi al Baltic?» Alla fine si girò.

Vedevo i rimproveri accendersi l'uno dopo l'altro nei suoi occhi.

« Cos'è che non ti piace là? »

« Niente, non volevo disturbarti. »

« Nessun disturbo. Sicuramente meno che sopportare qui una persona estranea. »

« È una tua dipendente, Robert. »

Fece un passo verso di me in maniera così decisa che senza volere indietreggiai. Di solito era l'avvisaglia che, di lì a poco, mi avrebbe aggredita di nuovo. Ma questa volta si trattenne in tempo.

« Qui non entrerà neanche. » Feci vagare lo sguardo per il salone comunicante con la cucina. « Andremo subito di sopra. »

Non replicò. Mi fissò ancora un po', temevo che da un momento all'altro avrebbe perso il controllo. Mi avrebbe colpita e avremmo raggiunto un punto di non ritorno. In fin dei conti non mi preoccupava che succedesse, ma piuttosto che dovessi annullare l'incontro. Forse l'avrebbe annullato lui stesso, digitando il numero di Kliza e informandola che mi ero sentita male. Era un copione che avevamo già recitato più di una volta.

Però, prima che facesse un altro passo verso di me, risuonò il segnale acustico che annunciava che qualcuno era alla porta. Ci guardammo in silenzio.

« Posso mandarla via », dissi in tono incerto.

« Adesso? » sbuffò. « E che cosa le dirai? »

« Non devo darle spiegazioni. »

« No. Che entri pure », ribatté in tono gelido.

Aprì lui stesso la porta, quindi si sedette all'estremità del divano, in modo da non essere visibile dal corridoio. Rimase seduto in silenzio mentre io e Jola andavamo di sopra.

Supponevo che Kliza si sarebbe comportata esattamente

come tutti gli altri ospiti che venivano a trovarci per la prima volta. Non la finivano di guardarsi intorno. E di fare complimenti ed esprimere la loro ammirazione. Alcuni erano affascinati dalla vista di cui si godeva dal salone, dove c'era una parete quasi completamente a vetri. Altri erano colpiti dagli scaffali di libri che circondavano la scala.

Jola invece entrò nel mio studio come se non avesse visto nulla. Parlò solo dopo essersi seduta al piccolo tavolino sotto i finestroni del tetto. Oltre a esso, c'erano la mia scrivania, alcune sedie e delle piccole librerie a vetri.

Appoggiò i gomiti sul piano e si strofinò il viso, nervosa, lasciandosi delle tracce rosse sulle guance. Poi mi guardò in un modo che, per un istante, me la fece apparire come uno spettro. « È una cosa inverosimile. Questo caso è un vero casino », annunciò.

Mi sedetti accanto a lei. « Che cosa hai scoperto? »

« In realtà non sono stata io, ma lo stesso Wern. »

Inarcai le sopracciglia.

« Voglio dire Werner », aggiunse sottovoce, e fece un gesto noncurante con la mano. « Ci siamo arrivati unendo le nostre forze. Ma è partito tutto da Ewa. »

« Che cosa, in concreto? »

Jola si sistemò meglio sulla sedia e si schiarì la gola. « Sulla foto che purtroppo qualcuno ha tolto dal profilo di Spotted, Ewa indossava una maglietta che aveva poco a che fare coi Foo Fighters. »

« Mmm? » borbottai.

« Era un loro concerto. E lei portava la T-shirt di un altro gruppo. »

« E allora? »

« La cosa ha attirato la mia attenzione. Wern ha scavato nella sua memoria, io gli ho dato una mano e abbiamo stabilito che sulla maglietta c'era scritto Natalia Gutierrez Y Angelo.»

«Non capisco.»

«*Better Days?*» suggerì.

«Continua a non dirmi nulla.»

«Eppure dovrebbe, è stata una faccenda che ha fatto scalpore.»

La guardai lievemente irritata, perché temevo che, prima che arrivasse al dunque, Robert bussasse alla porta, chiedesse scusa a Jola e annunciasse che dovevamo uscire per qualche motivo. Per un po' aveva frenato le emozioni, ma conoscevo mio marito abbastanza bene per sapere che non sarebbe durata a lungo.

«Avrai sentito senz'altro parlare delle FARC.»

«Sì. Qualche tempo fa hanno concluso un controverso accordo di pace col governo della Colombia.» Avevo collegato la sigla a quel gruppo di guerriglieri, le Forze Armate Rivoluzionarie della Colombia, solo perché a suo tempo i media avevano fatto un gran parlare della pace ottenuta nel 2016, dopo cinquant'anni di una sanguinosa guerra civile. Vi avevano perso la vita più di duecentomila persone e cinque milioni erano state costrette a trasferirsi. Il principale artefice dell'accordo, Santos, aveva ricevuto il premio Nobel per la pace, però non era per quello che la storia mi si era fissata nella memoria.

Infatti i colombiani erano stati chiamati a confermare con un referendum l'accordo di pace, che però era stato bocciato per pochi voti. Non accettavano che quello prevedesse l'impunità per alcuni criminali.

Il loro approccio alla questione era irrazionale, ma per qualche ragione mi piaceva.

«Ottimo. In tal caso basta che ti dica le cose più importanti», fece Jola.

La sollecitai con un gesto della mano, continuando a guardare con aria incerta in direzione della porta.

«Nel 2010 le forze speciali colombiane organizzarono una serie di incursioni aeree sugli accampamenti delle FARC. Una di esse era destinata a liberare alcuni ostaggi che vi erano tenuti prigionieri da quasi dieci anni. Prima però era necessario trasmettere loro la notizia.»

«Perché?»

«Perché le FARC avevano una politica semplice per dissuadere il governo da operazioni di questo tipo. Sparavano agli ostaggi non appena sorgeva il sospetto che potessero essere liberati.»

«Capisco.»

«Dunque il colonnello Espejo, che era al comando dell'operazione, aveva un problema: come far sapere a quegli uomini che sarebbero arrivati gli aiuti e che dovevano prepararsi alla fuga? Per dieci anni non c'era stato nessun contatto con loro e ogni informazione trasmessa pubblicamente, anche cifrata, sarebbe stata individuata dai guerriglieri.»

Annuii, sperando che Kliza si sbrigasse.

«Espejo decise di reclutare Juan Carlos Ortiz, un esperto di marketing, col compito di elaborare un metodo innovativo per trasmettere di nascosto le notizie.»

«E a che cosa pensò?»

«Al codice Morse.»

«Be', tanto innovativo non direi.»

«I ribelli non lo conoscevano bene», proseguì Kliza senza lasciarsi scoraggiare. «I militari in ostaggio, invece, alla perfezione. Ortiz partì dal presupposto che lo avrebbero riconosciuto subito.»

«Ma...»

«Naturalmente non potevano trasmettere i segnali in modo diretto. I combattenti delle FARC non avrebbero avuto bisogno di saperli decifrare per capire che qualcuno stava inviando un messaggio e che qualcosa bolliva in pentola. Del resto, un altro problema era come far sì che il messaggio arrivasse agli ostaggi. Erano tenuti prigionieri nella giungla, lontano dalla civiltà. A Ortiz dunque venne in mente di cifrarlo in una canzone che poi sarebbe stata trasmessa in continuazione dalle maggiori emittenti radiofoniche.»

Aggrottai la fronte.

«Perciò assoldarono due artisti e un'intera squadra di compositori per creare una melodia adatta. Si rivelò piuttosto facile, e nel ritornello venne cifrato un messaggio di cinque parole. Il tutto suonava come una classica hit pop, con intermezzi elettronici che in realtà erano segnali Morse.»

«Niente male.»

«La canzone veniva trasmessa soprattutto nei pressi della giungla, si stimò che l'avessero sentita circa tre milioni di persone. Ma solo i veri destinatari riconobbero il messaggio in codice. La liberazione degli ostaggi andò a buon fine.»

«Però che cosa c'entra questo con Ewa?»

«I due artisti sconosciuti, che fino a quel momento avevano composto soltanto jingle radiofonici, si chiamavano Natalia Gutierrez Y Angelo. E la canzone nella quale fu cifrato il messaggio s'intitolava...»

«*Better Days*.»

Jola si tirò indietro i capelli e sul viso le comparve un'espressione soddisfatta. Probabilmente era la prima volta che la vedevo così contenta.

«Non ci fu nessun'altra incisione, nessuna edizione commerciale né tanto meno T-shirt», aggiunse. «Che Ewa indossasse quella maglietta al concerto è senz'altro un messaggio.»

«Quale?»

«Che è ancora tenuta prigioniera contro la sua volontà.»

Mi alzai dalla scrivania e mi misi a camminare nello studio. Mi fermai per un momento davanti ai finestroni del tetto e guardai le nuvole che scivolavano lentamente in cielo. Poi mi girai verso Kliza. «Significherebbe che quella gente, dopo averla stuprata in riva al fiume, l'ha rapita», commentai.

Jola annuì.

«E che per dieci anni la ragazza ha vissuto un orrore inaudito.»

«Purtroppo sì», ammise Kliza. «Ma non dubito che la maglietta sia una richiesta di aiuto. Non è un caso che Ewa sia comparsa proprio a quel concerto. Era sicura che ci sarebbe stato Blicki.»

«Credi?»

«Sapeva che Blicki aveva quasi una ossessione per i Foo Fighters. Non si sarebbe fatto sfuggire un simile evento, soprattutto perché aveva luogo non lontano da Opole.»

Mi risedetti e mi strofinai il collo soprappensiero. «Ma nella foto sembrava che si stesse divertendo.»

«Così sostiene Wern.»

«Non combacia con la versione secondo cui verrebbe tenuta prigioniera a forza.»

«Forse le hanno ordinato di fingere.»

«Forse», ammisi. «Ma perché mai avrebbero dovuto lasciarla andare a quel concerto? Non ha senso.»

«Tutto il contrario.»

Guardai Kliza con aria interrogativa.

«In molti casi di rapimento, di tanto in tanto le ragazze vengono fatte uscire sotto stretta sorveglianza. Al rapitore preme che, dopo anni d'isolamento, l'ostaggio si senta schiacciato dal mondo esterno. Che veda come gli è diventato estraneo. E che poi torni volentieri nel luogo di prigionia.»

« E secondo te sarebbe stata più furba di loro. »

Jola si aggiustò di nuovo i capelli. Questa volta i movimenti erano quelli che conoscevo, nervosi, quasi nevrotici. « Doveva essersi preparata da tempo. Già solo ordinare la maglietta non deve essere stato facile. Ma evidentemente, ovunque la tengano, ha un po' di libertà. Abbastanza da trasmettere una richiesta d'aiuto. »

Ci guardammo come se volessimo cogliere tutte le implicazioni e al tempo stesso ci rifiutassimo di farlo.

« Dieci anni... » gemetti.

« Lo so, è spaventoso. »

« Che cosa avrà dovuto passare in tutto questo tempo? »

Kliza scrollò le spalle, ma quel gesto denotava tutto tranne indifferenza. « Dopo lo stupro, hanno lasciato Wern in riva al fiume e, lei, devono averla caricata in macchina e portata da qualche parte. Probabilmente si sono accaniti su Ewa, hanno senz'altro continuato ciò che avevano iniziato a farle in riva alla Młynówka. Finché non l'hanno piegata. Finché non si sono assicurati la sua arrendevolezza. »

Rimanemmo qualche istante in silenzio. Decisamente troppo. Sarebbero bastati pochi secondi per farci sprofondare entrambe nell'opprimente consapevolezza di cosa significava quello che avevamo scoperto.

Avrei voluto parlare e chiedere a Kliza se fosse riuscita a stabilire il contenuto del messaggio di Ewa, e se in generale potessimo scoprire qualcosa di più, ma si sentì bussare alla porta. Senza aspettare risposta, Robert entrò. Sorrideva in maniera bonaria, come per chiedere scusa.

Sapevo che cosa avrebbe detto. E, quasi a confermarlo, guardò l'orologio con aria eloquente. « Scusate se vi disturbo, ma dobbiamo andare. Abbiamo un appuntamento cui non possiamo tardare », annunciò.

Kliza si alzò come se la sedia avesse cominciato a scottare. « Certo, sono io che mi scuso, signor Reimann. »

« Non c'è problema. »

« Ascolta, Robert... » cominciai.

« Faremo davvero tardi », ribatté, e assunse un'espressione che dimostrava quanto a malincuore fosse costretto a congedare Jola.

Era un attore eccezionale. E io sapevo che quella non sarebbe certo stata una notte tranquilla.

10

Cercavo di ripescare dalla memoria ogni minimo dettaglio di quella maledetta T-shirt. Ogni particolare della foto, la postura di Ewa, l'espressione del viso, qualunque cosa potesse rivelarsi d'aiuto.

Qualcosa doveva pur esserci. Dopo quello che mi aveva detto Kliza, non avevo dubbi che si trattasse non solo di una richiesta di aiuto, ma di qualcosa di più. Un messaggio in codice, o forse perfino un'indicazione su dove cercare Ewa.

Ma la memoria mi tradì. Certo non mi erano d'aiuto il mal di testa, la stanchezza e le immagini ricorrenti del letto insanguinato in casa di Blitz. Inoltre, continuava a opprimermi la consapevolezza di essere ricercato. Se non ancora formalmente, senz'altro di fatto. Il primo poliziotto che mi avesse riconosciuto non mi avrebbe più perso d'occhio.

Sapevo che dovevo riposare, rinfrescare almeno un po' la mente per consentirle di funzionare.

Kliza telefonò un'ora o forse un'ora e mezzo dopo la nostra ultima conversazione. « Dove sei? » chiese.

« Di nuovo nel quartiere di Zaodrze. »

« Dovresti lasciare la città. Al più presto. »

« È quello che intendo fare, ma... »

« Sai dov'è Chrząstowice? »

« Mmm-mmm », confermai.

« C'è un albergo, sulla strada per Częstochowa. »

« Lo conosco. »

Erano in pochi a non conoscerlo. Fuori Opole c'erano due grandi impianti di tennis, uno a Chrząstowice, l'altro a Zawada. Erano sorti al tempo in cui il nome di Agnieszka Radwańska* era ancora sconosciuto in Polonia.

« Restaci per un po'. Ha molte stanze, perciò nessuno dovrebbe notarti. E poi mi dà l'idea di un motel, ci sarà un gran via vai di gente anonima », disse Kliza.

« Non proprio », obiettai. « Il fatto che sia su una strada di transito non significa... »

« Non importa. »

Alzai gli occhi al cielo e allontanai un po' il telefono. « Devi sempre interrompermi? »

« Voglio sistemare subito le cose essenziali. »

« In tal caso fatti venire in mente un altro posto, perché in quell'albergo c'è un ristorante molto frequentato dalla gente di Opole. »

Jola borbottò qualcosa d'incomprensibile. Un'imprecazione, immaginai. « Ci si può muovere nell'albergo senza entrare nel ristorante? »

« Sì, ma... »

« Allora ti registrerai alla svelta e non ci metterai piede. »

Non ebbi la forza di protestare. Del resto, forse aveva ragione. In un modo o nell'altro avevo bisogno di un luogo dove poter riflettere con calma su cos'altro c'era nella foto. Imprecai tra me, pensando che l'avrei avuta ancora se non avessimo messo in allarme i rapitori di Ewa.

Ma c'era una cosa che non capivo.

« Wern? Sei lì? »

Ormai avevo rinunciato a correggerla. « Sto riflettendo. »

« Non riflettere, agisci. »

* Agnieszka Radwańska (1989) è una famosissima ex-tennista polacca, attiva dal 2005 al 2018. (*N.d.T.*)

« È il tuo motto? »

« No, ma forse potrebbe diventare il tuo. »

Tacqui e feci vagare lo sguardo oltre le macchine di passaggio. La paranoia doveva essersi placata, perché mi parve che nessuno facesse caso a me. « Chi è Phil Braddy? » chiesi.

Kliza non rispose.

« Da che parte sta? E che interesse ha in tutto ciò? » Visto che il silenzio all'altro capo del filo si prolungava, mi schiarii eloquentemente la voce.

« Cosa devo dirti? » bofonchiò lei.

« Qualunque cosa. »

« Ho appurato soltanto che, dopo avere eliminato l'account, non lo ha riaperto. Non c'è traccia di lui. »

Rabbrividii al pensiero che magari gli fosse toccata la stessa sorte di Blitzer. No, era poco probabile. Chiunque avesse rapito Ewa non doveva avere grandi possibilità di arrivare a qualcuno in Gran Bretagna.

Speravo di non sbagliarmi.

« Andrai all'albergo coi mezzi pubblici? »

Scossi la testa, come svegliandomi da un brutto sogno. « Gli autobus arrivano fino ai giardini urbani. »

« Quindi? »

« Da lì in poi andrò a piedi. »

« L'importante è che tu non dia nell'occhio. »

« Non accadrà », le assicurai, ed ebbi la sensazione di trovarmi in un mondo estraneo, surreale. Non avevo idea di come ci fossi finito. E neppure se sarei davvero riuscito a non dare nell'occhio.

Mi avviai verso la più vicina fermata dell'autobus, pensando al futuro incerto che mi aspettava. « E poi? » chiesi.

« Verrò a prenderti. »

Anche se in realtà quello non risolveva nulla, in qualche modo mi risollevò il morale.

« Rimarrai qualche tempo da me, ti nasconderai. »

« Sei sicura? »

« Altrimenti non te lo proporrei. Poi penseremo al da farsi. »

« Veramente preferirei pensarci fin da ora. Non abbiamo la foto, non abbiamo piste. Solo l'informazione che Ewa ha bisogno di aiuto. E, siccome quella gente ha cancellato tutto da Facebook, deve aver mangiato la foglia. Capisci che cosa può significare? » Supponevo che in questo caso il suo silenzio non derivasse dal fatto che non lo sapeva.

« Ha resistito dieci anni, resisterà un altro po'. Evidentemente sa badare a se stessa », disse Kliza dopo un istante.

Su questo non avevo dubbi. Ma non volevo neanche pensare a cosa sarebbe stata costretta a fare per garantirsi l'incolumità. I rapitori dovevano essersi infuriati nello scoprire che aveva provato a contattarmi.

Solo ora mi resi conto che era successo davvero. Dopo dieci anni, alla fine Ewa era riuscita a farmi avere un messaggio. Era viva. Cercava di agire, lottava per la propria libertà. Quella era la cosa più importante.

Arrivai alla fermata. « Ha bisogno del nostro aiuto. E al più presto. »

« Faremo tutto il necessario, Wern. »

« Ovvero? »

« Analizzeremo tutto con calma. Ora riposati e prova a ricordare i particolari della foto. »

« Anche se ci riuscissi, non basterebbe. Ci serve qualcosa di più. » Feci scorrere il dito sull'orario cercando la linea 17. Sapevo che partiva dal capolinea in via Damboń e arrivava a Częstochowa. Da lì all'albergo avrei dovuto percorrere cinque, forse sei chilometri.

Ma non ero convinto che fosse la direzione giusta da prendere.

« Che cosa proponi? » domandò Jola.

« Devo tornare a casa di Blitz. »

« Sei impazzito? »

« Magari ha fatto uno screenshot, magari da qualche parte nel suo portatile c'è qualcosa che... »

« Sì, sei decisamente impazzito. Non solo la polizia ti arresterà subito, ma non troverai nulla. Non vedi quanto è scrupolosa questa gente? »

Non intendevo discutere con lei, in cuor mio sapevo che aveva ragione. Forse mi ero perfino aspettato che confutasse la mia idea.

« Fai come ti dico, Wern. E andrà bene. »

« Niente andrà più bene per me. » Guardai l'orologio. Alla partenza dell'autobus mancava più o meno un quarto d'ora. Mi sedetti sotto la pensilina con la testa ciondoloni. « La cosa peggiore è l'inerzia. Perciò intendo agire. »

« Come? »

« Mi servirò della pagina Spotted. Soltanto, non cercherò una singola persona, ma le foto del concerto. »

Jola sospirò direttamente nel ricevitore. « Ho passato in rassegna tutte quelle presenti in rete. Ewa non compare in nessuna. O si sono presi la briga di rimuoverle, o si sono preoccupati che nessuno la riprendesse. E magari si sono lasciati sfuggire quell'unico scatto », disse in tono grave.

« Perché stavano attenti soprattutto agli obiettivi delle macchine fotografiche e non agli smartphone? »

« Così credo. »

« Perciò potrebbero esserci altre foto, solo che nessuno le ha pubblicate. »

Non dovette confermarlo, tanto era ovvio. In effetti la gente non registrava più certi avvenimenti nella memoria, ma sui cellulari. Non guardava l'attrazione principale, ma il display dello smartphone con cui la stava riprendendo.

« Non è una buona idea, Wern. »

« Non ne troveremo di migliori. »

« Puoi cacciare nei guai non solo te stesso, ma anche lei. Se i rapitori vedranno che cerchi altre foto, peggiorerai la sua situazione. »

« E perché? » ribattei. « Supporranno soltanto che sto disperatamente cercando qualcosa che possa aiutarmi. »

Volevo pensarla così. Volevo immaginarmeli come un gruppo di rapitori ottusi che non avevano niente in comune con dei professionisti. Però sapevo che stavo solo provando a ingannare me stesso. « È l'unica chance. »

Quando l'autobus si arrestò alla fermata e nell'aria si diffuse il puzzo dei gas di scarico, mi sembrò di avere convinto almeno in parte Kliza. Eppure non sapevo se avessi convinto anche me stesso.

Corsi qualche rischio chiedendo a mio padre di venire a una delle fermate del 17. D'altronde, avevo bisogno di un portatile e, in quella situazione, perfino il vecchio Asus avrebbe fatto al caso mio.

Non mi sarei potuto mettere in contatto con lui, se non fosse che non aveva cambiato numero da quando aveva comprato il primo cellulare, ed erano ancora i tempi in cui s'imparavano i numeri a memoria. Adesso memorizzavo i nuovi sul telefonino e mi uscivano subito di mente.

Mio padre mi porse la piccola borsa col portatile attraverso il flusso dei passeggeri che scendevano dall'autobus. « Tua madre ci ha messo pure qualcosa da mangiare. »

Per la prima volta da tanto tempo non dovetti sforzarmi di sorridere. Ci guardammo senza scambiarci nemmeno una parola. Quando le porte si richiusero, vidi mio padre accompagnare con lo sguardo l'autobus che si allontanava.

Avevo l'impressione di essere tornato indietro nel tempo, all'infanzia, quando andavo in colonia o ai campi scuola.

Ma temevo che l'analogia non fosse adeguata. Allora lasciavo la città con la sensazione che vi avrei fatto ritorno dopo non molto. Adesso potevo star certo che non sarebbe accaduto.

Mentre mi registravo all'albergo, mi sembrò che nessuno facesse caso a me. La borsa del portatile in effetti poteva contribuire a creare una sia pur minima parvenza di viaggio.

Una volta nella stanza, aprii l'apparecchio decrepito e guardai i tasti più consumati: W, A, S, D. Così si presentava, ovviamente, il computer di chiunque lo usasse per giocare.

Avviare il wi-fi mi richiese un po' di tempo, l'apparecchio funzionava come se da un momento all'altro dovesse esalare l'ultimo respiro. Alla fine, però, riuscii a creare un nuovo account su Facebook, a caricare una foto qualsiasi per il profilo e a inserire perfino alcune persone a caso come amici.

Solo allora la mente s'incanalò sui binari giusti e capii che non dovevo servirmi della pagina di Spotted. Sarebbe stato molto meglio postare la richiesta sulla fanpage polacca dei Foo Fighters. Se i rapitori erano dei professionisti, avrebbero monitorato anche quel sito, ma ritenni che così avrei avuto maggiori possibilità di trovare Ewa.

Aggiornavo la pagina in media ogni quindici secondi, sperando che accadesse un miracolo e qualcuno rispondesse subito. Non avevo inserito una richiesta precisa, avevo solo scritto che cercavo foto del concerto. Pensai che, così facendo, forse avrei messo nel sacco i rapitori. Ma ben presto allontanai l'idea. Si erano già dimostrati fin troppo accorti.

Dopo un'ora, apparvero le prime foto. Erano state fatte per lo più col cellulare e vi erano taggati i conoscenti, come se quella fosse una buona occasione per richiamare alla mente le recenti impressioni.

Le passavo in rassegna con indolenza, senza aspettarmi di vedere comparire Ewa. Era da dieci anni che la fortuna mi voltava le spalle, non avevo motivo di credere che in quell'occasione le cose sarebbero cambiate.

E non cambiarono. Passai tutta la sera a cercare d'individuare Ewa tra la folla, invano. Mi ero ormai assopito, quando si sentì un suono forte ma breve. In un primo momento rimasi disorientato, non capivo da dove provenisse. Poi mi resi conto che il nuovo telefono m'informava dell'arrivo di un messaggio.

Allungai svogliatamente la mano verso il cellulare. Kliza avrebbe telefonato di sicuro e avevo fatto sapere a mio padre di non contattarmi a nessun costo a quel numero, perché poteva procurare guai sia a se stesso sia a me.

Malgrado ciò, il messaggio veniva proprio da lui.

Accendi il televisore.

Non aveva scritto altro, perciò non sapevo cosa aspettarmi. Mi guardai intorno alla ricerca del telecomando e feci come mi suggeriva mio padre. Sul primo, sul secondo e sui principali canali commerciali non trovai nulla che potesse interessarmi.

Solo dopo essere passato a TVN24 capii di cosa si trattava.

A Opole, dopo dieci anni, è stato trovato il corpo di una ragazza scomparsa, si comunicava nella striscia a scorrimento gialla sulla parte inferiore dello schermo.

11

Sapevo che fino al tramonto sarei stata al sicuro. In realtà conducevo due vite separate: la prima, durante il giorno, la dividevo con un marito pieno di attenzioni, premuroso e romantico. La seconda, che cominciava di notte, la trascorrevo con un uomo completamente diverso.

Aiutai Wojtek a fare i compiti, poi riuscii ancora a leggere qualche pagina dell'ultimo romanzo di Stephen King. Lo stimavo, ma non perché sapesse instillare la paura nel lettore. Di paura, in realtà, ne avevo fin troppa. King mi attirava per il modo in cui ritraeva e denudava i demoni più oscuri che sonnecchiano nella psiche umana. Leggendone, avevo l'impressione che lo scrittore americano conoscesse e capisse perfettamente la mia vita.

Quella notte però sapevo che non avrei letto a lungo. Quando Robert entrò in camera e si richiuse la porta alle spalle, confermò la mia previsione. Lo fece troppo lentamente, con una calma eccessiva. Come se volesse esibire in maniera plateale il proprio autocontrollo.

Poi si girò verso di me e mi rivolse un lungo sguardo.

Combatteva contro i suoi demoni? Provava ancora a ingannare se stesso dicendosi che sarebbe stato capace di frenare le emozioni? Lottava contro i suoi pensieri? Faceva di tutto per non abbandonarsi a quanto si annidava nelle tenebre della sua psiche?

Non lo sapevo. Dava sicuramente quell'impressione, ma

era difficile giudicare se fosse solo una facciata oppure il riflesso di una vera battaglia in corso.

« Dovevi proprio? » chiese.

Non dissi nulla. Ormai avevo imparato che era la soluzione migliore. Se cominciavo a giustificarmi, non facevo che aizzarlo. Si sentiva ancora più padrone della situazione. Il mio padrone.

Se al contrario mi decidevo per l'approccio opposto e provavo a fargli resistenza, all'inizio era un po' sconcertato, ma alla fine mi picchiava più forte e più a lungo.

« Non potevi aspettare fino a domani per incontrarla? » Mi si avvicinò infilando le mani nelle tasche dei jeans. Come se in quel modo i pugni non potessero entrare in azione. « Ti ho fatto una domanda. »

« Era una questione urgente. »

« Ah, sì? » Rimase in piedi accanto al letto, mentre io chiudevo il libro e lo posavo sul comodino.

L'assurdità della situazione stava nel fatto che sapevo perfettamente cosa sarebbe successo di lì a poco e, al tempo stesso, speravo che all'ultimo momento qualcosa sarebbe cambiato.

Non mi sarei dovuta illudere. Ma ogni mattina Robert mi faceva credere che, se fosse di nuovo arrivato a quel punto, si sarebbe fermato. Forse ci credeva lui stesso, e allora ci speravo anch'io.

« Mi hai rovinato la serata », sbottò.

« Dovevamo davvero parlare. »

« Ci sono i telefoni, c'è Internet, porca puttana, ci sono un sacco di modi per mettersi in contatto. Ma no, hai dovuto farla venire qui. E guastarmi l'umore, cazzo », sibilò.

Scosse la testa e sbuffò, come se mi fossi davvero macchiata di un crimine e lui non avesse più la forza per sopportarlo.

Sapevo benissimo quali sentimenti lo tormentassero, me li aveva descritti puntualmente nel corso degli anni. Se succedeva qualcosa che contravveniva anche solo di poco al programma da lui stabilito, ne rimaneva sconvolto e ci pensava in maniera ossessiva. Ci rimuginava su per qualche ora e si caricava ancora di più.

Doveva essere andata così anche quella volta.

Mi rivolse uno sguardo di puro odio e restò un momento immobile. Alla fine strappò via con violenza la coperta, imprecò sottovoce e mi si stese accanto supino. Incrociò le mani sotto la testa.

Non me l'aspettavo.

Forse stanotte sarà davvero diverso, pensai.

« La sbatto fuori. »

« Robert... »

« No, basta. La licenzio dalla RI. »

« Hai già cacciato Glazur da poco, non possiamo permetterci un altro licenziamento. »

Fissò lo sguardo al soffitto, e gliene fui grata. Sapevo che, se mi avesse guardata, avrei provato un disgusto ancora maggiore di un attimo prima.

Anche Glazur aveva dovuto lasciare la Reimann Investigations a causa mia. Mi ero incontrata con lui una volta di troppo al Baltic Pipe. Si trattava di una conversazione di lavoro, come le precedenti, ma, a differenza delle altre, quella volta avevo dimenticato d'informarne Robert.

Era bastato perché il giorno seguente mio marito lo cacciasse. Perciò dovevo prendere sul serio le sue parole. Era capace di telefonare l'indomani mattina stesso all'ufficio del personale e far rescindere il contratto di Jola Kliza.

« Me ne fotto. Comunque, non è adatta », borbottò.

« Sta seguendo un caso importante... »

« Importante un cazzo », m'interruppe.

Per un momento rimase steso immobile. Poi sbuffò di nuovo piano, come per dire che non aveva nulla di cui parlare con me. Afferrò la coperta, la tirò su e si girò su un fianco, dandomi la schiena.

Ripresi fiato.

«Spegni la luce.»

Lo feci senza parlare e mi stesi con cautela sulla schiena. Avevo l'impressione di avanzare su una sottilissima lastra di ghiaccio. La sentivo creparsi da qualche parte, lontano, ma l'importante era che non cedesse.

Rimasi stesa per un quarto d'ora ascoltando il suo respiro agitato. Sapevo che non si era addormentato, le emozioni continuavano a divampargli dentro.

Tuttavia, nutrivo la speranza che le controllasse.

Speranza illusoria.

A un certo punto, balzò giù dal letto, andò in bagno e sbatté la porta. Poco dopo lo sentii aprire il rubinetto. Me lo immaginavo mentre si guardava allo specchio continuando a spruzzarsi acqua fredda sul viso. E combatteva contro i suoi demoni.

Quando uscì, capii subito che, anche se era andata così, aveva perso la battaglia.

«Non basta che non mi sia potuto concentrare su nient'altro per tutta la sera, maledizione, per colpa tua passerò metà della notte in bianco.» Si avvicinò. «Perché devi fare così, eh?»

«Robert...»

Sollevò il braccio e mi colpì il viso col palmo aperto. Sbattei le palpebre e girai la testa. Fu l'unica reazione che mi permisi.

Mi agguantò per la parte sopra del pigiama e mi trascinò giù dal letto. Mi gettò sul pavimento e, prima che riuscissi a muovermi, mi era già accanto.

« Robert... »

« Chiudi il becco. »

« Ricordi cosa mi hai detto? » chiesi, provando a rialzarmi.

Forse avrei fatto meglio a rimanere immobile, ma il bisogno di fuggire era più forte del buonsenso. Mi afferrò subito e mi schiacciò a terra. « Me lo ricordo, maledizione, me lo ricordo. E tu ti ricordi che sgobbo tutto il santo giorno come un mulo? Che sputo sangue perché non vi manchi niente? » Mi scrollò e mi fece sbattere la testa sul pavimento. « E che cosa chiedo in cambio, eh? Chiedo tanto? » Aprii la bocca, però mi colpì di nuovo col palmo aperto. « Ti ho fatto una domanda! »

« Robert... »

« Voglio solo un po' di pace la sera, per qualche fottuta ora! » gridò scuotendomi ancora più forte.

Sapevo che nella sua mente aveva già oltrepassato il limite. Ora sarebbe andata solo peggio.

E così fu.

Come al solito, Robert mi tempestò di domande, mi addossò la colpa di tutto, anche delle cose più assurde. Proprio come se, dal suo punto di vista, una cosa da niente si fosse rivelata la fonte di ogni insuccesso e di ciò che gli aveva ostacolato i piani.

Componeva tutti gli scenari possibili, alternandoli a colpi sempre più forti. Mi trascinò per la stanza da letto, mi diede dei pugni in pancia, quindi mi scaraventò sul pavimento e mi prese a calci.

Diceva che la visita di Kliza gli aveva sconvolto il piano della giornata. Che, a causa di ciò, non avrebbe dormito abbastanza. Che l'indomani non sarebbe stato concentrato e le trattative d'affari non sarebbero andate come sarebbero dovute. Che perciò avremmo subito delle perdite, forse ci sarebbe toccato perfino limitare le spese.

Sviluppava i suoi scenari all'infinito, e ogni nuovo elemento sembrava un legnetto aggiunto a un fuoco alimentato dagli spettri di cui scriveva King.

Di solito i suoi attacchi duravano alcune ore. A volte due, a volte addirittura sei. Li sopportavo a stento e poi non riuscivo a chiudere occhio, sebbene quei cicli finissero sempre allo stesso modo, con le sue lacrime, col pentimento, coi tentativi di rimediare.

Quasi sempre poi colpiva se stesso, una volta aveva frantumato lo specchio del bagno. Quando le emozioni lo abbandonavano, quando si materializzavano sotto forma di lividi e tagli sul mio corpo, si trasformava in tutt'altro uomo.

Andò così anche in quel caso. Dopo che mi ebbe lasciata sul pavimento, distrutta e umiliata, sparì in bagno. Per un po' in tutta la villa sembrò regnare il silenzio. Poi sentii imprecazioni, rumori di percosse. Infine il pianto.

Come sempre, preferii non valutare le mie ferite. Avevo paura di toccare i denti con la lingua, di mettermi davanti allo specchio o anche solo di spostarmi. Mi sembrava che, se mi fossi mossa, mi sarebbe stato chiaro in quanti punti mi aveva colpita.

E non si trattava solo di ferite fisiche.

Dopo pochi minuti fu di ritorno. Teneva gli occhi bassi, tirava su col naso e di quando in quando si colpiva la tempia col palmo aperto. Mi s'inginocchiò accanto supplicandomi di perdonarlo, poi mi sollevò e mi aiutò a stendermi sul letto. Mi nascose il viso in grembo, sentii le lacrime bagnare i pantaloni del pigiama.

L'adrenalina scemava, sostituita dal dolore.

Rimasi a letto fino al mattino in preda a uno strano stordimento, che mi sembrava al tempo stesso naturale e noto.

Ricacciavo indietro tutti i pensieri che si sarebbero potuti formare nella mia mente. Evitavo di pensare. E forse solo grazie a quello ero riuscita a resistere tanto a lungo.

La mattina si sarebbe detto che fossi stesa accanto a una persona completamente diversa. Robert era tra l'imbarazzato e il furioso. Proprio come se, a farmi del male, fosse stato qualcun altro e ora intendesse punirlo a tutti i costi.

Mi portò la colazione, poi continuò a chiedermi come mi sentivo. Ricominciò a supplicarmi di perdonarlo e a promettere che la prossima volta si sarebbe mozzato la mano piuttosto che alzarla su di me.

Sarebbe andato in terapia.

La notte si sarebbe chiuso in un'altra stanza.

Mi avrebbe comprato un'arma.

Le versioni, di regola, variavano a seconda di quanto si era concesso durante la notte. Quella volta era pronto a promettermi qualsiasi cosa. E il peggio era che nei suoi occhi vedevo la profonda convinzione che non si trattava di propositi vani.

Poteva metterli in pratica.

Tuttavia, sapevo che il nostro rapporto era come un alveare pieno di api e che il benessere della famiglia ricordava un formicaio: bastava infilarci un bastone perché avvenisse una tragedia. Certe cose dovevano rimanere dietro una porta chiusa.

Verso le dieci bevvi un Prosecco in salone, lo sguardo fisso sul mare. Robert aveva portato Wojtek a scuola, ero rimasta a casa da sola. Considerai l'entità dei danni fisici, quelli psichici preferivo non analizzarli.

Non erano gravissimi, almeno a vedersi. Qualche livido che avrei camuffato facilmente. L'esperienza non mi mancava. Mi preoccupava soltanto il dolore al ventre, che non accennava a diminuire, come se mi si fosse lacerato qualcosa nelle viscere.

Il vino frizzante fu d'aiuto, come sempre. Allungai la mano verso il tablet, lo sistemai sul tavolo, appoggiandolo alla base della custodia, e cominciai a scorrere le notizie. Avevo letto già alcuni articoli, quando partì la suoneria del telefono.

Kliza.

«Sì?» dissi.

«Hai visto?» chiese senza tante cerimonie.

«Visto cosa?»

«Vai su un portale di notizie locali.»

Inizialmente supposi che parlasse di Rewal, ma mi resi subito conto che non era così. Al momento, Jola viveva in un altro mondo. La sua realtà era plasmata dal caso di Ewa. Entrai nell'edizione di Opole della *Gazeta Wyborcza* e rimasi di stucco.

Sentii il sangue defluirmi dal viso. Di colpo smisi di pensare alla notte precedente, al dolore al ventre e a che cosa avrei dovuto fare prima che mio marito si spingesse troppo in là.

«Non è possibile...» gemetti.

«Eppure è scritto nero su bianco.»

«Quando l'hai visto?»

«Questa mattina presto.»

«E mi chiami solo adesso?»

«E cosa sarebbe cambiato se avessi chiamato prima? La ragazza è morta, ormai non c'è più niente da fare. E poi sono sopravvenuti dei problemi.»

Non domandai di che grane si trattasse, la mia mente era concentrata solo su Ewa. Scossi la testa. «Sono sicuri che si tratti del suo corpo?»

«L'ha confermato l'esame del DNA. Non hanno dubbi

che sia la ragazza che cercavamo. E che abbiamo portato alla tomba.»

«Ascolta, non è...»

«È la verità», m'interruppe Kliza. «Se non avessimo cominciato a ficcare il naso in questa faccenda, Ewa sarebbe ancora viva.»

Vuotai il bicchiere di Prosecco e notai che mi tremava la mano. La infilai sotto il braccio, quasi che qualcuno potesse accorgersi di quella reazione nervosa. «Non siamo stati noi a sollecitare il contatto», osservai.

«È questo che ti dirai per non sentirti in colpa?»

«Non abbiamo motivo di sentirci così. E neanche Werner.»

«Questo è quello che credi tu.»

Diedi un'occhiata alla bottiglia. Non mi sarei dovuta versare subito un altro bicchiere, ma forse, in una giornata del genere, un'eccezione era consentita. No, mi dissi. Se me lo fossi concessa anche una sola volta, da HFA sarei diventata una comune alcolista. Sarei entrata in un circolo vizioso e alla fine avrei dovuto smettere di bere.

Assurdo, non è vero? Riuscivo a controllarmi solo grazie alla paura che, in caso contrario, avrei dovuto dire per sempre addio all'alcol. Il timore di liberarmi del vizio lo manteneva nei limiti.

Una contraddizione. Una delle tante.

«Abbiamo messo fine alla sua vita», aggiunse Jola dopo un po'.

Non mi stupii che usasse un eufemismo. Era molto più facile servirsene che dire: *L'abbiamo uccisa.*

«Qualunque essa fosse», borbottò.

«Forse non assomigliava molto a una vera vita.»

«Forse no», ammise Kliza. «Ma avremmo potuto salvarla, una possibilità c'era.»

« Non necessariamente. La pista si era interrotta. »

« Stai ingannando te stessa », ribatté piano. « Però è una tua scelta. »

« Dico solo come la vedo dalla mia prospettiva. »

« Da lì non si vede un granché. »

Ebbi l'impressione che fosse una frecciata gratuita al tipo di vita che conducevamo io e Robert. Sapevo che, agli occhi degli altri, apparivamo come una coppia addirittura perfetta, che abitava in una villa da sogno sul mare, che aveva varie macchine di lusso in garage e un bambino sano, del quale poteva andare fiera. Partecipavamo a eventi ristretti, esclusivi, godevamo di una buona reputazione e ci aspettavamo un futuro roseo.

Un bel quadretto. Solo che era disegnato col sangue, con la violenza, con l'odio e con l'ipocrisia.

Ma Kliza non alludeva a questo. Ero suscettibile, mi aspettavo da tutte le parti critiche al nostro stile di vita. E invece lei parlava di tutt'altra cosa.

« Voglio dire che non sai tutto », aggiunse Jola dopo un breve silenzio.

« Che significa? »

« Un attimo fa Wern mi ha contattata. »

« E...? »

Ebbi un sussulto nervoso, perché il tono della sua voce mi faceva supporre che si fosse verificata un'altra svolta. Ma a quel punto significava ancora qualcosa?

« È riuscito a comunicarmi che ha trovato qualcosa d'importante in una delle foto. Sembrava ubriaco, ma... »

« Che cosa ha trovato di concreto? »

« Non l'ho saputo. »

« Perché no? »

Sospirò rumorosamente. « Come ho già detto, abbiamo dei problemi... E piuttosto seri. »

« Sarebbero? » chiesi, un po' irritata dal doverle strappare le informazioni quasi a forza. Ormai avrei dovuto essermici abituata, anche se lei avrebbe potuto modificare un tantino il suo atteggiamento.

« Il capo dell'ufficio del personale ha interrotto la mia conversazione con Wern. E ha detto che doveva parlarmi », spiegò.

Sapevo cosa avrei sentito di lì a poco.

« Mi ha comunicato che sono licenziata. Con effetto immediato. »

Mi alzai dalla sedia facendola grattare sul parquet trattato col mordente. Le gambe lasciarono tracce evidenti sulla vernice.

Presi la bottiglia di Prosecco dal frigorifero e la misi sul piano della cucina. Poi imprecai sottovoce e la rimisi a posto.

Prima di essere assalito dai rimorsi di coscienza, Robert doveva avere svegliato qualcuno dell'ufficio del personale nel cuore della notte per ordinargli di cacciare Kliza. In realtà avrei dovuto intuirlo. Aveva smesso per qualche minuto di picchiarmi, si era allontanato, e io ero troppo stordita per capire cosa stesse facendo.

« Tutto sommato la cosa non mi stupisce », aggiunse Jola.

« Come? » esclamai.

« Avevo appena cominciato a cercare la ragazza, che hanno trovato il cadavere. »

« No, non è questo il punto. Non preoccuparti, sistemerò tutto. »

« Non c'è niente da sistemare. »

« Kliza, non è affatto come credi. »

« Me ne infischio », ribatté. « Va bene così. »

La sicurezza nella sua voce mi fece ritenere che non aveva senso polemizzare. Almeno non ora. Dal suo punto di vista, continuare a lavorare alla Reimann Investigations era la decisione peggiore che avrebbe potuto prendere.

Dovevo darle il tempo di calmarsi. E dovevo darne anche a me, per convincere Robert a tornare sui suoi passi.

Sarebbe stato possibile?

Lo conoscevo abbastanza bene da essere sicura di no. Malgrado ciò, m'illudevo che per quell'unica volta avrebbe cambiato idea.

« Ti mando il suo numero per messaggio », aggiunse Kliza. « E sulla mail trovi le istruzioni per eseguire l'accesso a livello di admin nell'applicazione di contatto della RI. Passale a un'altra persona o servitene tu stessa, a me non importa più... »

« Ma non puoi semplicemente... »

« Cosa? Ewa è morta, è stata trovata. Con questo il mio lavoro sarebbe finito anche se non avessi dovuto lasciare l'agenzia. Il nostro compito non è mica consolare i vedovi. » Prima che riuscissi a rispondere alcunché, attaccò.

E così finiva la collaborazione con la migliore dipendente che avessimo mai assunto.

Aspettai un'ora, poi mi riempii il bicchiere. Bevvi a piccoli sorsi, sebbene mi costasse una gran fatica. Mi sedetti al computer nello studio al piano di sopra, intrecciai le mani dietro la nuca e rimasi immobile per un po'.

Poi mi resi conto che era tempo di mettersi al lavoro. Il caso non era chiuso.

Werner aveva trovato qualcosa di nuovo. Dovevo sapere che cos'era.

E al tempo stesso dovevo stare attenta a non fare nulla che innervosisse mio marito. Sapevo perfettamente che il licenziamento di Kliza significava che Robert non desiderava che la Reimann Investigations si occupasse del caso di Ewa.

Ora avevo anche lui contro di me.

Mi faceva capire quale fosse in realtà il mio peso nell'agenzia. E mi ricordava di quanta poca libertà godessi. Sapevo che Robert controllava con regolarità i miei tabulati telefonici, analizzando attentamente ogni collegamento effettuato. Supponevo altresì che, quando era al lavoro, si servisse del nostro sistema di videosorveglianza per seguire sempre le mie mosse.

Effettuai il login sulla piattaforma che permetteva di contattare i clienti e mandai a Werner il codice per accedervi. In realtà ciò avveniva soltanto quando era il cliente a effettuare l'accesso, ma ritenni che fosse un buon modo per indurre Damian a entrare in una chat privata.

Non volevo esagerare con l'anonimato. I collegamenti erano comunque cifrati e i messaggi venivano eliminati immediatamente. Dunque cambiai alcune impostazioni nell'account dell'admin, inserendo tra l'altro i nomi degli utenti.

Pensai che grazie a ciò Werner avrebbe avuto la sensazione di parlare con una persona in carne e ossa.

Non effettuò il login per un pezzo, e io aspettavo in preda all'ansia, chiedendomi se stessi facendo la cosa giusta. Mi sembrava di tradire Robert. No, forse non di tradirlo, ma di prendere in considerazione quell'eventualità.

Come se, nel bar di un albergo, avessi conosciuto un tizio che si era rivelato una compagnia fantastica. Niente di disdicevole, in realtà, però si sa in cosa possono sfociare certe cose.

Quando alla fine Werner si fece vivo, le mie mani rimasero ferme sulla tastiera. Riflettei su cosa scrivere, ma non mi venne in mente nulla di adatto.

Sullo schermo apparve una domanda: **[Wern]** Kasandra?

Non ero sicura di quanto potessi rivelargli.

[Wern] La proprietaria della RI?

[Kasandra] Sì.

[Wern] Che ne è di Kliza?

[Kasandra] Doveva occuparsi di altro. Un caso complicato.

Per un po' non rispose nulla.

[Wern] Deve tornare.

[Kasandra] Per il momento non se ne parla, ma farò il possibile.

I messaggi sparivano l'uno dopo l'altro e il cursore pulsava, in attesa che uno dei due scrivesse qualcosa. Appoggiai i gomiti alla scrivania e fissai lo sguardo sullo schermo. Evidentemente Damian non era certo di potersi fidare di me. Da una parte aveva a che fare con una perfetta sconosciuta, dall'altra comunicava attraverso una piattaforma sicura. Ed era in contatto con la stessa agenzia che finora era stata l'unica a offrirgli aiuto.

[Kasandra] Kliza mi ha detto che hai scoperto qualcosa.

Mi parve di aspettare un'eternità.

[Wern] Già. Più di quanto immaginassi.

[Kasandra] E cioè?

[Wern] È viva.

[Kasandra] Che cosa?

[Wern] Lo so come sembra. Ma ho le prove.

Allungai senza volere la mano verso il bicchiere.

[Kasandra] Ne sei sicuro?

[Wern] Sì.

Annuii, assorta nei miei pensieri, neanche potesse vedermi. Dovevo scrivergli che era stato trovato il corpo? Ma non aveva senso. Lo sapeva benissimo.

[Wern] So che cosa stai pensando. Che un fidanzato non può rassegnarsi alla perdita, che cerca spiegazioni senza senso e si aggrappa perfino alla speranza più assurda. Ma devi credermi.

Respirai profondamente, sempre senza sapere come reagire. Mettendo in dubbio le sue parole me lo sarei potuta inimicare. Credergli così su due piedi sarebbe stato altrettanto imprudente. Alla fine ritenni che la cosa migliore fosse attendere che Damian continuasse a scrivere.

Poco dopo apparve un'altra riga.

[Wern] È viva. E ne ho le prove.

PARTE SECONDA

1

Non m'illudevo affatto che la proprietaria della Reimann Investigations mi credesse sulla parola. Però presumevo che l'agenzia avrebbe tenuto a rispettare i propri impegni, e che perciò Kasandra non mi avrebbe liquidato. In fondo Blitzer li aveva pagati, avevano già il denaro sul conto. Ma forse, più che a quello, erano interessati a un buon marketing. Un cliente deluso, amareggiato, avrebbe costituito senz'altro un rischio superfluo.

La nostra prima conversazione sulla RIC durò una buona mezz'ora. Non commentai il fatto che Kasandra mi avesse affibbiato il nickname « Wern ». Non chiesi neppure come andasse sciolta la sigla che usò a un certo punto. Supponevo che la « C » di RIC stesse semplicemente per « chat ». Niente di troppo ricercato.

Le ci volle un bel po' per convincermi a non sperare nella ricomparsa di Kliza. Mi assicurò che avrebbe fatto tutto il possibile per farla tornare, ma le probabilità di riuscita sarebbero state minime. Sembrava che fosse stata la stessa Kliza a prendere quella decisione, però stentavo a crederci.

È pur vero che non conoscevo la ragazza. Una volta saputo del ritrovamento del cadavere, poteva avere ritenuto concluso il proprio lavoro e deciso di passare oltre.

Quella versione comunque mal si accordava col fatto che ora mi avesse contattato la stessa Kasandra. Kliza aveva cercato di farla interessare al mio caso, sì, ma non mi ero aspettato che la cosa avrebbe avuto un seguito. Ricordavo quanto aveva detto Blitz sui Reimann. Erano ricchi, felici, rispettati, e senz'altro costantemente impegnati ad accrescere il loro patrimonio o a spenderlo.

Tuttavia, doveva esserci anche un'altra ragione se Kasandra in persona voleva aiutarmi. Era stata esplicita al riguardo, sebbene forse non mi avesse creduto quando avevo detto che Ewa era viva.

Tanto più che non avevo fornito nessuna prova. Contrariamente a quanto avevo sostenuto, non ne avevo.

In realtà, non ero neppure tanto sicuro che esistessero. A quel punto non ero sicuro di niente. La dichiarazione della polizia sembrava attendibile, ma sapevo di non dovermi fidare di nessuno.

O quasi. Però me ne ricordai solo grazie a una telefonata di mio padre. Risposi con una certa esitazione perché, se ormai ero formalmente ricercato, i miei genitori si trovavano senz'altro nel mirino della polizia.

Dubitavo che qualcuno intercettasse le telefonate, ma ben presto gli inquirenti avrebbero messo le mani sui tabulati e sarebbero risaliti fino a me. Avrei potuto creare problemi a mio padre e a mia madre, e Dio sa se non ne avevano già abbastanza.

Malgrado ciò, risposi. Avevo bisogno di sentire una voce familiare, e poi l'ultima conversazione era stata comunque registrata. Mio padre mi domandò subito dov'ero. In un primo momento credetti che fosse impazzito a volerlo sapere.

Poi mi dissi che dovevo farla finita con quella follia. Ero sprofondato nella paranoia, convinto com'ero di essere cercato da persone cui premeva che Ewa non venisse trovata. Ma anche in quel caso, ormai, avrebbero dovuto lasciarmi in pace. Se, come pareva, il corpo era stato trovato, non c'era motivo di continuare a perseguitarmi.

Non riuscivo a raccogliere le idee. Non sapevo cosa fosse vero e cosa no. Cosa fosse un'ipotesi logica, sensata, e cosa l'allucinazione di una mente esausta. Un'ennesima notte insonne non mi era certo stata d'aiuto.

Dissi a mio padre dov'ero. Avevo bisogno di lui, avevo bisogno di mia madre. Erano le uniche persone su cui potessi contare, sapevo che da solo non ce l'avrei fatta.

Ero mosso anche da questioni puramente pratiche. Se volevo trovare le risposte alle domande che non mi davano pace, mi servivano due cose: un'auto e del denaro.

I miei si presentarono meno di un'ora dopo. C'incontrammo dietro l'albergo, quindi li accompagnai nella mia stanza. Chiusi la porta e mi ci appoggiai con la schiena.

«Hai mangiato qualcosa?» chiese mia madre.

Feci segno di no con la testa e guardai fuori dalla finestra. «Non vorrei sembrare paranoico, ma avete controllato che nessuno vi abbia seguiti?»

«Sì», mi assicurò mio padre.

Mi lasciai scivolare sul pavimento e mi arruffai nervosamente i capelli. Prima dell'arrivo dei miei, avevo riordinato i pensieri. In definitiva, mi ero reso conto di poter contare soltanto su una cosa. Sul mio intuito.

E quello mi suggeriva un unico possibile scenario.

«Andrà tutto bene», disse mia madre.

«Lo so.»

«Ora che l'hanno finalmente trovata, potremo...»

«Non è lei», obiettai.

Mi guardarono inquieti. Conoscevo quello sguardo, compariva ogni volta che mi veniva l'influenza o un altro malanno e si manifestavano i primi sintomi.

«Sono sicuro che non è lei.»

«Ma, figliolo...»

«So che cosa è stato divulgato. Anche questo fa parte del

gioco che stanno giocando. Perché avrebbero dovuto ucciderla? Adesso, dopo tanti anni?» mi ostinai. Sapevo già che cosa avrebbero risposto, perciò li anticipai: «Il fatto che la stia cercando non cambia nulla. Tutto sommato lo faccio da quando è scomparsa».

Si scambiarono uno sguardo.

«Non ci sono andato neppure vicino, non avevano di che preoccuparsi. E poi, dopo tutto quello che hanno fatto, non mi sembrano certo tipi da temere qualcosa o qualcuno.»

I miei si sedettero sul letto, sempre senza parlare. Non mi stupii, anch'io al loro posto probabilmente avrei pensato che la cosa migliore fosse tacere. Allungai le gambe e appoggiai le mani sulle ginocchia. «Dove l'avrebbero trovata?» domandai.

«Non lo sai?» rispose mio padre.

Anche se avrei dovuto, non avevo letto con cura le ultime notizie diffuse dai media. Forse era stato un errore, perché mi avrebbe giovato conoscere ogni elemento del loro piano e capire quanto fossero determinati. Ma in un certo senso era una forma di rifiuto della realtà. Di ribellione contro quanto era accaduto.

«Sul fiume. Da qualche parte a Bolko», disse mia madre.

La piccola isola in mezzo alla città era l'enclave degli amanti delle passeggiate, dei ciclisti, di chi correva e andava in kajak. E sicuramente di tutta una schiera di persone che cercavano altri svaghi, dai giovani che vuotavano lattine di birra ai pensionati che poltrivano sui plaid.

L'area, non sottoposta a sorveglianza, era abbastanza vasta da poterci lasciare un cadavere. O da fingere che ne fosse stato trovato uno in un punto in cui nessuno avrebbe potuto dire se c'era stato davvero un corpo.

«Perché abbandonare il cadavere proprio là?» chiesi.

La parola che usai sembrò provocare ai miei un dolore

quasi fisico. Ma mi rifiutavo di usare il nome di Ewa. Se un corpo era stato trovato, non aveva niente a che fare con lei.

«Se fosse stata Ewa, l'avrebbero nascosta in un posto in cui nessuno l'avrebbe mai trovata», aggiunsi. «È tutto assurdo.»

«Forse volevano che le ricerche finissero. Forse sentivano che ti stavi avvicinando a loro», osservò mio padre.

«In che modo?»

Mi guardò come per dire: *Questo non lo sappiamo, e quasi certamente non lo sapremo mai.* Ma non aveva bisogno di parlare perché lo capissi. «Hanno confermato la sua identità, figliolo», disse dopo un po'.

«Mmm. Fin troppo rapidamente», borbottai poco convinto.

«Adesso l'esame del DNA viene eseguito in modo fulmineo. Soprattutto se c'è già del materiale di confronto.»

«Ma non così fulmineo.» Distolsi lo sguardo, l'ansia che vedevo sul viso dei miei genitori mi era intollerabile. Erano convinti non solo che da anni la vita mi mettesse a dura prova, ma pure che fosse in parte colpa mia. Immaginavano senz'altro che ora avrei negato in tutti i modi l'accaduto, fino a giungere al limite della follia.

Mi alzai e mi passai la mano sulla maglietta. Giunsi alla conclusione che dovevo indossare una maschera adeguata, se non per il mio, almeno per il loro bene. Mi sedetti al tavolino addossato alla parete e allungai la mano verso la borsa che aveva portato mia madre.

Sorrisi debolmente nel vedere i contenitori per il cibo nei quali un tempo portavo la merenda a scuola. «Ce n'è uno con la nutella?» chiesi tirando fuori un panino.

Mia madre mi rispose con un sorriso altrettanto tirato.

«L'esame del materiale genetico dura di più perfino nei

casi di rilievo nazionale. Non è possibile che l'abbiano eseguito così in fretta», insistetti.

«Non hanno comunicato la data esatta del ritrovamento del corpo. Magari era passato un po' di tempo», osservò mio padre.

«Non credo.»

«È normale che tu speri ancora», intervenne mia madre. «Ma devi pur sapere che certe informazioni non vengono rese pubbliche se non si ha la certezza...»

«L'unica certezza che ho è che in questa faccenda c'è qualcosa che non torna.» Sapevo che stavo cominciando a parlare come un pazzo, però non aveva nessuna importanza. Almeno per me. Presumevo che l'ansia dei miei crescesse di momento in momento. «Hanno reso noto come sarebbe morta?» domandai con la bocca piena.

«Si parla solo di una probabile causa.»

«E cioè?»

«È annegata.»

«Così, semplicemente?»

La domanda era fuori luogo, per giunta mio padre non aveva modo di risponderle in maniera esauriente. Si mosse, nervoso, e mia madre gli mise una mano sul ginocchio, come se ciò potesse calmarlo.

«Voglio dire, dopo dieci anni i rapitori prendono e la gettano nell'Oder o in un laghetto a Bolko?» aggiunsi. «È assurdo.»

«Nessuno sostiene che sia andata così. Forse l'hanno tramortita e poi...»

«No», dissi, in tono categorico, e rimisi il panino nel contenitore.

«Come fai a esserne così sicuro, figliolo? Hai scoperto qualcosa?»

«Più di quanto mi aspettassi.»

Inarcarono le sopracciglia quasi nello stesso istante. Non era la prima volta che avevano la medesima reazione; copiavano spesso i reciproci comportamenti, sebbene nessuno dei due sembrasse rendersene conto. Avevano trascorso tanti di quegli anni insieme che la simbiosi era evidente al primo sguardo.

Pensai con amarezza al fatto che io ed Ewa eravamo sulla buona strada per poter dire la stessa cosa di noi due, un giorno. « Qualcuno le ha scattato una foto, a quel concerto », cominciai.

« Chi? »

« Non lo so, un tizio qualunque. Mi ci sono imbattuto su Internet. » Non intendevo addentrarmi in particolari, e loro non me ne chiesero.

Nonostante gli annunci altisonanti che avrebbero navigato su Internet col mio vecchio computer, sapevo benissimo che non ci avevano provato neppure una volta. Internet agiva su di loro come un panno rosso su un toro.

Mentre per me si era rivelato una salvezza.

« Era mossa. Ma si vedeva abbastanza, incluso un pezzo della sua maglietta », aggiunsi.

« E questo che c'entra? »

« Sopra c'era un messaggio per me. »

« Quale messaggio? » chiese mio padre in tono incredulo.

Nella sua voce avvertii una chiara perplessità, ma non c'era da stupirsi. Raccontai loro a grandi linee quanto mi aveva riferito Kliza. Davano entrambi l'impressione di avere bisogno di tempo per abituarsi alla notizia.

« Ewa si è sobbarcata una fatica immensa per organizzare tutto ciò. E ha osservato la massima cautela. »

Mia madre si schiarì la gola. « E perciò pensi che... »

« Che i rapitori non se ne siano accorti », terminai al posto suo. « E che Ewa sia ancora viva. Aspetta il mio aiuto. »

«Ma non hai nessuna prova», osservò mio padre.

«No.»

In realtà, il silenzio che calò nella stanza d'albergo poteva significare tutto. Ritenni che fosse meglio riprendere il discorso prima che nella testa dei miei genitori spuntassero nuovi dubbi. Non sapevo perché sentissi il bisogno di convincerli. Forse mi era indispensabile la loro approvazione per proseguire nel battere la pista che avevo trovato.

«Mentre vi aspettavo, ho confrontato il disegno sulla maglietta con l'originale che circolava su Internet.»

«E come mai circolava?» chiese mio padre con sospetto. «Hai detto che si trattava di un gruppo fittizio.»

«Lo era. Non avevano logo, non esisteva neppure la copertina del cd. Ma a un certo punto apparve un disegno, di sicuro a corredo di uno degli articoli dedicati alla faccenda, e si diffuse rapidamente in rete. È appunto di questo che si è servita Ewa nell'ideare la maglietta.» Aprii il portatile e caricai l'immagine.

Raffigurava una vecchia radio su un tavolo all'interno di una tenda. Sopra la radio si levavano vapori rossi e azzurri. Il tratto era delicato, senza contorni spigolosi. L'originale rappresentava alcune figure davanti a una recinzione, facevano pensare ai prigionieri di un campo di detenzione. Non tutte erano entrate nella maglietta, Ewa non voleva allarmare i rapitori inserendo simboli che potessero sembrare loro significativi.

Girai il computer verso i miei genitori e indicai l'immagine. «Questo disegno si distingue in una cosa da quello di Ewa», ripresi. «Nel suo compare una nuvoletta in più, piccola ma chiara. A destra ha un contorno ed è riempita di colore, a sinistra ha le barre di un equalizzatore.»

Mi guardarono senza comprendere.

« Sono colonne che cambiano altezza al ritmo della musica. Un *equalizer* », spiegai.

« Ah... »

« Non vi dice comunque nulla. » Questa volta sapevo benissimo che cosa significava il loro silenzio. « Ma io so di che si tratta. »

« E cioè? » chiese mio padre.

« È un logo piuttosto noto. Di SoundCloud. »

« Di che cosa? »

« Di un servizio musicale sul quale si possono rendere accessibili a tutti, gratis, musica e altre registrazioni. Qualcuno evidentemente vi ha pubblicato un frammento di *Better Days*, e al posto dell'immagine della copertina c'è il disegno che vi ho mostrato. »

Almeno in uno dei file, aggiunsi tra me. C'era anche una copia, apparentemente della stessa versione. Ma diversa per un unico, piccolo particolare. Nell'angolo superiore destro dell'immagine c'era il logo minuscolo, quasi invisibile, di SoundCloud.

Quando lo avevo visto, avevo capito di essere in contatto con Ewa. Dopo dieci anni di silenzio, alla fine avevo sentito la sua voce. Era indistinta, si perdeva nel rumore dei tanti avvenimenti, ma era lì.

Dovevo solo scoprire che cosa diceva.

Soltanto gli utenti registrati potevano pubblicare file nel servizio, perciò avevo subito fissato lo sguardo sul nick dell'uploader. PaulFrancis. Non mi diceva niente. Niente se non che era il nome utente scelto da Ewa al momento di caricare il file nel Cloud.

Mi ci era voluto parecchio tempo per abituarmi a quella consapevolezza. Ero arrivato a qualcosa che aveva fatto con le sue mani. Naturalmente non aveva assunto una forma concreta, solo virtuale. Però che importanza aveva? Il denaro impalpabile su un conto bancario era altrettanto reale delle banconote nel portafogli.

Avevo fatto scorrere lo sguardo sul player di SoundCloud. Visto che Ewa aveva scelto *Better Days*, sapevo che il messaggio mi aspettava nella canzone.

Aveva fatto proprio la stessa cosa di Espejo e Ortiz. Solo che, invece di trasmettere il suo messaggio attraverso le antenne radio, lo aveva pubblicato su Internet.

Nel delineare la situazione ai miei non ero sicuro che tutti quei neologismi tipici del web non li frastornassero. Ma evidentemente no, annuirono senza fare domande.

« Dunque ti ha indicato questa precisa registrazione... » borbottò mio padre.

« Sì. »

« L'hai ascoltata? »

« Sicuro. E non vi stupirà certo sentire che, tra le strofe, sono presenti altri segnali in codice Morse. » Mi concessi di nuovo un sorriso. Un sorriso vero.

« Cosa dice il messaggio? »

« Webster. »

Non potevano sapere di cosa si trattasse. A dire il vero non poteva saperlo nessuno.

Tranne me.

2

Quel giorno fu diverso dagli altri. Per la prima volta dopo tanto tempo non temevo l'avvicinarsi della sera. L'aspettavo. Sapevo che allora mi sarei chiusa nello studio al piano di sopra, mi sarei loggata sulla RIC e avrei saputo che cosa era riuscito a scoprire Werner.

Mi aveva assicurato di avere trovato qualcosa che provava che Ewa era viva, ma non aveva citato fatti concreti. Non ne aveva avuto il tempo. Nel sentire Robert che tornava a casa, mi era toccato terminare alla svelta la conversazione.

Mio marito non aveva un orario di lavoro fisso. Ciò che faceva non richiedeva una presenza regolare in ufficio. Soprattutto perché la sua vera attività non aveva molto a che vedere con l'apparenza che manteneva per Rewal e dintorni.

La nostra vita era una facciata. Sia sotto l'aspetto personale sia sotto quello professionale.

Come c'era da aspettarsi, entrò nel salone con dei fiori. Questa volta aveva scelto degli iris in vaso, piccoli e non troppo appariscenti. Disse che se ne sarebbe occupato lui stesso, avrebbe fatto di tutto perché fiorissero, li avrebbe curati. Non era un'analogia molto riuscita col nostro legame, degli steli rachitici sarebbero stati più azzeccati.

Decisi di approfittare del pentimento che sembrava tormentare mio marito. Quando alla fine smise di chiedere scusa e di promettere che sarebbe cambiato, ripresi il discorso del licenziamento di Kliza. Mi sembrava di non poter scegliere momento migliore, ma mi sbagliavo.

Non appena contestai la sua decisione, il suo viso sembrò impietrirsi e lo sguardo divenne assolutamente glaciale.

« No », disse soltanto.

La fermezza nella sua voce e l'improvviso cambiamento nel modo di fare m'indussero a desistere da ulteriori tentativi, almeno per il momento. Mi convinsi una volta di più che, benché siano le donne a essere considerate delicate, non c'è niente di più fragile dell'ego maschile.

Ma non importava. In quella situazione, Kliza non sarebbe stata comunque disposta a tornare. Non avrebbe creduto che Ewa era viva neanche se Werner fosse riuscito a procurarsi delle prove concrete.

Sorseggiai un bicchiere di Prosecco e aspettai la sera. Pensai che sarebbe stato meglio mantenere la mente lucida, però nel corso degli anni ci avevo provato varie volte e non era mai andata a finire bene.

Wiktor Osiatyński, probabilmente l'alcolista anonimo più noto della Polonia, una volta ha detto che, quando smaltiva la sbornia, non riconosceva più l'uomo che diventava. Avevo la stessa sensazione.

Mettevo in discussione non solo tutte le decisioni prese, ma anche il senso di tutta la mia vita. Forse pure di più, del mio essere. La mia unica ancora era Wojtek: era grazie a lui se non ero stata ghermita dalla tempesta.

La soluzione migliore era rimanere in acque tranquille. E in quello il vino mi era d'aiuto.

Io e Robert trascorremmo un paio d'ore sul divano del salone guardando una puntata dietro l'altra della serie *Fortitude*. Era una fosca storia gialla ambientata in un lontano Nord avvolto nella morsa del ghiaccio. Inutile dire che non mi sollevò l'umore. Eppure, mi procurava un piacere perverso, insensato e autodistruttivo. Amavo essere circondata dalla tristezza. L'avevo capito qualche tempo prima.

Quando finimmo, Robert si sedette davanti al portatile e si mise a sbrigare delle faccende che richiedevano il suo coinvolgimento diretto. Erano sempre meno. Delegava i vari compiti ai sottoposti, e grazie a ciò aveva sempre più tempo per me e Wojtek.

Di giorno mi faceva piacere. Allora avevo accanto un marito che guardava con me le mie serie preferite, mi preparava leccornie degne dei migliori ristoranti e mi trattava come se fossi tutto il suo mondo.

Di notte, in compenso, avrei preferito che ne avesse il meno possibile.

Andavamo avanti così da molti anni. Mi ero abituata all'armonia prefissata del giorno.

Ma adesso era diverso. Aspettavo in preda alla tensione il momento in cui mi sarei potuta chiudere nello studio. No, non chiudere. A Robert non piaceva quando lo facevo, preferiva che lasciassi la porta socchiusa.

La cosa non mi disturbava. Avevo comunque intenzione di contattare Werner attraverso la RIC, che ora mi appariva come il mio personale rifugio virtuale.

Mi loggai e mandai a Damian un messaggio col codice di accesso. Si fece vivo poco dopo. Il primo messaggio apparve quasi subito, come se fosse stato in attesa, con le dita sulla tastiera.

[Wern] Finalmente.

Collegavo a una sensazione piacevole il fatto di non essere la sola ad aspettare nervosamente il colloquio. Solo dopo un attimo mi resi conto che Werner aveva un motivo del tutto diverso dal mio per essere sollevato.

[Wern] Non potevi farti viva prima?

[Kasandra] No.

Ritenni più opportuno non diffondermi in particolari. Damian non doveva essere il mio confessore, ma un diversivo. Anzi, qualcosa di più. Qualcuno di più. Una persona che, riferendomi la sua scoperta, mi avrebbe strappata all'incubo della quotidianità nel quale vivevo.

[Wern] Sei riuscita a convincere Kliza?

[Kasandra] Purtroppo no.

Sentivo che il mio «purtroppo» gli sarebbe suonato falso, perciò mi affrettai ad andare avanti.

[Kasandra] Ho provato in vari modi, ma invano. Sta lasciando la città, intende occuparsi di tutt'altro.

[Wern] Maledizione.

[Kasandra] Avrai da me l'aiuto di cui hai bisogno, Wern.

Per un po' non rispose, ed ebbi l'impressione che ogni secondo si prolungasse all'infinito. Guardai verso la porta, in ascolto. Il ticchettio sommesso dei tasti dal piano di sotto dimostrava che Robert era ancora seduto davanti al portatile.

Non avevo molto tempo. Ma intendevo usarlo bene.

Prima che riuscissi a scrivere un messaggio a Wern, ne mandò uno lui: **[Wern]** Werner.

Inarcai le sopracciglia.

[Wern] Non Wern. Suona come se avessi fatto dei viaggi straordinari.

[Kasandra] In un certo senso è così.

[Wern] Non direi. A me sembra piuttosto una serie di tragedie infinite.

Annuii, lo capivo fin troppo bene.

[Kasandra] Di che cosa hai bisogno?

[Wern] Di potermi mandare dei messaggi indietro nel tempo. Mi scriverei che una lurida riva del fiume non è un posto adatto a una proposta di matrimonio. E di comprare azioni Netflix non appena escono sul mercato.

Sorrisi leggermente, pensando che stesse cercando di fare dell'umorismo durante una conversazione che di per sé non poteva contemplarlo.

[Wern] O magari che il Brasile perderà 7 a 1 contro i tedeschi nella semifinale dei campionati del mondo del 2014. Spillerei una fortuna ai bookmaker.

Non sapevo che cosa rispondere. Alla fine mi decisi per la peggiore delle soluzioni possibili.

[Kasandra] :)

Per fortuna l'emoticon scomparve rapidamente, anche se solo dallo schermo. Supponevo che in realtà per Damian quello stupido simbolo potesse essere più eloquente rispetto a qualunque altra parola enigmatica.

Mi consolai pensando che pure gli antichi egizi si servivano di geroglifici, e bevvi del Prosecco.

[Kasandra] Hai bisogno di qualcos'altro?

[Wern] Per ora no. Mia madre mi ha portato dei panini.

Per un momento mi chiesi se non fosse un altro tentativo di scherzarci su. Era senz'altro così, perciò questa volta decisi di non rispondere.

[Wern] Ma tra non molto potrei avere bisogno di qualcosa.

[Kasandra] Di cosa?

[Wern] Lo saprai a suo tempo.

Non si fidava di me? Be', non mi stupiva. Non solo dal suo punto di vista ero spuntata fuori dal nulla, ma le mie risposte stringate potevano passare per un segno di diffidenza, forse perfino di ostilità.

[Kasandra] Preferirei saperlo adesso.

[Wern] *Too bad.*

Tamburellai con le unghie sul bicchiere, poi bevvi. Nonostante la mia laconicità, la conversazione sembrava in qualche modo piacevole per entrambe le parti. O forse volevo soltanto che fosse così.

[Kasandra] Ok. In tal caso passiamo a quanto sei riuscito a scoprire.

[Wern] Prima di tutto, l'utente che ha caricato il file audio si chiama PaulFrancis.

[Kasandra] È un riferimento al papa?

[Wern] No. A qualcos'altro.

[Kasandra] E cioè?

Per qualche istante non rispose.

[Wern] In realtà non ci avrei mai pensato, non fosse stato per il messaggio in codice nella melodia della canzone.

Raccolsi i capelli e li spostai all'indietro. Poi chinai leggermente la testa e fissai lo schermo. Avevo l'impressione che mi fossero comparse delle chiazze rosse sul viso. Se adesso Robert fosse entrato nello studio, non avrebbe certo mancato di controllare che cosa stesse suscitando in me tanta emozione.

Non dubitavo che sarebbe stata l'ultima conversazione che avrei avuto con Werner.

Dovevo essere cauta.

[Kasandra] Che messaggio?

[Wern] Webster.

[Kasandra] Non mi dice niente.

[Wern] Perché non deve dire niente né a te né a nessun altro. Solo a me. Insieme con PaulFrancis, forniva un'indicazione precisa di ciò che dovevo cercare.

[Kasandra] E sarebbe?

Cominciai a girare nervosamente il bicchiere sul piano.

[Wern] Ti tengo un po' sulle spine, eh?

[Kasandra] Un po'.

[Wern] Ma tu fai lo stesso con me. Su quanto ti riguarda.

[Kasandra] Non capisco.

[Wern] In fondo, chi mi dice che non ti stia prendendo gioco di me con un gruppetto di amichette? Magari adesso ve la state ridendo a crepapelle.

Sbuffai piano, quasi potesse sentirmi. Io e « un gruppetto di amichette ».

L'ultima volta che Robert mi aveva permesso un incontro tra sole donne, me ne ero pentita per tre notti di seguito. Ci tornava sopra in continuazione, dipingendo assurdi scenari nei quali sparlavamo di lui, progettavo di lasciarlo, le mie amiche mi cercavano un nuovo tizio e via dicendo.

In seguito non le avevo più incontrate da sola. E, se anche io e Robert organizzavamo qualcosa, erano sempre serate tra coppie.

Misi le mani sulla tastiera e riflettei un istante. Alla fine ritenni che la cosa migliore fosse mantenere un atteggiamento strettamente professionale.

[Kasandra] PaulFrancis. Webster. Che significano?

[Wern] Da giovane non ti piaceva Spider-Man, vero?

[Kasandra] No.

[Wern] A me invece sì. Ed Ewa lo sa bene.

Al presente. Damian credeva davvero che fosse viva.

[Kasandra] Dunque, di che si tratta?

[Wern] Di un paroliere americano che ha composto una canzone cult su Spider-Man. Se te la canticchiassi, sicuramente la ricorderesti subito. Non fosse altro perché è stata inserita in quattro film. Nel primo, girato da Sam Raimi, nella versione originale. Nel secondo la interpreta Michael Bublé e nel terzo la suonano durante una grande parata in strada. L'hanno messa anche nel remake con Andrew Garfield: è la suoneria del cellulare di Peter.

Guardai lo schermo incredula.

[Kasandra] E questo cosa dovrebbe significare?

[Wern] Che ho risolto l'enigma.

[Kasandra] Allora non tenermi sulle spine.

[Wern] È bastato che digitassi in SoundCloud *Spider-Man Theme* per trovare il file corrispondente.

Aggiunsi un nuovo bookmark e feci quanto diceva. Venne fuori una marea di risultati. C'era la versione originale, naturalmente riprodotta un'infinità di volte, e poi cover, divertenti creazioni dei fan di Spider-Man, e molti altri file più o meno legati al brano cult di Webster.

[Kasandra] C'è un bel po' di roba.

[Wern] Ma, se sai cosa cercare, non è un problema.

[Kasandra] E tu lo sapevi?

[Wern] Certo. Altrimenti Ewa non mi avrebbe lasciato quel messaggio.

[Kasandra] Dunque quale file bisogna aprire?

[Wern] Quello inserito dall'utente col nick Tigre.

[Kasandra] Tigre?

[Wern] È così che mi chiamava, a volte.

[Kasandra] Ah.

[Wern] Era... Era un nostro vezzo. Come le gare a chi finiva prima di cambiare le lenzuola. O come quando facevamo i buffoni da Ikea e... giocavamo « alla casa ». O quando, prima di guardarci un film, costruivamo un fortino di poltrone e coperte.

[Kasandra] Un fortino?

[Wern] Era tanto tempo fa. Costruivamo una specie di cornice intorno al televisore per avere l'idea di stare al cinema. Ma poco importa.

Sorrisi leggermente e annuii.

[Kasandra] Nel brano c'era anche un messaggio trasmesso in codice Morse?

[Wern] Sì.

Potevo immaginare che piacere gli desse centellinarmi quelle informazioni. Guardai di nuovo verso la porta con aria incerta. Questa volta non sentii nessun rumore dal piano di sotto e provai una certa inquietudine.

[Kasandra] Quale?

[Wern] Un indirizzo bit.ly.

[Kasandra] Che cos'è?

[Wern] Un abbreviatore di URL.

Per un po' non risposi nulla.

[Wern] Un service che abbrevia gli indirizzi dei siti Internet particolarmente lunghi in modo che sia facile condividerli.

[Kasandra] E dove portava?

[Wern] A una pagina web che sembra una copia di Sound-Cloud. Il problema è che è bloccata.

[Kasandra] Come?

[Wern] Va inserita una password.

[Kasandra] E tu non la conosci?

[Wern] Non ancora.

Annuii di nuovo, come se potesse vederlo.

[Wern] E neppure so che aspettarmi. Ma una cosa è certa.

[Kasandra] Che cosa?

[Wern] Che la caccia al tesoro è finita. Ewa ha un vero messaggio per me.

3

Kasandra Reimann era davvero come me l'ero immaginata. Enigmatica, di poche parole, fredda. Forse perfino indifferente. Eppure era proprio quella indifferenza a renderla in un certo qual modo affascinante.

E pensare che ero riuscito a comporre quel quadro sulla base delle lettere che apparivano sullo schermo. Ma era proprio così strano? Era da quando avevano cominciato a leggere i primi libri che gli uomini creavano immagini dalle parole.

Blitzer non era un maestro in quel campo, però una volta era riuscito a dire qualcosa di saggio. La musica scolpisce la realtà. Pochi concetti erano stati formulati in modo migliore. Alla stessa maniera, le parole scolpiscono le immagini degli uomini. Del resto, la lingua è lo strumento destinato a controllare la mente, bisogna solo saperla usare in maniera adeguata.

E Kasandra senza dubbio sapeva farlo. Era parsimoniosa, teneva le distanze, a tratti dava l'impressione di non essere particolarmente interessata a ciò che scrivevamo.

O forse esageravo? Forse mi ero creato nella mente l'immagine di una donna potente, furba e spietata per avere la sensazione che della mia squadra facessero parte solo i giocatori migliori?

Non intendevo entrare nel merito. Ciò che contava era la pista che avevo trovato.

Ero convinto che, una volta inserita la password, avrei visto il messaggio di Ewa. E che fosse ancora viva. Quando si è fidanzati, certe cose si sanno e basta. Anche se dalla proposta di matrimonio sono passati dieci anni.

Ma quale poteva essere la password?

Doveva essere qualcosa che conoscevo solo io. Ewa aveva la certezza che, dopo avere visto la foto del concerto dei Foo Fighters, dopo avere scoperto *Better Days* e avere trovato il file corrispondente della colonna sonora di *Spider-Man*, solo io sarei arrivato a quel sito. Ora aveva bisogno della certezza che solo io avrei potuto aprirne la porta.

Mi grattai la testa, lambiccandomi il cervello sulla password. Di sicuro non poteva essere in nessuno degli indizi ricevuti. Il rischio che fosse qualcun altro a trovarla era troppo alto. A Ewa serviva un'altra verifica. L'equivalente di un messaggio con un codice valido un'unica volta e destinato a un'unica persona.

Andai su e giù per la stanza cercando di farmi venire in mente di cosa potesse trattarsi. Il problema non era la mancanza di idee. Al contrario, me ne venivano fin troppe.

La storia del nostro rapporto era talmente ricca, che in realtà avrei potuto pescarvi di tutto. Le pagliacciate da Ikea o le gare a chi infilava per primo una federa non erano che gocce nel mare.

Mi misi davanti alla finestra e guardai fuori. La macchina dei miei genitori era nel parcheggio custodito dell'albergo. Me l'avevano lasciata ed erano tornati in città con l'autobus. La vecchia Škoda Felicia sembrava un pezzo da museo, ma camminava. E in più a GPL, il che mi avrebbe facilitato notevolmente le cose, considerati i miei scarsi mezzi.

Dovevo soltanto scoprire dove dovevo andare.

Mi appoggiai a un'imposta e sprofondai nelle riflessioni. Parole casuali mi affluivano in mente come un torrente in piena. Alla fine ritenni che una di esse dovesse per forza essere quella giusta.

Forse il banale, primitivo metodo del « prova e sbaglia » si sarebbe dimostrato il migliore, pensai.

Mi sedetti davanti al vecchio Asus e digitai la prima parola.

AMZBGMAN

Era il codice di uno dei giochi di Spider-Man. L'unico in cui fossi riuscito a coinvolgere Ewa. Che però giocava solo a condizione che v'inserissi questo cheat. Faceva sì che l'eroe mosso dal giocatore si trasformasse in Bag Man, una figura con in testa un sacchetto di carta al posto della maschera. Mi sembrava una password come un'altra. E poi da qualche parte dovevo pur cominciare.

Sullo schermo apparvero delle stelline e, quando premetti il tasto ENTER, mi sentii il cuore in gola.

La pagina si stava caricando.

Comparve una schermata nera con sopra un teschio bianco.

Subito dopo, sotto di esso, lampeggiò un messaggio che m'impietrì.

1/3

Non dovetti riflettere a lungo per giungere alla conclusione che avevo sprecato il primo di tre tentativi. Il metodo che intendevo adottare era ormai fuori discussione. Imprecai sottovoce, rimproverandomi che me lo sarei dovuto aspettare. Ewa aveva organizzato tutto in maniera talmente scrupolosa, che doveva avere provveduto anche a quel tipo di protezione.

Non dubitavo che, al terzo tentativo fallito, la pagina sarebbe scomparsa irrimediabilmente. Doveva esservi stato installato un *kill switch*, un sistema di autodistruzione.

Mi alzai e andai di nuovo alla finestra. Quasi che, in tal modo, potessi sfuggire alla consapevolezza appena acquisita.

Mi rimanevano due tentativi.

Mi era concesso solo un altro errore.

Osservavo le persone che si recavano al ristorante, ai campi da tennis e da badminton, e invidiavo la vita che conducevano. Indubbiamente la loro più grande preoccupazione era che al week-end mancasse più tempo di quanto avrebbero voluto.

Pensai che, nella mia situazione, almeno di quello non dovevo preoccuparmi. Non potendo contattarmi, ormai il proprietario dello SpiceX mi aveva senz'altro cacciato.

Non avrei più servito il pollaccio che regnava incontrastato nel menu. Il mio capo sosteneva che tutti i piatti a base di pollame erano eccezionali, perché il pollo è l'unico animale che mangiamo sia prima che nasce sia dopo che muore.

In quella considerazione c'era qualcosa di poetico, che però non mi era di nessun aiuto nel risolvere il mio problema. Sospirai e cercai di riportare i pensieri in carreggiata.

Ricominciai ad andare su e giù per la stanza grattandomi la nuca. Non mi veniva in mente nulla di concreto.

Alla fine, mi fermai davanti al portatile e guardai lo schermo.

Rimasi di stucco.

Sul display non c'era più il teschio; il suo posto era stato preso da un orologio digitale. Non sapevo quando fosse cominciato il countdown, ma in quel momento, alla fine del conteggio, mancavano meno di otto minuti.

Un limite temporale. Ewa si era preoccupata di stabilire sia il numero dei tentativi sia il tempo che la persona entrata nel sito aveva per riflettere.

Avevo l'impressione che, a essere calcolati, fossero i secondi che mancavano alla mia fine. Inghiottii a fatica la saliva senza staccare lo sguardo dal contatore. Mi sedetti al tavolo e scossi la testa. Era ora che riprendessi il controllo.

Tuttavia, invece di riflettere sulla password, mi misi a pensare a come aggirare la protezione. Cambiando l'indirizzo IP e MAC potevo rientrare nel sito. Azzerare non solo il contatore, ma anche i tentativi fatti.

No, non poteva funzionare in quel modo.

Nello stesso tempo, il sito non poteva certo comportarsi così con ogni utente di Internet che ci fosse finito per caso. La prima anima smarrita che vi fosse capitata avrebbe fatto fallire tutto il piano di Ewa.

D'altra parte, la pagina non era sicuramente indicizzata e il suo URL era talmente complicato, che sarebbe stato impossibile capitarci per caso. L'unico modo era trovare il link cifrato col codice Morse nel brano di Paul Francis Webster.

Tutto ciò era destinato solo a me.

Mi asciugai la fronte, rendendomi conto soltanto in quel momento che mi era venuto caldo. L'orologio continuava a rubarmi secondi preziosi, mi sembrava che, con ognuno di essi, venisse strappata via una parte di me.

D'un tratto però la situazione peggiorò ulteriormente.

Quando mancavano poco più di sei minuti alla fine del countdown, il teschio bianco tremolò. Sullo schermo apparve un lungo filo ricoperto di una serie di aghi. Il teschio aprì la bocca e gli oggetti aguzzi cominciarono a sparire nelle sue fauci.

L'orologio accelerò. Dai cinque minuti in giù, il countdown poteva durare non più di qualche secondo.

Mi gettai sulla tastiera, consapevole che era meglio scrivere qualsiasi cosa piuttosto che permettere al meccanismo di considerare automaticamente fallito il secondo tentativo.

Tuttavia, esitai. E bastò perché il tempo scadesse.

2/3, apparve sullo schermo nero.

Il teschio sparì, e con esso il filo con gli aghi. Ricomparve l'orologio digitale, questa volta il countdown partiva da quindici minuti. Supponevo che, come prima, verso la fine avrebbe accelerato ancora.

M'immobilizzai, come se il minimo tremito potesse far scorrere il tempo ancora più velocemente. Evitavo perfino di asciugare le gocce di sudore che cominciavo a sentire sulla nuca.

Ciò che vedevo non poteva essere casuale. Era un indizio. Un suggerimento destinato solo a me.

Mi riscossi.

Il filo con gli aghi. Cosa doveva farmi venire in mente?

No, non il filo in sé. Il fatto che venisse inghiottito insieme con gli oggetti aguzzi.

Alla fine ebbi un'illuminazione. Harry Houdini. Era uno dei suoi numeri più famosi. Fissava dai cinquanta ai cento aghi a un lungo filo, inghiottiva il tutto e mostrava al pubblico la bocca vuota. Poi si cacciava una mano in gola e faceva credere di estrarne quanto vi era precedentemente scomparso.

Lo sapevo perché due degli ultimi film che avevamo visto io ed Ewa avevano destato in noi l'interesse per l'illusionismo: *The Prestige* con Hugh Jackman e Christian Bale e *The Illusionist* con Edward Norton.

Poi avevamo visto alcuni documentari sugli illusionisti su YouTube. Harry Houdini naturalmente vi faceva la parte del leone, e il trucco con gli aghi era uno dei più impressionanti.

Tuttavia, nonostante le apparenze, non era tra i più pericolosi. Di solito Houdini metteva a rischio la propria salute e perfino la propria vita durante l'esecuzione dei suoi numeri, ma non in quel caso. Prima dell'esibizione nascondeva dietro le labbra un filo con degli aghi spuntati, mentre infilava quelli appuntiti nella manica o nel colletto, non ricordavo esattamente. Poi, quando mostrava al pubblico la bocca vuota, gli bastava soltanto nascondere gli aghi spuntati.

Harry Houdini.

Non era un caso che la scelta di Ewa fosse caduta proprio su di lui. Sapeva che avrei capito subito di cosa si trattava. E qual era la password.

Controllai il countdown. Ora non aveva più importanza. Sapevo benissimo che, anche se l'orologio avesse accelerato, sarei riuscito a digitare la parola giusta.

Tutto era cominciato dalla musica. Dal concerto dei Foo Fighters.

Tutto era legato alla musica.

E terminava con la musica.

Sorrisi, scuotendo la testa. Apprezzavo l'enorme lavoro che si era sobbarcata Ewa. E, in particolare, che avesse trovato un legame che permetteva a ogni elemento di unirsi in un tutt'uno.

Evidentemente aveva i requisiti per diventare la moderna versione femminile di Houdini. Ma aveva voluto comunicarmi anche questo, decidendo di utilizzare quel richiamo? Era qualcosa di più che un mero indizio? Un'allusione al fatto che era stata lei a decidere di scomparire per sempre, quel giorno sul fiume?

Non volevo pensarci. Tanto più che le risposte mi aspettavano sul sito.

Tornai coi pensieri a Harry Houdini. Era diventato famoso non solo come maestro delle illusioni, ma anche come persona che confutava dei miti. Si era mostrato particolarmente sensibile al tema dell'evocazione degli spiriti, per esempio. Durante le sedute spiritiche, si serviva delle proprie conoscenze per smascherare i trucchi usati da medium sedicenti.

Di conseguenza si era fatto parecchi nemici, si era alienato addirittura le simpatie di Arthur Conan Doyle. Al tempo stesso, neanche Houdini era convinto che il contatto, su quel piano, fosse davvero impossibile.

Al contrario, riteneva che, se c'era qualcuno in grado di stabilirlo, quello era lui.

Alla fine aveva stretto un patto con la moglie. Se dopo morto avesse trovato un modo per comunicare con lei...

Interruppi un momento il flusso dei pensieri. Cercavo di non riflettere su quante analogie fossero comparse a quel punto tra gli Houdini e me ed Ewa.

Avrei avuto tempo per analizzare altri messaggi nascosti, ora ne contava solo uno.

Tornai a Houdini.

Aveva deciso insieme con la moglie che, dopo la sua morte, Bess avrebbe fatto visita a tutte le persone che potevano davvero essere dei medium. E lei lo aveva fatto per dieci anni, prendendo parte a una lunga serie di sedute spiritiche.

Secondo il patto, se davvero fosse stato stabilito un contatto, Harry avrebbe trasmesso a Bess una parola d'ordine nota soltanto a loro: *Rosabelle, believe.*

Rosabelle era la loro canzone preferita. Bess gliel'aveva cantata quando si erano conosciuti a Coney Island.

Annuii, la digitai nel campo in cui tremolava il cursore bianco e premetti ENTER.

L'orologio scomparve. La pagina si stava caricando.

4

Sapevo che il fatto che non si sentisse più il rumore dei tasti dal piano di sotto era il segnale che dovevo terminare alla svelta la conversazione con Werner. Chiusi la RIC, seccata perché quella sera non avrei ottenuto risposta alle domande che mi tormentavano.

Mi sarebbe toccato aspettare fino all'indomani. Avrei potuto provare a mettermi in contatto con Damian nel corso della giornata ma, anche se Robert non avesse utilizzato la videosorveglianza in casa, una delle persone di servizio gli avrebbe senz'altro riferito tutto.

A volte avevo l'impressione che avessimo persone per qualsiasi cosa. Per le pulizie, per il giardino, per lavare il bucato, per asciugarlo e infine pure per la nostra sicurezza. Per lo più venivano dall'Est, ed erano sicuramente in Polonia senza permesso di soggiorno. Il pro era che il lavoro che offrivamo loro era pagato molto meglio di qualunque altro che avrebbero potuto ottenere legalmente.

Il contro era che mi sentivo sempre sorvegliata. Per lo meno durante il giorno.

Di notte, sembrava che in casa fossimo soli. O meglio, soli in tutto il mondo.

Scesi al pianoterra e trovai Robert in cucina. Stava davanti al cassetto delle posate aperto e scuoteva la testa. « Te l'ho chiesto tante di quelle volte, maledizione. »

Mi fermai tra il salone e la cucina.

« È davvero così difficile mettere i miei coltelli a destra e i tuoi a sinistra? »

Mi rendevo conto che, per lui, quello era un motivo come un altro per andare in bestia. Avevamo servizi di posate separati. I miei provenivano per lo più dai supermercati, Robert comprava i suoi su Internet. I servizi di Gerlach che sceglieva costavano quasi mille złoty, ma mio marito aveva le mani bucate.

E le alzava su di me con la stessa facilità.

Quando si girò, fu evidente che sarebbe cominciata subito.

« Perché non puoi fare semplicemente quello che ti chiedo? »

Non dissi nulla. Non abbassai gli occhi.

Rimasi immobile e cercai di guardarlo senza emozioni. Pensai che quella notte non sarebbe andata troppo male. Avrei resistito un'ora, forse due, e poi sarebbe finito tutto. La mattina mi sarei svegliata, avrei bevuto un Prosecco, in qualche modo avrei retto fino alla sera.

Allora avrei saputo che cos'era riuscito a scoprire Werner.

« Eppure non c'è proprio niente di complicato. » Robert si avvicinò con passo veloce e risoluto. Prima che potessi reagire, mi afferrò per il colletto e mi tirò verso la cucina. Mi scaraventò sul piano di lavoro come un sacco della spazzatura. Mi agguantò per la nuca e mi trascinò verso il cassetto aperto. « Guarda! » esplose. « A destra i miei, a sinistra i tuoi, maledizione! »

Mi sollevò leggermente la testa e per un momento temetti che volesse sbattermela contro le posate allineate in modo ordinato.

Invece mi girò, mi spinse con una mano contro un pensile e con l'altra afferrò un coltello. Uno dei suoi, marca Gerlach. Era fatto di acciaio inossidabile, brillava come uno specchio.

Mi avvicinò la lama al viso, come se intendesse cavarmi un occhio. « Ora lo vedi? Ora lo capisci qual è il mio? »

« Robert... »

« Chiudi il becco, cazzo! » Mi lasciò andare, ma non mi mossi di un centimetro.

Sapevo che un tentativo di fuga non sarebbe finito bene. Robert prese lo slancio e mi colpì col palmo aperto. Poi mi agguantò di nuovo per la blusa, mi scosse e mi puntò contro il coltello. « Devo farti del male perché finalmente te lo ficchi nella tua stupida testa? »

« No. »

« Eppure te lo ripeto da... Maledizione, da che ho memoria! Ma tu continui imperterrita. Continui a fregartene di tutto. » Gettò il coltello nel cassetto, mi afferrò con entrambe le mani e mi scosse talmente forte, che sbattei la nuca contro il pensile. Andò avanti così per un po', gridandomi contro. La maggior parte delle parole, non la capivo, soffocata dal rimbombo dei colpi nella mia testa.

Pregavo non che smettesse, ma che Wojtek non sentisse nulla. E che non dovesse mai sperimentare niente di simile per mano di Robert.

Era il motivo fondamentale per cui sopportavo tutto ciò. Ero profondamente convinta di proteggere in qualche modo mio figlio. Perché ogni colpo ricevuto da Robert sarebbe potuto benissimo toccare a Wojtek.

Accettandolo, mi sembrava di sacrificarmi per lui.

« Prima o poi ti ammazzo, capito?! » Mi gettò sul pavimento, poi chiuse violentemente il cassetto. Si chinò, mi sollevò e mi trascinò in camera da letto.

Mentre si chiudeva la porta alle spalle, sapevo già che il

supplizio non sarebbe durato un'ora o due. Dovevo prepararmi a una seduta molto più lunga.

Il festival della brutalità durò fino alle quattro del mattino.

Poi la violenza si tramutò in pentimento. Il terrore in richieste supplichevoli, accorate di perdono. E di aiuto.

La mattina valutai l'entità dei danni e, per l'ennesima volta, non riuscii a liberarmi dall'impressione che stavo diventando una professionista sempre più esperta nell'arte di mascherarli. E, al tempo stesso, che ciò esigeva sempre più lavoro.

Robert mi aspettava con la colazione leggendo il giornale sull'iPad. Wojtek era seduto al tavolo e guardava anche lui qualcosa su Internet. Ogni tanto si scambiavano qualche osservazione e tutto faceva pensare alla tipica colazione di una famiglia felice e piena d'amore.

Mi misi davanti al cassetto delle posate e per un momento chiusi gli occhi. Poi mi costrinsi a un sorriso. Era destinato solo a me stessa. Avevo scoperto ormai da tempo che anche un gesto così banale poteva rendere molto più facile salvare le apparenze.

Aprii il cassetto e vidi che non c'era neppure un coltello o una forchetta del servizio di Gerlach. Mi girai e inarcai le sopracciglia.

Robert distolse lo sguardo. « Le ho buttate via », annunciò. « Sono decisamente meglio le tue. »

« Le mie non sono costate neanche cinquanta złoty. »

« Meglio. Sono soltanto posate, perché spenderci di più? »

Scossi la testa. Non mi piaceva, e non certo perché erano stati gettati dalla finestra quasi mille złoty. Volevo avere lì quelle posate. Volevo che di giorno gli ricordassero in chi si trasformava di notte. « Dove sono? »

« Le ho buttate via. »

Aprii il secchio, ma non le trovai. Chiusi il cassetto un po' troppo forte, Wojtek alzò lo sguardo con aria incerta. Gli rivolsi un sorriso affettuoso e lasciai perdere. Non aveva senso impegnarsi tanto per qualche pezzo di acciaio.

D'altronde, prima o poi il servizio buono sarebbe tornato. Come tutto il resto.

Mi sedetti al tavolo e cominciai a mangiare la granola fatta in casa da Robert. Sapevo che non amava particolarmente quella colazione. La preparava per me, quasi che in tal modo potesse cancellare il ricordo doloroso di quanto era accaduto solo poche ore prima.

Guardai le ombre profonde sotto gli occhi di mio marito. Aveva dormito più di me, dopo la sua *katharsis* alla fine crollava sempre. Ma non sapeva camuffare ciò che io riuscivo a nascondere facilmente.

Chiuse la custodia dell'iPad e mi guardò.

Una volta qualcuno ha detto che l'amore non è che la capacità di riconoscere se stessi negli occhi di un'altra persona. Io invece, negli occhi di mio marito, vedevo un uomo assolutamente estraneo, che non mi assomigliava.

«Sto riflettendo sulla Reimann Investigations», buttò lì.

«E cioè?»

«O assumiamo qualcuno al posto di Glazur e Kliza, o dobbiamo chiederci se abbiamo ancora bisogno di questo business.»

«Certo che ne abbiamo.»

«Perché?»

«Lo sai che sto lavorando ad alcuni casi.» Inghiottii a fatica i pezzetti di semi di girasole e mandorle. Con gli occhi della fantasia mi vedevo perdere l'unica cosa in grado di strapparmi a quella realtà.

Bastava poco perché Robert me la togliesse. L'aveva già fatto tante di quelle volte.

Di quando in quando mi concedeva un po' di libertà, per esempio permettendomi di farmi sistemare lo studio nel sottotetto o di prendere il timone della RI. Ma, dopo qualche tempo, cambiava idea. Giungeva alla conclusione che mi stessi rendendo troppo indipendente, come se in qualche modo ciò potesse minacciarlo.

Era una forte ripercussione della paranoia che non lo abbandonava mai. Era sempre convinto che, se avessi intrapreso questa o quella attività, mi sarei allontanata da lui. Il peggio era stato durante la gravidanza.

Non volevo ripensarci. Ciò che contava era che, dopo la nascita di nostro figlio, lo aveva trattato come un collante, e non come un elemento di divisione tra noi.

« Il caso della ragazza di Opole è chiuso. E gli altri sono in dirittura d'arrivo. »

« Ma... »

« Al momento ci sono alcune inchieste finanziarie da chiudere e un servizio fotografico. »

Con l'espressione « servizi fotografici » indicavamo i peggiori tra gli incarichi affidati alla RI, come spiare i coniugi e raccogliere materiali compromettenti in vista di un divorzio.

« Abbiamo anche... »

« Il colloquio di un candidato per l'amministrazione », m'interruppe. « Lo so. »

Naturalmente era al corrente di ogni cosa. Era un patito del controllo. No, qualcosa di più. Un fanatico. Era come un dittatore spietato che, nei territori stranieri, vedeva unicamente futuri domini.

« Si può chiudere tutto in una settimana, al massimo due. Poi potremmo riflettere sulla liquidazione dell'agenzia. »

Mi chiedevo come rispondere per non scatenare un pandemonio davanti a Wojtek.

« La RI non produce utili », aggiunse Robert.

Non era vero, ma al riguardo non potevo aprire bocca. Sapevo come sarebbe finita se avessi contraddetto le parole di mio marito. È vero che di giorno non mi avrebbe messo le mani addosso a meno che non avessi tenuto il punto, però Wojtek avrebbe sicuramente percepito l'ostilità. I bambini vedono molto più di quanto i loro genitori non siano disposti a credere.

« Ma non richiede nemmeno grandi uscite », dissi.

« Grandi forse no... »

« Rifletticci ancora. »

« E va bene », mi assicurò con un sorriso.

Poco dopo baciai mio figlio sulla guancia e gli diedi una pacca sulle spalle. Ero tuttora accompagnata dalla sensazione insopprimibile che il momento in cui Wojtek avrebbe voluto farla finita con certe affettuosità fosse ormai alle porte.

Lo accompagnai con lo sguardo, poi tirai fuori il Prosecco ben fresco e mi sedetti da sola al tavolo. Fuori si affaccendava l'ucraino che si prendeva cura del prato. Di tanto in tanto mi lanciava un'occhiata, sicuramente dietro ordine di Robert.

Mi versai il vino, ma non bevvi. Per un po' rimasi seduta immobile al tavolo, con lo sguardo perso nel vuoto.

Robert avrebbe chiuso la Reimann Investigations. E io non potevo farci nulla. Come in ogni altro caso, quando aveva preso una decisione non tornava più indietro. Niente e nessuno poteva convincerlo a cambiare idea.

Avevo una quantità di tempo limitata. E dovevo approfittarne.

Presi il bicchiere e andai di sopra. Se la videosorveglianza era in funzione o se le persone di servizio mi tenevano davvero d'occhio, Robert avrebbe voluto subito sapere perché passavo del tempo nello studio durante il giorno. Ma, vista la situazione, dovevo rischiare.

Mandai a Werner il solito messaggio col codice di accesso e aspettai.

Alla fine si fece vivo. E apprezzò subito il nick che gli avevo dato questa volta.

[J.Verne] Vedo che oggi l'umorismo non ti manca.

[Kas] In via del tutto eccezionale.

[J.Verne] Ed evidentemente ti piacciono i nomi abbreviati.

[Kas] Tutti hanno le loro perversioni.

[J.Verne] E tutti hanno dei piani finché non prendono un pugno in faccia.

Trattenni il fiato. Non poteva sapere quanto fosse infelice quell'immagine.

[J.Verne] L'ha detto Mike Tyson. E in effetti aveva ragione, con un'eccezione. Ewa ha protetto il suo piano in ogni modo possibile e immaginabile. E si è preparata a ogni eventualità.

[Kas] Hai scoperto la password?

[J.Verne] All'ultimo tentativo. A quanto pare, ne avevo solo tre.

Bevvi e mi sentii subito meglio. Non sapevo se per effetto dell'alcol o se perché Damian era riuscito a trovare qualcosa di concreto.

[J.Verne] Houdini sarebbe fiero di lei.

[Kas] Come?

[J.Verne] Di Ewa. Ha architettato un tale numero...

S'interruppe e dopo un po' il messaggio sparì.

[J.Verne] Ma non importa. L'importante è che si sia messa in contatto con me.

Mi gettai subito sulla tastiera.

[Kas] Cosa? Come?

Avevo scritto senza pensare, febbrilmente. Se avessi avuto un momento per riflettere, mi sarei di sicuro decisa per una risposta un po' più articolata.

[J.Verne] Dopo avere effettuato il login, mi sono ritrovato in un'altra pagina. All'inizio ho pensato che fosse stato fatto solo il refresh della prima, ma no. Ero stato reindirizzato da qualche altra parte.

[Kas] Dove?

[J.Verne] Nel deep web, è chiaro.

[Kas] Sarebbe?

Il cursore tremolò per un po' sullo schermo nero. La risposta non arrivava. Mi venne in mente tutta una serie di pensieri tetri, evidentemente l'ottimismo di poco prima era fin troppo fragile.

Potevo immaginare con facilità che qualcuno trovasse le tracce di Damian. Che lo localizzasse nell'albergo fuori

Opole e mandasse degli uomini a occuparsi di lui. Proprio come nel caso del suo amico.

Rabbrividii. Non ero la sola a trovarsi in una situazione angosciosa. Io e Werner avevamo una cosa in comune: correvamo un reale pericolo di vita. Nel suo caso poteva venire da persone sconosciute, nel mio no.

Ma entrambi i pericoli erano reali.

Alla fine, sullo schermo comparve la risposta.

[J.Verne] Ma dove sei stata in questi anni?

[Kas] Non sono al corrente delle novità tecnologiche. Ho anche una vita.

[J.Verne] Il deep web non è una novità.

[Kas] Eppure hai dovuto fare qualche ricerca su Google, per questo hai tardato tanto a rispondere.

[J.Verne] È stata la vescica la causa del ritardo.

[Kas] Ne dubito. Non ci avresti messo così poco.

[J.Verne] Come fai a sapere che non sono seduto sulla tazza col portatile sulle ginocchia?

Sorrisi e scossi la testa.

[Kas] Non lo so.

[J.Verne] È proprio questo il bello della comunicazione via Internet.

No, il bello era che Robert non poteva impedirmela. Almeno, non in quel momento. Diedi un'occhiata alla porta, timorosa.

[Kas] Che cos'è questo deep web?

Avevo l'impressione che Kliza se ne servisse spesso. Una volta mi aveva perfino spiegato di che cosa si trattava.

[J.Verne] La « rete profonda ».

[Kas] Sì, fin qui ci arrivo.

[J.Verne] Per capirne di più devi sapere che dal tuo browser hai accesso grosso modo al quattro per cento di Internet.

Cominciò a spiegare che ci sono circa quattro miliardi e mezzo di siti indicizzati. Tutto il resto rimane sotto la superficie, ed è impossibile arrivarci se non si sa con precisione dove andare.

Nel deep web trovano posto cose sia legali sia illegali. Dai documenti governativi custoditi su server sicuri ai siti più comuni ma irraggiungibili attraverso normali link, fino al mercato nero, nel quale si può comprare di tutto. E trovare di tutto.

Quest'ultimo livello, Wern lo chiamò « dark web ».

[J.Verne] Là c'è qualsiasi cosa. Puoi comprare degli account su Netflix ma anche armi, un passaporto americano contraffatto o droga. Hai tutta la pornografia che puoi desiderare, e in più puoi comunicare in sicurezza, senza temere che qualcuno ti rintracci.

[Kas] Come con la RIC.

[J.Verne] No, noi non ci serviamo di TOR. Anche se naturalmente siamo nel deep web... ma non nel dark.

[Kas] Non importa.

[J.Verne] In sostanza, si tratta di questo: là non capitano visitatori fortuiti. O indesiderati. Ewa poteva star certa che solo io sarei arrivato a quanto mi ha lasciato.

[Kas] E che cosa ti ha lasciato?

[J.Verne] Alcuni file MP3.

Tamburellai nervosamente sul piano della scrivania. Quanto tempo avevo ancora? Robert non doveva andare in ufficio, di certo, dopo avere accompagnato Wojtek a scuola, sarebbe tornato a casa. No, lungo la strada si sarebbe anche fermato a comprare dei fiori. Ma i fiorai avrebbero avuto mazzi belli e pronti.

Per poco non mi misi a ridere, pensando a che idea dovevano essersi fatti. Consideravano senza dubbio Robert un marito amorevole, che aveva per la moglie più attenzioni rispetto a quelle che tanti uomini avevano per l'amante.

[Kas] Che cosa c'è in quei file?

[J.Verne] Tutto.

[Kas] Che significa? Basta con questa segretezza, Wern.

[J.Verne] Scusa. L'ho imparata da te.

Per un momento mi chiesi se non fosse giunto il momento di diventare più espansiva. Mi dissi che non era il caso. Non aveva importanza che cosa Damian pensava di me.

[Kas] Dunque?

[J.Verne] Registrazioni. Ewa le ha lasciate per me.

[Kas] Ma di cosa?

[J.Verne] Di tutto. Davvero.

Imprecai sottovoce.

[Kas] Non ho molto tempo.

[J.Verne] Male, perché le registrazioni durano un po'. Ed Ewa vi descrive che cosa le è successo. Ogni giorno. Dal momento in cui ho perso conoscenza, in riva al fiume.

Il cuore prese a battermi più svelto. Sentii che il sangue cominciava a scorrermi nelle vene a velocità accelerata, come se fino a quel momento il mio organismo avesse funzionato solo al cinquanta per cento. Allungai la mano verso il bicchiere e lo vuotai in un sorso. Le bollicine mi gorgogliarono in gola.

Misi le dita sulla tastiera e respirai profondamente.

Prima che facessi in tempo a rispondere alcunché, dal piano di sotto giunse il rumore della porta d'ingresso che si apriva.

5

Mi aspettavo un flusso infinito di domande. Lo schermo vuoto e il cursore tremolante, tuttavia, sembravano suggerire che Kasandra non avesse intenzione di farle. Forse aspettava l'invio del link della prima registrazione, ma non feci in tempo a pensarlo che la RIC si chiuse.

Guardai con aria incerta il vecchio portatile, come se la colpa fosse sua. Però il problema non dipendeva da me. Kas si era disconnessa e il sistema aveva automaticamente sbattuto fuori chiunque si trovasse su quella pagina.

Dovevo riconoscere che il destino mi aveva assegnato una ben strana alleata. Non la capivo, ma forse non ero costretto a farlo per usufruire del suo aiuto. Il problema era che adesso non avevo modo di contattarla.

Benché supponessi che prima o poi avrei ricevuto l'ennesimo messaggio col codice unico. Dovevo soltanto armarmi di pazienza.

Chiusi la finestra della RIC e guardai di nuovo lo schermo.

Ewa era nascosta da qualche parte sotto la superficie di Internet e per tutto quel tempo aveva aspettato proprio me. Si celava nell'oscurità, ma era a portata di mano. Bastava solo illuminare la strada che conduceva fino a lei.

Sullo sfondo bianco era comparsa una ragnatela disegnata con le barre di un equalizzatore. Faceva pensare a quella che si trovava sul costume del mio eroe dei fumetti preferito. Però le note positive finivano lì.

Dopo avere ascoltato il primo file, infatti, capii che la ragnatela era anche una metafora. Della vita di Ewa. Una vita che non conoscevo, che mi aveva tenuto nascosto con cura.

Il primo file s'intitolava *Prima di conoscerti.* Nel cliccare sull'icona play, ben nota a tutti, ebbi l'impressione di varcare il confine tra sogno e realtà.

Ewa tornava nella mia vita.

Soltanto, non era la stessa persona con cui avevo trascorso buona parte della mia esistenza. Al contrario, solo ora sembrava mostrarmi la sua vera faccia. Si svelava, svelando pure tutti i suoi segreti.

E finalmente anche ciò che era accaduto dopo quella maledetta notte al Loża Szyderców.

Le barre che formavano la ragnatela tremolarono. Poi dagli altoparlanti fluì una voce che sembrava venire dall'oltretomba.

Prima di conoscerti

Ti sembrava di conoscermi da sempre? Anche a me.

Guardandomi allo specchio, vedevo la stessa persona che tu vedevi ogni giorno. Però nessuno dei due si rendeva conto che si trattava solo di un riflesso.

So che avrei dovuto dirti tutto prima che fosse troppo tardi. Ma come potevo sapere quando sarebbe giunto quel momento? Pensavo che avessimo tanto tempo. Ero certa che ci aspettassero giorni felici, non volevo rovinarli.

M'illudevo che fossimo al sicuro. Molte persone di cui mi fidavo mi garantivano che era così.

Dunque ho rimandato a più tardi il momento in cui ti avrei rivelato la verità. A un vago più tardi. È stato come rimandare una visita medica, quando in cuor tuo sai già di avere una malattia grave ma non vuoi sentirti confermare la diagnosi.

Quando mi hai fatto la proposta di matrimonio, sapevo di non poter indugiare oltre. Prima che ci sposassimo, meritavi di sapere tutto. Dovevi sapere in che cosa esattamente ti stavi cacciando.

Tuttavia, è successo quello che è successo.

Sono sopravvissuta, anche se dopo quella sera non assomigliavo più al mio riflesso nello specchio. Sono passati anni prima che mi decidessi a farti questa registrazione. Ma ho bisogno del tuo aiuto, Tigre. E so che, se c'è qualcuno su cui posso contare, quello sei tu.

Verrai a sapere ogni cosa con ordine. So che vorresti avere subito le risposte a tutte le domande, ma prima che te le dia devi comprendermi. Devi conoscere la storia fin dall'inizio.

Altrimenti non capirai mai perché ho preso questa, e non un'altra decisione. Perché sono scomparsa dalla tua vita. E perché per tanti anni non hai mai avuto mie notizie.

Comincerò dall'inizio.

Cerchi la barra di scorrimento?

Il mio player non ha questa funzione, mi dispiace. E neppure potrai scaricare il file su disco, ho provveduto anche a questo. Devi ascoltare il racconto alle mie condizioni. Perché è la mia vita che voglio raccontarti.

Dunque, ascolta...

I miei genitori non sono mai andati d'accordo coi tuoi, non era un segreto per nessuno dei due. Di solito liquidavamo la cosa con una risata, ci scherzavamo su e ideavamo assurdi scenari della loro riappacificazione. Ma, se ne parlavamo seriamente, imputavamo tutto al fatto che provenivano da mondi diversi.

I miei genitori, ogni uno o due anni, cambiavano la macchina con l'ultimo modello di una delle marche più snob. I tuoi potevano permettersi solo una Škoda Felicia e in realtà non credo sognassero niente di più.

Logico pensare che difficilmente si sarebbero intesi. Ma il motivo non era quello che credevi. Non si trattava di soldi, di carriera o di priorità.

Si trattava del fatto che i tuoi genitori erano brave persone.

I miei no.

Certo, si prendevano cura di me, mi davano tutto ciò di cui avevo bisogno e contemporaneamente non mi permettevano eccessivi lussi. Del resto, loro stessi si moderavano, anche se forse stenterai a crederci.

Avevano abbastanza denaro per cambiare auto non ogni anno o due, ma ogni giorno o due.

Pensavi che mio padre dirigesse un normale studio legale? Sbagliavi. Assicurava servizi e assistenza ventiquattro ore su ventiquattro a chi pagava di più. Non aveva limiti morali e, come ogni avvocato che si rispetti, se ne infischiava della legge.

Ora, a distanza di anni, credo perfino che fosse lui stesso a cercare i clienti che operavano nell'illegalità. Sapeva che era là che c'erano più soldi. In fondo, tutta la sua esistenza si riduceva ad accumularne.

Era la migliore conferma del principio secondo il quale, più possiedi, più bisogni hai. Guadagnare denaro era diventata la sua ossessione, benché non potesse spenderlo liberamente per paura di attirare l'attenzione del fisco. Se mia madre avesse avuto un altro tipo di valori, forse a un certo punto lo avrebbe frenato.

Ma non era così. Sotto questo aspetto, erano fatti l'uno per l'altra. Erano entrambi spinti da un morboso bisogno di fare soldi. Entrambi dimenticavano che, nel migliore dei casi, i soldi sono solo un mezzo per raggiungere uno scopo, e non lo scopo in sé. Erano convinti che essere ricchi significasse potersi permettere di comprare qualsiasi cosa. E non possedere cose che non si possono comprare.

Per molti anni ho condiviso la loro visione del mondo. In fondo, ero figlia loro. Lo ignoravi perché te lo nascondevo scrupolosamente, ma in realtà ero sempre accompagnata dall'ansia che, seguendo la strada che avevamo scelto, a un certo punto saremmo rimasti al verde.

In certi momenti era un timore ossessivo.

Poi, però, mi sono resa conto di una cosa. E cioè che la mia paura più grande era un'altra, ovvero che tu mi vedessi come mi vedevo io.

Ciò mi ha ricordato che eri tu la cosa più importante. E che dovevo cominciare a lavorare su me stessa.

Ho fatto di tutto per rifiutare un'educazione basata sull'amore per il denaro e non per un'altra persona. E alla fine ci sono riuscita. Grazie a te, perché mi hai mostrato che cosa conta davvero.

Peccato che i miei genitori non abbiano mai incontrato una persona così.

Forse si sarebbe evitata la tragedia che si è verificata meno di un anno prima che mi chiedessi di sposarti.

Incidente automobilistico? No, la loro morte non ha avuto nulla a che fare con un incidente. E neppure con un caso. Sono stati assassinati.

Te lo racconterò nella prossima registrazione. Per ora ti basti sapere che tutto è cominciato proprio con la morte dei miei genitori. E che è stato accelerato dalla spirale di avvenimenti nella quale sono piombata. E nella quale ho trascinato anche te.

Sono colpevole quanto loro.

Avevo le migliori intenzioni, e invece ti ho causato soltanto tristezza e sofferenza. Voglio che tu capisca perché è successo. Voglio che tu sappia in quale famiglia sono cresciuta. Che losche compagnie frequentavano i miei. E con quale gente io stessa ero in contatto tramite loro.

Sono cresciuta in condizioni completamente diverse dalle tue, e ciò ha fatto sì che commettessi errori che ti ho nascosto, sapendo che non avrei dovuto. Lo shock è arrivato solo quando i miei sono morti.

Rifletti su tutto ciò.

E poi, quando sarai pronto, vai a Breslavia.

Nel luogo in cui per la prima volta ti sei preso una tale sbronza che ho dovuto sorreggerti, ti aspetta una pen-drive con la registrazione successiva. È protetta da una password, la stessa che ti ha aperto questa porta.

Scusa per l'attesa. Ma devo avere la certezza che queste registrazioni arrivino nelle tue mani. Soltanto una verifica fisica, soltanto la tua presenza in quel luogo potrà darmi la sensazione che è così.

E chissà? Forse là, da qualche parte, troverai me.

La registrazione terminò, e mi resi conto che avevo di nuovo trattenuto il respiro. Nulla di quanto avevo sentito aveva senso. È vero, Ewa aveva sempre condotto una vita agiata, ma non avrei mai detto che nuotasse nel lusso.

Tuttavia, se suo padre temeva davvero di attirare l'interesse indesiderato delle autorità, le cose quadravano.

Mi massaggiai le tempie nel tentativo di scacciare quanto avevo sentito. Ascoltando la registrazione poteva sembrare che Ewa fosse vicina. Che mi aspettasse, che stesse bene.

Ma non sapevo quando fosse stato registrato il messaggio. Non sapevo che cosa le fosse successo poi.

In fondo, non sapevo neanche se il corpo rinvenuto dalla polizia appartenesse davvero a qualcun altro.

Ora che aveva accennato ai legami non chiari col mondo della malavita, potevo davvero aspettarmi di tutto. E la mia mente esausta ne approfittò subito per creare gli scenari più cupi e pessimistici.

Decisi di mettermi subito in viaggio, come se, così facendo, potessi lasciarmi ogni dubbio e timore alle spalle. Infilai il portatile nella borsa, mi misi alla finestra e sbirciai l'orologio. Mio padre avrebbe dovuto essere già lì. Doveva portarmi un po' di vestiti, una borsa da viaggio e dei contanti. Immaginavo che forse sarebbe passato un po' di tempo prima che io tornassi a Opole, dovevo essere pronto.

Di mio padre, non c'era traccia. Mi agitai. Arrivava raramente in ritardo, anche nel caso di appuntamenti poco importanti.

Mi si seccò la gola al pensiero che qualcuno avesse potuto capire che avevo trovato un'altra pista.

No, non era possibile. Chiunque fosse dietro tutto questo non poteva essere al corrente delle mie scoperte nel mondo virtuale. Ewa si era preoccupata che nessuno fosse in grado di trovare casualmente quelle informazioni. Ci aveva nascosti nel deep web.

Mi appoggiai al vano della finestra e lasciai spaziare lo sguardo sui campi che si vedevano in lontananza. Riflettevo su che cosa poteva essere accaduto alla mia fidanzata. Sempre che potessi ancora considerarla tale.

Quel pensiero era come il catalizzatore di una reazione chimica estremamente pericolosa. Che infatti scatenò nella mia mente un'esplosione termonucleare. Ne spuntò fuori come un fungo atomico tutta una serie di domande che offuscarono la mia razionalità.

Che cosa era accaduto dopo lo stupro? Perché Ewa era scomparsa per tanti anni?

Chi era Phil Braddy? Perché Blitzer era dovuto morire? Chi lo aveva ucciso?

Cosa mi aveva nascosto Ewa mentre stavamo insieme?

Mi sentivo come un tossico che, dopo una lunga astinenza, si fosse visto strappare di mano la droga tanto desiderata un attimo prima di consumarla.

Il caos mentale si trasmise anche al corpo. Mi accorsi che avevano cominciato a tremarmi le mani. Abbassai un momento le palpebre, feci un respiro profondo e mi massaggiai le tempie. Quando aprii di nuovo gli occhi, vidi un taxi fermarsi nel parcheggio dell'albergo.

Mio padre pagò il tassista e probabilmente gli chiese di aspettarlo. Scese dall'auto. Io mi girai e allungai la mano verso la porta. Ero pronto a mettermi in viaggio. Ma, prima di aprire, guardai ancora dalla finestra.

Allora vidi una Opel Vectra nera parcheggiare poco lontano. Anche se non conoscevo i numeri di targa delle auto della polizia non contrassegnate, sapevo che spesso gli agenti usavano quel modello per i loro spostamenti.

Per un momento osservai i due uomini nell'abitacolo. Rimanevano nell'auto. E concentravano tutta la loro attenzione su mio padre.

Capii di avere un problema.

6

Mangiavo in silenzio, soprattutto perché Robert e Wojtek erano impegnati a risolvere insieme un problema. Non avendo mai potuto vantare capacità matematiche, preferivo non intromettermi.

La scuola esagerava col lavoro a casa e, se avessi avuto bisogno di una conferma, mi sarebbe bastato guardare mio marito e mio figlio. Erano costretti a dedicarle tempo anche durante il pranzo.

Alcune ricerche dimostravano che dedicare settanta minuti al giorno ai compiti a casa era distruttivo per la psiche del bambino. Altri scienziati sostenevano che tale attività conduceva a stati depressivi cronici.

Ma la tesi che trovavo più convincente era quella di Harris Cooper della Duke University, un guru degli studi sui compiti a casa. Aveva dimostrato che non esistevano prove a conferma che quella forma educativa influisse positivamente sugli alunni.

E nonostante ciò ci attenevamo a essa, come se da ciò dipendesse che i nostri bambini assorbissero la giusta quantità di conoscenze. Guardai Wojtek e cercai di concentrarmi su di lui e non su Robert.

Ma i miei pensieri fuggivano. Sia dai compiti a casa sia dalla loro influenza su mio figlio. Andavano in un'altra direzione, si chiedevano quale reale influenza avesse su di lui il padre.

Da adulto, Wojtek sarebbe diventato come Robert? Da qualche parte dentro di lui si annidava quel male che conoscevo tanto bene? E a un certo punto si sarebbe palesato?

Bevvi del Prosecco, come se potesse aiutarmi a trovare le risposte. Scostai il bicchiere e vidi che lo schermo del mio smartphone si era illuminato. Prima avevo inserito il silenzioso e spento la vibrazione, non volevo che qualcuno c'interrompesse durante il pranzo.

Del resto non aspettavo telefonate.

E tanto meno da Kliza.

Aggrottai le sopracciglia e allungai la mano verso il telefono. Mi alzai da tavola, guardando mio marito per sicurezza. Era talmente assorbito dal problema, che notò appena quando mi allontanai.

«Dunque, malgrado tutto, hai cambiato idea?» salutai Jola.

«No. Ma ciò non significa che non me ne freghi niente.»

Mi misi davanti alla porta a vetri del terrazzo e guardai verso il mare. Il cielo si era coperto di nuvole e non faceva prevedere che, per quel giorno, il tempo si sarebbe aggiustato. Soffiava un forte vento e le onde coperte di schiuma mi riempivano d'inquietudine.

In realtà ero contenta della risposta di Kliza. Se mi avesse annunciato che, dopo avere riflettuto sulla faccenda, intendeva tornare alla Reimann Investigations, mi sarei trovata davanti a una scelta difficile. Provare a salvare l'azienda e assumere di nuovo Jola, mandando mio marito su tutte le furie? Oppure non inimicarmelo e permettergli di realizzare i suoi piani?

Fortunatamente non dovetti cercare una risposta. In cuor mio, forse, la conoscevo già.

«Allora perché chiami?» chiesi.

«Come sai, sono in contatto con alcuni *locals*.»

« *Locals?* »

« Alcuni tizi di Opole che mi hanno passato delle informazioni. »

« Ne parli come fossero membri di una tribù africana. »

« Chiamali un po' come vuoi. Per me sono tutti estranei », ribatté sottovoce.

Sorrisi leggermente, ma non aprii bocca.

« Uno di loro mi ha chiamato un attimo fa », rivelò.

« Chi? »

« Un MIPE. »

« Come dici? »

« Un Mio Informatore Personale. »

« Kliza... »

« Non posso rivelare con chi collaboro », mi anticipò. « Soprattutto adesso che potresti voler utilizzare questi contatti. »

Suonò in parte infantile, in parte ostile, ma in realtà non mi stupii. Avevo avuto modo di conoscere un po' Kliza e sapevo che non coglieva le tante sfumature comunicative e comportamentali che permettono di mantenere buoni rapporti col prossimo.

« Si tratta di un MIPE del comando del voivodato, questo posso rivelartelo. »

« Un poliziotto? »

« No. A loro non vado a genio. »

« Non importa », tagliai corto. « Hai saputo qualcosa sul caso di Ewa? »

« Non proprio. Si tratta di Wern. »

« In concreto? »

« Non hanno avviato nessun procedimento contro di lui. »

Guardai Robert al di sopra della spalla. Sembrava ancora

assorbito dai calcoli, però mi rendevo perfettamente conto che non si era lasciato sfuggire una sola sillaba.

Tuttavia, il maniaco del controllo non mi lanciò neppure un'occhiata.

« Mi sembra una buona notizia », dissi.

« Così si direbbe... » rispose Jola poco convinta. « Ma in tal caso è preoccupante che gli sbirri lo cerchino. E piuttosto febbrilmente, se bisogna credere al mio MIPE. »

« Perché? »

« Non lo so. E non lo sa neanche lui. »

« Forse vogliono soltanto che Werner dia delle spiegazioni? »

« Secondo il MIPE non sembra che sia così. I poliziotti si comportano piuttosto come se gli stessero dando la caccia. E ciò è illegale. »

« Illegale? »

« Certo », confermò, e si schiarì la gola. « Formalmente non stanno conducendo nessun procedimento contro di lui, ma si comportano come se ce ne fosse in corso uno. Non ti dice niente? »

« Su certe cose cerco di non fare illazioni. »

Jola rimase un momento in silenzio e io fissai lo sguardo sulle nuvole scure. Coprivano tutto il cielo, si dileguavano solo all'orizzonte.

« In tal caso avrai il compito facilitato. »

« Ah, sì? »

« Già, tra poco non dovrai più 'fare illazioni' », aggiunse Kliza. « Stanno andando a prenderlo. »

« Cosa? »

« Lo hanno trovato in quell'albergo fuori città. Deve avere commesso l'errore elementare di ogni fuggitivo. Si sarà messo in contatto con qualcuno. »

Imprecai tra me. « Chiamalo », buttai là senza pensarci.

Quella sera avrei dovuto spiegare tutto, riferire ogni dettaglio a Robert. E ciò non avrebbe certo condotto a nulla di buono. Sia per quanto riguardava me sia per il coinvolgimento futuro della Reimann Investigations nel caso.

« Devi avvisarlo », aggiunsi nonostante tutto.

« Sei impazzita? »

« Se adesso lo arrestano... »

« Cosa? »

Non sapeva delle scoperte di Damian. Non sapeva quanto fosse vicino a una svolta. E io non avevo né il tempo né il diritto di parlargliene. « So che ti fidi di me entro certi limiti », dissi.

« Tanto per usare un eufemismo. »

« Lascia stare, almeno per il momento. Non si tratta di me, ma di lui. » Sebbene dessi le spalle al tavolo, ebbi la netta sensazione che Robert alla fine avesse alzato lo sguardo. « Per questa volta fidati di me. E faglielo semplicemente sapere. »

« No. »

« Kliza, non è uno scherzo. »

« Lo so », riconobbe. « E proprio per questo non lo contatterò. Se lo arrestano, controlleranno il telefono e vedranno che ho provato... Come si dice ufficialmente? A intralciare il corso della giustizia? »

Avevo voglia di dare una manata sul vetro.

« Non posso permettermelo. Non ora che ho bisogno di un CV pulito. »

Prima che riuscissi a rispondere alcunché, chiuse la comunicazione. Evidentemente aveva ritenuto che quell'ultima frase fosse un commiato abbastanza eloquente. E forse lo era.

Tuttavia, dovevo esserle grata per avermi passato l'informazione. Il problema era come raggiungere in tempo Wern. Avevo l'impressione che la minima mossa da parte mia avrebbe attirato l'interesse esasperato di Robert.

Non potevo telefonare, del resto non conoscevo nemmeno il numero di Damian. Era soltanto nel sistema automatico della chat dell'agenzia. L'unica cosa che potevo fare era loggarmi sull'account dell'amministratore della RIC e mandare il codice di accesso. Poi aspettare che Wern si facesse vivo. Sempre che potesse farlo.

Dovevo rischiare.

Mi versai dell'altro Prosecco e mi misi dietro Wojtek e Robert. Mi chinai tra di loro, appoggiando una mano sulle spalle di mio marito. L'essenziale era mantenere le apparenze. E in quello avevo un'esperienza pluriennale.

Feci un paio di osservazioni casuali, sottolineando come per me fosse tutto arabo, quindi baciai Robert e mi allontanai lentamente. La cosa più importante era evitare movimenti bruschi. Proprio come se camminassi in equilibrio su una corda.

Eppure l'inquietante consapevolezza del profondo abisso che avevo davanti non mi abbandonava.

Entrai nello studio e mi precipitai al computer. Digitai indirizzo, login e password, quindi mandai alla svelta il codice di accesso a Werner. Aspettai in preda al nervosismo, tamburellando con le dita sul piano del tavolo.

Distolsi gli occhi dallo schermo e guardai la porta aperta. Poi li spostai di nuovo sullo schermo. Mi sembrò passare un'eternità.

Damian continuava a non farsi sentire. Le voci sommesse dal piano di sotto suggerivano che avevo ancora un po' di tempo. Ma non molto. Visto che avevo mantenuto la calma, Robert non si era interessato subito a ciò che facevo, però era questione di pochi minuti al massimo.

Alla fine, Wern si fece vivo. Sospirai di sollievo. Almeno per il momento.

[Werner] Non ho molto tempo. La polizia è qui.

« Maledizione... » mormorai.

Stavo per rispondere, quando sentii un rumore di passi che si avvicinavano. Imprecai di nuovo, ma questa volta molto più piano.

Robert salì l'ultimo scalino.

[Kasandra] Scappa.

Non riuscii a scrivere altro. Disconnessi la RIC e sorrisi a mio marito, in piedi sulla soglia.

7

Sbatacchiai la custodia del portatile e lo infilai di nuovo nella borsa. Immaginavo che Kasandra avesse voluto mettermi in guardia, ma era arrivata tardi. Mi sarebbe bastato qualche minuto di più, e con un pizzico di fortuna forse sarei riuscito a scappare.

Però ormai era troppo tardi.

« Figliolo? » chiese preoccupato mio padre.

Doveva essere stupito del mio comportamento. Appena era entrato nella stanza, avevo sbattuto la porta e, prima che potessi dargli una spiegazione, era arrivato il messaggio col codice di accesso.

« Che succede? » soggiunse.

« Sei stato seguito da agenti in incognito. »

Scosse risolutamente la testa. « Non mi è venuto dietro nessuno. Me ne sono assicurato. »

Non avevo intenzione di mettermi a discutere. Se un momento prima potevo avere ancora dei dubbi, perché i due uomini erano rimasti nell'auto, ora, grazie a Kasandra, ne avevo la certezza.

Indicai il portatile. « Me l'hanno appena confermato. »

Mio padre sbiancò e si girò verso la finestra. Voleva dire qualcosa, forse negare goffamente o chiedere scusa. Ma non gli diedi la possibilità di fare né l'una né l'altra cosa. « Non importa. Devo sparire al più presto da qui, prima che mandino rinforzi », dissi.

Mi guardò con aria incredula.

« Lo so come sembra. Però in questa faccenda c'è in ballo molto più di quanto credessimo. »

« Certo. Nessuno organizzerà una caccia all'uomo, figliolo. »

« No, una caccia all'uomo no. Tra non molto, comunque, da queste parti spunteranno sicuramente dei poliziotti. »

« I media non hanno parlato di te. »

« Tanto peggio. Così potranno agire più liberamente », ribattei piano.

« Chi? »

« Polizia, delinquenti... Non lo so. Ma le risposte mi aspettano su una pennetta USB a Breslavia. »

« Dove? »

« Non importa. Devo andarci in macchina, senza dare nell'occhio. »

Scosse la testa. Tanto bastò a confermare che quello era semplicemente impossibile. Non ero mai riuscito a scappare neanche ai controllori dei bus, figuriamoci alla polizia.

E nemmeno ne avevo mai avuto occasione. Non aveva senso illudersi che il primo tentativo non sarebbe stato pure l'ultimo.

Che cosa mi rimaneva? Be', avevo qualche vestito e un po' di contante. Tutto sommato, potevo cavarmela senza l'auto.

Dovevo soltanto lasciare l'albergo inosservato. Se era la prima volta che quei poliziotti venivano lì, potevano non sapere che la hall dava sia sul davanti sia sul retro del complesso, dove c'erano la piscina e, poco oltre, i campi da tennis e il bosco.

Erano venuti da soli, non c'era nessun altro. O forse mi sbagliavo? Forse era così che doveva sembrare?

« Che intendi fare? » chiese mio padre.

«Non lo so.»

«Magari dovresti andare da loro...»

«E discutere se consegnarmi spontaneamente o no?» lo interruppi. «Credo che, con me, non vorrebbero parlare d'altro.»

Mio padre aveva provato sulla propria pelle le difficoltà della PRL.* Mi pareva che, se c'era qualcuno che aveva il diritto di nutrire una scarsa fiducia negli organi dello Stato, quello era lui.

Gettai un'occhiata ai poliziotti. Erano sempre nell'auto, sembrava che aspettassero qualcuno. Per un momento, nutrii l'irrazionale speranza che dall'entrata principale uscisse un bambino con una borsa da tennis e si mettesse a correre verso la Opel nera.

Ma non accadde niente di simile. I due aspettavano me. O i loro compagni, che erano sicuramente già per strada.

Dovevo prendere una decisione.

«Esco dal retro», dissi.

Mio padre mi si mise accanto e guardò dalla finestra. «Sei sicuro che sia una buona idea?»

«Sono sicuro di no. Ma cos'altro potrei fare?»

Si girò verso di me. «Forse posso aiutarti in qualche modo.»

«No. Non faresti che mostrare loro che c'è qualcosa che non va. Rimani nella stanza», replicai subito.

In realtà un piccolo diversivo mi sarebbe potuto tornare utile, ma non volevo che mio padre corresse dei rischi. Ave-

* Repubblica Popolare di Polonia (in polacco *Polska Rzeczpospolita Ludowa*), proclamata nel 1952 e durata fino al 1989. In questi anni il governo del Paese è stato nelle mani del Partito Operaio Unificato Polacco. (*N.d.T.*)

va fatto già troppo. Non sapevo che cosa avrebbero dovuto passare lui e mia madre quando sarei andato a Breslavia.

Sempre che ci fossi riuscito.

Osservai ancora un po' gli agenti. Speravo che avessero commesso il peccato più comune tra i poliziotti, ovvero sottovalutare l'avversario. Magari mi ritenevano un dilettante totale, che non aveva nemmeno capito che erano lì.

In realtà, non si sarebbero sbagliati di molto.

Presi la borsa e abbracciai mio padre, probabilmente per la prima volta da oltre quindici anni. Gli assicurai che sarei stato attento, anche se in realtà ben poco ormai dipendeva da me.

Poi percorsi il corridoio in direzione dell'uscita posteriore. Conoscevo solo in modo approssimativo il bosco che si stendeva dietro il complesso. Ci ero andato una volta in bicicletta, ma mi rendevo conto alla perfezione che perfino gli abitanti dei villaggi circostanti potevano smarrirsi nella fitta vegetazione.

La cosa aveva i suoi pro e i suoi contro. Con un pizzico di fortuna sarei riuscito a scappare. Dall'altra parte del bosco c'erano Niwki e poco oltre Turawa, un'attrazione locale per tutti coloro che d'estate amavano trascorrere il tempo libero accanto all'acqua.

Ero convinto che, da qualche parte, avrei trovato un treno diretto a Breslavia.

Dovevo solo lasciare l'albergo.

Mi fermai davanti all'uscita posteriore e mi sporsi per dare un'occhiata in giro. Mi parve che non ci fosse nessuno di guardia. Da lì si poteva accedere all'area della piscina o direttamente al retro del ristorante.

Il terreno era recintato, il che costituiva un piccolo problema. Come la maggior parte degli abitanti di Opole, qualche volta ci avevo giocato a tennis. E capitava che la palla sfrecciasse oltre la rete e cadesse dall'altra parte. Sapevo che, per evitare la recinzione, dovevo passare lungo il limitare del bosco.

Uscii dall'albergo continuando a guardarmi attentamente intorno. Dal parcheggio fui visibile solo un momento, mentre passavo dall'albergo alla piscina. Quando mi ci fermai accanto, sospirai di sollievo. Non mi aveva visto nessuno. E non mi aspettava nessuno.

O almeno così mi sembrò, ma solo per poco.

Quando svoltai verso il bosco, sentii la voce roca di uno sconosciuto.

« Stai calmo, Werner. »

Fissai lo sguardo su un poliziotto in divisa a qualche metro di distanza da me.

Dunque non mi consideravano un pivellino totale.

Non sapendo che fare, rimasi immobile. L'agente teneva la mano sulla fondina slacciata della pistola. Mi guardava con un avvertimento muto negli occhi, e io mi sentii invadere da una vampata di calore.

Non mi venne in mente nulla. Provare a fuggire non aveva senso. Corromperlo? Non avevo con me neanche metà della somma che avrei dovuto sborsargli. Un attacco disperato? Pure se avessi avuto esperienze di risse, il poliziotto avrebbe fatto in tempo a estrarre l'arma.

Lui mi guardava con aria indagatrice, incerta, quasi in attesa che facessi qualcosa di sconsiderato. Ne aveva tutti i motivi. Era dall'inizio di quella storia che non mi comportavo in maniera razionale.

« Niente movimenti bruschi », disse.

Mi si seccò la gola, non riuscivo a deglutire. Me ne stavo lì come paralizzato da un fulmine, incapace di muovermi. E mi resi conto che era davvero la fine. Mi sarei ritrovato in una stanzetta senza finestre, sarei stato interrogato e sbattuto in una cella di sicurezza.

Se non avessi lasciato la città, sarei sicuramente rimasto a piede libero. Ma, stando così le cose, la polizia avrebbe richiesto la custodia cautelare. E il tribunale non avrebbe avuto bisogno di molto tempo per rifletterci sopra.

La situazione era chiara. Tutte le prove erano a mio sfavore e, rintanandomi in un albergo fuori città, avevo solo peggiorato le cose.

Dunque feci l'unica cosa che potevo fare. Posai la borsa a terra e sollevai le mani. « È tutto un malinteso. »

L'uomo si mosse e si guardò intorno nervosamente. Non ero un esperto in mostrine della polizia, ma le due linee oblique sulla spallina della sua uniforme non denotavano certo un alto grado. Malgrado ciò, l'agente dava l'impressione di essere abbastanza navigato.

Guardò la borsa e poi me. « Prendila », mi ordinò.

Per un momento ebbi l'impressione di avere sentito male. Poi capii che c'era decisamente qualcosa che non andava. Il poliziotto non allungò la mano verso la radio, non diede l'allarme ai suoi compagni per il mio tentativo di fuga. « Prendila e scappa. »

Non sapevo che cosa rispondere né tanto meno come reagire. Dal tono aggressivo della sua voce c'era da credere che, se avessi fatto quanto mi aveva ordinato, avrebbe estratto l'arma.

« Non voglio. Farò tutto quello che... »

« Non capisci. » Si avvicinò di un passo, si guardò di nuovo intorno. « Devi sparire da qui. All'istante. »

« Che significa? » sbottai.

« Il mio comandante è dall'altra parte, arriverà a momenti. » Guardò nervoso in direzione del bosco. « Avanti, maledizione! Abbassa quelle mani e fila! »

« Ma... »

« Non hai molto tempo », tagliò corto, avvicinandosi ancora di più.

Solo in quell'istante mi resi conto che aveva tolto la mano dalla pistola. « Non capisco cosa... »

« Capirai tutto a suo tempo, Werner », sibilò l'agente. « Per ora devi andartene di qui. »

Aprii bocca per dire che non sapevo nemmeno dove scappare, ma lui evidentemente mi aveva letto nel pensiero. « Le stazioni ferroviarie più vicine si trovano a Dęmbska e a Chrząstowice. Sai dove sono? »

Guardai la targhetta col suo nome. J. Falkow. Qualunque cosa fosse successa, immaginai che me lo sarei dovuto ricordare. « Sì, credo di saperlo », balbettai. « Ma intendevo piuttosto... »

« Cosa? Andare dall'altra parte e trascinarti nel bosco? » Scosse la testa e ciò fu sufficiente a farmi capire che la mia idea non era delle migliori. Per i boschi intorno a Turawa correvano dei binari, però forse nelle vicinanze non c'erano stazioni. Forse mi sarei dovuto davvero avviare verso una di quelle dall'altro lato.

Ma perché mi veniva concessa quella scelta?

Guardai Falkow, che m'indicò la direzione da prendere con un gesto nervoso. « Scappa, Werner. Finché puoi. »

Non intendevo darmi per vinto tanto facilmente. No, visto che mi ero imbattuto in un individuo che, senza dubbio, aveva a che fare con quanto era accaduto. Sapevo che il tempo correva, ma non potevo permettermi di rinunciare a una simile occasione. « Prima spiegami che cosa succede. E chi sei? »

« Non c'è tempo. »

« Pazienza. »

« O sloggi da qui, o... »

Da lontano giunse un richiamo sommesso.

« È il mio superiore. Sai che cosa succederà quando arriverà qui? »

« Non me ne importa. Voglio sapere che cosa significa tutto questo, porca puttana. Chi ha ucciso Blitzer? Che ne è di Ewa? »

L'agente imprecò sottovoce e corrugò la fronte. Mi lanciò uno sguardo ostile, quasi pieno d'odio. « Ti ho detto che verrai a sapere tutto. »

« Non voglio aspettare. »

Risuonò un nuovo richiamo. Sapevo che alla fine Falkow avrebbe dovuto rispondere per non destare sospetti. E così fece, segnalando la sua posizione.

Mi venne caldo. Solo ora mi resi conto che ero a un passo dal commettere un grosso errore.

« Devi sparire. »

Aveva ragione. Avrei perso l'occasione di scoprire qualcosa, è vero, ma avrei sempre avuto la possibilità di ascoltare la registrazione che mi aspettava a Breslavia.

Non potevo attendere oltre.

Agguantai la borsa e mi voltai.

« Non fidarti di nessuno », soggiunse Falkow mentre mi allontanavo.

Mi fermai e mi girai a guardarlo.

« Di nessuno », ripeté.

8

La sera portò respiro, come se, dopo una giornata eccessivamente calda, fosse finalmente arrivata un'ondata di freddo. Mi sedetti davanti al computer dello studio, sapendo che ben presto Werner mi avrebbe trascinata nel suo mondo. E che avrei smesso di pensare alla realtà nella quale vivevo durante il giorno.

Controllai le news dei portali locali di Opole. Capii che non era stato preso. Nessun notiziario faceva parola dell'argomento e, se avesse avuto luogo un'operazione di polizia, a quell'ora ne avrebbero sicuramente parlato.

Una volta sarebbe stato possibile tenerla nascosta. Adesso erano tutti reporter e qualcuno avrebbe ripreso l'accaduto col cellulare. Forse se ne sarebbe vantata la polizia stessa. L'assassinio di Blicki aveva avuto una vasta eco nei media locali e il comando del voivodato intendeva senz'altro presentare al più presto dei fatti concreti.

In qualche modo Werner era riuscito a scappare. Ne ero certa.

No, non lo ero. Ma desideravo che fosse davvero così.

A maggior ragione dopo tutta la fatica che mi era costata convincere mio marito che non facevo nulla d'inopportuno stando nel mio studio a un'ora inconsueta. Non ricordavo bene che cosa avesse detto Kliza al telefono, non sapevo neppure quanto Robert avesse sentito. Era difficile inventare una frottola.

Alla fine però ci ero riuscita. Lo avevo convinto che la conversazione non aveva niente a che fare col caso in corso. Al contrario, era collegata a quello precedente, al quale aveva lavorato Glazur, l'esperto informatico che Robert aveva cacciato dalla RI.

Nel mio scenario, il marito della donna che ci aveva incaricato di raccogliere materiali compromettenti in previsione del divorzio voleva vendicarsi di Glazur. Avevo tentennato un po', ma mi ero giustificata col fatto che mi sentivo responsabile. In fin dei conti, se non lo avessimo licenziato, avrebbe goduto della nostra piena protezione. Comunque fosse, i nostri collaboratori non dovevano avere nulla da temere.

Ciò era dovuto all'altra attività di Robert, quella meno ufficiale. Spesso mescolava i due mondi, il più delle volte a vantaggio di entrambi. Talora ne derivavano complicazioni, però, nell'arco di lunghi anni, si era trattato solo di eccezioni che confermavano la regola.

Alla fine gli avevo proposto di telefonare a Kliza per verificare che dicessi la verità. Robert si era mostrato disposto a farlo, ma sapevo che voleva solo mettermi alla prova. Non intendeva contattare né lei né nessun altro.

Ero al sicuro. Almeno per il momento.

Seduta davanti al computer con un bicchiere di vino, mandai il solito messaggio. Sentii il caldo farsi più intenso, e non a causa dell'alcol. Aspettavo nervosa di veder comparire sullo schermo la tanto desiderata linea di testo. E di spostarmi in un'altra realtà. Le parole erano potenti, modellavano davvero il mondo. Soprattutto perché quello in cui vivevo ne era povero. Vi dominavano i pugni.

Ondeggiai leggermente avanti e indietro, bevvi. Cominciai a girare il bicchiere sul piano della scrivania e solo allora mi resi conto che mi comportavo come un tossico in crisi di astinenza. Sarei caduta così presto in una nuova dipendenza?

Prima che potessi rispondere a quella domanda, Damian si loggò nella RIC. Sospirai di sollievo, ormai certa che fosse riuscito a sfuggire alla cattura.

[Wern] Dovevamo sentirci?

[Kas] Sì.

[Wern] Quando lo abbiamo stabilito?

[Kas] Durante la nostra prima conversazione.

[Wern] Non mi risulta che nessuno me l'abbia chiesto.

[Kas] Perché non ce n'era bisogno. Non avresti potuto replicare.

Come la sottoscritta, soggiunsi tra me. Robert era molto preciso nello stabilire quando potevo usare il computer al piano di sopra, quando potevo guardare una serie con lui o quando potevo uscire sulla terrazza.

Ho sempre considerato la nostra lingua più ricca di quella degli inglesi e degli americani ma, nel caso dell'espressione *control freak,* sono superiori. È molto più eloquente del nostro «maniaco», «fanatico» o «patito del controllo». Nessuna di queste parole rende la sostanza della questione. Non si avvicinano neppure lontanamente al *clou* del problema, vale a dire al fatto che la persona definita così è pazza.

[Wern] Comunque sia, probabilmente devo rallegrarmi nel vedermi inserito nel tuo ordine del giorno.

[Kas] Forse.

[Wern] Perché devi essere come tutti quelli che gestiscono un'azienda propria. Lavori ventiquattr'ore su ventiquattro. Sicuramente anche adesso sei seduta in un ufficio dalle pareti a vetri e indossi un tailleur pantaloni.

[Kas] Come fai a essere sicuro che non sia seduta in bagno col portatile sulle ginocchia?

Era da un po' che aspettavo l'occasione di scriverlo. Fissai lo sguardo sullo schermo, ma la risposta non arrivava. Tuttavia, supponevo che, di fronte alla mia prontezza di spirito, Damian avesse fatto almeno un lieve sorriso.

Solo dopo un po' apparve un nuovo messaggio.

[Wern] Grazie.

[Kas] Per l'immagine?

[Wern] No, per la dritta. Non fosse stato per te, ora non avrei la certezza di essere davvero nella merda.

[Kas] E ce l'hai?

[Wern] Non sai nemmeno quanto.

Bevvi in modo meccanico. Era un gesto naturale, inconsapevole. Per me mandare giù un sorso dietro l'altro era normale come respirare.

[Kas] Come sei riuscito a fuggire?

[Wern] Grazie alla furbizia, all'astuzia e a un lampo di genio.

[Kas] Sul serio?

[Wern] Non proprio. Mi ha aiutato qualcuno.

[Kas] Chi?

La risposta tardò troppo ad arrivare perché non lo notassi. O c'era qualcosa che non andava o Werner si stava chiedendo se poteva fidarsi di me.

Dopo un po' mi resi conto che effettivamente la risposta non sarebbe più arrivata.

Mi domandai chi avesse potuto tendergli una mano. Le informazioni raccolte da Kliza su di lui davano l'idea di un uomo che poteva contare solo su se stesso.

A un certo punto si era avvolto nel bozzolo di un'esistenza solitaria, o piuttosto di un suo surrogato. Dopo aver perduto Ewa, non aveva lasciato avvicinare nessuno, si era allontanato da tutti. E mi era difficile credere che, in una situazione di emergenza, una qualsiasi persona riponesse tanta fiducia in lui da mettersi contro la polizia.

Guardai ancora per un po' lo schermo vuoto.

[Kas] Ci sei?

[Wern] Sì.

[Kas] Ho chiesto chi ti ha aiutato.

[Wern] Non lo so neanch'io.

[Kas] Non capisco.

[Wern] È normale per gente come te.

Inarcai le sopracciglia.

[Kas] Cosa dovrebbe significare?

[Wern] Che sei cresciuta in una famiglia ricca, hai cominciato la tua vita con una partita salvata e un gioco completato al cento per cento. Noi altri abbiamo dovuto giocarlo dall'inizio.

Non sapevo bene dove volesse andare a parare. Aspettavo che continuasse, ma neanche questa volta lo fece.

[Kas] Alludi a qualcosa di concreto?

[Wern] Solo al fatto che non puoi capire certe cose.

[Kas] E allora cambi argomento.

[Wern] Proprio così.

Imprecai sottovoce.

[Kas] Se puoi fidarti di qualcuno è unicamente di me, Werner. Lo sai, vero?

[Wern] Mi hai chiamato di nuovo « Wern ». Dopo una cosa del genere non puoi aspettarti la mia fiducia.

[Kas] Dico sul serio.

[Wern] Anch'io.

Scossi la testa. Evidentemente non c'era nessuna possibilità di venire a sapere chi lo aveva aiutato. Per un momento mi domandai se esistesse un altro modo per stabilirlo. Sarei potuta ricorrere ai collaboratori della RI, ma così avrei di sicuro suscitato l'interesse di Robert.

Prima o poi lo scoprirò, mi dissi. Quello era il momento di passare ai fatti concreti.

[Kas] Dove sei?

[Wern] In viaggio per Breslavia.

[Kas] E mi stai scrivendo? Non hai sentito dire che in Polonia un incidente su quattro è provocato dall'invio di messaggini?

[Wern] Ma io non sto inviando « messaggini ».

[Kas] Già.

[Wern] E poi viaggio in treno. Questo qui non è neanche male, col wi-fi e senza gente che s'ingozza di uova alla coque. Prima mi è toccato espiare i miei peccati sui regionali. È stata dura.

[Kas] Perché vai a Breslavia?

[Wern] Perché là mi aspettano delle risposte.

Mi chinai verso lo schermo.

[Kas] E cosa farai quando le avrai ottenute?

[Wern] Troverò la persona che le ha lasciate lì per me.

[Kas] Credi ancora che sia viva.

[Wern] Anche tu.

[Kas] Come fai a esserne certo?

[Wern] Altrimenti non mi aiuteresti. Riterresti il caso chiuso e che la Reimann Investigations ha portato a termine l'incarico.

[Kas] Credi che sia spinta da ragioni puramente professionali?

[Wern] Ne hai altre?

[Kas] Forse è il mio nuovo hobby.

[Wern] Forse. O forse ti sei semplicemente affezionata a me.

[Kas] Non mi spingerei così lontano.

Solo dopo un po' mi resi conto che stavo sorridendo alle letterine bianche che apparivano e scomparivano sullo schermo nero. Mi sentii come una studentessa al primo anno di liceo alla quale si era finalmente interessato un ragazzo di terza.

[Wern] Devo chiudere. Mi farò vivo appena saprò qualcosa di più.

[Kas] D'accordo. Stai attento.

[Wern] Certo.

Dopo che si fu disconnesso, rimasi seduta un altro po', immobile. Riflettevo sulle mie ragioni e sulle sue motivazioni. In realtà, ormai non aveva più bisogno di me. Forse chi lo aveva aiutato gli aveva perfino consigliato di tenermi alla larga.

Non avevo una buona fama. La versione pubblica di Kasandra Reimann non assomigliava affatto a quella che conoscevano Wojtek e Robert. Per il mondo esterno ero una snob fredda, che si lasciava scivolare tutto addosso e destinava denaro a fini caritatevoli solo per addolcire un po' la propria immagine.

Potevo ipotizzare che qualcuno coinvolto nel caso della scomparsa di Ewa avesse scoperto che la Reimann Investigations conduceva indagini al riguardo. E magari avesse avvertito Damian di tenersi lontano da noi.

Feci un respiro profondo e allungai la mano verso il telefono. Era il momento che anch'io venissi a sapere qualcosa.

Jola rispose al secondo squillo. «Sto vedendo.»

«Cosa stai vedendo?»

«Quello che succede sui media di Opole.»

Non avevo idea a cosa alludesse. Aprii in fretta uno dei portali locali e guardai la pagina principale. La polizia aveva emesso un comunicato ufficiale sul corpo che a quanto pareva era stato rinvenuto sull'isola di Bolko. Si escludeva il coinvolgimento di terze persone.

Ewa si sarebbe suicidata assumendo un mix di sostanze che provocavano l'arresto cardiaco. Non ci si soffermava sui particolari, però il portavoce della polizia locale negava qualsiasi dubbio sulla causa della morte. La vittima si era tolta la vita.

«Ma dalla tua reazione stupita intuisco che non chiami per questo», disse Kliza.

«No», ammisi.

«Bene. Perché non voglio parlarne.»

Non mi meravigliava. Mi domandai se Werner avesse già letto la notizia. Non che avrebbe fatto differenza. L'avrebbe ritenuta l'ennesima montatura che non aveva niente a che vedere con la verità.

«Ho bisogno di contattare il tuo MIPE al comando», spiegai.

«Nemmeno per sogno.»

«Non ne farò parola con nessuno...»

«Non m'importa se lo terrai per te. Certe cose, non le rivelo e basta.»

Strinsi le labbra e sentii montarmi dentro la rabbia. Forse era giunto il momento di mostrare il lato di me che vedeva, e che voleva vedere, il mondo circostante.

«In tal caso, mi aiuterai in un altro modo. Telefonerai a

quell'uomo e cercherai di sapere per quale miracolo Werner è riuscito a squagliarsela sotto il naso dei poliziotti », annunciai.

Kliza non disse niente.

« E non gli darai pace finché non lo scoprirai », aggiunsi come se fossi ancora il suo capo. « Intesi? »

Si schiarì la voce, esitante. « L'ho già fatto », affermò.

« Tanto meglio. »

« Ma il MIPE non ha idea di cosa sia successo. Afferma che tutte le uscite erano circondate. Hanno interrogato Werner senior, che sostiene di non avere visto il figlio. Quando è arrivato in albergo non lo avrebbe trovato. »

Mi passai una mano tra i capelli e spostai la frangia di lato. Socchiusi gli occhi. « Che cosa è accaduto là, Kliza? »

« Non lo so », rispose lei.

Rimanemmo in silenzio senza trovare nulla da dirci. Rivolgerci altre domande sembrava inutile e deprimente.

« In compenso, so che tutto quello che siamo riusciti a scoprire non è che la punta di un iceberg », aggiunse. « Questo caso è più complicato di quanto pensassimo. »

9

Non fidarti di nessuno. Questa breve frase mi rimbombava come un'eco nella testa mentre scendevo alla stazione di Breslavia. Avevo di nuovo l'impressione che tutti mi osservassero, il che faceva risuonare ancora più forte le parole di Falkow.

Forse aveva ragione, forse no. Tuttavia, dovevo tener presente che mi aveva tirato fuori da una situazione disperata. Era stato spinto da una motivazione recondita? Forse.

Presumevo che a breve avrei scoperto tutto. Dirigendomi verso il mercato, pensavo al recente comunicato della polizia di Opole. Sosteneva che nel caso fossero coinvolti alcuni agenti.

La persona di cui era stato trovato il corpo non poteva avere niente a che fare con Ewa. Il suicidio non era una valida ipotesi, non avrebbe avuto nessun senso. Fino a qualche anno prima mi sarei potuto indurre a credere che si fossero semplicemente sbagliati, ma adesso la possibilità che i tecnici della Scientifica commettessero un errore del genere rasentava l'assurdo.

Nessuno aveva manipolato gli inquirenti. Erano loro stessi a essere coinvolti e, in realtà, nel complotto potevano essere implicate più persone di quante finora non avessi supposto. Il fatto che fosse stato simulato il suicidio di una ragazza assolutamente innocente sembrava confermarlo.

Raggiunsi piazza Solny in meno di mezz'ora. Sapevo benissimo che dovevo recarmi al pub Guinness. Era a quello che aveva accennato Ewa. Era da lì che mi aveva portato via mentre barcollavo, quasi fossi tornato da una missione di vari anni in orbita intorno al nostro pianeta e non sapessi più muovermi nella gravità terrestre. Mi trovavo in uno stato di assenza di peso.

Entrai nel pub che, trovandosi anch'esso su un'isola, faceva pensare all'Highlander. In un certo senso, dunque, era un cerchio che si chiudeva, sebbene non supponessi che Ewa avesse utilizzato di proposito una simile simbologia.

Salutai con un sorriso uno dei dipendenti e andai al bancone. Mi chiesi come attaccare bottone. Scelsi il modo migliore: allungai semplicemente la mano verso il menu.

Lasciai scorrere lo sguardo sul nome dei drink. Blitzer sarebbe andato in brodo di giuggiole. *Come As You Are, Du Hast, Ace of Spades, Highway to Hell...*

«Una birra verde, per favore», dissi.

«Quale?»

«È indifferente.»

Il barista mi versò una Leżajsk alla spina, vi mescolò dello sciroppo verde e mi mise davanti il boccale appannato. Non intendevo berlo tutto, volevo mantenere la mente lucida. Dopo un sorso, però, cambiai idea.

Osservavo il tizio mentre prendeva ordinazioni dagli altri clienti. Mi chiesi se Ewa avesse scelto lui per farmi consegnare la pen-drive. E, nel caso, perché proprio lui?

No, lì lavoravano sicuramente troppe persone perché mi fossi imbattuto proprio in quella con cui si era accordata la mia fidanzata.

Mi schiarii la gola per attirare l'attenzione del cameriere.

Guardò me e poi il boccale, quindi distolse lo sguardo, ritenendo che non si fosse trattato di un atto intenzionale.

Quando lo ripetei, cambiò idea e mi si avvicinò.

« In realtà non sono venuto qui per la birra. »

« In tal caso le consiglio la Shepherd's pie. Pasticcio del pastore con carne d'agnello. »

« Non sono passato neppure per il cibo. »

Mi guardò con aria interrogativa.

« Qualcuno dovrebbe aver lasciato qui una pennetta USB per me. »

Benché la musica si riversasse dagli altoparlanti, avevo l'impressione che all'improvviso tutti i rumori fossero spariti. Guardavo il cameriere, e lui guardava me. Ci studiavamo con lo sguardo, come preparandoci a scontrarci.

« Damian? » chiese infine.

Un brivido mi percorse la schiena.

« Sì. »

« Se l'è presa comoda. »

Ritenni di dover stare al gioco. « Non mi sono potuto fare vivo prima. »

« Be', la pennetta comunque è sana e salva. E l'aspetta. »

« Magnifico. »

Il barista si allontanò un momento. Si fermò all'altra estremità del banco, si chinò e allungò una mano. Alcune persone che volevano ordinare si spazientirono, il che mi ricordò che, quando lavoravo all'Highlander, ero irritato dai clienti che, nelle sere del week-end, mi avvicinavano soltanto per chiedermi di caricare il cellulare. Perché era un'emergenza, perché stava per spegnersi. Altri clienti nel frattempo aspettavano i loro drink. Di solito non troppo pazientemente.

Adesso ero io il seccatore. E non avevo intenzione di darmi per vinto tanto presto.

Il barista tornò con una pen-drive che ricordava il simbolo del ragno del costume di Spider-Man. Non potei trattenere un lieve sorriso.

« È una cosa così importante? » chiese nel vedere la mia reazione.

Mise la pennetta sul banco e io vi fissai lo sguardo. Avevo paura di prenderla in mano, come se, facendolo, potessi cancellarne il contenuto. Alzai lo sguardo. « Molto importante. »

Non commentò, il che mi fece pensare che non l'avessero collegata a un computer e non avessero scoperto che, per aprirla, c'era bisogno di una password. Saggia decisione. Il dispositivo poteva anche rivelarsi un focolaio di virus.

Il barista stava per allontanarsi, ma lo trattenni con lo sguardo. « Chi l'ha lasciata? »

« Un uomo. »

« Un uomo? »

Mi sentii un idiota a ripeterlo, ma lui annuì, come se fosse abituato ad avere a che fare con gente che non era nelle migliori condizioni mentali.

« Che aspetto aveva? » insistetti.

« Non lo so, io non c'ero. »

« Era un cliente fisso? »

« No, e credo non sia più tornato. E ora mi scusi, ma... »

« Non ci vorrà molto », lo interruppi in tono quasi supplichevole.

Guardò i clienti spazientiti, e decisi che era giunto il momento di ricorrere alla solidarietà professionale. Dovevo dimostrarmi credibile in quanto suo collega. E sapevo benissimo come fare. « Scusa, non sono di quelli che ordinano una vodka liscia senza ghiaccio in bicchiere grande e acqua minerale », buttai lì, passando al tu.

Lui corrugò la fronte.

« Lavoravo anch'io in un bar. E questa combinazione significava che era arrivato un alcolista che non beveva da anni e che, quella notte, aveva infine gettato la spugna. Notte che avrebbe passato a vuotare in silenzio i suoi due bicchieri senza rompermi le palle », spiegai.

Il tizio fece un sorrisetto, evidentemente gli avevo dato l'impressione di essere uno di quei casi pietosi. « Aspetta un attimo », disse, e andò a prendere le ordinazioni da un paio di clienti.

Fissai la pennetta. Avrei voluto collegarla subito al portatile, digitare la password e ascoltare che cosa aveva da dirmi Ewa. Ma non potevo farmi sfuggire l'occasione di scoprire qualcosa su chi me l'aveva lasciata.

Poco dopo il barista fu di ritorno. Si appoggiò al banco e mi guardò con diffidenza. « Cos'è questa storia della pennetta? » chiese.

« Bella domanda. »

Sembrava un po' perplesso, perciò mi affrettai a sorridere e liquidai l'argomento con un gesto della mano. « È il messaggio di una ragazza. Il problema è che non so chi me l'ha lasciato. »

« È un po' strano. »

« Ma innocuo. In realtà è un gioco innocente. »

Nulla di più lontano dalla verità, ma mi parve che il barista non lo sospettasse. E fortunatamente decise di non approfondire, perché sapeva senz'altro di potersi permettere solo conversazioni brevi.

« Vorrei avere un piccolo vantaggio su di lei », aggiunsi. « Perciò ti ho chiesto chi l'ha lasciata. »

« Ah-ha. »

« Che aspetto aveva? »

« Non lo so, non l'ho visto. »

Feci vagare lo sguardo sui camerieri, ma erano tutti affaccendati tra i tavoli occupati da giovani ridenti e ubriachi. Breslavia era sicuramente la città universitaria più frequentata della Polonia. Per sincerarsene bastava entrare in un qualsiasi pub in una sera del fine settimana.

« Oggi la persona cui è stata lasciata l'USB non lavora? »

« No », rispose il barista.

« E potresti mettermi in contatto con lei? »

« Ascolta... »

« È molto importante. Il gioco è una cosa, ma ci tengo davvero a questa ragazza. »

Emise un profondo sospiro. « Mah, non saprei. »

« Mi saresti di enorme aiuto. »

Ci pensò un po' su, e alla fine acconsentì. Certo, solo perché si trattava di un altro barista, e non di una barista. Ottenere il numero di una donna sarebbe stato molto più difficile.

Lo ringraziai e bevvi un sorso di birra verde. Sentii un vago retrogusto sintetico, ma forse era solo un'impressione. Poi misi sul banco una banconota da venti złoty. « Grazie », ripetei infilando in tasca la pennetta e il foglietto col numero.

« Non c'è di che. »

« Solo un'altra cosa... Quando è passato quel tizio? »

Il barista rimase un po' soprappensiero grattandosi dietro l'orecchio. Fece una smorfia, come se ripescare quell'informazione dalla memoria fosse molto faticoso. Non mi stupivo. In posti del genere passava tanta di quella gente, succedevano tante di quelle cose e altrettante se ne sentivano, che tutto si mescolava.

Eppure c'erano persone che, venendo una volta ogni tre mesi, chiedevano « il solito » e si aspettavano che il personale se lo ricordasse.

« Non lo so. Una settimana fa, forse due », disse infine.

Inghiottii a fatica. Chiunque avesse mandato Ewa, lo aveva fatto relativamente di recente. Ebbi l'impressione illusoria di averla ormai a portata di mano.

O non era poi tanto illusoria?

Tornai indietro dalle parti del centro commerciale Renoma e mi misi a cercare un albergo. In via Podwale capitai in un posto dal nome promettente. L'Inizio si rivelò un piccolo ostello che offriva tutto ciò di cui avevo bisogno.

Mi chiusi in una cameretta inferiore per metratura a una comune stanza per studenti, quindi mi misi a letto col portatile sulle ginocchia. Infilai la pennetta nella porta USB e inspirai profondamente.

Apparve la finestra della password. Digitai Rosabelle.

Poi ebbi l'impressione di vedermi comparire davanti qualcosa che avrebbe potuto benissimo essere il più grande segreto dell'universo. Guardai il file AAC, nel quale mi aspettavano le risposte.

Si chiamava *Sacchetti di plastica sotto il lavello.*

Dovetti penare un po' per aprirlo sul vecchio computer. Alla fine però ci riuscii. E dagli altoparlanti uscì la voce di Ewa.

Sacchetti di plastica sotto il lavello

Un certo numero di bambini, a distanza di anni, può dire che l'unica cosa che ha imparato dai genitori è raccogliere e conservare i sacchetti di plastica sotto il lavello della cucina. Li invidio.

I miei genitori mi hanno insegnato molte cose. Cose che non avrei voluto saper fare.

Grazie a loro ho appreso come aggirare la legge per non pagare le tasse. Come avviare piccole piramidi finanziarie per occultare l'origine dei miei averi e in che cosa queste si distinguono dallo schema Ponzi. Ho appreso come cancellare le tracce, come ripulire il denaro sporco, come sfruttare lo Stato per accaparrarsi enormi rimborsi sull'imposta sul valore aggiunto...

E l'elenco potrebbe continuare a lungo.

Mi hanno insegnato queste cose senza tener conto di come avrei reagito. E sappi che, da quando avevamo cominciato a progettare un futuro tutto nostro, ero stata esplicita su come intendessi trascorrere il resto della mia vita. Con te, lontano da tutto ciò di cui si occupavano loro.

Alla fine però i loro peccati sono diventati i miei. L'ombra delle loro attività è ricaduta su di me. E purtroppo anche su di te, sebbene abbia fatto di tutto per evitarlo.

Avevo troncato coi miei genitori molto prima dell'incidente.

Lo chiamo « incidente » ma, come sai già, non ha avuto niente a che fare con un malaugurato scherzo del destino. È stato pianificato, realizzato a sangue freddo e nascosto sotto il tappeto con un colpo di scopa.

Però, prima che ciò accadesse, avevo detto a mio padre che non intendevo succedergli nello studio. Non volevo avere niente a che vedere non solo con esso, ma neanche con lui e con mia madre. Tuttavia, continuavo a considerare importante mantenere le apparenze.

Per te, per i tuoi. E forse, in qualche modo, anche per me. Non so cosa fosse a muovermi. Forse il fatto che, dopo essermi presa cura di questa facciata per tutta la vita, non potevo immaginare che un bel giorno sarebbe semplicemente crollata.

Volevo che fossimo diversi dai miei genitori. Volevo che avessimo un rapporto normale, felice. Che avessimo dei figli e una vita piena di serenità, equilibrio, sicurezza...

Non so perché m'illudessi che fosse possibile.

Forse perché i miei alla fine erano rinsaviti. Ma era successo troppo tardi perché potessero cambiare alcunché.

Mio padre lavorava per un'organizzazione criminale attiva so-

prattutto nella bassa Slesia. Era capeggiata da un individuo soprannominato « Kajman ». Soprannome azzeccatissimo, perché ricordava un possente rettile.

Pagava allo studio grosse somme, solo in piccola parte soggette a tassazione. Per anni, mio padre non ha avuto di che lamentarsi. Guadagnava più di quanto potesse spendere, in fondo non aveva rapporti con l'ambiente di Kajman e le bustarelle elargite a tutta una serie di funzionari gli assicuravano l'impunità.

O per lo meno così sembrava.

Sono convinta che, se il CBA, l'Ufficio Centrale Anticorruzione, non si fosse imbattuto in questa pista, mio padre farebbe tuttora quello che faceva ai tempi di massimo splendore di Kajman. Io sarei ancora a Opole, l'episodio sulla Młynówka non si sarebbe mai verificato e, a quest'ora, staremmo combattendo sicuramente con una truppa di bambini.

Ma procediamo con ordine.

Gli agenti del CBA hanno intercettato una bustarella solo perché uno dei funzionari aveva cominciato a esagerare. Occupava una posizione non troppo prestigiosa all'interno dell'ufficio delle imposte, guadagnava poco più della media nazionale e, nonostante ciò, si era concesso troppe volte acquisti al di sopra delle sue possibilità.

Questo ha suscitato l'invidia tipicamente umana dei colleghi. Cosa che alla fine ha portato a un clima di sospetto. È bastata la denuncia di un collega maldisposto perché il CBA s'interessasse al funzionario.

È stata organizzata un'operazione probabilmente non del tutto lecita. Così dissimulata che il poveretto non ha capito per niente chi fosse in realtà a proporgli la bustarella. Quando ha acconsentito a chiudere un occhio su una piccola irregolarità, accettando in cambio una regalia di alcune migliaia di złoty, gli agenti sono entrati in scena.

Il tizio è crollato subito. Ha puntato il dito direttamente su Kajman, del resto persona ben nota alla polizia. Sono stati passati al setaccio tutti i punti di contatto tra il funzionario e Kajman, e si è arrivati allo studio legale che assisteva l'uno e l'altro.

Inutile dirti che apparteneva a mio padre.

Gli agenti del CBA avrebbero potuto bussare alla sua porta all'alba e trascinarlo fuori di casa a forza. Ma a loro non importavano i pesci piccoli, volevano arrivare più in alto. Avrebbero potuto farlo mettendo mio padre sotto pressione, però erano già in una fase dell'operazione in cui non potevano permettersi nessuna irregolarità procedurale.

Dovevano agire secondo la legge. E in concerto con l'Ufficio Investigativo Centrale della Polizia, perché il caso si era rivelato di scala molto più vasta di quanto avevano creduto. La lieve trasgressione di un impiegato si era trasformata in un'importante operazione contro la criminalità organizzata.

Si sono dunque presentati da mio padre con una proposta che non poteva rifiutare. Lo hanno informato che era in atto un procedimento contro Kajman e che avevano abbastanza prove per accusare anche lui.

Sapeva che cosa significava. Non solo sarebbe finito dietro le sbarre, avrebbe pure perso tutto quello che aveva guadagnato nel corso degli anni. Indipendentemente dal fatto che provenisse da fonti lecite o illecite.

Non ci ha messo molto a decidere se cambiare bandiera oppure no. Al secondo o al terzo incontro, ha accettato di collaborare. Conveniva sempre fare tali proposte agli avvocati coinvolti in certi affari. Erano adeguatamente esperti da sapere quando bisognava abbandonare la barca che affondava.

Ma qualcuno ha notato che mio padre si stava costruendo una scialuppa di salvataggio. Suppongo che Kajman avesse un infiltrato tra le file della polizia, però potrei sbagliarmi. Mio padre si sa-

rebbe potuto benissimo dare la zappa sui piedi da solo, che so, magari trasferendo sempre più denaro sui conti esteri per conservare anche solo una parte delle entrate illecite.

In ogni caso, Kajman è venuto a sapere tutto. E ha fatto subito ciò che gli riusciva meglio.

Quale è stato il risultato? Lo sai benissimo. Perché sei stato al funerale. Perché mi hai consolata per lunghe settimane, mi hai aiutata a superare quel periodo difficile. Non ero vicina ai miei genitori come tu ai tuoi. Ma erano pur sempre i miei genitori.

Inoltre, sapevo che cos'era successo davvero. E sentivo che il pericolo poteva minacciare sia me sia te. Malgrado ciò, non potevo parlarti di nulla.

Ti conosco, so perfettamente che cosa avresti detto e cosa mi avresti spinta a fare. Non avresti permesso che la verità venisse nascosta sotto il tappeto.

O forse ora lo permetteresti?

Ormai sei un'altra persona, la vita ti ha messo a dura prova. Soprattutto a causa mia, me ne rendo conto. La mia colpa è indubbia, e questa registrazione non è un tentativo di ottenere l'assoluzione.

Voglio solo che tu capisca.

Ho già raccontato che i miei genitori mi hanno insegnato molto di più che conservare in modo previdente i sacchetti sotto il lavello. E proprio da lì sono cominciati tutti i miei problemi. E anche i tuoi.

Sapevo ogni cosa. Ero pienamente a conoscenza di quanto faceva mio padre.

Avevo giurato che non ne avrei mai tratto vantaggio. Mi ostinavo a non voler avere niente a che fare con la sua attività. Mi ero ripromessa che non avrei consentito a nulla d'influire su di noi.

Ho mantenuto la parola a metà. Purtroppo solo a metà.

Pensi d'intuire la fine di questa storia?

Rifletti ancora. Se tutto fosse così ovvio, non mi sarei data tanta pena.

Ma, il resto, lo sentirai nella prossima registrazione. Fidati di me, per il momento ho buoni motivi per non dirti altro. Pazienta ancora un po'.

La registrazione ti aspetta in un altro posto. Là dove non volevo entrare, mentre per te era una meta irrinunciabile del programma.

Non lontano dal luogo dove ci ha trascinato Blitzer.

Ricorderai senz'altro che non ho disertato e neppure sono entrata in coma. E sono sfrecciata con voi come un Luxtorpeda. Ora anche tu devi affrettarti, perché il file che ti aspetta sparirà esattamente tra dodici ore.*

La registrazione finì e io rimasi seduto immobile. Ero talmente frastornato, che il mio cervello aveva difficoltà a ricollegare le indicazioni che Ewa mi aveva messo a disposizione. Non so quanto tempo passò prima che gli ingranaggi nella mia testa ricominciassero a funzionare a dovere.

Guardai l'orologio e calcolai quando sarebbe scaduto il termine di dodici ore stabilito da Ewa.

No, è assurdo, mi dissi. Non poteva sapere quando avrei aperto la registrazione. La prossima non sarebbe sparita, mi avrebbe aspettato dove l'aveva lasciata.

Ma allora perché aveva detto così?

Anche se mi nascondeva la sua vera vita, mi fidavo di lei. Il passare degli anni non aveva nessun significato, il mio sentimento era ancora forte come un tempo. Forse perfino di più. E faceva sì che credessi ciecamente a ogni sua parola.

Aveva forse un motivo per ingannarmi? Dopo tutto questo? E dopo tutta la fatica che si era sobbarcata con le registrazioni?

* Nome popolare di un treno velocissimo e dalle forme aerodinamiche in funzione in Polonia negli anni '30. (*N.d.T.*)

No, ero sicuro che non era così. E che avevo davvero dodici ore per trovare il prossimo file. Quello grazie al quale avrei ottenuto le risposte alle domande che mi tormentavano da dieci anni.

10

Supponevo a ragione che Robert avrebbe controllato i miei tabulati. Lo confermò durante la cena, incurante della presenza di nostro figlio. Questa volta Wojtek non aveva compiti a casa e divideva la sua attenzione tra noi e i nugget con ceci in tempura. Fosse per lui non avrebbe mangiato altro, ma Robert li preparava soltanto in occasioni speciali.

Mio marito mi fissava da quando ci eravamo messi a tavola. A un osservatore esterno sarebbe apparso tutt'altro che minaccioso. Sembrava uno chef che spiava le reazioni dei commensali ai piatti da lui preparati. Ma, per me, quello sguardo era il preludio di un'ennesima notte in bianco.

« Ultimamente parli molto con Kliza », buttò lì come di sfuggita.

Mi bastò per capire che aveva controllato i tabulati. In cuor mio ringraziai me stessa per essere stata previdente. Se non lo fossi stata, prima o poi mi sarei decisa a telefonare a Werner e adesso avrei passato guai ben peggiori.

« Benché non lavori più con noi », aggiunse.

Annuii e mi concentrai sui nugget, come se non valesse nemmeno la pena parlarne.

« Siete diventate amiche? »

« Non particolarmente. »

« E allora come mai tante telefonate? »

« Te l'ho detto, diamo una mano a Glazur. »

« Ah, sì... »

Sebbene in ogni nostra parola si celasse un significato recondito, usavamo un tono affettuoso, cordiale. Non sapevo se in tal modo riuscissimo a ingannare nostro figlio e a dargli l'impressione di vivere in una famiglia normale, felice.

La cosa aveva un che di disdicevole, ma al tempo stesso di... appagante. Lo consideravo un sacrificio personale. Ero pronta a sopportare un'umiliazione ben più grande, purché il nostro comportamento patologico non si ripercuotesse su Wojtek.

« Io però ho raccolto informazioni su Glazur », disse Robert.

Alzai un momento lo sguardo.

« Avevi detto che era minacciato dal marito della donna che ci aveva incaricati di raccogliere materiali compromettenti su di lui, giusto? »

Quell'eufemismo non rendeva minimamente l'idea di ciò che cercavamo di procurarci per giustificare la richiesta di divorzio da parte di uno dei coniugi. Raccoglievamo le peggiori porcherie che riuscivamo a scovare.

In quel caso, a dire il vero, non erano molte. La nostra cliente conduceva una vita extraconiugale molto più vivace di quella del marito, sebbene neanche lui fosse senza colpa. Questa, come sempre, stava da qualche parte nel mezzo.

Forse era così pure nel caso mio e di Robert? Forse, se ora mi trovavo in quella situazione, era perché gli avevo permesso via via sempre di più?

Preferivo non rispondere. Soprattutto ora che mio marito non mi staccava di dosso il suo sguardo accusatore. « Avevi detto così? O ho frainteso? » insistette.

« No, era così. »

« Ma Glazur non è in città. » *Ho controllato,* avrebbe potuto aggiungere. Non lo fece solo in considerazione del fatto che magari Wojtek si sarebbe allarmato.

« Abbiamo pensato che sarebbe stato meglio se partisse. »

« Per dove? »

« Non lo so. Se n'è occupata Kliza. »

Mi ero avventurata in una direzione pericolosa, entrando in un terreno minato. Dopo la telefonata di Jola, mi ero preparata una scusa, ma niente di più. Non era una bugia ben architettata, che potesse fungere da cuscinetto di sicurezza. Al contrario.

« Ho controllato anche il marito », aggiunse Robert.

« E...? »

« Non mi sembra il tipo che potrebbe fare del male a Glazur. »

Di nuovo un eufemismo. Robert li padroneggiava altrettanto bene dei brutali colpi verbali che formulava quando la porta della camera da letto si chiudeva alle nostre spalle.

« Be'... » cominciai, cercando di concentrarmi sul cibo. « Sai com'è fatto Glazur. Ha paura di tutto. »

« Non lo so, non lo conosco. »

« È un fifone, inoltre... »

« Lo conoscerei volentieri. »

« Sì? »

« Forse si sentirebbe meglio, se tu lo invitassi. »

Era l'ultima cosa che Robert avrebbe desiderato. Ormai sapevo che in ogni nuova parola si nascondeva una minaccia inespressa. Sotto il velo delle apparenze, conducevamo una conversazione completamente diversa.

« Non so se sia una buona idea. In fondo lo abbiamo licenziato. »

« Forse hai ragione. »

Fu tutto. Almeno per quanto riguardava il mantenimento della facciata.

Quando, un paio d'ore più tardi, Wojtek si era addormentato ed ero già a letto con un libro, capii che solo a quel punto avrei affrontato i veri rimproveri. Mi ero preparata come potevo. Avevo indossato il négligé preferito di Robert. Mi ero spruzzata il suo profumo preferito sulla parte interna delle cosce e tra i seni. Mi ero pettinata come voleva sempre. Ma non m'illudevo che sarebbe servito a granché.

Robert entrò in camera da letto su tutte le furie. Sbatté la porta senza preoccuparsi di svegliare Wojtek.

Era chiaramente ubriaco. Più del solito.

Non so quanto tempo avesse passato a cercare di convincere se stesso che questa volta sarebbe riuscito a trattenere le emozioni. Si era di certo impegnato, ma suppongo che l'aver bevuto a lungo non avesse fatto che peggiorare le cose.

Senza dire una parola gettò la coperta sul pavimento e mi ordinò di alzarmi con un gesto brusco della mano.

Mi alzai esitante e feci un passo verso la parete. Ci trovavamo ai lati opposti del letto, come due pugili sul ring.

Ancora due, forse tre, anni prima, in una situazione del genere, avrei pensato a delle vie di scampo. Da allora però era passato tanto tempo. Tanti lividi, graffi e contusioni erano comparsi sul mio corpo. E ognuno di essi mi confermava che non potevo fare assolutamente nulla per evitare di far infuriare Robert.

Rimase in silenzio solo un altro istante. « Pensi di potermi ingannare come se niente fosse, maledizione? »

« No. »

« E credi di potermi mentire spudoratamente? »

« Robert... »

« Per chi mi prendi? Eh? Per un fottuto idiota? »

« Le cose non stanno così. »

Avrei potuto negare. Avrei potuto provare a rabbonirlo. Avrei potuto supplicare, coprirlo di lusinghe, di espressioni del mio amore e della mia totale sottomissione. Ma l'unico risultato sarebbe stato rinviare l'inevitabile.

« Mi tradisci, puttana? »

« Non ti... »

« Con chi?! » ringhiò girando intorno al letto.

« Non ti tradirei mai. »

Le parole mi uscirono di bocca da sole. Cosa importava che avessi piena consapevolezza della loro inutilità? Cadendo nell'abisso l'uomo cerca di aggrapparsi a qualsiasi cosa, pur sapendo che è uno sforzo vano.

« Incredibile che tu abbia pensato... » S'interruppe e si mise a ridere. « Sul serio, maledizione. Come hai potuto pensare di nascondermi qualcosa? Sei completamente uscita di testa. Ma ora basta, capito? Convinciti una buona volta che non avrai mai segreti per me. Che puoi ingannare chiunque, cazzo, perfino te stessa. Ma non me, fottuta troia. »

A questo punto mi aspettavo il primo schiaffo. Un colpo incerto, a mano aperta, quasi che Robert cercasse di sondare fin dove poteva spingersi. Poi a poco a poco si lasciava andare.

Ma quella notte andò diversamente.

Prima che riuscissi a capire qualcosa, alzò una gamba e mi sferrò un calcio al ginocchio. Caddi sul pavimento con un gemito sordo e mi coprii meccanicamente il viso. Robert mi agguantò per le spalle e mi scaraventò in mezzo alla stanza. Con noncuranza, come i facchini che all'aeroporto lanciano i bagagli dei viaggiatori.

Mi saltò subito accanto, mi diede un calcio alle costole e poi pensò bene di premermi il piede sul bacino. Non ebbi il tempo di reagire. Anche se avessi voluto dire qualcosa o afferrargli il piede, non ne ebbi il tempo. I colpi erano rapidi, decisi, frenetici.

Mi balzò sopra e mi colpì il viso con la mano aperta. « Puttana... »

Mi schiaffeggiò a non finire. Avevo l'impressione che

avrebbe smesso solo per passare ai pugni. Capii che era uno di quei casi in cui stava perdendo completamente il controllo.

Di solito, anche se poco, stava attento. Sotto questo aspetto, era come me quando bevevo. Sapevo che, se avessi esagerato, sarei stata costretta a smettere. Pure lui doveva andarci piano. Cercava di non procurarmi danni impossibili da nascondere.

Di solito.

Ma questa volta mi afferrò alla gola e strinse forte. Non potevo né prendere fiato né inghiottire.

« Come hai osato... »

Provai a parlare, ma invano.

« Sgualdrina schifosa, come hai osato?! Dopo tutto quello che ho fatto per te?! »

Avevo l'impressione che stringesse sempre di più. Le sue mani erano potenti come una morsa, mi sentivo fragile, inerme. Nonostante ciò cominciai a difendermi. Con l'unico risultato di gettare benzina sul fuoco della follia che gli ardeva dentro.

« Devi sempre rovinare tutto! Non solo la mia vita, ma anche quella di tutta la famiglia! »

Le accuse, quali che fossero, spuntavano fuori ogni volta. Mi dava la colpa non solo di tutti i suoi fallimenti, ma pure degli insuccessi di Wojtek o di cose che non avevano niente a che fare con noi.

In quei momenti, ai suoi occhi, diventavo la fonte di ogni male.

Quell'idea mi spaventava. Sembrava che Robert fosse pronto a eliminarmi dall'equazione che aveva creato solo per far quadrare il bilancio.

Le mani serrate sul collo sembravano confermarlo.

Soffocavo e mi rendevo conto che andava sempre peggio.

Prima d'allora non si era mai avvicinato tanto a ciò che temevo di più.

Il problema non era solo che mi uccidesse. No, a volte lo ritenevo l'unico modo per liberarmi da quell'incubo. A distruggermi era la consapevolezza di cosa sarebbe successo a Wojtek se non ci fossi stata più.

Non dubitavo che Robert avrebbe rivolto tutta la sua violenza su di lui. Forse non subito, ma alla fine sarebbe successo proprio questo.

Raddoppiai gli sforzi per liberarmi, ma ciò non fece che peggiorare la mia situazione. Strinse le dita ancora più forte, scuotendomi e gridando non so cosa. Il sangue cominciava a non affluirmi al cervello, non distinguevo più le singole parole.

Quando sentii le palpebre farsi pesanti, mi sbatté a più riprese la testa sul pavimento, nell'assurdo tentativo di farmi tornare in me.

Un attimo prima che svenissi, finalmente mi lasciò.

Il tempo sembrava essersi fermato. Ripresi fiato in preda al panico e provai a girarmi, ma Robert continuava a tenermi. Rimaneva immobile. Solo dopo un po' scosse la testa, scattò in piedi e corse fuori dalla stanza.

Guardai la porta aperta temendo di vedere nostro figlio sulla soglia. Avevo paura che i rumori lo avessero svegliato e lo avessero indotto a controllare che cosa succedeva.

Ma non scorsi nessuno. In cuor mio sospirai di sollievo, come se il fatto che Wojtek fosse rimasto ignaro di tutto fosse ciò che contava davvero.

Mi alzai indolenzita.

Ciò che accadde in seguito fu la versione più acuta del solito pentimento di Robert. Pianse più del solito. Annunciò che di buon mattino sarebbe andato alla polizia. Si sarebbe autodenunciato, avrebbe chiesto che gli rilasciassero la carta azzurra.*

Non c'era fine alle promesse, alle assicurazioni e alle richieste di perdono.

Quella notte non volle dormire con me. Affermò che non se lo meritava. Si avvolse in una coperta e stette nel salone. Lo sentii rimproverarsi, tirare su col naso, imprecare ancora per un po'. Poi alla fine si addormentò.

E io andai in silenzio nello studio al piano di sopra.

Accesi il computer e mandai il messaggio col codice di accesso a Werner. Non sapevo se avesse la suoneria inserita, se si trovasse in un luogo con l'accesso a Internet o se magari, a quell'ora, avrebbe ignorato la mia notifica.

Si fece vivo dopo neanche un minuto.

Quando vidi l'indirizzo IP e gli assegnai un nickname, fu come se avessi bevuto un grosso sorso di Prosecco. Mi si alleggerì il cuore.

[Damian] Non dormi?

[Kasandra] Notte difficile.

[Damian] A chi lo dici.

[Kasandra] Hai scoperto qualcosa?

[Damian] A dire il vero più di quanto avrei voluto. E non sono certo di volermi spingere oltre.

Mi passai la mano sul collo e sentii un dolore acuto al fianco.

* Documento ufficiale redatto dalla polizia polacca in caso di constatazione di violenza domestica. Attesta la responsabilità di chi si è macchiato di violenza e ha valore di prova in caso di procedimento giudiziario. (*N.d.T.*)

[Kasandra] Immagino che tu lo dica tanto per dire.

[Damian] Immagino che tu abbia ragione.

Rimasi un po' soprappensiero.

[Kasandra] Posso aiutarti in qualche modo?

[Damian] Per ora no.

Mi riuscì di nuovo difficile inghiottire, come durante l'aggressione di Robert, ma questa volta per tutt'altra ragione. Mi ero resa conto del perché lo avevo chiesto. E a che cosa miravo.

Volevo superare il confine davanti al quale ultimamente avevo fatto dietrofront.

[Kasandra] In tal caso potresti essere tu ad aiutare me.

[Damian] In che modo?

Inspirai l'aria col naso e per un momento fissai la porta aperta dello studio.

[Damian] Ci sei?

[Kasandra] Sì.

[Damian] Tutto a posto?

[Kasandra] Per niente. Ma col tuo aiuto le cose potrebbero cambiare.

Fissai lo sguardo sullo schermo e aspettai sulle spine la risposta. Alla fine arrivò.

[Damian] Puoi contare su di me.

Era di questo che avevo bisogno. Solo questo mi era davvero indispensabile per decidere finalmente che era venuto il momento di agire. Werner era l'unica persona che potesse aiutarmi. Veniva da fuori, non era legato a Robert né dagli affari né dal denaro. Una persona anonima. Assolutamente sconosciuta a mio marito. Per giunta Damian era un fuorilegge, era disposto a tutto.

E prima o poi avrebbe avuto lui stesso bisogno di aiuto. Nel peggiore dei casi, avrebbe considerato l'appoggio datomi come parte di un baratto.

Grazie a lui avrei fatto ciò che avrei dovuto fare già da tempo. Mi sarei liberata.

11

Avevo perso la capacità di provare empatia molti anni prima. Ero diventato del tutto indifferente ai guai e alle preoccupazioni della gente, senza accorgermi del momento in cui era avvenuto. Malgrado ciò, acconsentii ad aiutare Kasandra Reimann. Era decisamente nel mio interesse farlo.

Fino a ora si era occupata del mio caso unicamente perché era il suo nuovo capriccio. Forse perfino un hobby *sui generis*. Ma adesso avevo occasione di cambiare le carte in tavola.

Non sapevo cosa mi avrebbe chiesto esattamente. Qualsiasi cosa fosse, sarebbe diventata per me valuta pregiata. Una valuta che avrei utilizzato quando avessi trovato Ewa.

Quel che sapevo, infatti, era che avremmo avuto bisogno di aiuto. Chiunque si nascondesse dietro la sua sparizione e tutto il resto disponeva di mezzi imparagonabilmente più grandi dei miei. Avere un'alleata come Kasandra Reimann poteva valere oro.

Dormii due ore prima di mettermi in viaggio. Avrei lasciato subito Breslavia se non avessi dovuto aspettare il treno notturno. Non speravo di riuscire a addormentarmi, ma evidentemente ero più esausto di quanto pensassi.

Andai a Ostrów Wielkopolski con un Intercity. Là avrei dovuto aspettare alcune ore in stazione, però avevo ancora molte ore prima che il tempo stabilito da Ewa scadesse. Il treno regionale impiegò trenta minuti per andare da Ostrów a Witaszyce.

Ero diretto nel posto giusto, ne ero assolutamente certo.

Ewa sosteneva di trovarsi non lontano dal luogo in cui ci aveva trascinati Blitzer. Ciò poteva significare diversi punti sulla carta della Polonia ma, nel caso in questione, si trattava di Jarocin. E concretamente del festival rock che vi aveva luogo. Noi due non andavamo volentieri ai concerti, però una volta ci eravamo lasciati convincere. E non ce n'eravamo pentiti.

Avevo capito subito di avere fatto centro, perché il nesso con lo show dei Foo Fighters era evidente. Ewa aveva organizzato le cose in modo che tutto cominciasse da un concerto e finisse con un concerto.

Inoltre, aveva ricordato che non aveva disertato. Non era entrata in coma. Ed era sfrecciata con noi come un Luxtorpeda. Ciò mi aveva portato a Jarocin, perché a suo tempo vi avevano suonato i Dezerter, i Coma e i Luxtorpeda.

Ma il vero traguardo era un altro. Il luogo in cui non voleva entrare, e che per me era una meta irrinunciabile del programma.

Poteva essere solo uno. Prima del concerto avevamo avuto un po' di tempo a nostra disposizione, e Blitzer aveva subito controllato cosa ci fosse d'interessante da fare nei paraggi. Quando aveva trovato il Museo di Guerre Stellari nel palazzo di Witaszyce, non mi ero neanche sognato di lasciarmelo sfuggire.

Darth Maul in scala 1:1? Un enorme Jar Jar Binks da poter guardare negli occhi e coprire d'insulti? Nulla avrebbe potuto impedirmi di visitarlo.

Se Ewa tollerava la mia passione per Spider-Man, le era difficile capire che cosa trovassi in *Guerre stellari*. Non ero mai riuscito a convincerla a vedere *Una nuova speranza* per più di un quarto d'ora. Col prequel della trilogia, non ci avevo nemmeno provato. E J.J. Abrams aveva scosso la cinematografia solo molto più tardi.

Dunque sapevo dove andare.

Però non sapevo che cosa mi aspettava. E come sarebbe svanito nel nulla dodici ore dopo che avevo ascoltato il secondo messaggio lasciatomi da Ewa.

Altri dubbi mi vennero una volta acquistato il biglietto del museo per dieci złoty. Ero davanti alle repliche in miniatura degli stormtrooper chiedendomi cosa sarebbe successo, quando mi si avvicinò un uomo sulla trentina. Aveva una vistosa cicatrice sotto l'occhio sinistro, ma non dava l'idea di un teppista. Tutt'altro.

All'inizio pensavo che lavorasse lì, però si guardava intorno con la mia stessa curiosità. A parte noi, il museo era deserto e, a dire la verità, non credo che ciò costituisse un'eccezione alla regola.

Osservai il turista decisamente troppo a lungo. Alla fine lui ricambiò lo sguardo. « C'è qualcosa che non va? » chiese in tono incerto.

« No, sto solo aspettando qualcuno. O almeno credo. »

I suoi occhi si fecero ancora più sospettosi. Non ero sicuro di dover davvero incontrare qualcuno, ma mi sembrava logico. In quale altro modo Ewa avrebbe potuto farmi avere il messaggio successivo?

Non avrebbe rischiato di nasconderlo nel mantello di Obi-Wan o in qualsiasi altro posto, perché non poteva sapere quanto tempo avrei impiegato a raggiungere Witaszyce. Ma per la stessa ragione non poteva mandare qualcuno a incontrarmi.

Nonostante ciò, dopo un po' ebbi la netta impressione che l'uomo che mi stava accanto fosse lì proprio su richiesta di Ewa.

« Quel qualcuno potresti essere tu », dissi.

Sembravo pazzo, eppure non intendevo preoccuparmene. Guardavo il turista, incerto di come si sarebbe comportato. La sua espressione non mutò, il che in realtà poteva significare qualsiasi cosa.

Mi venne in mente che avrei potuto benissimo porre la stessa domanda a qualcuno del personale. Visto che dovevo fare la figura dell'idiota, tanto valeva cominciare da loro.

« Che intendi? » chiese l'uomo.

Non era stupito. Dava piuttosto l'impressione di volersi assicurare che non si verificassero errori. O forse vedevo quello che volevo vedere? Mi premeva talmente recuperare la terza parte della registrazione, che la mente poteva giocarmi brutti scherzi.

Comunque fosse, non avevo alternative. E tanto meno niente da perdere. « Che Ewa ti ha dato qualcosa per me », risposi.

« Che cosa, di concreto? »

Sentii un formicolio alla nuca. Quella risposta suggeriva in maniera inequivocabile che, malgrado tutto, non mi ero sbagliato. Mi girai verso lo sconosciuto e gli rivolsi di nuovo un lungo sguardo. « Suppongo si tratti di una pen-drive. »

« Non sbagli. »

Inarcai le sopracciglia, incapace di aggiungere alcunché.

« Ma, prima di pormi qualsiasi domanda, devi sapere che l'unica cosa che ho accettato di fare è consegnartela. »

« Capisco. »

« Non contare su nient'altro. »

Annuii.

« Nessuna domanda, nessuna pressione, niente di tutto ciò. Tanto non so niente. »

« Chiaro », confermai.

Tuttavia, non avevo la minima intenzione di lasciarlo andare così. Decisi che, non appena mi avesse dato la chiavetta, lo avrei messo alle strette e gli avrei fatto sputare ogni cosa.

Chi era? Come conosceva Ewa? In che modo aveva appreso che sarei stato lì proprio adesso?

Di quest'ultima domanda, forse, conoscevo già la risposta. Forse, quando a Breslavia avevo collegato la pennetta, nel disco fisso era passato un worm. Magari era programmato in modo che il mio portatile mandasse un segnale dove di dovere. Sarebbe bastato un breve ping all'indirizzo IP giusto, nient'altro.

L'uomo mi consegnò un'altra pen-drive che ricordava un ragno, e io la strinsi subito in mano come una preziosa reliquia. Dopo essermela infilata in tasca, venni al dunque. « Come conosci Ewa? »

Non rispose e non si girò. Ma, prima che si avviasse verso l'uscita, lo afferrai per un polso. Non sembrò sorpreso. Che Ewa l'avesse preparato al fatto che non mi sarei dato per vinto troppo facilmente?

Mi rivolse uno sguardo ostile e mi fissò la mano. « Avevo detto 'nessuna domanda'. »

« Me ne frego di cosa avevi detto », replicai stringendo ancora di più la presa.

Pensavo che mi avrebbe allontanato la mano e che nei suoi occhi sarebbe comparsa una palese aggressività, ma mi sbagliavo. L'uomo continuava a non dare l'impressione di voler litigare, sebbene in quel momento ne avesse tutte le ragioni. « Lasciami », esclamò.

Mi venne voglia di mettermi a ridere. Se aveva capito qualcosa della mia storia, doveva sapere che non lo avrei lasciato andare finché non avessi ottenuto da lui qualche risposta.

Naturalmente esisteva la possibilità che non sapesse nulla della scomparsa di Ewa. In quel caso, però, poteva sempre chiarirmi alcune questioni: chi era, come faceva a conoscere la mia fidanzata e perché lei si era fidata di lui al punto di chiedergli di consegnarmi la pennetta.

« Lasciami, amico... »

« Scordatelo. »

Provò a liberarsi, ma non glielo permisi. Pensai che, se fossimo venuti alle mani, in realtà sarebbe stato difficile dire chi avrebbe avuto la meglio. Nessuno dei due era particolarmente muscoloso.

Ma io avevo un asso nella manica.

Ero disperato.

« Allora? » chiese guardandosi intorno, nervoso. « Vuoi torturarmi? »

« Voglio solo sapere chi... »

« Non so niente, lo capisci? »

« Qualcosa devi sapere di sicuro. Altrimenti non saresti qui. »

« Dovevo solo darti questa flash-drive, nient'altro. »

« Ah, sì? E come sapevi quando venire? »

« Ho ricevuto un messaggio. »

« Quale messaggio? E da chi? » domandai con la bocca quasi serrata. « In che modo? Eh? » Solo in quel momento scorsi nei suoi occhi una profonda inquietudine.

Si guardò intorno e aprì leggermente la bocca. Capii che aveva visto qualcuno alle mie spalle. Mi girai nella speranza irrazionale, sciocca, di vedere Ewa. Che avesse organizzato tutto perché c'incontrassimo. Perché finisse tutto in quel luogo.

Invece, vidi un dipendente del museo che ci fissava preoccupato. Solo dopo un attimo mi resi conto che stringevo ancora il polso dello sconosciuto.

Ma, prima che potessi balbettare una spiegazione patetica, l'uomo approfittò del mio attimo di esitazione e si divincolò. Si diresse subito verso l'uscita, e io feci per seguirlo.

« Un momento », disse il dipendente del museo sbarrandomi la strada.

Il messaggero di Ewa si guardò ancora una volta alle spalle e corse verso il corridoio.

Non intendevo spiegare all'uomo che mi tratteneva che avrebbe fatto meglio a lasciarmi passare. Lo spinsi via e mi lanciai dietro al fuggitivo, precipitandomi fuori e guardando da tutte le parti.

Il messaggero era già al cancello che dava sullo spiazzo antistante il palazzo. Gli corsi dietro senza sapere se lo avrei raggiunto. Non sembrava un tipo sportivo, ma era più snello di me. Magari non si allenava regolarmente, eppure era in una forma migliore della mia.

Mi lanciai dietro di lui, verso il giardinetto dall'altro lato della strada. All'ultimo momento, però, svoltò e scomparve dietro uno degli edifici malridotti risalenti al periodo tedesco. Quando arrivai all'angolo, capii di averlo perso. Mi fermai un attimo, un attimo che fu più che sufficiente perché l'uomo si volatilizzasse. Anche se lo avessi scorto, non lo avrei più raggiunto.

Mi piegai e appoggiai le mani sulle ginocchia. Ogni tanto avrei dovuto fare una corsetta, invece di vedere le partite di calcio sul sito della FIFA. Forse allora avrei raggiunto lo sconosciuto, avrei scoperto chi era e perché aiutava Ewa.

Dovevano conoscersi bene ed Ewa si fidava sicuramente di lui. Non era un messaggero qualunque che lei aveva pagato perché si facesse vivo in un dato luogo e in un dato momento. Dovevano essere in confidenza. Altrimenti lui non si sarebbe sobbarcato tanta fatica per consegnarmi il messaggio. Doveva sospettare che avrei provato a strappargli qualche informazione.

Ma in realtà quanto lontano ero disposto a spingermi? Lo ignoravo. Forse avrei dovuto essere riconoscente al destino per non avere avuto l'occasione di accertarmene. E avere fiducia in Ewa, come facevo prima.

Come quando eravamo insieme.

Eppure adesso quella fiducia mi sembrava esagerata. Avevo vissuto con una persona che mi nascondeva i fatti essenziali della sua esistenza. Che era cresciuta in una famiglia di criminali. Per giunta una delle peggiori, nelle quali si portano giacca e cravatta invece di bastoni e pugni di ferro.

Chiusi gli occhi e rimasi immobile per un momento. Poi mi asciugai il sudore dalla fronte e mi raddrizzai.

Non mi rimaneva altro che prendere una stanza da qualche parte, chiudermici col portatile e ascoltare il messaggio che Ewa mi aveva registrato. Forse l'ultimo.

Quanto al luogo, in realtà non avevo scelta. Se ben capivo, c'era una sola struttura in cui avrei potuto passare la notte. Un albergo situato nel palazzo dal quale ero appena corso fuori.

Sperando di non imbattermi nel tizio del museo che aveva visto me e l'uomo con la cicatrice, andai alla reception. Pagai poco più di cento złoty per una singola che aveva tutto ciò che mi serviva, bagno e accesso al wi-fi.

Mi sedetti alla piccola scrivania addossata alla parete e aprii il portatile. Quando collegai la flash-drive alla porta USB, risuonò il segnale di notifica di un messaggio. Ora non avevo tempo per Kasandra. Qualsiasi cosa volesse, doveva aspettare.

Digitai la solita password e guardai l'unico file AAC nella directory. Ewa lo aveva chiamato *Sulla tomba di coloro che ci hanno mostrato chi siamo.*

Sulla tomba di coloro che ci hanno mostrato chi siamo

Le lacrime più copiose le versiamo non sulla tomba di chi conoscevamo meglio, ma su quella di chi ci ha fatto conoscere meglio noi stessi. Di chi ci ha mostrato chi siamo veramente.

Perciò ci mancano tanto i musicisti e gli scrittori, quando muoiono. Gli uni e gli altri ci danno accesso alle nostre anime. Ma questo non vale soltanto per le persone note e stimate. Nel mio caso, riguardava i miei genitori, malgrado il nostro non fosse certo un rapporto esemplare.

La loro morte mi ha permesso di conoscere me stessa.

Ho rivoluzionato tutti i principi che costituivano il fondamento della mia esistenza. Forse con una sola eccezione. Tu. Tu sei sempre stato il collante che ha tenuto insieme ogni pezzo della mia vita.

Ricordalo, quando giudicherai le mie scelte. Le ho compiute proprio perché mi avevi dato un terreno solido su cui potermi reggere. Almeno per un po'.

Dopo l'incidente dei miei, è stato subito chiaro che cosa era successo in realtà, sebbene la polizia e la procura non lo lasciassero trapelare. In una situazione simile è la procedura: in fondo era in corso un'operazione contro i responsabili dell'attentato.

Ma io sapevo bene che cosa era successo; non solo, ne ho ottenuto conferma dalla polizia.

Ho incontrato l'ufficiale fresco di nomina che conduceva l'indagine, Tomasz Prokocki. Mi ha fatto un quadro di quanto era accaduto e non ha lasciato dubbi su chi fosse coinvolto nella faccenda.

La sentenza sui miei genitori era stata emessa da Kajman, consapevole che, a causa di mio padre, avrebbe perso tutto. Per lui la libertà era probabilmente una delle cose meno importanti. Avrebbe portato avanti la sua attività anche in prigione, ma solo a condizione che fosse riuscito a salvare la propria organizzazione. Questo però non era possibile. Mio padre sapeva troppo ed era in possesso di documenti che permettevano di condannarne la maggior parte dei membri.

Documenti che, naturalmente, sono scomparsi subito dopo l'incidente. A quanto pare i miei genitori li avevano con sé nell'auto che, come sai, ha preso fuoco dopo lo scontro. Era un'evidente menzogna, ma per Prokocki non significava granché.

Sapeva infatti che c'era qualcuno che aveva accesso a tutto il materiale. Qualcuno che conosceva a menadito l'intero traffico gestito dallo studio. Qualcuno che poteva testimoniare in giudizio e nuocere non solo a Kajmań, ma anche ai suoi collaboratori. Quella persona ovviamente ero io.

C'era anche qualcosa che Prokocki non sapeva.

Mio padre mi aveva insegnato non solo « dove conservare i sacchetti di plastica », ma pure dove cercare i materiali che mi avrebbero aiutata in una situazione di emergenza.

Aveva fatto delle copie dei documenti, si era coperto le spalle. E mi aveva insegnato tutto ciò che dovevo sapere se un giorno lui e mia madre fossero stati vittime di un ricatto, di un rapimento o di un altro tentativo d'intimidazione.

Non aveva considerato che Kajman si sarebbe spinto oltre e avrebbe deciso di eliminare il problema alla radice, nel modo più semplice.

Tomasz Prokocki mi ha avvicinato a più riprese. Aveva cominciato a contattarmi già quando i miei erano ancora vivi, cercando di convincermi che le mie testimonianze potevano gettare una luce su quanto accadeva nello studio.

Forse sapeva dei rapporti problematici coi miei e, insieme con la procura, voleva elaborare una linea di accusa alternativa contro di loro, o forse riteneva soltanto che convenisse avere qualcosa di più in serbo.

Comunque fosse, rifiutavo costantemente. Mi concentravo su di noi, sul nostro futuro. Continuavo a non voler avere niente a che fare né con mio padre, né con le autorità inquirenti, né col mondo criminale.

Prokocki ha cercato molte volte di convincermi, sostenendo che in tal modo il procuratore avrebbe avuto un occhio di riguardo per la mia famiglia. E alludendo, neanche in modo troppo velato, al fatto che la faccenda avrebbe toccato direttamente anche me, prima o poi.

Tuttavia, mi ostinavo a sostenere di non sapere nulla, e alla fine l'ho liquidato in maniera definitiva, avvertendolo che stava tormentando una persona innocente e che lo avrei denunciato ai suoi superiori. Dubito che se ne preoccupasse troppo, comunque ha rinunciato.

Per qualche tempo.

Dopo la morte dei miei, è tornato all'attacco. Riteneva senz'altro che questa cambiasse tutto e che mi sarei voluta vendicare di chi aveva inscenato l'incidente.

Gli ho dato subito a intendere che invece non cambiava nulla, perché non sapevo nulla. Io stessa, per un po', sono stata convinta che dovevo tenermi alla larga dalla faccenda, a maggior ragione dopo l'accaduto. Mi sembrava che, dal momento che niente avrebbe comunque riportato in vita i miei genitori, non fossi obbligata a fare nulla.

Non avevo considerato tutte le persone che potevano condividere il loro destino. E neppure quelle alle quali Kajman e i suoi uomini avevano già tolto la vita. Come ho scoperto in seguito, non avevano scrupoli. Sfruttavano ragazze venute dall'Ucraina, rapivano bambini, organizzavano ricatti, distruggevano imprese locali, rovinavano famiglie... Non c'era nulla di sacro, per loro.

Eppure ci ho messo un po' a capire che avrei potuto cambiare le cose.

La morte dei miei mi ha fatto davvero conoscere me stessa.

Sono cambiata, ma solo interiormente. Non ti sei accorto di nulla, perché nascondevo tutto con cura dietro la maschera del lutto.

Immagino che, se anche mi coglievi in profonde riflessioni o in preda a un'ansia ingiustificata, lo ascrivessi al fatto che avevo appena perso i genitori.

Ma in realtà stavo già attuando un piano. Una volta, forse dopo aver visto The Illusionist, *è mancato poco che ti dicessi ogni cosa. Eravamo da Maska, bevevamo birra, tu avevi preso un club sandwich al pollo. Quanto a me, non ricordo cosa avessi ordinato. Con la mente ero lontana.*

Avevo già deciso di farlo, ma continuavo a chiedermi quando raccontarti tutto quello che ti avevo nascosto. Prima o poi doveva accadere. Non sarei certo rimasta un informatore anonimo, avrei testimoniato al processo. Sarebbe stato impossibile nascondertelo, giusto?

Nonostante ciò, non sei mai venuto a sapere nulla.

E sicuramente ora ti starai chiedendo come sia stato possibile. Non ho testimoniato? Ho rinunciato all'ultimo momento?

Saprai tutto. Il momento giusto è passato da un pezzo, ma spero che non sia ancora troppo tardi.

Quando alla fine ho incontrato Prokocki e gli ho annunciato che volevo contribuire all'arresto di Kajman e della sua banda, è cambiato tutto. All'inizio, ha pensato che gli avrei fornito delle prove concrete, ma non inconfutabili. Niente a che vedere con quelle che aveva raccolto mio padre.

Ma poi gli ho rivelato che avevo tutto ciò che gli serviva per condannare i malviventi. Le copie di ogni documento che si credeva bruciato tra i rottami della macchina.

Inutile dirti che Prokocki era al settimo cielo. Sembrava che avesse giocato al lotto solo per dimostrare a qualcuno che idea sciocca fosse, e poi d'un tratto avesse vinto il jackpot.

Così, è cominciata la faticosa preparazione dell'atto d'accusa. Ho passato tutti i materiali a Prokocki, che ha iniziato a esaminarli coi procuratori.

Sapevano di essere capitati su una miniera d'oro, e perfino più ricca di quanto si aspettassero. I materiali, infatti, riguardavano non solo l'organizzazione di Kajman, ma anche persone che, pur non militando nelle sue file, di quando in quando collaboravano con essa.

Con un pizzico di fortuna gli inquirenti avrebbero potuto smascherare parecchie bande. Nel peggiore dei casi, accusare Kajman e la sua cricca e avviare un procedimento nei confronti degli altri.

Ben presto è stato chiaro che, per me, ciò implicava una serie di problemi. Sapevamo tutti che non ci sarebbe voluto molto prima che la maggior parte di queste persone capisse su quale base era stata formulata l'accusa.

Si fosse trattato solo del giro di Kajman, il problema sarebbe stato molto meno grave. Quella gente era già finita dietro le sbarre e non era in grado di minacciarmi. Inoltre, potevo contare sull'aiuto della polizia.

Però in quel caso l'onda d'urto era stata troppo forte. Circolava l'ipotesi più che fondata che alla fine qualcuno sarebbe risalito fino a me.

Per giunta, Prokocki aveva appurato che al funerale dei miei genitori avevano presenziato dei tipi loschi, sicuramente uomini di Kajman. E che da allora mi tenevano d'occhio. Anche te. I criminali non sapevano se eravamo coinvolti nei traffici di mio padre, però dovevano presumere il peggio.

Per qualche tempo siamo stati pedinati, ma la facciata che avevo creato per te ha ingannato pure gli altri. Compreso chi ci seguiva.

Alla fine hanno desistito. Prokocki, tuttavia, riteneva che la minaccia non fosse cessata, e col senno di poi è difficile stupirsene. Certo, nessuno avrebbe osato inscenare un altro incidente, anche se c'erano comunque molti modi per mettermi a tacere. Uno era il rapimento.

Ma è quanto è accaduto? No.

È accaduto qualcosa di molto peggio. Tutt'oggi non so esattamente come. Purtroppo non lo sa neanche Prokocki, il che significa che, perfino a distanza di dieci anni, il pericolo è ancora reale.

Per questo è così importante che tu stia attento.

Devi rimanere in movimento, Tigre.

Non lascio le registrazioni in posti diversi per renderti la vita difficile. Al contrario, è il mio modo di prendermi cura di te. La miglior fuga consiste nello spostarti in luoghi che normalmente non prenderesti in considerazione.

Così nessuno sa dove cercarti.

Nessuno tranne me. La prossima registrazione è l'ultima, promesso. Ti rivelerà che cosa mi è successo. Ti aspetta in un altro posto e, anche questa volta, sparirà dopo dodici ore. Spero che tu capisca. Se non ti avessi tenuto in movimento, mi staresti cercando, o magari te ne staresti stato nascosto da qualche parte, in un luogo che avresti ritenuto sicuro.

Non lo sarebbe stato, te lo garantisco. Nessun posto lo è. E non dubito che qualcuno stia cercando di rintracciarti, in un modo o nell'altro.

Dunque fidati di nuovo di me e vai dove non siamo riusciti ad andare.

Quando la registrazione s'interruppe, rimasi immobile col fiato sospeso. Solo dopo qualche istante lasciai fuoriuscire l'aria con un sibilo. Ewa non aveva aggiunto altro. Suonava decisamente troppo laconico.

Vai dove non siamo riusciti ad andare?

Non avevo idea di cosa avesse in mente.

12

Questa volta dovetti armarmi di pazienza. Dopo avere inviato il primo messaggio, aspettai Werner invano. Feci un secondo tentativo un'ora più tardi, approfittando dell'assenza di Robert.

Fin dal mattino, mi aveva assicurato che avrebbe fatto tutto il necessario. Che non mi avrebbe più toccata nemmeno con un dito e che si sarebbe denunciato spontaneamente alla polizia. Dovetti trattenerlo io stessa.

Ma era tutta scena.

Gli credevo? No, certo che no.

Una volta non era così, le circostanze erano diverse da quelle attuali. Ciò che mi faceva era peggiorato a poco a poco, non era scoppiato di punto in bianco come una carica esplosiva dimenticata. Era cresciuto, assumendo di anno in anno una forma sempre più pericolosa.

Avrei dovuto cogliere i segnali fin dall'inizio, ma ero accecata dall'amore.

Eppure, fin dal primo appuntamento, avevo capito di avere a che fare con un soggetto iperprotettivo. Mi chiedeva in continuazione se dovesse versarmi altro vino, mi allontanava la sedia, voleva sapere se fosse tutto di mio gradimento, se non desiderassi altro e se tutto fosse in ordine.

Ma, a certe cose, non si presta attenzione, sono dettagli che fanno comunque piacere.

Poi però spuntano fuori sempre nuovi sintomi. Robert mi

accompagnava a tutti gli incontri coi miei amici. E faceva di tutto per essere al centro dell'attenzione. No, di più, voleva controllare le conversazioni, determinarne il tono, suggerirne gli argomenti. Se ci mettevamo a parlare di qualcosa che non lo interessava, trovava sempre il modo di passare a un altro tema che gli fosse congeniale.

Era lui a scegliere i prodotti con cui uscivamo dai supermercati. Era lui a decidere dove avremmo trascorso le vacanze. Era lui a guidare, sempre, non mi permetteva mai di mettermi al volante.

Un *control freak*.

Notai la sua ossessione per il controllo molto più tardi dei miei amici. Ma è così che succede quando il sentimento s'intromette e offusca la percezione della realtà. E io amavo Robert. Non posso negarlo.

A dire il vero questa consapevolezza mi reca un certo conforto, mi consente di autoassolvermi da ogni colpa. In fondo, l'amore è una droga. Se è così, le persone si accoppiano perché ne sono intossicate.

La mia dipendenza era finita ormai da tempo. Ora mi limitavo a scontare la pena per ciò che avevo fatto.

Ma non avevo intenzione di sopportarlo oltre.

Dopo un'ora dall'invio del messaggio, andai nello studio. Ero tutta indolenzita, salire ogni singolo gradino comportava uno sforzo enorme. Sapevo che, malgrado gli annunci altisonanti di Robert, la videosorveglianza era in funzione e uno dei dipendenti che erano all'esterno non mi perdeva d'occhio.

Mio marito si assicurava che non avessi intenzione di denunciarlo.

Non ci pensavo neppure. Intendevo fare qualcosa di molto più radicale.

Salendo la scala rivolsi all'uomo in questione uno sguardo adeguatamente lungo. La sua presenza mi avrebbe fornito il pretesto per sparire nello studio.

Avrei detto a Robert che mi osservava troppo. E che temevo vedesse le tracce delle percosse. Inoltre provavo un chiaro disagio, volevo stare da sola.

In qualsiasi altra occasione non sarebbe bastato di certo. Ma, dopo i maltrattamenti della notte prima, il catalogo dei miei diritti si era notevolmente ampliato. Almeno per qualche tempo.

Mandai un altro codice e attivai la RIC. Aspettai, chiedendomi perché Wern non si facesse vivo. La spiegazione più facile era che non avesse accesso a Internet. Però avrebbe potuto benissimo essere caduto nelle mani delle persone alle quali finora era sfuggito.

Dopo un po' pensai a un'altra opzione, forse anche più inquietante. Damian poteva ritenere che non gli convenisse aiutarmi. La mia richiesta poteva averlo spaventato.

Magari aveva eseguito dei freddi calcoli e stabilito che in quella nostra transazione aveva più da perdere che da guadagnare.

Alla fine però si fece vivo, e io tirai un sospiro di sollievo.

Parlammo per un po' di cose assolutamente secondarie, come se entrambi ne avessimo bisogno per rompere il ghiaccio. Mi parve che ormai fosse una sorta di rituale. Forse cercavamo di prendere una certa distanza da ciò che contava davvero?

A un certo punto Damian rimase in silenzio più a lungo.

[Kas] Sei ancora vivo?

[Werner] Diciamo che faccio finta. Ma l'importante è mantenere le apparenze.

Tra me e me gli diedi ragione. Non sapeva neanche quanto avesse colto nel segno.

[Werner] Ma con qualcuno dovrò rinunciarci.

[Kas] Che vuoi dire?

Qualche altro momento di silenzio.

[Werner] Ci sono un paio di cose di cui vorrei parlarti.

[Kas] Coraggio.

Iniziò lentamente e in modo incerto, una riga dopo l'altra. Mi riferì tutto quanto gli era capitato negli ultimi tempi, questa volta senza tralasciare nulla. All'inizio ero sorpresa, poi sempre meno. A poco a poco mi fece capire perché alla fine aveva deciso di raccontarmi tutto.

[Werner] Come vedi, ho un problema.

[Kas] Più di uno.

[Werner] Per giunta, un momento fa ho chiamato il barista di Breslavia.

Fissai lo sguardo sullo schermo, pensierosa.

[Werner] Quello al quale è stata lasciata la pennetta. E che non ho trovato al Guinness.

[Kas] Sì, l'avevo intuito. Non ha risposto?

[Werner] Ha risposto.

[Kas] Dunque perché sarebbe un nuovo problema?

[Werner] Perché mi ha descritto il cliente che gli ha lasciato la chiavetta. E i suoi connotati corrispondono a quelli dell'uomo che ho incontrato al museo. Anche lui aveva una vistosa cicatrice sotto un occhio. Ewa deve davvero fidarsi molto di lui.

Scossi la testa incredula.

[Kas] Geloso?

[Werner] Preoccupato, piuttosto. Perché vuol dire che Ewa non aveva un ampio spazio di manovra nella scelta dei collaboratori. Questo tizio non sembra qualcuno su cui poter contare.

[Kas] Ma la sua presenza conferma che Ewa è viva.

[Werner] Credi?

[Kas] Certo. Hai ragione a supporre che dovevano essere vicini. Altrimenti non si sarebbe mai fidata di lui fino a questo punto. Se fosse morta, quell'uomo lo saprebbe. E non andrebbe avanti con la sua... missione.

[Werner] Forse hai ragione.

[Kas] Certo.

Staccai per un momento le mani dalla tastiera e tamburellai con le dita sul piano della scrivania. Mi chiesi se fosse un buon momento per dissipare finalmente certi dubbi. Alla fine decisi di sì.

[Kas] Perché racconti tutto questo proprio a me? Soprattutto dopo che J. Falkow ti ha detto di non fidarti di nessuno?

[Werner] Perché sei al di fuori della cerchia dei sospetti.

[Kas] Grazie.

[Werner] In sostanza non è un complimento, ma un dato di fatto. Tutte le altre persone che conosco, tranne te, sono in qualche modo collegate a Ewa, alla città o alla regione. E, non sapendo chi è il mio avversario, non posso sapere da chi guardarmi.

[Kas] È comunque un'attestazione di fiducia.

[Werner] Forse. In ogni caso, mi serve il tuo aiuto e viceversa.

Sebbene fosse piuttosto espansivo, ebbi l'impressione che Werner non mi dicesse tutta la verità.

[Werner] Ma prima devo scoprire a quale luogo si allude nella registrazione.

[Kas] Come lo ha definito? « Là dove non siamo riusciti ad andare? »

[Werner] Mmm-mmm.

[Kas] E non hai la più pallida idea di che cosa possa significare?

[Werner] No.

[Kas] Ma ti rendi conto che deve essere sicuramente qualcosa di chiarissimo? Qualcosa che dovrebbe venirti subito in mente?

[Werner] Così non mi aiuti. Mi metti pressione.

[Kas] Rifletti.

[Werner] Non faccio altro.

[Kas] Allora forse è l'approccio sbagliato. Prova ad affrontare la questione affidandoti all'intuito.

[Werner] Oh, in questo sono un maestro. Potrebbe essere d'aiuto.

Ma evidentemente non lo fu, perché Damian rimase in silenzio. Fissavo lo sguardo sul cursore tremolante e mi chiedevo se per caso non fosse il momento buono per lanciarsi in un piccolo brain storming.

[Kas] Vi si è mai guastata la macchina mentre stavate andando in vacanza? O qualcosa del genere?

[Werner] No.

[Kas] Forse non avete raggiunto una vetta perché all'improvviso si è scatenato un temporale?

[Werner] Neanche.

[Kas] Allora potrebbe trattarsi di una metafora?

Di nuovo Wern non rispose per un po'. Poi comparve con una breve affermazione che mi fece sorridere.

[Werner] Forse so a cosa alludeva.

[Kas] Bravo. Di che si tratta?

[Werner] Di un pallino di Ewa, che forse potrebbe fare il paio con la mia fissa per Spider-Man.

[Kas] Non capisco.

[Werner] Era affascinata dai primi insediamenti nelle terre polacche.

[Kas] Davvero?

[Werner] Ognuno ha le sue perversioni. In realtà è piuttosto interessante.

[Kas] Non riesco a immaginare come possa esserlo, ma d'accordo. E con questo?

[Werner] Quando siamo stati a Jarocin, Ewa ha insistito perché sfruttassimo l'occasione e andassimo a Biskupin.

[Kas] Non proprio dietro l'angolo.

[Werner] Ma arrivando a Wielkopolska da Opole è piuttosto vicino. Comunque avevamo già un bel pezzo di strada alle spalle, e a Biskupin c'è quell'accozzaglia archeologica. Un insediamento preistorico, un villaggio risalente all'epoca dei primi Piast, capanne, ponti, mura difensive... E durante la bella stagione ci organizzano delle ricostruzioni storiche.

[Kas] Dunque voleva visitarlo, ma non siete riusciti a convincere Blicki.

[Werner] Non c'è stato verso. Però le ho promesso che un giorno ci saremmo andati.

[Kas] Ma non l'avete mai fatto.

[Werner] Esatto.

Annuii e allungai meccanicamente la mano verso il bicchiere di Prosecco. Solo ora mi resi conto di essere completamente impreparata. Per la prima volta da molto tempo, in realtà da che potevo ricordare, non mi era venuto in mente di versarmi il mio vino preferito.

In realtà non era un pensiero preoccupante, ma ebbe su di me un effetto deprimente. Mi fece render conto di quanto mi fosse divenuto naturale bere.

Quando ero stata sobria per l'ultima volta?

No, non aveva senso pensarci. Non nella mia situazione. Avevo bisogno di qualsiasi mezzo che mi aiutasse a tenere duro. Per un altro po', finché con l'aiuto di Werner non mi fossi liberata da quell'inferno.

[Kas] In tal caso, sai dove recarti per l'ultima registrazione.

[Werner] Sì.

[Kas] È lontano?

[Werner] Non lo so.

Aprii in fretta Google Maps e digitai gli estremi del tragitto. Se Damian aveva a disposizione un'auto e si fosse sbrigato, sarebbe stato sul posto in un'ora e mezzo. In linea d'aria, lo separavano da Biskupin neanche cento chilometri. Col treno però poteva essere tutta un'altra faccenda.

[Werner] Comunque so che, una volta là, avrò tutte le risposte.

[Kas] Ne sei sicuro?

[Werner] Assolutamente. Me lo ha promesso.

Annuii di nuovo, neanche potesse vedermi.

[Werner] E allora mi servirà il tuo aiuto.

[Kas] Ah.

[Werner] E questo cosa dovrebbe significare?

[Kas] Che ora capisco perché mi hai raccontato tutto. Nel tuo racconto c'era tanto disinteresse quanto zucchero nei peperoncini jalapeño.

[Werner] Mmm...

[Kas] Adesso fai il misterioso?

[Werner] Puoi credermi sulla parola, sto sorridendo.

[Kas] In tal caso nulla t'impedisce di usare un emoticon, invece di scriverlo.

[Werner] Be', non so. In qualche modo qui mi sembra inappropriato. Con questo schermo nero e il cursore che tremola ho l'impressione di usare un BitchX senza script.

[Kas] Non so di cosa parli.

[Werner] Non importa. Allora, l'ultima volta ci siamo accordati su un baratto.

[Kas] Già.

Capii che era giunto il momento di arrivare al punto. Se volevo che Damian mi aiutasse, dovevo agire.

[Werner] Dunque qui il disinteresse non c'entra. *Do ut des.*

[Kas] Purché non sia occhio per occhio.

[Werner] Quello mai.

[Kas] Allora mettiamoci al lavoro, Wern. C'è una banca nei paraggi?

[Werner] A Witaszyce? Starai scherzando.

Verificai subito, e non c'erano filiali. A quanto pareva l'unica soluzione era una succursale della Banca Cooperativa. E non faceva particolarmente al caso mio.

[Kas] Allora vai a Jarocin. Là potrai scegliere tra varie opzioni. Aprirai un conto e mi manderai tutti i dati.

[Werner] Che dati?

[Kas] Per fare un bonifico, è chiaro.

Non rispose, e pensai che si aspettasse tutto fuorché del denaro. In realtà per me quella spesa era irrilevante. Ne subivo di molto più ingenti e di tutt'altro genere.

[Kas] Faremo alcuni prelievi. Uno ti servirà a comprare una macchina usata e, non appena entrerai in possesso dell'ultima registrazione, verrai in Pomerania.

[Werner] A prenderti?

[Kas] A prendere me e mio figlio.

Per qualche secondo non ebbi risposta. Poi Damian scrisse che forse avrei dovuto dirgli qualcosa di più. E così feci.

13

Aprire un conto non richiese molto tempo, ma immaginavo che per il momento non mi sarebbe servito granché, visto che dovevo comunque aspettare il bancomat. Secondo Kasandra, tuttavia, era essenziale che lo aprissi subito, finché ero a Jarocin. In tal modo avrei fatto perdere le mie tracce.

Mi seguivano davvero? Così credevo. Se non la polizia, sicuramente la gente su cui mi aspettavo di ricevere maggiori informazioni dalla nuova registrazione di Ewa.

Alla fine, feci come mi aveva raccomandato Kas e andai a Biskupin. Sapevo che la prossima pen-drive a forma di ragno mi attendeva al museo, ma era difficile individuare il luogo esatto in cui Ewa l'aveva nascosta.

Doveva averne scelto uno cui avrei pensato facilmente. Il problema era che non ci eravamo mai andati e non sapevo che cosa l'avrebbe interessata di più.

Varcai il recinto di legno, entrai nell'area del Museo Archeologico e mi guardai intorno. In lontananza vidi un gruppo di ragazzi con una guida, e a destra una superficie erbosa contrassegnata dall'eloquente targa PALUDE.

Forse avrei dovuto iniziare la ricerca da lì. Sarebbe stata una perfetta analogia con la mia situazione attuale.

Mi avviai lungo un sentiero ricoperto di tavole. Girai per un po' nel museo cercando qualsiasi cosa potesse accendermi un'idea. Visitai il villaggio risalente all'epoca dei primi

Piast, presumendo che fosse proprio quel periodo storico a interessare di più a Ewa, per qualche motivo.

Poi entrai nel padiglione museale. Se l'avessimo visitato dopo il festival a Jarocin, a quel punto avrei sicuramente sofferto le pene dell'inferno. Non ero proprio un visitatore di musei. Sempre che qualcuno lo sia.

In realtà m'incuriosirono solo gli scheletri di animali. Vasi, ornamenti e utensili non attirarono affatto la mia attenzione. Stavo pian piano perdendo la speranza, quando scorsi un dipendente del museo. Mi dissi che tanto valeva chiedere a lui.

Nel sentire la mia domanda, il ragazzo rimase perplesso. « Lei cerca qualcosa... che ha a che fare coi ragni? »

« Mmm-mmm. Anche in senso lato », confermai.

« Ovvero? »

« Non lo so. »

Mi guardò come se fossi un idiota. Una reazione assolutamente giustificata.

« Può essere anche una ragnatela o... » M'interruppi e scossi la testa. « Qui non c'è nulla del genere? »

« Che abbia a che fare coi ragni? »

« Questo me l'ha già chiesto. »

« È che... »

« Non importa. » Mi diressi verso gli altri oggetti esposti, sebbene non pensassi che la replica in miniatura di un insediamento di epoca lusaziana potesse essermi di grande utilità. Solo dopo un po' mi accorsi che il tizio mi stava seguendo con lo sguardo.

Ma, oltre alla netta sensazione di avere incontrato un cretino, nei suoi occhi c'era qualcosa di più.

« Perché lo chiede? » disse avvicinandosi e riprendendo il discorso.

« Perché qui dovrebbe esserci qualcosa per me. »

« Una pennetta a forma di ragno? »

Trasalii, in preda al nervosismo. Dunque era vero, Ewa mi aveva lasciato la chiave USB proprio lì. Mi sentii percorrere la schiena da brividi inquietanti nel realizzare che qualcuno aveva trovato il dispositivo e lo aveva tolto dal luogo in cui avrebbe dovuto aspettarmi.

Rivolsi al ragazzo un lungo sguardo. « Sì, si tratta di una pennetta. L'ha trovata lei? »

Lui annuì e indicò uno dei modellini. Da quella distanza, non potevo vedere cosa c'era scritto sulla bacheca, ma immaginai che non mi avrebbe comunque detto nulla. Anche se avrebbe dovuto. Evidentemente Ewa aveva provato a indirizzarmi proprio verso quel plastico.

« L'abbiamo trovato in una mostra temporanea su... »

« I dettagli non hanno importanza », lo interruppi, certo che Ewa avesse una fiducia esagerata nella mia memoria.

Non sapevo neanche quale tema la interessasse di più. Doveva avermene parlato, però non gli avevo attribuito un gran peso. Sicuramente sarebbero stati in pochi coloro che, in una situazione del genere, avrebbero potuto farlo.

« Ha la pennetta? » domandai brusco.

« Sì, è alla cassa. Abbiamo pensato che qualcuno l'avesse persa e... »

« Grazie », tagliai corto, quindi mi girai e andai verso l'uscita.

Sentivo su di me lo sguardo confuso del ragazzo, ma non immaginavo che fosse qualcos'altro a provocare la sua confusione.

« Qualcuno ha già fatto le stesse domande. »

Mi fermai a metà di un passo. « Come? »

« Un tizio sulla trentina. Magro, alto e... »

« Con una cicatrice? »

Il ragazzo fece di sì con la testa e corrugò la fronte. «Sotto l'occhio sinistro.»

Mi sentii come se stessi percorrendo una stradina buia in una città deserta e all'improvviso avessi scorto qualcuno con la coda dell'occhio. Più pensavo che il messaggero di Ewa mi aveva preceduto, più venivo assalito dalla preoccupazione. «Quando è stato qui?» chiesi.

«Questa mattina.»

Mi guardai intorno, come se ci fosse la possibilità di vederlo ancora lì, da qualche parte.

«Mi ha rivolto le sue stesse domande ma, quando gli ho detto che la pennetta era alla cassa, se n'è semplicemente andato.»

Sbattei le palpebre, nervoso.

«No, un momento. Ha anche voluto sapere se qualcun altro avesse chiesto della pennetta.»

Mi grattai la testa. Forse non avevo di che preoccuparmi, l'uomo con la cicatrice si era fatto vivo solo per controllare che fossi sulla pista giusta. Voleva assicurarsi che tutto andasse secondo i piani di Ewa.

O almeno speravo.

Ringraziai il ragazzo e mi diressi alla cassa a passo veloce. Ritirai la pennetta senza problemi, scusandomi per il disturbo. Le due gentili cassiere spesero qualche istante per assicurarmi che non c'era problema e che capitava a chiunque di dimenticare qualcosa.

«C'è un albergo nei paraggi?» domandai.

«Un albergo, un albergo...» fece una delle due, meditabonda.

«Un qualsiasi posto dove passare la notte andrà benissimo.»

«Ah. Il più vicino è il Przystań Biskupińska, ma forse accettano solo i gruppi.»

«Hanno anche stanze singole», osservò l'altra.

«Può provare là. E, se non hanno posto, troverà sicuramente qualcosa al Przystań Wenecka.»

Ringraziai ancora e lasciai l'area del museo. Tenevo la pennetta in tasca, stretta nel palmo sudato. Avevo in mano la soluzione a tutte le domande che non mi davano tregua. Letteralmente.

Bastava collegare il dispositivo al portatile e ascoltare che cosa aveva da dirmi Ewa. Lo avrei fatto subito, anche seduto contro la palizzata del museo, ma la batteria malandata del vecchio Asus mi consentiva di lavorare solo brevemente.

Per arrivare al Przystań Biskupińska impiegai poco più di un quarto d'ora. Scoprii che non c'erano problemi a pernottarvi. Una notte con colazione inclusa costava cinquanta złoty. Potevo permettermelo, tanto più che, dopo l'attivazione del conto, Kasandra mi avrebbe fatto un cospicuo versamento.

Non sapevo quanto ciò che mi aveva raccontato fosse vero. Dopo tutto quello che Blitzer e Kliza mi avevano detto al riguardo, mi aspettavo piuttosto che fosse lei a portare i pantaloni in casa.

Ma evidentemente non era così. Sotto la patina dei successi e della ricchezza dei Reimann si nascondeva una patologia che sarebbe dovuta venire a galla già da un pezzo. Sempre che Kasandra dicesse la verità, si capisce.

Comunque fosse, non avevo alternative. Se volevo che Kasandra mi aiutasse finanziariamente quando avessi trovato Ewa, io dovevo prima aiutare lei. E intendevo farlo non appena avessi saputo dove cercare la mia fidanzata.

Mi chiusi in camera, collegai il portatile alla corrente e mi sedetti sul letto. Quando il sistema alla fine si avviò, per ogni evenienza controllai il wi-fi. La rete funzionava in maniera ineccepibile, e trassi un sospiro di sollievo. Ne avevo bisogno, o quella sera non avrei potuto concordare i dettagli con Kasandra.

Ma intanto potevo finalmente dedicarmi a ciò che contava più di ogni altra cosa.

Prima di chiudere il browser, vidi che la pagina iniziale dell'NSI si era aggiornata. Aggrottai le sopracciglia, mi era sembrato che in una delle ultime notizie fosse comparso il nome della mia città.

Ed era effettivamente così.

L'articolo non era nel segmento principale, ma in uno di quelli secondari, dove venivano mostrate le notizie più recenti trasmesse dalle sezioni locali dell'NSI. Questo s'intitolava: NOVITÀ SULL'ASSASSINIO DI OPOLE.

Guardai la pennetta e poi lo schermo. Per un momento rimasi incerto, poi, mio malgrado, cliccai sul link. Come avevo immaginato, si trattava di Blitz.

L'NSI riferiva che era stato identificato il probabile responsabile dell'omicidio. Le ricerche della polizia erano in corso, ma gli inquirenti supponevano che il sospettato avesse lasciato la città.

Più sotto era stata pubblicata una foto.

La mia.

Venivano forniti tutti i dati essenziali con una breve descrizione e si comunicava che ero ricercato per omicidio. Incollai lo sguardo al monitor, incredulo. Per qualche motivo avevo pensato che chiunque fosse dietro tutto questo non si sarebbe spinto così lontano.

Mi si seccò la gola quando capii che quella gente doveva essere davvero disperata. E ciò significava che mi ero avvicinato alla soluzione del caso. Molto più di quanto potessi aspettarmi solo pochi giorni prima.

Diedi un'occhiata alla pennetta e fui invaso da una terribile paura. Non perché avevano cominciato a darmi la caccia in tutto il Paese. E neanche perché rischiavo di finire in prigione. Il motivo era un altro. Temevo che non sarei riuscito a conoscere tutta la storia della mia fidanzata scomparsa.

Da un momento all'altro qualcuno poteva riferire alle forze dell'ordine dove mi trovavo.

Mi aveva visto tanta gente. Fortunatamente in molti posti diversi, il che avrebbe di certo fatto perdere le mie tracce. Ewa si era presa la briga di trascinarmi da un posto all'altro.

Il problema era il personale del museo locale. Il ragazzo nel padiglione forse non mi aveva osservato con troppa attenzione, ma le due donne alla cassa si ricordavano senz'altro di me.

La sensazione di una minaccia imminente, vicina, non mi abbandonava. Proprio come se la polizia non solo mi avesse già rintracciato, ma mi aspettasse in corridoio. Il cuore mi martellava, avevo bisogno di un momento per calmarmi.

Alla fine riuscii a controllare il tremito delle mani. Per un po' mi chiesi cosa dovevo fare. Volevo ascoltare subito la registrazione, in realtà in quell'istante non c'era cosa che desiderassi di più. O forse sarebbe stato più ragionevole andarsene al più presto da lì? Cancellare le mie tracce finché potevo?

Sicuramente.

Ma era da un pezzo che non davo ascolto alla voce della ragione. Perciò infilai la pennetta a forma di ragno nella porta USB del portatile e mi spostai contro la testiera del letto. Infine, lo sguardo fisso sul computer appoggiato sulle ginocchia, mossi il dito sul touchpad.

Il file s'intitolava *Un gelato in una giornata torrida*. Ci cliccai sopra due volte e notai che, per qualche ragione, quel titolo innocente mi suscitava ansia. Feci un profondo respiro e mi raddrizzai.

Ero pronto a conoscere la storia che mi aveva aspettato per dieci anni. La storia di Ewa.

Un gelato in una giornata torrida

Il giorno in cui mi sono fatta convincere a testimoniare contro Kajman e la sua organizzazione non è stato il più brutto della mia vita, ma di certo uno dei più brutti. Ho commesso uno sbaglio madornale, e a mia giustificazione posso solo dire che ero profondamente convinta di rispettare in tal modo la volontà di mio padre.

No, non era affatto così, Tigre.

Voglio pensare che fosse così, ma si trattava di tutt'altro. Ero mossa dal desiderio di vendetta. Volevo vendicare i miei genitori, e l'unico modo era consegnare tutti i materiali alla polizia e sedere al banco dei testimoni in un'aula di tribunale.

Ho acconsentito a farlo e ho cominciato a testimoniare ancora prima che tutti capissimo fin dove potesse arrivare quella storia. Con l'emergere di ogni nuova prova diventava chiaro che la cerchia di persone coinvolte nell'attività di Kajman era sempre più ampia.

Ma il problema principale non era quello, quanto il fatto che la polizia fosse riuscita a identificare solo in parte queste persone. Comparivano nelle intercettazioni, figuravano come specchietti per le allodole nei documenti, ma le piste che conducevano a loro erano talmente vaghe, che sono rimaste a piede libero anche dopo che si è cominciato a sgominare la banda.

Il mio piano apparentemente semplice di prendermi una rivincita su Kajman iniziava a complicarsi. A rivoltarmisi addirittura contro.

Sai che la vendetta è dolce, vero? E che è un piatto che va consumato freddo? Certo che lo sai. Non c'è bisogno di leggere Mario Puzo o di guardare Il padrino *per saperlo. In fondo non è altro che gelato, non trovi? È un paragone straordinariamente azzeccato, soprattutto quando il gelato viene mangiato in un'afosa giornata estiva.*

All'inizio porta una tregua, ci mette in uno stato quasi euforico. Alla fine però non solo ingrassa e non è particolarmente sano, ma rovina anche lo smalto dei denti. La mia vita aveva cominciato a cariarsi molto prima di allora, ma è stata quell'ultima porzione di gelato a darmi il colpo di grazia.

Durante il processo, mi è stato assegnato d'ufficio lo status di testimone in incognito. Ognuna delle persone coinvolte nel procedimento sapeva che, se i miei dati fossero trapelati, ne avrei pagato le spese. E non solo io, eri in pericolo anche tu.

Forse perfino più di me, perché gli uomini di Kajman avrebbero preso di mira te per costringermi a desistere dal testimoniare. Ma nessuno è mai arrivato al tuo nome, ho fatto in modo che non avvenisse.

Ciò non significa che i membri della banda non mi cercassero. Al contrario. Più durava il processo, più persone venivano arrestate, e più aumentavano gli sforzi per identificare il testimone anonimo che minacciava la banda.

Erano ancora i tempi in cui ai criminali conveniva dichiararsi pentiti. Al giorno d'oggi avviene di rado, hanno capito quanti problemi comporti. Devono rivoluzionare tutta la loro vita e, in cambio, ricevono dallo Stato solo briciole. Non sono sistemati in ville esclusive, non viene assicurata loro una vita lussuosa. Al contrario, il più delle volte possono contare unicamente su un surrogato di ciò cui erano abituati.

Si dovrebbero garantire loro condizioni migliori per invogliarli a denunciare gli altri criminali, ma evidentemente lo Stato lo considera uno spreco di denaro. Mentre testimoniavo non avevo diritto né a una protezione speciale né a una qualsiasi garanzia che, all'occorrenza, la polizia si sarebbe presa cura di me.

Le cose sono cambiate qualche anno fa, nel 2015. Allora è entra-

ta in vigore la legge che garantisce al testimone sotto protezione perfino la scorta ventiquattr'ore su ventiquattro di un poliziotto, e non solo. Lo Stato offre una nuova residenza, nonché un aiuto finanziario per soddisfare le fondamentali necessità di vita. Non sono affari d'oro, ma sempre più persone in pericolo si decidono ad approfittare di questa possibilità.

Io non l'ho avuta, almeno non a tempo debito.

Ben presto è stato chiaro che, alla fine, gli uomini di Kajman sarebbero risaliti fino a me. Avevano appurato che, a tradirli, non era stato un pentito del loro giro, dunque ora dovevano controllare tutte le persone esterne con cui l'organizzazione aveva collaborato nel corso degli anni.

Alla fine mi hanno trovato. Ormai eravamo agli sgoccioli del processo, di cui tu eri all'oscuro. E che avrebbe gettato un'ombra su tutte le nostre vite.

Quando mi hanno trovata, non hanno perso tempo.

Quei tizi dell'Highlander sono venuti dalla bassa Slesia, Kajman doveva aver pensato che fosse la cosa migliore. Erano a Opole per la prima volta e non ci sarebbero più tornati.

Se quella gente avesse saputo che ruolo avevo avuto nella faccenda e quanto contassi per la polizia, forse ci avrebbe pensato due volte prima di aggredirci davanti al Loża Szyderców. Ma non avevano idea di quanto fossi importante per gli inquirenti. E neppure di quanto sapessi davvero.

Si limitavano a immaginare che li avessi traditi. E, stando così le cose, pensavano che la soluzione migliore fosse spaventarmi a morte. Mostrarmi una volta per tutte chi era a comandare. Chi era il capo, e chi un pedone insignificante nel gioco dei pezzi grossi.

Quale modo migliore per umiliare una donna del violentarla sotto gli occhi del fidanzato? Forse si erano posti questa domanda sghignazzando davanti a una birra mentre ci osservavano. Presumo che le loro menti degenerate si siano eccitate quando hanno ca-

pito che avevano scelto proprio il giorno in cui ti eri deciso a chiedermi di sposarti.

La violenza e le percosse dovevano essere un avvertimento.

Ma sono diventate qualcosa di più. Hanno ridefinito le nostre vite, ci hanno resi una coppia di persone completamente diverse.

Perfino dopo tutti questi anni, le immagini della Młynówka a volte ritornano. Cerco di ricacciarle nella memoria come posso. Ho provato molti farmaci, e alla fine ho deciso che i più affidabili sono quelli che si ottengono senza ricetta.

So che è come scappare da un edificio in fiamme e buttarsi dritti nell'acqua gelata, dalla quale non si uscirà più, però è sempre una salvezza. Anche se non fa che rimandare l'inevitabile.

Mi hanno violentata per un'eternità, o almeno così mi è sembrato. All'inizio ho provato un dolore inimmaginabile, anche se probabilmente non era provocato da quanto accadeva al mio corpo. Si trattava di qualcosa di più. Di me. Hanno distrutto tutta me stessa in un istante.

Non voglio parlarne, e tu non dovresti volerne sentir parlare. Non dubito che, nel corso dei dieci anni passati, tu ci abbia già rimuginato abbastanza.

Ti ho visto lottare per me, cercare di fermarli con tutte le tue forze. E non so se per te fosse più dolorosa la consapevolezza di quanto mi facevano o di non potermi aiutare in nessun modo.

D'un tratto sei svenuto. In un certo senso anch'io. In realtà avevo gli occhi aperti, guardavo il cielo notturno, ma non ero più nel mio corpo. Loro lo colpivano come un fantoccio vuoto e intanto ansimavano forte, mi strizzavano i seni, le natiche, mi stringevano le mani intorno al collo.

Quello che aveva cominciato alla fine è tornato. Quando è penetrato di nuovo dentro di me, ormai non sentivo più nulla. Avevo l'impressione di non assomigliare più a una persona, quanto a un cadavere.

Una volta finito, mi hanno avvertita di non aprire più bocca né su Kajman né sulla sua organizzazione. Se avessi avuto dei dubbi sull'obbedire o no a quanto dicevano, si sarebbero rifatti vivi.

Hanno aggiunto qualcos'altro, ma non riuscivo a concentrarmi abbastanza da sentire cosa fosse. Sicuramente nuove miserabili minacce.

Nel frattempo anche dentro di me cominciavano a montare delle minacce, lente. Contro di loro.

Non me ne rendevo ancora ben conto, però adesso, a distanza di tempo, so che è stato allora che ho preso la mia decisione. Avrei fatto di tutto per mandarli in galera.

Non so quanto tempo è passato prima che m'infilassi i pantaloni e strisciassi fino a te. Ho provato a farti rinvenire, ma non hai ripreso conoscenza. Ho controllato il polso e ho tirato un sospiro di sollievo, quindi ho preso il telefono.

Volevo chiamare l'ambulanza, tuttavia ho esitato.

Ho capito immediatamente che, se mi fossi comportata come chiunque altro in quella situazione, ogni cosa si sarebbe svolta secondo un copione fin troppo noto. La polizia avrebbe cercato di garantirmi la sicurezza, gli stupratori alla fine sarebbero stati catturati e condannati, e io e te avremmo passato la vita con la sensazione che in qualsiasi momento potessero tenderci un agguato.

Non potevo permetterlo. Non te lo meritavi.

Invece dell'ambulanza, ho chiamato Prokocki. Quando gli ho detto che cosa era successo, voleva mandare subito tutta la polizia presente nei paraggi. L'ho fermato in tempo.

Inoltre, l'ho convinto che dovevamo approfittare di quell'occasione. Era l'ideale per creare uno scenario completamente nuovo, che permettesse di farla finita con quella storia una volta per tutte.

Ho deciso di sparire. Di cominciare una nuova vita con l'aiuto della polizia, assumendo una nuova identità e inscenando la mia scomparsa. Solo così gli uomini di Kajman mi avrebbero lasciata in pace. Ci avrebbero lasciati in pace.

Non intendevo trascorrere dieci anni nascosta. Al contrario, ero convinta che questa soluzione potesse durare al massimo un anno o poco più. Sapevo che ti avrei provocato un enorme dolore, ma non c'era altra via d'uscita.

A spingermi era anche qualcos'altro, Tigre. Qualcosa che a lungo non ho voluto ammettere a me stessa.

Potrei dire che provavo vergogna, eppure sarebbe inesatto. Mi accompagnava una sensazione di avvilimento, di sporcizia... È difficile trovare la parola adatta, in grado di descrivere come mi sentivo nel mio corpo.

Avrei preferito strapparlo via da me. Eseguire una pulizia dell'anima e cominciare una nuova vita in un corpo completamente diverso. Mi avevano fatto provare disgusto di me stessa, avevano fatto sì che per me, al mondo, non ci fosse nulla di altrettanto ripugnante del mio riflesso nello specchio.

Ma sapevo che sarebbe passato. In caso contrario, si sarebbe trasformato in qualcosa che avrei potuto sopportare.

Nei primi momenti, tuttavia, non riuscivo a tollerare il pensiero che tu mi guardassi. È impossibile spiegarlo ed è certo impossibile capirlo per chi non l'ha vissuto. Perciò nessuno dovrebbe mai passare niente del genere.

Credevo che quell'anno o poco più di separazione avrebbe salvato il nostro rapporto. Che grazie a ciò, quando ci fossimo incontrati di nuovo, avremmo cominciato a costruire la nostra vita daccapo, invece di osservarne il graduale disfacimento.

Era una convinzione illusoria, ma serviva a rafforzare il mio proposito. Ero mossa dal desiderio di sicurezza per noi. E di vendetta.

Non più solo per i miei genitori, ma anche per me.

Dovevo avere la certezza che quella gente pagasse le conseguenze più gravi.

Quando Prokocki è giunto sul posto, gli ho spiegato il mio piano. Non ha chiamato l'ambulanza e neppure i rinforzi, conosceva benissimo la posta in gioco. Mettendo in prigione Kajman e i suoi uomini avremmo non solo sgominato l'intera banda, ma salvato la vita a molte persone.

Non è stato il giorno più brutto della mia vita. È stato il più torrido. E il gelato che ho preso per rinfrescarmi ha portato solo una tregua temporanea. Poi è cominciata la strada in salita.

Perché non sono tornata dopo un anno o poco più?

Se hai controllato che cosa è successo a Kajman, saprai senz'altro che è stato condannato. Ora sta scontando la pena a Strzelce Opolskie insieme con la maggior parte dei suoi uomini. Purtroppo non tutti.

Prokocki mi ha organizzato una nuova vita, proprio come se fossi una pentita. Non sono sicura di come ci sia riuscito dal punto di vista formale, ma, di tutta la faccenda, erano al corrente solo poche persone. Potrei contarle sulle dita di una mano.

Suppongo che il ministero abbia aderito al progetto, i politici approvano sempre volentieri tutto ciò che dà loro visibilità sui media. E in questo caso era così. L'annientamento della banda di Kajman ha avuto una vasta eco non solo nella bassa Slesia e nella regione di Opole. Confezionare una nuova identità alla ragazza che lo aveva permesso non rappresentava una spesa onerosa per lo Stato.

Soprattutto perché doveva essere soltanto un aiuto temporaneo.

Eppure, la cosa si è rivelata molto più complicata di quanto pensassimo. In verità ce lo saremmo dovuti aspettare, considerato quanto a lungo Kajman aveva potuto agire impunito.

Avremmo dovuto capire che aveva infiltrati nella polizia.

Ma lo abbiamo compreso solo quando sono sorti problemi con gli arresti. Qualcuno ha informato tempestivamente alcuni dei pezzi più grossi dell'organizzazione di Kajman, che, grazie a ciò, non solo hanno evitato l'arresto, ma hanno lasciato il Paese.

Una parte di loro è tuttora latitante.

Non si è mai scoperto chi fosse l'informatore nelle file della polizia. Una cosa però era certa: se mai costui avesse avuto accesso alle informazioni sul mio conto, non mi avrebbe mollato. Avrebbe capito subito che ero stata io il chiodo sulla bara di Kajman. E avrebbe fatto di tutto per trovarmi.

Alla fine, la mia situazione, da provvisoria, è diventata permanente.

E io sono dovuta rimanere nascosta.

Stoppai per un momento la registrazione e guardai la finestra. Mi venne in mente il poliziotto che mi aveva aiutato a fuggire da Chrząstowice. Quello che aveva suggerito di non fidarmi di nessuno. Poteva essere la spia di Kajman? No, non avrebbe avuto senso. Dopo quanto avevo sentito, dovevo riconsiderare il mio atteggiamento nei confronti dei poliziotti di Opole.

Evidentemente eravamo dalla stessa parte. Stando così le cose, J. Falkow poteva essere un uomo di fiducia di Prokocki. Forse in quel modo il commissario cercava di aiutarmi.

Ma, in tal caso, perché ora mi davano la caccia?

Scossi la testa, sicuro che nella seconda parte della registrazione mi aspettavano nuove risposte. Ormai non mi restava molto da sentire, il che mi sembrava strano, perché Ewa aveva sicuramente da dirmi molto di più.

O forse voleva farlo di persona? Forse tra non molto avrei ricevuto delle indicazioni che mi avrebbero infine permesso di trovarla? Così supponevo. Ed era un pensiero tanto confortante quanto spaventoso.

Chi avrei incontrato in realtà? La fidanzata che conoscevo bene, o la persona nella quale si era trasformata dopo dieci anni? E, nel primo caso, avrei potuto pensare ancora di conoscerla davvero?

Le domande erano troppe. Fortunatamente, le risposte erano a portata di mano. Anche se, in qualsiasi momento, qualcuno poteva impedirmi di arrivarci.

Guardai la porta chiedendomi quanto tempo avessi ancora prima che mi trovassero. Supponendo che la notizia dell'assassinio di Blitz non avesse infiammato l'opinione pubblica locale, forse abbastanza per conoscere il finale della storia.

Cliccai su play.

Mi sono nascosta nella Grande Polonia, anche se, fosse dipeso da me, avrei di sicuro optato per la montagna. Lo sai, è lì che mi trovo più a mio agio. Ma forse proprio per questo altri hanno deciso per me: il punto era che nessuno doveva mai riuscire a trovarmi.

E nessuno ci è riuscito. Dunque, perché adesso senti questa registrazione? Che cosa ha fatto mettere in moto tutta la macchina?

Non che cosa, ma chi.

Sono stata io a deciderlo. Quando c'incontreremo, ti spiegherò perché è andata così. Per ora ti basti sapere che non sono comparsa a Breslavia senza una ragione. Sapevo benissimo che Blitzer non si sarebbe perso un concerto del suo gruppo preferito. Benché non abbia mai nutrito una grande simpatia per i Foo Fighters, si sono rivelati la band che, con la sua musica, mi ha cambiato la vita.

Ho messo tutto in moto andando a quel concerto. Poi hanno cominciato a cadere anche le altre tessere del domino.

Mi sembrava di averne collocato io stessa la maggior parte, ma non è completamente vero. Ho fatto di tutto perché gli uomini di Kajman non scoprissero che cosa succedeva. Avrai di certo già intuito che a questo punto sono sopravvenute alcune complicazioni.

Ti spiegherò ogni cosa quando c'incontreremo.

Sei pronto, Tigre?

In tal caso, ti aspetterò. In un luogo che saprai trovare solo tu. E in un momento che sarà noto solo a te.

Aspettavo un seguito. Le informazioni erano decisamente troppo scarse perché potessi sapere che cosa aveva in mente

Ewa. Guardavo inquieto il cursore, indicava che alla fine della registrazione mancavano tre secondi.

«Su. Aggiungi qualcos'altro», dissi.

Avevo l'impressione che il tempo si fosse fermato.

Trascorse un altro secondo.

«Avanti», insistetti in tono supplichevole.

La registrazione era finita, non c'era altro. Me ne stavo seduto sconcertato, mi sentivo come se Ewa mi avesse dato uno schiaffo. Un luogo che avrei saputo trovare solo io? Un momento noto solo a me? Che cosa doveva significare?

Non mi faceva venire in mente nulla. Assolutamente nulla.

E poi era così generico che mi era difficile immaginare di poter indovinare alcunché. Impietrii, chiedendomi in modo febbrile se non mi fossi fatto sfuggire qualcosa.

Alla fine scossi la testa e mi dissi che la cosa migliore era riascoltare la registrazione dall'inizio. Non pensavo più che il tempo fuggiva e che avrei dovuto lasciare al più presto la zona di Biskupin.

Volevo aprire il file ma, dopo che ci ebbi cliccato due volte sopra, la finestra col contenuto della pennetta scomparve. Imprecai tra me, non m'illudevo certo che si trattasse di un caso. Ewa si era preoccupata che il file fosse riproducibile una sola volta.

Misi via il portatile e mi alzai dal letto. Cominciai ad andare su e giù per la piccola stanza cercando una soluzione.

Non mi veniva in mente nulla. Mi fermai davanti alla finestra e lasciai vagare lo sguardo in lontananza, nel tentativo di fermare gli ingranaggi anche solo per un momento. Le idee migliori vengono quando non ci si costringe a pensare.

Ma per quello c'era bisogno delle condizioni giuste.

Di calma.

E di calma nemmeno a parlarne, perché vidi due poliziotti davanti all'edificio che parlavano con un dipendente del ristorante. Quello si grattò la testa, e poco dopo indicò la mia finestra.

14

Non ebbi problemi ad aprire il conto. A dire il vero avrei cominciato a prelevare denaro da quello dell'azienda già da tempo, se solo avessi avuto dove trasferirlo. Ma sapevo che, se avessi aperto un conto a mio nome, Robert se ne sarebbe subito accorto. E sarebbe andata a finire male.

Nello stesso tempo non avevo nessuno di cui potermi fidare al punto di affidargli il mio fondo di salvataggio. Lo chiamavo così, sebbene, a dire il vero, fosse qualcosa di molto più importante.

Tutti i prelievi da me disposti dovevano assicurare per molti anni una vita agiata a me e a Wojtek. Lontano da Robert. Lontano dall'orrore che in quel momento dovevo sopportare solo io, ma che di lì a qualche tempo sarebbe potuto toccare anche a mio figlio.

Non potevo permetterlo.

Ero certa di potermi fidare di Werner. Non solo perché sapevo che aveva un carattere irreprensibile e non si sarebbe mai appropriato indebitamente di un solo złoty. Presumevo che, se la situazione ve lo avesse costretto, sarebbe stato pronto a usare il denaro che avevo accumulato.

Tuttavia, aveva bisogno del mio aiuto quanto io del suo.

Mi chiedevo come se la sarebbe cavata con gli altri indizi che lo aspettavano. Nel corso della giornata inviai a più riprese messaggi col codice di accesso, cercando in ogni modo di andare nello studio senza dare nell'occhio.

Damian però non si fece vivo neppure una volta sulla RIC. Verso sera cominciai a preoccuparmi sul serio. Mi tenevo aggiornata sulla situazione e sapevo che era stato emesso un mandato di cattura nei suoi confronti. Ma dubitavo che la polizia lo avrebbe trovato tanto presto.

Lo cercavano soprattutto nel Sud del Paese, mentre attualmente si trovava da qualche parte tra Bydgoszcz e Poznań. Almeno per un po' sarebbe stato al sicuro.

Sebbene il conto bancario che doveva utilizzare per comprare una macchina fosse già attivo, non ne era stato prelevato denaro. Nel tardo pomeriggio ero ormai in preda a una profonda inquietudine.

Mi resi conto che tutto il mio piano era lì lì per andare in fumo. In realtà, ruotava intorno a un'unica persona.

Poco prima che Robert tornasse a casa, attivai una notifica sulla RIC e andai di sotto. Il sistema mi avrebbe informata di qualsiasi tentativo di login. Senza codice di accesso non sarebbe riuscito, ma non importava. Ciò che contava era sapere che Damian provava a contattarmi.

Non mi ero decisa prima a fare quel passo perché comportava un rischio troppo grande. La notifica di un messaggio nel momento sbagliato avrebbe potuto attirare l'attenzione di Robert. No, non « avrebbe potuto ». L'avrebbe attirata sicuramente. E lui non si sarebbe dato pace finché non avesse scoperto di chi era il messaggio.

Ma non potevo permettermi nessun errore. Non ora.

Mentre aspettavo il ritorno di mio marito, misi i piatti nella lavastoviglie e riordinai la cucina. Robert non voleva vedere disordine quando rientrava alla fine della giornata. Avveniva di rado che dovesse stare « al lavoro » così a lungo, però ogni tanto non poteva farne a meno.

Allora era irritato, si sfogava non solo con me, ma anche con tutti i sottoposti. A volte perfino con gente a caso. Come se il non potermi tenere d'occhio gli impedisse di comportarsi normalmente.

Quando capitava, potevo aspettarmi delle sedute notturne ancora più tremende. Per fortuna non accadeva spesso, perché di solito era Robert a decidere quando e con chi incontrarsi.

A volte però doveva rifornire le scorte di ciò che vendeva. Di ciò che ci assicurava un alto tenore di vita. E che, infine, mi aveva consentito di effettuare una serie di trasferimenti di denaro sul mio fondo di salvataggio.

Se mi fossi servita unicamente di fonti lecite, Robert se ne sarebbe senz'altro accorto subito. Ma, dato che i soldi venivano da un'attività criminosa, potevo stare tranquilla. Sarebbe passato qualche giorno prima che mio marito scoprisse che gli avevo sottratto i soldi sporchi guadagnati tanto duramente.

Si riversavano nei conti bancari di Robert grazie alla cenerina.

In realtà non aveva brevettato questo termine da nessuna parte, ma non era necessario perché la maggior parte degli spacciatori sapeva chi deteneva il monopolio sulla vendita di quella droga.

Cenerina. Suonava innocuo, forse perfino infantile. E Robert contava proprio su questo effetto.

Negli Stati Uniti il narcotico era chiamato diversamente. *Grey death.* «Morte grigia.»

Il nome era sicuramente d'aiuto nel marketing, e forse in strada il cocktail di oppioidi veniva chiamato in un altro modo ancora, sconosciuto a chi era fuori dal giro. Non avevo approfondito il tema, del resto non sapevo neppure se Robert trafficasse solo in quello. Non credo.

La cenerina non aveva una composizione fissa. Dipendeva da quanto il cliente era disposto a pagare. Nella versione base era costituita da una miscela di Fentanyl e Carfentanil con un'aggiunta di eroina. L'effetto che produceva dopo l'assunzione era parecchie volte più forte di quello ottenibile con la cosiddetta « eroina polacca ». E i costi di produzione molto più bassi.

Negli USA, la morte grigia aveva già mietuto molte vittime. I medici avevano lanciato l'allarme: negli ospedali arrivavano sempre più persone in overdose da cocktail. A quanto pareva era molto più frequente che nel caso degli altri narcotici.

Non mi stupiva, considerato che il Carfentanil veniva usato per addormentare gli elefanti. Inoltre, avevo l'impressione che in ogni nuova partita i produttori infilassero di tutto e di più. Quello che contava era che la cenerina avesse l'aspetto giusto e il cliente fosse in grado di riconoscere che cosa comprava.

Gli effetti della mescolanza dei singoli componenti non interessavano a nessuno in particolare. Neanche a Robert. A lui premeva soltanto che i venditori regolassero i conti entro il termine pattuito.

Era un magnate locale, e per giunta nel corso degli anni si era costruito un'immagine pubblica grazie alla quale poter avviare una serie di affari per ripulire sistematicamente il denaro sporco. Da un certo punto in poi tutto si era messo in moto in maniera naturale e funzionava come una macchina ben oliata.

I profitti maggiori li facevamo con gli immobili, anche se non si trattava certo di un giro d'affari lecito. L'esperienza di lavoro di Robert al Servizio Doganale era preziosa e la sua idea molto semplice: alcune aziende di sua proprietà offrivano prestiti a basso tasso d'interesse, a condizione che chi ne usufruiva desse in garanzia i propri immobili. Venivano selezionati solo i clienti che non avrebbero sicuramente potuto restituire il prestito ottenuto. Quindi le loro case o i loro appartamenti venivano rilevati per un tozzo di pane e venduti a molto di più.

Di simili aziende fantoccio ne avevamo tante, e la Reimann Investigations era una di esse. Non dava grandi entrate, ma permetteva di legalizzare una parte degli introiti derivati dalla vendita della morte grigia.

Mi sentivo a disagio al pensiero di usare quei soldi per iniziare una nuova vita con Wojtek, ma non avevo scelta. Del resto, ormai il dado era tratto. Il denaro era su conti adeguatamente aperti a nome di Damian.

Ora dovevo solo far sì che al momento giusto mi versasse tutto.

Poi sarei potuta fuggire.

Me lo ripetevo tra me nel tentativo di sollevarmi il morale. Ne avevo bisogno per superare in qualche modo quella sera. Quando Robert entrò in casa, capii subito che sarebbe andata male.

Soprattutto perché non sentii nostro figlio.

Robert diede un'occhiata in cucina e mi rivolse un lieve sorriso. Lo ricambiai, quindi mi avvicinai e lo baciai. « Dov'è Wojtek? » chiesi.

« Dorme da un compagno. »

Inarcai le sopracciglia con aria interrogativa, cercando di non tradire un'espressione di rimprovero. « Non ne sapevo niente. »

« Si sono messi d'accordo a scuola. »

« Potevi... »

« Che cosa? Chiamare e chiedere il tuo parere? È una questione così importante? Me l'ha chiesto quando sono andato a prenderlo e gli ho dato il permesso. Non devo mica consultarti su tutto, no? »

Aprii la bocca, ma non mi diede la possibilità di rispondere.

« È solo una notte da un compagno. Che problema c'è? »

« Nessuno. »

« Eppure mi guardi come se avessi fatto fuori tua madre, maledizione. »

« È solo che... »

« Che cosa? » sibilò avvicinandosi.

Non si tolse nemmeno la giacca. Aveva appena posato la borsa ed era già pronto a picchiarmi. Quella notte sarebbe stata diversa da tutte le altre. Lo avevo già capito.

Poche ore prima mi sembrava di essere a un passo dalla fuga. Werner stava per trovare Ewa, io mi ero assicurata il denaro. Bastava che si fosse fatto vivo, e io e Wojtek saremmo potuti sparire.

Non avrei lasciato nessuna traccia. Nessuna.

E Robert non avrebbe mai trovato Werner. Per lui sarebbe stato un tizio qualunque, anonimo, che nulla legava a me. Non avrebbe mai capito che era stato lui ad aiutarmi a fuggire da quell'inferno.

E grazie a ciò non sarebbe mai stato in grado di costringermi a tornare da lui.

Invece ora Damian era scomparso come un sasso nell'acqua, e mi aspettavano prove che...

No, non dovevo usare eufemismi, almeno non con me stessa. Mi aspettavano delle torture. Dovevo dirmelo chiaramente.

Torture cui sarei potuta non sopravvivere. Lo vidi negli occhi di mio marito quando fissò lo sguardo su di me. Era furioso, pieno di rimprovero, aveva bisogno di scaricare tutte le emozioni che gli erano montate dentro nel corso dell'intera giornata.

« Che c'è, porca puttana? Non posso decidere da solo se mio figlio può dormire fuori casa o no? »

« È che... »

« Che cosa? » m'interruppe afferrandomi per un polso.

Finsi di non accorgermene. Se solo avessi guardato la sua mano o emesso un gemito di dolore, si sarebbe innervosito ancora di più. L'avrebbe preso per un ennesimo rimprovero infondato.

« Non ha il pigiama », dissi piano. Mi sentivo a pezzi. Ma, se avevo un buon motivo per essere arrendevole, era proprio quella notte. Dovevo sopportarla nel migliore dei modi, per essere pronta all'arrivo di Werner. « E nemmeno lo spazzolino da denti... »

« Chi se ne fotte! » esclamò Robert lasciandomi andare e allargando le braccia. « Sei davvero incredibile. Per una volta non può dormire con le sue cazzo di mutande? O non lavarsi i denti? Ma lo senti, quello che dici? » Mi colpì in faccia senza darmi il tempo di reagire. Poi si osservò il palmo, come se appartenesse a qualcun altro. Si confuse, arretrò di un passo.

Probabilmente era stupito lui stesso di avere cominciato così presto.

Solo dopo un istante mi resi conto che non era così. Guardò verso la porta a vetri della terrazza come per controllare qualcosa, e capii che in realtà aveva paura che una delle persone di servizio potesse vederci.

Ma fuori non c'era anima viva. Se qualcuno avesse per caso visto mio marito, si sarebbe allontanato alla svelta per evitare problemi. Era quella l'atmosfera che regnava in casa nostra.

Quanto vi accadeva era un segreto di Pulcinella. Eppure nessuna delle persone di servizio aveva abbastanza coraggio per reagire. Potevo forse stupirmene? No. Sapevano benissimo per chi lavoravano, inoltre una parte di loro non aveva il permesso di soggiorno. Dovevano mantenere le famiglie, non avevano alternative. Non gliene volevo se chiudevano un occhio.

Amici che potessero avvertire la polizia, non ne avevamo. Ormai mantenevamo contatti solo coi collaboratori di mio marito. E loro sapevano mantenere il segreto.

Non c'era nessuno che potesse aiutarmi. Nessuno oltre a Werner.

Robert gettò a terra la giacca e si sedette al tavolo. Rimase un momento in silenzio, e io come al solito m'illusi che forse, per quella volta, sarebbe finita lì. Ma quando mio marito sollevò lo sguardo capii che non avrei dovuto contarci.

« A volte mi chiedo come ti sopporti », buttò là.

Rimasi zitta.

« Non basta che mi faccia il mazzo fuori casa, poi torno e... » Si bloccò, scosse la testa e sospirò profondamente.

Non sapevo se stesse inscenando quel teatrino per sé o per me. Ogni volta che lo faceva mi dava l'impressione di essere fuori di testa.

« Dovresti sostenermi. »

« Lo faccio. »

« Col cazzo. Invece di aiutarmi, darmi conforto, togliermi dalle spalle tutto questo fottuto carico, ti comporti come se ti fossi prefissata di darmi il colpo di grazia. » Si guardò intorno sfregandosi nervosamente la nuca. « Non c'è niente da mangiare, maledizione? »

« Pensavo che avresti... »

« Che cosa? » tagliò corto. « Che alla fine della giornata avrei anche cucinato? »

« Possiamo ordinare qualcosa. »

« Ordinati piuttosto una bara, maledizione... » bofonchiò sottovoce.

Per lui era soltanto una battuta come tante, ma a me suonò come una minaccia reale, che proprio quella sera avrei dovuto prendere in maniera particolarmente seria. Si comportava in modo diverso dal solito.

Per giunta sapeva che cosa bolliva in pentola. Altrimenti non avrebbe mandato Wojtek dal compagno.

Di solito si mostrava stupito dalla rapida escalation della situazione. Quasi credesse davvero che sarebbe riuscito a frenarsi. Però oggi non era così. Oggi immaginava in anticipo che si sarebbe lasciato andare.

Forse pensava che solo così si sarebbe liberato dalla tensione?

Non aveva importanza. Ciò che importava era che quella notte era pronto a tutto.

Mi guardai intorno alla ricerca di qualcosa con cui difendermi. Sapevo che coltelli e altri oggetti appuntiti erano da escludere. Avrei potuto causargli un danno grave, con conseguenze tragiche sia per me sia per Wojtek. Se ne sarebbero occupati i collaboratori di Robert.

« Qualcosa non va? » mormorò.

« No... »

« E allora perché ti guardi intorno? »

« Mi chiedo che cosa potrei prepararti. »

« Non avresti potuto pensarci prima? E una volta tanto accogliere come si deve tuo marito al suo rientro a casa? Eh? Non credi che me lo meriti? » Si alzò e mi guardò dall'alto. « Con tutto quello che faccio per te, sarebbe il minimo. Le altre mogli non si comportano così. »

Le altre mogli non hanno certi mariti, aggiunsi tra me. *O, se li hanno, riescono a scaricare la tensione a letto.* Io non avevo la minima possibilità di farlo. In tutti quegli anni di matrimonio avevamo dormito insieme solo poche volte.

Robert non aveva bisogno di sesso, si appagava in altro

modo. Di tanto in tanto mi sembrava perfino che non fosse mai stato attratto da me. Era quasi incredibile che fossi rimasta incinta.

All'inizio la sua asessualità era stata un cruccio. Ma ultimamente era diventata una benedizione. Potevo immaginare con facilità come sarebbe stato se, oltre alle percosse, fosse passato ad altre forme di violenza.

« Alzati », m'intimò Robert.

Obbedii, non aveva nessun senso protestare.

Prima che riuscissi ad aprire bocca, mi afferrò per il colletto e diede uno strattone. Ignorando le mie preghiere mi trascinò in mezzo alla cucina, poi con una mano mi tenne la testa sopra l'acquaio, allungò l'altra verso un armadietto e aprì bruscamente lo sportello.

Tirò fuori una pentola, la gettò nel lavandino e aprì l'acqua. « Ti faccio vedere io come si cucina, maledizione. »

« Robert... »

« Così forse te lo ricorderai. »

« Ascoltami, ti prego... »

« No, no. Sei tu che devi ascoltare, puttana buona a nulla. Così imparerai che, invece di tracannare tutto il santo giorno il tuo Prosecco di merda, ogni tanto potresti prenderti cura di tuo marito. »

Quando l'acqua cominciò a traboccare dalla grossa pentola, sentii uno strattone improvviso. Prima che potessi capire che cosa stava succedendo, l'acqua mi aveva già riempito la bocca. Il mio collo urtò contro il bordo della pentola.

Robert premette ancora di più. Provai a divincolarmi, ma invano. Era molto più forte, in quel duello non avrei potuto che soccombere. Mi sentii mancare il fiato e cominciai ad agitarmi come un'ossessa.

Però la stretta non diminuiva.

Ancora un po' e sarei soffocata. All'ultimo momento Robert mi sollevò la testa, mi guardò, sbuffò e poi mi schiaffeggiò il viso. Borbottò qualcosa sul fatto che sembravo l'ultima delle sgualdrine.

Feci appena in tempo a tossire, che mi scaraventò sul pavimento. Sbattei la testa sulla superficie dura, mi fischiarono le orecchie. Robert mi balzò subito accanto, mi agguantò alla gola e strinse.

Sentii prima un dolore acuto, che mi fece capire che mi ero ferita col bordo della pentola. Poi uno sordo che si diffondeva dalla gabbia toracica. Cominciava di nuovo a mancarmi il respiro. Robert mi scrollava imprecando a denti stretti. Non lo sentivo.

A un certo punto mi lasciò e mi girai subito su un fianco in preda alla tosse. Per un istante scomparve dal mio campo visivo, ma tornò subito dopo con un coltello in mano. Si chinò su di me e mi accostò la lama alla gola.

Il servizio di Gerlach era tornato. Come mi ero aspettata.

Robert disse che mi avrebbe insegnato come si sventrano gli animali. Cercavo di non ascoltare, sapendo che le sue parole avevano lo stesso valore di quelle che avrei sentito più tardi, quando mi avrebbe chiesto scusa.

Sempre che si fosse arrivati alle scuse. Avevo vari motivi per credere che questa volta sarebbe stato diverso. E poco dopo Robert me ne diede un altro.

Mi afferrò la testa con una mano e mi coprì gli occhi, come se non potesse sopportare il mio sguardo. La presa era forte. Mi sembrava di avere le tempie strette tra le ganasce di una morsa.

Robert mi fece scivolare la lama sul collo. Sentii un dolore lancinante, gemetti forte.

«Chiudi il becco!» sbraitò.

Provai a spingerlo via, inutilmente.

«Calmati o ti ammazzo! Hai capito, troia?!» Gettò via il

coltello, ma gridava sempre più forte, mi sputava addosso e cominciò a tempestarmi di pugni. Pensai confusamente che stesse aspettando quel momento. Il momento in cui avrebbe perso il controllo e si sarebbe abbandonato ai suoi istinti primordiali.

Avevo l'impressione che i colpi non sarebbero mai finiti. Robert mi picchiava forte sui seni, cosa che finora non aveva mai fatto. Il dolore era insopportabile. Mio marito era fuori di sé, mi scrollava quasi volesse scuotere via un demone. Sbattei ripetutamente la nuca sul pavimento, sperando di perdere infine conoscenza.

Prima o poi doveva succedere. Mi auguravo che accadesse al più presto.

A un certo punto Robert si fermò di colpo. Lo guardai negli occhi cercando la nota espressione mogia di quando si pentiva, ma non ce n'era traccia. Era ancora furioso. Capii che era solo un intermezzo.

I maltrattamenti lo avevano stancato. Doveva concedersi un attimo di tregua.

Andò al frigorifero, ne tirò fuori una bottiglia di Prosecco e poi, borbottando, la agitò e la fracassò sul pavimento accanto a me. Sentii le gocce fredde schizzarmi sulle guance. I frammenti aguzzi di vetro si sparpagliarono a terra.

Risuonò il caratteristico sibilo di una bottiglia di birra aperta. Robert si girò verso il mare, e capii che dovevo approfittare dell'occasione. Mi misi a strisciare verso la scala, incurante dei frammenti di vetro.

Non mi accorgevo neppure che mi ferivo le mani e che mi lasciavo dietro una scia insanguinata. Sapevo che dovevo arrivare allo studio prima che fosse troppo tardi.

Robert mi dava ancora le spalle. Parlava tra sé continuando a bere dalla bottiglia.

Ero convinta che non mi avrebbe rivolto nessuna attenzione prima di vuotarla. Considerata la velocità con cui beveva, non avevo molto tempo. Quando infine raggiunsi la scala, mi aggrappai al corrimano e mi sollevai.

I primi passi li feci a fatica, mi girava la testa. Poi andò un po' meglio. Una volta di sopra dovetti reggermi alla parete per non cadere. Con la coda dell'occhio scorsi le tracce rosse che avevo lasciato.

Entrai nello studio e mandai subito il codice di accesso a Werner. Dovevo farlo venire subito, non c'era più tempo da perdere. Avevo bisogno di aiuto. Immediatamente.

Da sotto mi giunse un grido. Furioso come il ruggito di una belva ferita. Poi sentii Robert salire di corsa la scala.

« Ti prego... » gemetti, guardando il cursore che tremolava sullo sfondo nero.

15

Sentii di nuovo vibrarmi il cellulare in tasca. Non avevo dubbi su chi stesse cercando di contattarmi, quel numero lo conoscevano solo due persone. E mio padre di solito non scriveva messaggi.

Non dovevo prendere il telefono per sapere che si trattava di un altro codice di accesso. Ma per ora non potevo usarlo. Del resto, in quel momento non era la cosa più importante.

Stavo percorrendo la statale 11 in direzione di Piła e forse per la prima volta in vita mia adeguavo la velocità non solo alle condizioni stradali, ma anche ai limiti imposti dal codice. La vecchia Peugeot 206 mi facilitava il compito, visto che il motore e il serbatoio da un litro non mi consentivano certo di strafare.

L'avevo comprata a Żnin, non lontano da Biskupin. Subito dopo aver lasciato la stanza d'albergo in preda al panico. Non avevo avuto il tempo di prendere con me nulla oltre al cellulare e al denaro. Avevo lasciato perfino il portatile, sebbene, se avessi avuto un attimo in più per riflettere, forse avrei agito diversamente.

Ma ciò che contava era che comunque nella pennetta non c'era più il file che m'interessava e che dovevo scappare al più presto. Quando uno dei poliziotti e il tizio del ristorante si erano avviati verso la mia stanza, io non ero più lì.

In quel momento attraversavo di corsa il cortile verso il

cancello. Lo avevo scavalcato, avevo girato a destra e mi ero messo a correre. Non sapevo dove ero diretto, ma la meta non aveva importanza.

Ero passato davanti a una scuola elementare in mattoni rossi che ricordava gli edifici spettrali dei migliori film dell'orrore e avevo proseguito tra le file di alcune case unifamiliari un po' in abbandono, che avevano lo stesso aspetto.

Avevo lasciato Biskupin percorrendo una piccola strada asfaltata tra i campi, senza neanche sapere dove mi avrebbe condotto. Alla fine ero giunto al villaggio di Gogółkowo e solo là mi ero raccapezzato un po' su dove mi trovavo.

Le filiali bancarie più vicine e il negozio di auto usate erano a Żnin. Non ero stato troppo a riflettere se quella fosse la direzione giusta. Ci ero arrivato dopo una marcia di un'ora e mezzo.

Il disbrigo delle formalità mi aveva richiesto un po' di tempo, e temevo che la polizia fosse ormai sulle mie tracce. In realtà non potevano sapere da che parte mi fossi diretto, ma sarebbe bastata un'occhiata un po' più attenta perché qualcuno, lungo la strada, mi riconoscesse e contattasse il commissariato più vicino.

In ogni caso, più piccolo era il villaggio, più ero al sicuro. In certi posti la gente s'interessava esclusivamente a se stessa e ai propri problemi. Non attribuiva particolare importanza al fatto che un presunto assassino fosse ricercato in tutto il Paese con un mandato di cattura.

Perciò ora potevo tranquillamente dirigermi verso Piła. Pensavo di descrivere un ampio giro intorno alla città, non intendevo correre rischi inutili. Ero in dirittura d'arrivo, Ewa doveva essere da qualche parte nelle vicinanze.

A dire il vero per recarmi a Żnin avevo lasciato per un po' la Grande Polonia, ma adesso c'ero di nuovo dentro.

Non sapevo dove si trovava concretamente Ewa, però era senz'altro nel territorio del voivodato.

Forse proprio a Piła? No, il mio era solo un pio desiderio. Non mi aveva lasciato nessuna indicazione. Sapevo soltanto che era in un centro della Grande Polonia.

Un luogo che avrei saputo trovare solo io.

Non avevo ancora idea di cosa dovesse significare. E neppure del perché il momento dell'incontro sarebbe stato noto solo a me. Mi sembrava completamente assurdo, non lo associavo a nessun avvenimento legato alla nostra vita.

Ci pensavo in maniera troppo intensa per poter arrivare a qualcosa di concreto. Lo tradussi perfino in inglese, cercai di metterlo in relazione a qualche canzone. Tutto invano. Se avessi avuto accesso a Google, forse sarei riuscito a trovare un collegamento, ma potevo contare solo su di me.

Anche se mi fossi fermato in un McDonald's e mi fossi nascosto in un angolino per servirmi del wi-fi, non avrei avuto modo di farlo. Il cellulare usato risaliva ancora ai tempi in cui questi dispositivi venivano prodotti soltanto per telefonare.

Lo tirai fuori e diedi un'occhiata al display. Non mi ero sbagliato, Kasandra aveva provato a contattarmi. Già varie volte, quel giorno. Mi dissi che forse era successo qualcosa che avrei dovuto sapere.

Un cambiamento di programma?

Be', se tutto fosse andato secondo i miei piani, di lì a non molto avrei avuto occasione di chiederglielo.

Kas mi aveva dato il suo indirizzo quando ci eravamo accordati sulle condizioni della nostra collaborazione. Mi sarei dovuto presentare a Rewal dopo avere trovato l'ultima indicazione, e con un briciolo di fortuna anche Ewa. Ma la situazione era cambiata.

Avevo bisogno subito dell'aiuto di Kas. Senza di lei avrei

penato a scoprire che cosa significavano le parole astruse della mia fidanzata. Mi serviva un posto dove poter riflettere con calma, senza guardarmi incessantemente alle spalle. E soprattutto avevo bisogno di un computer con l'accesso a Internet.

Sapevo di non potermi rivolgere a nessun altro. Kasandra era la mia unica salvezza.

Ma io potevo davvero esserlo per lei? Così aveva sostenuto quando mi aveva raccontato l'orrore che le toccava sopportare da anni. Non volevo conoscere i particolari, mi era più che sufficiente sapere che veniva maltrattata dal marito. E che alla fine aveva deciso di liberarsi di lui e scappare insieme col figlio.

L'avrei sicuramente aiutata anche se non si fosse trattato di un baratto.

O forse volevo soltanto crederlo. Forse in realtà non avrei avuto abbastanza empatia e mi sarei concentrato unicamente sulla soluzione dei miei problemi.

In ogni caso, avevamo bisogno l'uno dell'altra. Non c'era dubbio.

Guardai un'altra volta il telefono, lo riposi nel vano portaoggetti e accelerai leggermente. Viaggiare sulle strade polacche alla velocità regolamentare in effetti era più sospetto che superarla.

Secondo i miei calcoli, a Rewal mancavano ancora più di duecento chilometri. Speravo di arrivare sul posto in poco più di tre ore, sempre che lungo la strada non avessi trovato traffico. E sempre che Kasandra non mi avesse mandato quei messaggi per dirmi che aveva cambiato idea.

16

Robert si precipitò nello studio in preda a una furia selvaggia. Vedevo nei suoi occhi che l'uomo che avevo sposato si era completamente ritirato nell'ombra. Il suo posto era stato preso da qualcun altro. Quell'estraneo cominciò a urlare, a insultarmi, a minacciarmi e a scaraventare tutti i miei libri giù dagli scaffali.

Prima di essere trascinata in corridoio riuscii a lanciare un'altra occhiata alla RIC. Ancora nessuna traccia di Werner. Temevo che la polizia lo avesse trovato e arrestato. In effetti, non c'era altra spiegazione.

Avrei dato non so cosa per controllare le notizie locali della Grande Polonia e della regione di Opole. Se quella notte dovevo essere uccisa da mio marito, volevo almeno sapere se Damian aveva rintracciato la sua Ewa.

Robert mi picchiò per un'ora buona interrompendosi per qualche breva pausa, quasi volendo darmi la speranza che era tutto finito per poi schiacciarla come un verme. Mi rivolgeva rimproveri di ogni genere, e i colpi erano di volta in volta sempre più forti.

Vedere che stavo sempre peggio lo caricava. Si sentiva padrone della vita e della morte, era inebriato dalla consapevolezza che tutto ciò che mi sarebbe accaduto dipendeva unicamente da lui. Era ben lungi dal provare pentimento, ma non dubitavo che alla fine ci sarebbe arrivato.

Pregavo soltanto che non avvenisse troppo tardi.

Durante una delle pause ero talmente dolorante, che mi sembrava di essere stata investita da un'auto. Sapevo che non potevo illudermi di camuffare quelle ferite. Ciò complicava il mio piano di fuga, perché una donna ferita attirava subito l'attenzione.

E io dovevo fuggire senza farmi notare.

Allontanai quel pensiero e guardai Robert in piedi davanti a uno degli scaffali. Si appoggiava a un ripiano e riprendeva avidamente fiato, come se avesse appena corso uno sprint. Le sue spalle si sollevavano e si abbassavano.

Come potevo continuare a illudermi che sarei riuscita a fuggire? Che tutto ciò sarebbe finito qui e ora? Mio marito sembrava sempre più furioso. Di solito a quel punto scorgevo già i primi segnali di cedimento. Ma non questa volta.

Si girò e mi rivolse uno sguardo sprezzante. Si avvicinò, quindi prese lo slancio e mi diede un calcio sulle costole. Urlai e mi raggomitolai. Non sapevo più se il dolore maggiore fosse causato dalle nuove lesioni o dai colpi ricevuti fino a quel momento. «Robert...»

«Chiudi il becco!» gridò, e mi sferrò un altro calcio.

«Guarda... Guarda che cosa fai...» Sussurravo talmente piano, che non sapevo se mi sentisse. Ormai mi mancavano le forze, ma sollevai un braccio e indicai il corridoio. Si girò un momento e guardò le macchie di sangue sulle pareti.

Fece una smorfia e mi diede un calcio, come se fossi un cane randagio. «Che cosa faccio io? Sei tu che hai smerdato tutta questa fottuta casa!» Mi appoggiò un piede sul petto e premette forte.

Avevo l'impressione che a momenti mi avrebbe rotto una costola. Mi sembrò che Robert scaricasse su di me tutto il peso del corpo. «La casa... è piena... di sangue...» ansimai.

Mi guardò con rabbia e rimprovero.

«Pensa che cosa... succederà...»

«Quando? Quando chiamerai la polizia? Prego, fai pure.» Alzò il piede e infilò la mano in tasca per prendere il telefono. Lo chiuse nel pugno e serrò le labbra. Poi me lo scagliò contro. Il cellulare mi colpì dritto sull'occhio, il dolore fu atroce. Mi sembrò che non avrei più alzato le palpebre.

Tuttavia, mi permisi solo un gemito sommesso. «Wojtek...»

«'Wojtek' cosa? Ora vuoi nasconderti dietro un bambino, sgualdrina schifosa?»

«Vedrà...»

«Vedrà soltanto che ti sotterreranno, maledizione», ribatté Robert, quindi mi afferrò per la blusa.

Mi strattonò verso il corridoio con una tale foga da strappare le cuciture. I primi due bottoni erano saltati subito, gli altri reggevano ancora. Mi trascinò sul pavimento e poi giù lungo la scala in modo che nel tragitto mi facessi il più male possibile. La testa mi sbatteva contro i gradini, e per peggiorare le cose Robert mi sollevava leggermente in corrispondenza di ognuno di essi.

Quando tornammo di sotto, ero di nuovo semicosciente.

Avevo un unico pensiero in mente. Ciò che mi sarebbe accaduto non aveva importanza. Non mi preoccupavo più che Robert si fermasse in tempo. L'unica cosa su cui mi concentravo era che alla fine sarei stata in uno stato tale da non potere eliminare le macchie di sangue e tutto quel caos. Wojtek avrebbe visto le conseguenze di quanto era successo.

Allontanai quel pensiero assurdo.

Dovevo concentrarmi su ciò che avveniva qui e adesso. Provare a salvarmi. Non con la resistenza fisica, per quella ormai era tardi. Dovevo ricorrere all'astuzia, servirmi delle parole come di strumenti in grado di smontare la follia di mio marito.

« Lurida puttana... » sibilò trascinandomi verso il salone.

Mi rintronava la testa, ma non tanto forte da impedirmi di sentire le sue parole. Ognuna di esse confermava che Robert era pronto a tutto.

« Lo sapevi che sarebbe finita così. » Mi gettò di nuovo a terra come un sacchetto della spazzatura. Rotolai per un breve tratto e mi fermai davanti alla porta a vetri della veranda. Guardai fuori. Benché non piovesse, mi sembrava di guardare attraverso una lastra coperta di gocce.

« Ci sei riuscita, stronza. » Mi mollò un calcio sulla schiena. M'inarcai, ormai non sapevo più da dove veniva il dolore. Robert mi afferrò per un braccio, mi girò verso di sé e mi diede un pugno in faccia. Lo fece con l'odio e la brutalità di chi, dopo essersi trattenuto per anni, dà finalmente sfogo alle sue emozioni peggiori.

Forse era proprio così.

« Robert... non puoi... »

« Che cosa non posso? »

« Farai... »

« Smettila di farfugliare, porca puttana! » Aveva completamente perso il controllo. Cominciò a picchiarmi sulle costole, quasi fossi un sacco da boxe. Colpiva come un pazzo. Una volta, due, tre, quattro. A un certo punto mi sembrò che esitasse, ma mi resi subito conto che era solo una speranza illusoria. La speranza che gli fosse rimasto un briciolo di umanità.

« Mi... uccidi... » riuscii a dire.

Non sentiva. Non si accorse neppure che avevo cominciato a tossire sangue. Schizzi rossi gli spuntarono sulla camicia bianca, sulle maniche aderenti rimboccate. A ogni colpo i muscoli si tendevano, vedevo i bicipiti e li sentivo.

A un certo punto smise di picchiare, scrollò la testa e mi afferrò per le cosce. Mi allargò le gambe con due strattoni.

Non sapevo più che cosa sarebbe stato di me. Notavo a stento che cosa faceva.

Gridava che durante la sua assenza facevo la troia con tutti i figli di puttana che capitavano per strada. Che, quando alla fine aveva assunto delle persone perché controllassero che non scopassi con chiunque, avevo cominciato a farlo anche con loro.

Mi allargò ancora di più le gambe e colpì nel mezzo. Il colpo fu talmente potente, che mi avrebbe tolto il fiato anche se Robert avesse usato metà della forza. Mi sentii completamente paralizzata. Il dolore che mi si diffuse tra le gambe sembrava penetrarmi nelle viscere.

Non ero in grado di pronunciare neppure una parola. Robert mi sollevò, prese lo slancio e mi scaraventò come una bambola contro la porta della veranda. Prima di spaccare la lastra di vetro riuscii a coprirmi parzialmente il viso.

Non caddi all'esterno, mio marito mi teneva forte. In caso contrario un pezzo di vetro mi si sarebbe sicuramente conficcato nel collo.

Mi rammaricai che non fosse successo. Ora sapevo alla perfezione che cosa aveva in mente Edgar Allan Poe mentre scriveva sull'*Imp of the Perverse*. Il «genio della perversione». La sensazione incontenibile di dover agire proprio malgrado. Di doversi comportare malgrado ogni logica.

Uccidimi, ripetevo tra me.

Uccidimi.

Sapevo che avrei lasciato mio figlio in pasto a quella follia. Sapevo che Robert non avrebbe subito nessuna conseguenza. Che la mia morte sarebbe stata assolutamente assurda. E che dopo non mi aspettava nulla. Soltanto il vuoto.

Nonostante ciò ripetevo il mio appello silenzioso.

Uccidimi.

Ma Robert non aveva bisogno né di permessi né di preghiere. Le sue dita si serrarono intorno al mio polso. Mi trascinò in mezzo al salone e mi lasciò. Il braccio mi ricadde inerte sul pavimento.

Quando andò a prendersi una birra nel frigorifero, riuscii soltanto a girare la testa. Mi cadde lo sguardo sul vaso di iris. Li avevo completamente dimenticati, non li annaffiavo e la pianta si era quasi seccata.

Chiusi gli occhi.

Ero stesa, del tutto impotente, incapace anche solo di provare a fuggire. Di tanto in tanto perdevo conoscenza, non sapevo quanto tempo fosse passato dal momento in cui mio marito aveva cominciato a picchiarmi.

Quando tornò per terminare l'opera, mi si mise sopra a gambe divaricate. Come se mi provocasse a intraprendere un ultimo, disperato tentativo di salvarmi. L'avrei fatto, se solo avessi avuto la forza di alzare la mano.

Non sapevo se mi avesse vinto fisicamente o psicologicamente. A quel punto non riuscivo più a capire da cosa derivasse la mia impotenza.

Scivolavo via, il mondo diventava un luogo sempre meno reale. Tanto che, quando guardai verso la vetrata in frantumi, mi sembrò di scorgere una figura.

Solo dopo un po' mi resi conto che c'era davvero qualcuno.

E non era un passante occasionale.

Riconobbi Werner. Non avevo dubbi che si trattasse proprio di lui. Al contempo non potevo crederci, cominciai a considerare l'eventualità che la mente mi stesse giocando un brutto tiro.

Mi balenò in testa che, se Damian era davvero lì, doveva scappare subito. Con Robert non aveva nessuna possibilità. Prima che mio marito si costruisse l'immagine del serio uomo d'affari, si era fatto le ossa nelle risse di strada. Era una di quelle persone che andavano in discoteca per attaccare briga.

Non so a cosa mirasse. Forse voleva dimostrare che, benché fosse di buona famiglia, era capace di badare a se stesso. E lo era, grazie tra l'altro alle ore passate in palestra.

In uno scontro corretto Damian non avrebbe avuto nessuna chance.

Socchiusi gli occhi incerta, sperando che, quando li avrei riaperti, la figura sulla veranda si fosse dissolta nell'oscurità.

L'oscurità. Dio mio, quanto tempo era passato da quando Robert aveva iniziato a infierire su di me? Solo ora cominciavo a rendermi conto che doveva essere un bel po'. La mia mente tornava pian piano al suo stato normale, la paralisi recedeva.

Non potevo dire altrettanto del mio corpo. In realtà sembrava non appartenermi più.

Robert mi colpì al ventre, poi aggiustò il tiro mirando un po' più in alto. Mi mancò il fiato.

« Ehi! » risuonò un grido.

Mio marito d'un tratto s'immobilizzò.

Werner.

Era davvero lì.

E sarebbe dovuto sul serio scappare immediatamente.

17

Non c'era tempo per riflettere. Quando accostai l'auto alla villa e sentii le grida, sapevo già che non sarebbe finita bene. Andai di soppiatto sul retro della casa per cercare di capire la situazione, quando risuonò un rumore di vetri infranti.

Ciò che vidi superava i miei peggiori timori.

Kasandra mi aveva descritto la sua triste situazione, è vero, ma non aveva mai detto che il marito la maltrattava a tal punto. Definirle torture sarebbe stato a dir poco riduttivo. E supponevo che in nessun dizionario avrei trovato un termine adatto.

Il mio primo pensiero fu di chiamare la polizia. Per ovvi motivi lo accantonai subito.

Quando Reimann mi voltò le spalle, mi resi conto di avere una chance. Potevo coglierlo di sorpresa e, con un pizzico di fortuna, renderlo inoffensivo. Bastava trovare qualcosa di abbastanza pesante e colpirlo alla testa.

Fu allora che cominciò a picchiarla, e io feci la cosa peggiore che potesse venirmi in mente: mi privai dell'elemento sorpresa. « Ehi! » gridai.

S'immobilizzò, ma solo per un momento. Poi si raddrizzò di scatto e mi guardò, come se fossi spuntato fuori dal nulla. Ansimava pesantemente, nei suoi occhi vidi pura follia.

Fece un passo verso di me e, senza volere, indietreggiai. Il vetro scricchiolò sotto le suole delle mie scarpe.

« E tu chi saresti, cazzo? » gridò.

Arretrai di un altro piccolo passo. Me ne resi conto io stesso a malapena e speravo che fosse sfuggito a Reimann. Quando si avvicinò, capii che non era così, e che ogni centimetro guadagnato era importante.

« Camminavo sulla spiaggia e ho sentito... »

« Un rumore di vetri infranti? »

« Sì. »

« Non è successo niente », annunciò lui in tono risoluto.

Solo ora capii che, avvicinandosi, non provava a mostrarmi chi comandava. Voleva farmi allontanare dalla vetrata rotta. Da Kasandra stesa sul pavimento, che avevo scorto con la coda dell'occhio.

Adesso non potevo vederla, Reimann le si era parato davanti. Prima però mi era sembrato di vedere del sangue. Molto sangue. Nella penombra non era facile stabilire in che stato fosse Kas. Ma, quando ci allontanammo dalla casa, divenne addirittura impossibile.

L'uomo che mi stava di fronte d'un tratto sorrise leggermente. All'inizio non riuscivo a capire a che gioco giocasse. Poi mi venne in mente che non sapeva da quanto tempo fossi lì. Non sapeva che cosa avessi visto, e voleva salvare la situazione.

« Grazie per l'interessamento. Ma davvero non è successo niente. »

Sbirciai in direzione del vetro infranto, e Reimann scrollò le spalle. « Io e mia moglie stavamo montando un nuovo scaffale. Ikea dovrebbe proprio mandare degli operai per mettere insieme questi affari », spiegò.

Nei dintorni non c'era nessuna Ikea, ma non importava. Reimann mi stava facendo una chiara proposta: *Chiudi un occhio su quanto hai potuto vedere e andrà tutto bene.*

Inghiottii a fatica, mentre lo osservavo. Fin dove era disposto a spingersi?

E io cosa potevo fare? Le sue spalle larghe e i muscoli non lasciavano adito a dubbi, in uno scontro non avrei avuto grandi possibilità. Per giunta, non avevo nulla da poter usare come arma. Appena avevo sentito il rumore di vetri infranti, mi ero precipitato fuori dalla macchina senza pensare che, per cavarmela con quelle fiamme, non mi sarebbe servito un estintore, bensì un'intera squadra di vigili del fuoco.

« Comunque grazie ancora per l'interessamento », aggiunse Reimann. « Se nella vita di tutti i giorni la gente non si mostrasse tanto indifferente nei confronti del prossimo, forse al mondo ci sarebbero meno tragedie. »

« Forse. »

Sorrise di nuovo leggermente. Cercavo di guardare oltre la sua spalla, ma l'interno della villa era immerso nell'oscurità.

« Da dove vieni? » chiese.

Non ero troppo pratico dei dintorni e dovetti pensarci un attimo. Un attimo che non fece che aumentare la diffidenza di Robert Reimann.

« Da Pobierowo », buttai lì, ricordandomi il nome di una delle località che facevano parte del comune di Rewal.

« In ferie? »

« Già », risposi nel modo più disinvolto che potevo.

« Ti trattieni a lungo? »

« Non più di una settimana. »

« Albergo o pensione? »

« Pensione. A due passi da qui. »

Per fortuna non chiese quale. In tal caso ero pronto a citare il nome di un qualunque uccello marino. Il posto brulicava senz'altro di Albatros o Cormorani.

«Sei venuto da solo?»

«Sì. Devo riprendere fiato... Riposarmi dalla famiglia.»

«Ti capisco.» Mi rivolse uno sguardo d'intesa, e mi chiesi se facesse quelle domande per mantenere la parvenza di una normale, innocente conversazione, o per scoprire se la mia scomparsa sarebbe stata notata.

«A volte la sera arrivo fino a qui e torno indietro», aggiunsi.

«Non mi stupisce, questi luoghi invogliano a passeggiare.»

«È vero.»

«Però fai attenzione, quando entri in una proprietà privata.»

«Non sapevo...»

«Sì, è vero, dovremmo mettere una recinzione», ammise, come se in realtà fosse colpa sua. «Ma non vogliamo rovinarci il panorama.»

«Giustissimo.»

«Sulla spiaggia, del resto, c'è un cartello. Con questo buio non devi averlo notato.»

Annuii e mi sentii la gola sempre più secca. In quella conversazione c'era qualcosa di decisamente inquietante. Come se ogni frase, ogni parola, nascondesse minacce inespresse.

Mi controllai. Dovevo appurare che cosa era successo a Kasandra, cercare di aiutarla in qualche modo.

Ma come? Potevo andarmene e chiamare la polizia. In realtà mi sembrava l'unica soluzione possibile. Però avrebbe avuto effetti tragici, e non solo per me.

«Sicuro che è tutto okay? Forse posso essere d'aiuto?»

«Ragazzo...» borbottò Reimann, e sbuffò. «Ma la notte non hai niente di meglio da fare?»

«Veramente no.»

«In tal caso ti consiglio un buon locale a Pobierowo. Il Baltic Pipe.»

«Nome curioso.»

«Non solo il nome. Tutto l'arredamento è ispirato alle atmosfere industriali, ti piacerà. Di giorno è un caffè, ma di sera è un cocktail bar. Di' che ti ha mandato Robert Reimann.»

«Questo mi darà diritto a un giro gratis?»

Si mise a ridere, come se avessi davvero detto qualcosa di divertente. Mi venne caldo, anche se dopo il tramonto la temperatura era molto bassa.

«Almeno a uno», dichiarò. «Anzi, telefono subito per annunciarti. Non è detto che non riesca persino a fare un salto, appena io e mia moglie avremo riordinato un po'.»

Feci un passo a destra e lanciai un'occhiata verso la casa. Il mio interlocutore rispose subito con lo stesso movimento a specchio e di colpo il sorriso gli scomparve dal viso.

«Lei sta bene?»

«Sì, sì. Si è ferita a una mano, ma non è niente di grave.»

Per un momento restammo in silenzio a guardarci.

È la fine, pensai. *Il tempo del teatrino delle apparenze è finito. O adesso faccio ciò che devo fare, o tra un momento sarà Reimann a prendere l'iniziativa.* Ormai aveva smesso di sondare il terreno.

«Be'. In ogni caso grazie di nuovo», disse.

E tre. Un segnale più chiaro che era il momento che me ne andassi non poteva mandarlo. Feci un cenno con la testa, come se avessi capito l'antifona e avessi deciso di essere ragionevole, quindi mi girai e mi avviai nella direzione che mi aveva indicato con lo sguardo. «Baltic Pipe?» chiesi per sicurezza.

«Ah-ha.»

«Ci farò senz'altro un salto.» M'incamminai, sempre

senza sapere che cosa fare. Al diavolo, una persona tanto provata dalla vita dovrebbe avere almeno la capacità di prendere decisioni alla svelta nelle situazioni critiche. Nonostante ciò, continuavo a sentirmi come paralizzato.

Per giunta, nell'allontanarmi da Reimann avevo commesso un grave errore. Avevo girato la testa verso la vetrata rotta e scorto Kasandra a terra in un lago di sangue. Mi ero fermato come se fossi stato colpito da un fulmine e, anche se un secondo dopo mi ero mosso, era bastato perché Reimann capisse che avevo visto troppo.

Mi fu subito accanto e sollevò il braccio. Il pugno mi raggiunse dritto alla tempia. Sentii riverberare il colpo come un'eco nelle orecchie, e il dolore pulsarmi nella testa.

Avrei perso l'equilibrio se Reimann non mi avesse afferrato. Alzai automaticamente le mani nel tentativo di proteggermi il capo. Fu un altro errore. Robert approfittò del fatto che non avevo opposto resistenza, prese lo slancio e mi colpì sul pomo d'Adamo.

Il colpo non era forte ma bastò, il mio aggressore lo aveva assestato bene. Mi mancò il fiato e il dolore lancinante mi fece perdere del tutto il controllo della situazione.

Caddi a terra e cercai di proteggermi. Allora arrivò il calcio. Reimann non aveva mirato a un punto preciso, sembrava aver dato semplicemente sfogo alla propria rabbia. Lo ricevetti in testa, mentre quello successivo mi colpì al busto.

Poi mi sentii sollevare.

« Non hai visto niente, capito? »

« S-sì... » Mi sentivo orribilmente. Ero andato lì con l'idea di soccorrere Kasandra. Dovevo aiutarla a strapparsi dall'incubo nel quale viveva da anni. Dovevo rappresentare la sua liberazione.

Invece, l'unica cosa di cui ero stato capace era stata attaccare una conversazione assurda, tragicomica con suo marito.

Reimann mi colpì al ventre, e io mi piegai in due tossendo. Dopo il colpo alla gola, avevo l'impressione che qualcosa si fosse lacerato. Sentivo in bocca un sapore metallico, che aveva su di me un effetto più paralizzante di qualsiasi dolore.

Mi ricordava che cosa era successo in riva alla Młynówka. Era là che avevo sentito per l'ultima volta il sangue in bocca.

« Se lo dici a qualcuno, ti ammazzo. Intesi? »

Facevo fatica a prendere fiato, figuriamoci a parlare. Ma sapevo che, per evitare altri colpi, dovevo costringermi a farfugliare qualcosa.

« Intesi?! »

« Sì », risposi in tono incerto.

« Dove alloggi? »

Rimasi in silenzio.

« Parla! » Senza aspettare risposta, mi sferrò un pugno sui denti. Colpì dal basso e immaginai che si fosse ferito le nocche. Sentii tremare gli incisivi superiori. Le gengive cominciarono subito a gonfiarsi.

« Dove?! »

« All'Alba... All'Albatros. »

« Che stanza? »

« Quin... Quindici... »

Reimann sputò di lato e mi scrollò. « Come ti chiami, stronzo? »

Esitai un momento di troppo, e Reimann capì che c'era sotto qualcosa. Avrei dovuto rispondere subito, ma mi rimaneva abbastanza buonsenso da non rivelargli il mio vero nome. Robert conosceva senz'altro i clienti della RI, avrebbe fatto facilmente due più due.

E avrebbe capito subito che la mia presenza lì non era casuale.

« Tomasz... Prokocki... » balbettai.

« Stai mentendo, cazzo? » sibilò. « Pensi che non controllerò? » Mi diede un altro pugno, stavolta un po' più piano, da sinistra. Quel colpo ebbe su di me l'effetto del gong che annuncia un nuovo round in un incontro di boxe. Il gong che sveglia il pugile che non si regge in piedi.

Mi staccai da lui e assestai a mia volta un colpo goffo. Lo raggiunsi alla testa con un gancio destro, ma il mio attacco non portò a nulla. Reimann si riprese subito, mi afferrò per un braccio e me lo torse. Mentre mi girava, sollevai l'altro braccio e colpii col gomito il mento del mio avversario, che emise un gemito sommesso.

Non riuscii a prendere il sopravvento, però capii di potermi difendere. Soprattutto grazie al fatto che la mia reazione aveva colto di sorpresa Reimann.

Feci in tempo a colpirlo di nuovo, prima di essere tempestato da una gragnola di colpi.

Quell'uomo aveva l'esperienza delle risse di strada, e me lo dimostrò subito. Tirava un pugno dietro l'altro, e io agitavo le braccia nel tentativo disperato di difendermi. Ogni suo colpo andava a segno, i miei per lo più facevano cilecca.

Alla fine barcollai all'indietro e sentii che stavo perdendo il controllo del mio corpo. Quando Reimann mi diede un calcio al ginocchio, non riuscii a mantenere l'equilibrio. Caddi a terra inerte.

Il pugno successivo si abbatté dall'alto come un martello e mi raggiunse al naso. Sentii scricchiolare qualcosa. Il dolore si diffuse dietro gli occhi e fu talmente intenso, che sembrò paralizzarmi le terminazioni nervose.

Altri pugni mi condussero di nuovo al limite dello svenimento. Sentivo il sangue fuoriuscirmi dal naso non più a fiotti, ma in un flusso continuo. Colava sulla bocca, sulla gola. Ogni nuovo colpo di tosse mi costava sempre più fatica.

Avevo l'impressione che sarei soffocato a momenti. E che il mio viso fosse lì lì per essere ridotto a una poltiglia sanguinolenta.

Malgrado ciò, Reimann non la smetteva. Colpiva come un pazzo, come se fosse posseduto. Gridava qualcosa, ma non capivo cosa. La sua voce non penetrava attraverso il rumore che mi assordava.

Capii che era la fine.

Dopo tutte le difficoltà che avevo dovuto superare. Dopo tutta la strada che avevo percorso. Sarebbe finito tutto qui e adesso.

Non avrei scoperto se Ewa mi aspettava davvero. Non avrei mai saputo che cosa ne era stato di lei in tutto il tempo in cui si era nascosta. Non avrei capito sino in fondo tutto ciò che aveva voluto dirmi.

I pensieri stavano cessando di prendere forma nella mia testa. Si frantumavano in mille pezzi, non capivo più che cosa succedesse. L'uomo che mi picchiava era diventato un estraneo, quasi anonimo. E il motivo per cui mi colpiva mi era sfuggito di mente.

Fui invaso da una sensazione di totale disorientamento. La situazione mi appariva irreale. Assurda.

Forse è sempre così prima di morire?

Scivolavo via. Mi sembrava di avvicinarmi a un luogo dal quale non c'era ritorno.

Stavo perdendo conoscenza. Allora Reimann d'un tratto si fermò.

Fu come un inaspettato sprazzo di sole durante una tempesta cupa, furiosa. Il tempo sembrava essersi fermato. La sensazione d'irrealtà si accentuò. Un unico pensiero mi si era formato in mente.

Mi aveva ucciso.

Aveva smesso perché aveva ottenuto ciò che voleva, e io avevo appena perso la vita.

Riuscii ad aprire un occhio inondato di sangue. Sopra di me vidi Reimann che ansimava.

Stava alzando il pugno serrato per prepararsi all'ultimo colpo. Al colpo che avrebbe fatto sì che non riaprissi più gli occhi.

18

Il frammento di vetro si conficcò nella nuca di mio marito come un coltello nel burro.

Robert morì col pugno alzato, senza emettere nessun suono. Non me l'aspettavo. Temevo che un colpo non sarebbe bastato. Che Robert si sarebbe girato, mi avrebbe fatto cadere di mano il frammento di vetro, si sarebbe difeso.

A quel timore si mescolava la speranza.

La speranza che avesse una lunga agonia, che morisse dissanguato e soffrisse prima di morire. Invece successe in un attimo. Ero appena strisciata fuori, avevo fatto appello a tutte le mie forze per alzarmi, ed era già finita.

Bastò che il pezzo di vetro gli penetrasse nel corpo.

Riuscii a tenerlo un momento e a non farlo cadere sopra Werner. Poi scivolò di lato, e mi mancarono subito le forze. Mi resi conto che avrebbero potuto abbandonarmi un istante prima.

E che Werner era stato a un passo dalla morte.

Mi ero trascinata verso di lui. Per la verità non ero certa che non fosse troppo tardi. Avevo visto che cosa succedeva fuori, avevo provato a spingermi fin là più velocemente che potevo, ma percorrere ogni metro mi era costato uno sforzo sovrumano.

Per giunta, continuavo ad avere la sensazione che da un momento all'altro Robert si sarebbe voltato e mi avrebbe vista.

Eppure non era accaduto. Lo avevo colto di sorpresa, avevo avuto la meglio. Speravo soltanto che, nell'ultimo istante di vita, avesse capito cos'era successo. E chi aveva fatto giustizia.

Io non me n'ero ancora resa conto. Con la coda dell'occhio vedevo Robert a faccia in giù nella sabbia, immobile, ma in cuor mio temevo che da un momento all'altro si sarebbe riscosso e si sarebbe alzato. E avrebbe cominciato a fare tutto quello per cui lo odiavo.

Concentrai lo sguardo su Damian e gli afferrai un polso. Cercavo di sentire il battito, però ero sempre come paralizzata, facevo fatica a capire.

« Wern... »

Mi sembrava di sentire un respiro lieve, anche se non ne ero sicura. Mi pervase una sgradevole sensazione di freddo e mi balenò in mente che, malgrado tutto, ero arrivata tardi. Non di molto, comunque tardi.

Gli ripulii il viso dal sangue, lui non si mosse neppure. Se era ancora vivo, era ormai al limite. E avrebbe potuto varcarlo da un momento all'altro.

Sapevo che cosa dovevo fare.

Alla fine meritava di sentire ciò che volevo dirgli da tanti giorni.

Feci un profondo respiro. « Non era così che lo avevo immaginato. Non era così che doveva finire. »

Mi chinai su di lui, lo baciai sulla bocca. Poi lo sollevai leggermente. « Tigre... » dissi.

Si mosse a scatti, come se gli avessero posizionato degli elettrodi sulla gabbia toracica e avessero azionato un defibrillatore. Aprì gli occhi e mi guardò incredulo.

Non mi aspettavo che trovasse in sé la forza di parlare. Eppure ci riuscì. « Ewa? »

PARTE TERZA

1

I momenti di veglia erano come fulmini che illuminavano il cielo. Provavo a catturarli come un fotografo a caccia dello scatto perfetto, ma sparivano altrettanto rapidamente di quanto erano comparsi.

Ero cosciente solo per brevi intervalli di tempo. Le immagini mi balenavano davanti agli occhi, facevo di tutto per disporle in un insieme coerente.

Ewa non poteva essere qui.

Eppure si chinava su di me, mi accarezzava la guancia e chiedeva se fossi in grado di alzarmi. Non feci in tempo a rispondere, fui avvolto dall'oscurità. Quando riaprii gli occhi, ero nel salone della villa.

Poi mi svegliai per un momento sul divano.

Vidi il viso ferito di Ewa e non capii che cosa succedeva e com'era possibile che fosse qui. La mia mente rifiutava di comprendere ciò che era assolutamente evidente.

Non avevo mai visto Kasandra Reimann.

Non avevo mai sentito la sua voce.

Mi aveva contattato unicamente tramite la RIC, insistendo nel dire che era l'unico modo sicuro. E, considerato in che Sodoma e Gomorra si era trasformata casa sua, dovevo riconoscere che aveva ragione.

Ma, se era davvero Ewa, perché non me l'aveva detto subito? Perché tutto questo?

E com'era possibile che fosse diventata la moglie di Robert Reimann?

Nel corso degli anni non l'aveva riconosciuta nessuno? Eppure era apparsa in pubblico, aveva partecipato...

No, non l'aveva fatto, mi corressi tra me. Certo, aveva destinato molto denaro ad attività caritatevoli e sostenuto iniziative locali, eppure non aveva preso parte a banchetti sfarzosi, non era mai stata sotto il lampo dei flash.

Dio mio, era davvero lei.

Ogni volta che mi svegliavo ne ero più convinto. Tuttavia, se spuntavano sempre nuove domande, di risposte, non ce n'erano. Non aveva nessun senso.

Perché si era fatta vedere a quel concerto? E perché, più tardi, mi aveva incalzato per tutto il Paese?

Un momento, pensai. Non per tutto il Paese. Al contrario, mi aveva condotto da sud a nord. Per tutto il tempo mi aveva fatto avvicinare a piccoli passi a Rewal.

Quando alla fine mi svegliai del tutto, era seduta sul bordo del divano e fissava con uno sguardo assente il nero oltre la finestra. Il nero che nascondeva il corpo di Reimann. A quel pensiero rabbrividii, consapevole che Ewa lo aveva davvero ucciso.

La guardavo in silenzio, senza sapere che dire. Era cambiata, sembrava un po' diversa. Al punto che forse i nostri vecchi amici non l'avrebbero riconosciuta, nell'incrociarla per strada.

Era senz'altro il suo obiettivo. Per anni doveva aver fatto di tutto per non assomigliare a se stessa. Anche la sua voce era cambiata. Forse più di tutto il resto. Solo gli occhi erano rimasti quelli di prima. Anche se, da qualche parte in fondo a essi, c'era qualcosa che mi stringeva il cuore.

« Ewa... »

Scosse la testa e mi guardò. « Non ti muovere, hai qualche costola rotta. »

Mi ero immaginato quell'incontro per dieci anni. Non mi ero aspettato che sarebbe cominciato così, però.

« Ti ho bendato il torace, ma devi fare attenzione. »

« Come... »

« Ti spiegherò tutto. »

Nonostante le sue raccomandazioni cercai di tirarmi su. Lei mi fermò subito con un tocco delicato della mano. Per un momento ci guardammo, cercando di dirci più di quanto non si potesse esprimere a parole.

Solo ora mi resi conto del perché ci fossimo intesi così presto e facilmente sulla RIC. Malgrado non ci vedessimo, parlavamo come due vecchi amici. Le conversazioni erano vivaci e capivamo al volo le reciproche battute. Tra noi c'era stata fin da subito una certa chimica. Il che avrebbe dovuto farmi riflettere, visto che in realtà la nostra intera conoscenza si riduceva a una chat.

Ewa ritirò la mano e la fece scivolare sul mio palmo. Anche senza tutte le ferite, si vedeva a occhio nudo che era l'ombra di se stessa. Le tracce di sangue e i primi lividi risaltavano chiaramente sulla carnagione pallida. Le ombre sotto gli occhi facevano un'impressione quasi spettrale, i capillari rotti avevano inondato parte della sclera.

Ewa girò la testa e fissò di nuovo lo sguardo nell'oscurità impenetrabile. Avevo l'impressione di averla persa da qualche parte nelle profondità notturne. Non dieci anni prima, adesso. Come se un attimo prima avesse lasciato il suo vero io da qualche parte, laggiù.

Fece penzolare la testa e per un momento non si mosse. Non volevo nemmeno pensare a che cosa doveva provare. Non sapevo se il primo colpo fosse stato quello mortale, non avevo idea se avesse lottato con Reimann, se avesse combattuto per la propria vita... se avesse fatto ciò che aveva fatto a sangue freddo.

Alla fine riuscii a tirarmi su. Emisi un sibilo di dolore, ma Ewa non mi rimproverò.

« Perché... » farfugliai. « Perché tutto questo? »

« Te lo spiegherò tra non molto. »

Sussurravamo. Non perché qualcuno potesse sentirci. Nessuno dei due aveva la forza di parlare.

« Ora dobbiamo scappare, Tigre. »

« Scappare? » Volevo chiedere da chi, visto che Robert Reimann giaceva morto davanti a casa. Ma mi morsi la lingua.

« Ci seguiranno. »

« Chi? La gente dalla quale ti nascondi? Gli uomini di Kajman? »

« Anche loro. »

« Anche? Chi altri? »

« I sottoposti di Robert. E i suoi collaboratori. Qualcuno prenderà il suo posto e la prima cosa che vorrà fare sarà... » S'interruppe e scosse la testa. Quel movimento le provocò chiaramente dolore.

« Si ricomincia... » disse con aria depressa. Infine alzò gli occhi e mi guardò per un istante. « Dovrò passare di nuovo attraverso tutto questo, Wern. »

« No, non è vero. » Sebbene non sapessi ogni cosa, capivo alla perfezione cosa intendeva.

« Questa volta hai me. Insieme ce la caveremo. »

Sorrise debolmente. « Devi stare davvero male se te ne esci con certe banalità. »

« In questo sono un maestro. »

« È vero... »

Mi girai e abbassai le gambe sul pavimento. Ciò mi causò un dolore acuto, lancinante, ma cercai di non darlo a vedere.

Feci una lieve smorfia, che sperai camuffasse la gravità delle mie condizioni.

Quel maledetto Reimann doveva avermi davvero rotto qualche costola. Non potevo respirare senza la sensazione che qualcosa mi si spezzasse nella gabbia toracica. Il minimo movimento produceva lo stesso effetto.

« Dobbiamo passare a prendere Wojtek. E poi ce ne andremo subito via », disse Ewa.

Guardai verso i vetri rotti. « E lui? »

« Lo lasceremo così. »

« Sei sicura? Non sarebbe meglio... »

« No », tagliò corto, e si alzò. Vacillò. E io istintivamente la sostenni.

Aveva ragione, dovevamo scappare al più presto da lì. Ma come potevamo farlo in quello stato? Tutti e due ci reggevamo a malapena in piedi, fare solo pochi passi sembrava uno sforzo enorme.

« Non ci libereremo del corpo. Prima o poi lo troveranno comunque, e perderemmo solo del tempo prezioso », aggiunse.

« Potremmo allontanarci via mare e portarlo con noi. »

« Sai remare? »

« No », risposi senza esitare.

Avrei voluto chiedere se nei paraggi c'era una barca a motore, ma mi venne in mente che, se così fosse stato, Ewa lo avrebbe saputo. Mi frullava in mente una gran quantità di altre domande più importanti. Però decisi di concentrarmi su quanto aveva luogo qui e ora. In seguito ci sarebbe stato abbastanza tempo perché mi raccontasse tutto.

Mi alzai dal divano, quindi uscimmo sorreggendoci a vicenda.

« Come pensi di andarlo a prendere? » chiesi.

Mi guardò senza capire.

« Tuo figlio. Dorme da qualcuno, no? »

« Sì. Da un compagno », confermò.

« E vuoi presentarti in questo stato, portandolo semplicemente via con te? »

« Qualcosa ci verrà in mente. »

Il fatto che usasse il plurale ebbe su di me un effetto corroborante. Sentii affluire le forze, ma era solo un'illusione. Dopo un secondo o due, facevo di nuovo fatica a mantenere l'equilibrio.

Salimmo sulla Peugeot. Io dalla parte del passeggero, Ewa al volante. Girò la chiave dell'accensione.

« Non porti via nulla? » chiesi.

« No. Ho tutto ciò di cui ho bisogno. »

Difficile stabilire se alludesse a me o al denaro che aveva versato sui conti aperti a mio nome. Per la Ewa che conoscevo un tempo non ci sarebbero stati dubbi. Ma non sapevo quanto, nella donna che mi sedeva accanto, fosse rimasto di quella persona.

Ci dirigemmo verso la strada che collegava le località costiere. Mi echeggiavano in testa le parole che Ewa doveva aver pronunciato in uno dei momenti in cui avevo ripreso conoscenza.

Non era così che lo avevo immaginato.

Lo aveva detto con una voce assente che non sembrava nemmeno la sua. Supponevo che avesse pensato spesso a come avrebbe dovuto essere il nostro incontro, ma quello non rientrava in nessun possibile scenario. Non aveva previsto la possibilità che qualcuno morisse. Aveva progettato tutto in modo che scomparissimo senza lasciare traccia, e senza trascinarci dietro un'ombra.

Parcheggiammo davanti a una casa, a Rewal.

« Aspetta qui », disse Ewa, e scese dall'auto senza attendere risposta.

La osservai avvicinarsi alla porta d'ingresso e premere il campanello. Diedi un'occhiata all'orologio. Era già mezzanotte passata, il piccolo sicuramente dormiva. Come senz'altro anche gli altri occupanti della casa. Dalla parte che dava sulla strada non si accese nessuna luce.

Dopo un po' una delle finestre s'illuminò. Qualche momento più tardi la porta si aprì e sulla soglia comparve una donna di mezza età insonnolita.

Osservavo Ewa senza prestare nessuna attenzione alla padrona di casa. Guardavo la mia fidanzata scomparsa. Poco dopo l'avrei vista prendere in braccio suo figlio.

E ora? Potevamo davvero illuderci che la fuga sarebbe andata in porto? E, quand'anche, cosa sarebbe successo poi? Saremmo diventati una famigliola felice, con me nella veste del nuovo papà?

Cristo, dovevo smetterla con certi pensieri. Una cosa alla volta.

Prima avremmo lasciato la regione in modo sicuro, poi avremmo riflettuto sul da farsi. Del resto, Ewa doveva avere un piano. Considerato tutto ciò che era riuscita a fare per mettere in piedi quella folle impresa, dovevo aspettarmi che fosse pronta a ogni evenienza.

Strizzai gli occhi e cercai di scorgere la reazione della padrona di casa. Aveva indietreggiato, chiaramente confusa, ed era scomparsa all'interno. Ewa si guardò indietro e mi fece un cenno col capo. Era tutto a posto.

Forse la donna non aveva visto le ferite. O forse Ewa le aveva rifilato una bella storia.

In ogni caso, dopo un po' Wojtek apparve sulla soglia. Sbadigliò prolungatamente, ed Ewa lo prese per mano e lo condusse verso l'auto. Dopo essere montato dietro ed es-

sersi allacciato la cintura, si rese conto della mia presenza.
«Mamma, chi è?»

La risposta a questa domanda era complicata come tutte quelle che ancora non avevo e che non mi davano pace. Ora non avevo voglia di rifletterci.

Mi girai a fatica. «Werner.»

Quando il bambino mi strinse la mano per salutarmi, il dolore mi trafisse la parte superiore del corpo.

Ewa fece marcia indietro nel vialetto d'accesso e svoltò a sinistra. Imboccammo la 102 per Trzebiatów.

Eravamo diretti verso una nuova vita. Nessuno ci aveva trattenuti, nessuno ci seguiva. Soltanto ora capii che le risposte erano solo questione di tempo. Che alla fine avremmo ottenuto ciò per cui Ewa aveva dovuto lavorare da anni.

Aspettammo che Wojtek si addormentasse. Non ci volle molto, il piccolo moriva dal sonno. Da qualche parte nei dintorni di Kołobrzeg, si stese comodamente sul sedile posteriore. E noi due sospirammo di sollievo.

«Comincerò dall'inizio...» annunciò Ewa.

2

Mi sentivo strana, come se mi fossi svegliata e avessi cominciato ad agire in un altro mondo, sconosciuto. Potevo fermare l'auto a una stazione di servizio e comprare ciò di cui avevo voglia senza chiedere il parere di nessuno. Potevo imboccare qualsiasi uscita, scegliere una direzione a caso. Potevo sintonizzarmi sulla stazione radio che più mi piaceva.

Tutto dipendeva da me. Nessuno mi guardava di sbieco per controllare cosa facessi.

Sulle prime non riuscivo a orientarmi. Ero smarrita, come un prigioniero tornato in libertà dopo vari decenni trascorsi dietro le sbarre.

La consapevolezza di come c'ero riuscita quasi mi paralizzava. Continuavo ad avere davanti agli occhi l'immagine offuscata del frammento di vetro che si conficcava nel collo di Robert. Quando quella visione tornava, mi sembrava di assistere alla scena da lontano.

Vedevo la vita abbandonare subito mio marito. Osservavo me stessa afferrare il suo corpo e scivolare con esso accanto a Werner.

Lo osservai. Aveva il gomito appoggiato al finestrino e guardava davanti a sé con occhi vacui. Sapevo che stava cercando di riordinare i pensieri, ma ero sicura che non ci sarebbe riuscito.

Non senza il mio aiuto.

Sentì il mio sguardo e mi rivolse un sorriso lieve, fugace.

Sparì altrettanto in fretta di quanto era comparso, certo a causa del dolore. Aveva il viso gonfio, pieno di lividi. Temevo che avrebbe spaventato Wojtek, che lo avremmo spaventato entrambi, ma nella penombra evidentemente mio figlio non aveva scorto le ferite. Adesso, infatti, dormiva tranquillo sul sedile posteriore.

« Allora? » mi sollecitò piano Damian.

« Mi sto chiedendo da dove cominciare... »

« Mmm. »

« Hai qualche suggerimento? »

« Comincia da dove hai finito nell'ultima registrazione. Dal gelato in una giornata torrida. » Mi rivolse un lungo sguardo e io strinsi le mani sul volante.

« Tra l'altro, quel titolo non mi è piaciuto granché. »

« Volevo instillarti un po' di ottimismo. »

« Non ci sei riuscita. Forse perché alla fine mi hai lasciato con un pugno di mosche », borbottò.

« Un pugno di mosche? »

« L'ultimo indizio non mi ha detto nulla. E continua a non dirmi nulla. » Guardò davanti a sé socchiudendo gli occhi, quasi cercasse di cogliere qualcosa nell'oscurità notturna. La strada era vuota, non incrociavamo altre auto da un pezzo.

« Il luogo che dovevo trovare solo io? E il momento che doveva essermi noto? » gemette. « Che cosa doveva significare? »

« Non molto. »

« Questo l'avevo intuito. »

Sbirciai nello specchietto retrovisore. Wojtek dormiva come un sasso, pareva che nel corso della giornata non gli fossero mancate le emozioni. Del resto parlavamo talmente piano, che non dovevo preoccuparmi che si svegliasse. Feci un profondo respiro. « Intendevo solo che tra non molto ti avrei contattato, Tigre. Ti avrei dato luogo e ora dell'incontro. E li avresti saputi solo tu. Tutto qui.»

«E come pensavi di farlo?»

«Con la RIC.»

«Volevi dirmi ogni cosa? Così, come se niente fosse?»

«No, non come se niente fosse», replicai in tono risoluto. «Ti avevo preparato a questo da tanto tempo, non è vero?»

Rimase in silenzio, e quella probabilmente fu la più dolorosa delle risposte. Sapevo che, quando si fosse giunti alla resa dei conti, avrei dovuto affrontare i suoi rimproveri. Ma era un prezzo che ero disposta a pagare.

«Perché?» chiese infine.

«Ti spiegherò tutto.»

«Allora comincia subito.»

«Preferirei...»

«Che cosa? Fermarci in un motel e chiacchierare davanti a un bicchiere di vino? Non è una conversazione che si possa rimandare.»

Aveva ragione, anche se avrei dato non so cosa pur di bagnarmi le labbra con un po' di Prosecco. Avevo l'impressione che, dopo tutto quello che era successo, l'alcol avesse smesso di fare effetto. Che l'adrenalina avesse accelerato il mio metabolismo e fossi completamente sobria.

In realtà, non era di certo così. Non avrei dovuto guidare per qualche altra ora buona e un eventuale controllo da parte della polizia sarebbe finito tragicamente, in ogni caso.

Se un qualsiasi poliziotto ci avesse guardato anche solo di sfuggita, non ci avrebbe lasciati andare prima di avere appurato che cosa ci era accaduto.

«Ti sei nascosta nella Grande Polonia. Finiva così, l'ultima registrazione.»

«Sì.»

«Quando è stato?»

«Poco dopo avere testimoniato contro Kajman.»

«Ti avevano rintracciata?»

«No, ma...» M'interruppi e feci un respiro profondo. «Avevo l'impressione costante che bastasse un passo falso e sarebbe successo.»

Damian annuì, certo dentro di sé mi dava ragione.

«Sentivo incombere il pericolo, Tigre. Incessantemente.»

«Capisco.»

«Insieme con lo spettro di quanto era accaduto.»

Werner taceva. Nel firmamento della sua vita erano transitate esattamente le stesse nubi. Non dovevo aggiungere altro perché sapesse che quelle scene non rispuntavano solo nella sua memoria.

Malgrado ciò, decisi di dare voce a quanto andava detto. «Ha determinato tutte le mie decisioni successive.»

Abbassò il gomito e scivolò sul sedile. Mi guardò. «Che vuoi dire?»

«Che ho vissuto tutta la mia vita attraverso il prisma di quegli avvenimenti. E della paura legata a essi. Capisci?»

«Certo...»

«Tutto ciò che ho fatto è stato determinato da questo. Ogni minima decisione è stata frutto di un calcolo.»

«Basato su cosa?»

«Sul garantirmi la sicurezza. Ne avevo bisogno, altrimenti sarei impazzita. E forse alla fine è successo comunque.» Speravo che sorridesse e confermasse che dovevo essere davvero impazzita per buttarmi a capofitto in quel piano. Ma Damian taceva.

«Mi sono iscritta a Psicologia d'impresa», continuai.

«Ti sei laureata?»

«Sì.»

«Io ho abbandonato. Non ho dato la tesi.»

«Lo so. Ho cercato di tenermi informata sul tuo conto.»

« E non hai provato neanche una volta a contattarmi? A farmi sapere che eri viva? Che andava tutto bene? »

« Pensavo che... »

« Che cosa? »

Wojtek si agitò sul sedile posteriore, e io mi resi conto che avevamo alzato tutti e due la voce. Werner fece un gesto di scusa con la mano e guardò di nuovo davanti a sé.

« Pensavo che lo avessi capito dalle registrazioni. Per questo te le ho fatte, Wern. »

« In tal caso hanno avuto un effetto contrario a quello che ti eri proposta, perché, dopo averle ascoltate, sono più confuso di prima. »

Per un po' non parlammo. Non ce n'era bisogno, sapevo che, nonostante quell'affermazione, Damian aveva capito tutto. Ma aveva semplicemente bisogno di sentirlo dalla mia bocca. Non mi stupiva.

« Ho vissuto con la sensazione di un pericolo costante », ripetei. « E sapevo che gli uomini di Kajman continuavano a starmi alle costole. Non solo, che tenevano d'occhio anche te. Un passo avventato avrebbe potuto mandare tutto a monte. »

Werner si strofinò le tempie, nervoso, e sibilò piano per il dolore. « Aspetta... Se ben capisco, ho sbagliato a valutare la situazione. »

Questa volta non sapevo che cosa intendesse.

« Non era la polizia il mio avversario », aggiunse.

« No. »

« Dieci anni fa non ha avuto luogo nessun abuso d'ufficio, nessuna irregolarità, nulla è stato messo a tacere o nascosto sotto il tappeto. Nessun poliziotto si è macchiato di nulla e nessuno ha avuto niente a che fare con la tua scomparsa. »

Aspettava una conferma che non potevo dargli.

« Dico male? » chiese.

« Al contrario. Ma c'è dell'altro. »

« Che cosa? »

« Nella polizia c'è un uomo che lavorava per Kajman. È grazie a lui che hanno saputo di me. E suppongo che la talpa porti tuttora l'uniforme. Forse è stata perfino promossa. Perciò non potevo rischiare, Tigre. Contattare direttamente te o Prokocki avrebbe avuto effetti tragici. » Volevo proseguire, ma notai che Damian corrugava la fronte. « Che c'è? »

« Forse so chi è la talpa. Ti dice niente il nome Falkow? »

« No. »

« Devo ringraziare lui se sono riuscito a scappare dall'albergo di Chrząstowice », spiegò Wern, ed emise un sibilo d'aria. « Allora ha detto che non dovevo fidarmi di nessuno. »

Non fa una grinza, commentai tra me.

« Ma che cosa ne ha ricavato? » aggiunse Damian. « Perché... »

Quando si bloccò, capii che aveva disposto il tutto in un insieme logico.

« Eh, già », mormorò. « Quella gente aveva scoperto che cosa avevi in mente. »

« Sì. »

« E sapeva che il modo migliore per trovarti era seguire le mie tracce. Sapeva che alla fine li avrei portati da te. Perciò mi hanno aiutato. »

Annuii, e Wern si girò dalla mia parte. Finalmente mi guardava come avrebbe dovuto. Con compassione, senza rimprovero. Finalmente aveva preso atto che, in tutto quel tempo, avevo avuto il fiato degli uomini di Kajman sul collo.

« Tutto a posto? » domandò.

« Sì... ciò significa... » Feci una pausa e scossi la testa. Sentii una fitta alla nuca. « Non lo so neanch'io... Mi vengono i brividi a pensare a quanto tu sia stato vicino a quella gente. »

Rifletté su cosa rispondere. « Ormai è acqua passata », ribatté infine. « Ce li siamo lasciati alle spalle, è a questo che miravi quando mi hai attirato sulla costa. Anche se a un certo punto avessero trovato la mia pista, l'avrebbero persa lungo la strada. »

Diedi un'occhiata alla spia della benzina. Di lì a non molto ci saremmo dovuti fermare, non aveva senso rischiare di rimanere a secco da qualche parte tra una stazione di servizio e l'altra. Ma neppure un'operazione così banale sarebbe stata facile da attuare. Sembravamo appena usciti da una gabbia piena di belve feroci.

Capii che ci attendeva una lunga strada. Ovunque fossimo diretti, dovevamo prepararci a un viaggio difficoltoso.

D'un tratto sentii la mano di Damian sulla mia. Mi resi conto che la tenevo sull'asta del cambio. Lanciai uno sguardo a Werner, ma lo riportai subito sulla strada.

« Ce la caveremo », disse.

« Lo so. »

In lontananza comparvero le luci accecanti di un'auto. Il guidatore non si accorse in tempo che qualcuno arrivava dalla direzione opposta e spense troppo tardi gli abbaglianti. Quando c'incrociò, guardai senza volere i fari dell'auto e per un momento non vidi nulla.

« Voglio sapere tutto », disse piano Damian. « Quello che ti è successo, il tuo piano, ogni mossa, ogni tappa e... »

« Dammi un momento », replicai, costringendomi a sorridere. « Devo raccogliere i pensieri. »

« Hai avuto gli ultimi dieci anni per raccoglierli », osservò con un sarcasmo di cui gli fui subito grata. « E guarda il risultato. »

« Dunque devo semplicemente parlare a ruota libera, senza capo né coda? »

« Più tardi metteremo tutto in ordine. Adesso voglio semplicemente sapere che cosa ti ha spinta a organizzare tutto questo. »

3

Conoscevo Ewa abbastanza bene da sapere che non sarei riuscito a spuntarla. O almeno non completamente. Alla fine trovammo un accordo: ci saremmo fermati a dormire da qualche parte nei dintorni di Słupsk e lei avrebbe colmato tutte le lacune della sua storia.

Lungo la strada dovevamo fare rifornimento, ma nessuno dei due aveva una buona idea su come evitare di destare sospetti. Alla fine giungemmo entrambi alla conclusione che ci fosse un'unica via d'uscita.

Ne avremmo fatto un gioco innocente. Arrivati a una delle più grandi stazioni di servizio della statale 6, svegliammo Wojtek. Io avrei riempito il serbatoio mentre lui avrebbe pagato l'inserviente della stazione, fingendo di recitare il ruolo dell'adulto. L'uomo al banco mi rivolse un lungo sguardo, ma da lontano non poteva scorgere le ferite sul mio viso. Sollevai la mano, gli feci un cenno d'intesa, e lui prese i soldi dal piccolo.

Tirammo il fiato e proseguimmo verso Słupsk.

Ripetemmo la stessa scena al momento di pagare la stanza in un motel lungo la strada, quindi ci chiudemmo dentro sollevati. Avevamo parcheggiato l'auto sul retro, anche se nessuno aveva motivo di cercarla. Era un veicolo come tanti, non era collegato in nessun modo ai Reimann.

Lo stesso valeva per me. Da quel punto di vista, per Ewa e Wojtek, rappresentavo il salvatore ideale. Il problema era che esisteva un'altra prospettiva. Quella che mi vedeva ricercato dalla polizia per l'assassinio di Blitzer.

Continuavo a non capire perché fosse dovuto morire. E nemmeno chi l'avesse ucciso.

Ma presumevo che sarei venuto a sapere tutto. Qui e ora, nella stanza di un motel alla periferia di Słupsk. Quel luogo e quell'istante, li avrei ricordati come tra i più importanti della mia vita.

Wojtek si addormentò di colpo. Lo invidiai, pensando che nei giorni successivi non avrei sicuramente dormito abbastanza. E tanto meno Ewa. Una volta liquidato il passato, avremmo dovuto comunque affrontare gli spettri del presente. Che sembravano ancora più mostruosi di quelli che entrambi conoscevamo bene.

Ci sedemmo al tavolino della stanza più grande. Ewa tirò fuori dal minibar una Żywiec piccola per me e due bottigliette di vodka per lei. Si preparò un drink, chiuse gli occhi e ne bevve un sorso.

Mi resi conto che la osservavo come fosse una tossica che si faceva una dose. Allontanai quel pensiero. Era un normale drink, non più pericoloso della mia birra.

Ma Ewa capì al volo il significato del mio sguardo. « Tutto considerato, è il più piccolo dei miei problemi », osservò.

« Non ho detto niente. »

« Non ne hai bisogno. »

Sorridemmo senza convinzione.

« Probabilmente l'ultima volta che sono stata sobria è stato quel giorno, all'Highlander. »

« Mmm. Secondo i miei calcoli, significa una decina d'anni in uno stato di assenza di gravità. »

« Per te è stato diverso? »

« Non lo so. Per lo più vedo quel periodo come attraverso una nebbia. »

«La prenderò come la più eloquente delle risposte.»

Annuii e bevvi un sorso di birra. Non c'era da stupirsi che bevesse tutti i giorni. Anche senza il bagaglio di esperienze che si portava dietro, la vita con un uomo come Robert Reimann giustificava qualunque cosa.

Non volevo pensarci. Malgrado ciò, sapevo che non avrei potuto evitarlo. Di lì a non molto avrei conosciuto ogni dettaglio della sua vita, avrei scoperto tutto ciò che le era successo dal momento in cui finiva il racconto delle registrazioni. «Dunque ti sei nascosta nella Grande Polonia, hai cominciato a studiare Psicologia d'impresa...»

«Ed è lì che ho conosciuto Robert.»

«Immagino che non la ricordi come la cosa migliore che ti sia capitata nella vita.»

Avevo fatto quell'osservazione senza riflettere. Cercavo inutilmente di conferire una certa leggerezza a una conversazione alla quale sarebbero stati più consoni dei toni sepolcrali. Mi ripromisi di non farlo più.

Mi aspettavo che Ewa reagisse col silenzio, ma si schiarì la gola in modo eloquente. «In generale cerco di non ricordarlo. Però in quel momento era una delle cose che derivavano da un puro calcolo.»

Aggrottai le sopracciglia. «In che senso?»

«Cercavo sicurezza. Anzi, la garanzia che, se gli uomini di Kajman mi avessero rintracciata, non mi sarebbe successo niente.»

«E Reimann poteva assicurartelo?»

«Sì. L'ho capito quando ho scoperto di cosa si occupava veramente.»

Impiegò qualche tempo a spiegarmi che la Reimann Investigations e altre aziende di Robert erano soltanto società fantasma. Alcune avevano facciate più solide, altre non erano che aziende fantoccio, che sparivano altrettanto in fretta di quanto erano comparse.

Reimann sviluppava dinamicamente l'organizzazione criminale vendendo droghe, stimolanti e tutto ciò di cui c'era richiesta, ma anche attraverso truffe immobiliari. L'immagine che emergeva dal racconto di Ewa spingeva a credere che l'organizzazione di quell'uomo l'avrebbe davvero protetta se la gente di Kajman l'avesse trovata.

Per la prima volta pensai che aveva ormai perso il suo ombrello protettivo, decidendo di strapparsi a quella vita e di tornare alla precedente. Quella nella quale spettava a me garantirle la sicurezza. O almeno un suo surrogato.

Però poi ricordai subito l'orrore che aveva vissuto. Nulla valeva la pena di sopportarlo ancora. Anche se ciò significava rinunciare alla sicurezza.

« Quando mi sono legata a lui non avevo idea di che uomo fosse. »

« Cioè... »

« Non immaginavo che cosa mi avrebbe fatto. » Non si lasciò interrompere, sebbene avessi provato a farlo solo per impedirle di affrontare temi che la addoloravano. « Mi rendevo conto della sua crudeltà e del fatto che era pronto a tutto pur di raggiungere uno scopo, ma... Wern, non sapevo che mi avrebbe maltrattata. Nulla nel suo passato mi faceva anche solo sospettare una simile... »

Degenerazione? Crudeltà? Avrei voluto suggerire una parola adeguata, ma nessuna mi appariva tale. Probabilmente nemmeno a Ewa, perché alla fine scosse la testa, senza terminare il pensiero. « Quando tutto è cominciato, ero già incinta. Non potevo più tornare indietro. »

Lo capivo benissimo.

« Inoltre, cercavo di convincermi che fosse solo un fenomeno passeggero. Che si trattasse di una delle conseguenze psicologiche causate dalla gravidanza. Del timore atavico di Robert che tutto il mio amore e tutta la mia attenzione si sarebbero concentrati sul bambino.»

Aprii la bocca, perché mi girava ancora in testa una domanda fondamentale. Ma non parlai. Non ce ne fu bisogno.

«Sì, lo amavo. All'inizio si trattava solo di calcolo, ma poi... col tempo...» S'interruppe e non aggiunse altro.

Sedevamo in silenzio, senza guardarci e bevendo in maniera apparentemente indolente. Ma in noi non c'era neppure un briciolo di apatia. Eravamo tutti e due ben svegli, col cuore che ci martellava.

«Lo capisci, vero?» chiese infine Ewa.

«Sì.»

«Era tutto dovuto al senso di sicurezza che allora mi dava.»

«Capisco», la rassicurai ancora una volta, sperando così di chiudere l'argomento.

Ewa annuì, però non pensai che mi avesse creduto. A dire il vero non sapevo neanche se riuscivo a immedesimarmi nella sua situazione. In teoria non avrebbe dovuto essere difficile: una donna violentata, impaurita, incontra infine qualcuno con cui può sentirsi al sicuro. C'era da stupirsi che si fosse innamorata di lui?

No, certo che no. Tanto più che non si aspettava che ci saremmo più incontrati. Doveva escludermi dalla sua vita, per il bene di entrambi. E, quello, lo capivo perfettamente.

«Dopo la laurea abbiamo vissuto per un po' nella Grande Polonia. Lui lavorava al Servizio Doganale. Poi siamo tornati dalle sue parti. Ci siamo stabiliti a Rewal, all'inizio andava tutto bene. Poi sono cominciati i problemi...»

«Non devi parlarne.»

«Ma voglio farlo», replicò, e si sistemò meglio sulla sedia. «Devi conoscere tutto il contesto.»

« D'accordo. »

« Avrei dovuto cogliere fin da subito i primi segnali. Voleva sempre gestire le conversazioni, decideva tutto lui e la libertà che mi concedeva era solo apparente. In realtà l'ha limitata a poco a poco, finché non me l'ha tolta completamente. »

Bevvi un sorso di birra pensando che, a quel ritmo, tra un momento avrei vuotato la bottiglia. Mi venne in mente di fare un salto al negozio più vicino per comprare una confezione da quattro, ma rinunciai subito. Volevo essere sobrio, quando Ewa sarebbe venuta al punto.

Parlò ancora un po' di come, col passare delle settimane, Reimann soffocasse sempre di più la sua libertà. A un certo punto avrebbe voluto lasciarlo, ma subito dopo aveva scoperto di essere incinta.

Allora era arrivata la valanga. Minacce, i primi maltrattamenti. Aveva cominciato a stringerle il collo, poi a colpirla in modo da non lasciare tracce. Alla fine si era sfogata a volontà, soprattutto dopo la nascita di Wojtek, quando Ewa non lasciava più la villa.

« Ero spaventata, Tigre », sussurrò fissando uno sguardo assente sulla parete.

Sembrava imbarazzata, sebbene non ne avesse nessun motivo. Chiunque al suo posto avrebbe avuto paura.

« Dopo quello che ho passato... Lo capisci da te. »

Annuii tristemente.

« Con quelle minacce tornò tutto il resto. Avevo l'impressione che Robert fosse peggio di quelli che ci avevano aggrediti al Loża Szyderców. Che sarebbe stato capace di cose molto più brutali, se non mi fossi sottomessa a lui. Per molto tempo fui come paralizzata. »

Avendo visto il suo sguardo vacuo di un attimo prima, potevo ben immaginarlo.

« A questo punto non avevo più nessuno da cui tornare. Avevo perso tutti gli amici. A Rewal in pratica non conoscevo nessuno. E quelli che conoscevo erano legati in un modo o nell'altro a Robert. Solo quando ho assunto i dipendenti della Reimann Investigations ho incontrato le prime persone che non avevano niente a che fare con lui. »

Non avevo bisogno di quella confessione per sapere che non aveva nessuno cui poter chiedere aiuto. Dopo tutto l'orrore che aveva vissuto, dopo la speranza illusoria che finalmente avrebbe dimenticato ogni cosa, si era ritrovata in una situazione ancora peggiore.

Chiusi per un momento gli occhi e abbassai la testa. « Quel tizio con la cicatrice... Chi è? »

« Glazur. »

« Chi? »

« Un dipendente della RI, un informatico. Gli devo tutto. »

« Non capisco. »

« Mi sono rivolta a lui quando ho capito che eri la mia unica salvezza. Pensavo che fosse una mossa sicura, ma Robert ha cominciato a sospettare qualcosa. Ha licenziato Glazur, per fortuna senza approfondire. Ha allontanato da me tutti coloro che avevano iniziato ad avvicinarmisi troppo. »

« Per questo ha licenziato Kliza? »

« Sì. Lei e Glazur hanno avuto la stessa sorte. »

« Kliza sapeva di te? Della tua vera identità? »

« No. » Ewa scosse la testa. « Del resto, anche Glazur sapeva soltanto che avevo un legame patologico e che provavo a staccarmene. E che tu eri l'unico che potevi aiutarmi. »

Rimasi un momento soprappensiero. A prima vista sembrava tutto logico ma, quando cominciai ad analizzare l'intera costruzione, spuntò fuori un'infinità di domande. Supponevo che Ewa vi avrebbe risposto subito, spiegando cosa l'aveva spinta a prendere certe iniziative e non altre. C'era una cosa che non mi dava pace.

« Kliza avrebbe potuto riconoscerti. Quando si è occupata del caso. »

Ewa sorrise. « Questo era il piano. »

« E? »

« Doveva vedere la foto che Phil Braddy aveva scattato al concerto. Ed eventualmente anche quella che avevi conservato per tutti questi anni. »

Aspettai ulteriori spiegazioni, mordendomi la lingua per non tempestare Ewa di altre domande. I miei tentativi fallirono miseramente.

« Chi era Braddy? » chiesi.

« Non è mai esistito. È stato Glazur a pubblicare il post e a mettere in moto l'ingranaggio. »

« E poi a rimuoverlo? »

« No, è stata la polizia. »

Mi grattai la nuca e mi chinai sul tavolino. « Ewa, devi spiegarmi. »

« È ciò che intendo fare, anche se avevo progettato di raccontarti tutto con ordine. Sarebbe stato più facile. »

« Ci torneremo sopra. Per ora dimmi: chi ha tolto la foto? »

« Prokocki », rispose, ed espirò rumorosamente. « Non aveva idea che ci fossi io dietro la faccenda. Che facessi il possibile perché tu mi trovassi. Perciò ha reagito come gli imponevano i principi e la pura morale umana. Ha cominciato a cancellare le tracce per evitare che gli uomini di Kajman arrivassero a me. Le foto sono state rimosse e ci si è preoccupati che non comparissero più. »

Adesso almeno capivo in parte che cosa era successo. E quanto ci fossimo sbagliati io e Blitz. Avevamo male interpretato la situazione, supponendo che fosse una manovra di coloro che volevano fare del male a Ewa.

Invece la polizia cercava di proteggerla.

E aveva assolto benissimo al proprio compito. Un compito che ormai era regolato dalla legge. Ewa aveva cominciato anni prima come informatore anonimo privo di garanzie legali ma, da quando era entrata in vigore la riforma, le spettava un appoggio totale e dovuto da parte dello Stato.

Prokocki doveva essere stato assalito dal panico, quando si era reso conto che qualcuno l'aveva rintracciata. Era pronto a tutto pur d'impedire che la trovassero. E io ero diventato la vittima delle misure da lui intraprese.

Mi raddrizzai e incrociai le mani sulla nuca. Mi doleva ogni muscolo, ma cercavo di non darlo a vedere. Del resto, mi sembrava di essere quello più a pezzi sotto l'aspetto psicologico.

«Glazur doveva stare attento. O meglio, ero io che dovevo preoccuparmi che stesse attento. In realtà non sapeva in che cosa si era cacciato, ma mi serviva ancora», proseguì Ewa.

«Per farmi avere le registrazioni?»

«Esatto. E, grazie ai nostri contatti sulla RIC, sapevo quando e dove saresti stato.»

«Ecco il perché del termine di dodici ore dopo le quali le registrazioni sarebbero sparite.»

«Sì, anche se il mio era...»

«Un bluff.»

Confermò con un cenno del capo, evitando il mio sguardo. «Glazur non avrebbe distrutto le pennette neanche se fossi stato in ritardo.»

«Dunque perché mettermi tanta fretta?»

«Perché non potevi rimanere troppo a lungo nello stesso posto. Gli uomini di Kajman ti avrebbero localizzato.»

Su quello Ewa non aveva il minimo dubbio, e neanch'io. Probabilmente mi tenevano d'occhio da un pezzo, ma la conferma definitiva che mi seguivano era stata la comparsa di Falkow a Chrząstowice.

Poi li avevo seminati? Evidentemente, visto che finora non ci avevano rintracciati. Eravamo al sicuro. O almeno così mi andavo ripetendo.

Ewa vuotò la seconda bottiglietta con un solo movimento esperto. « Altre domande? » chiese in tono sarcastico.

« Ne avrei un paio. »

« Allora scegline una, perché ho la bocca secca e temo che non resisterò a lungo. »

« Posso sempre procurarti una medicina contro questo disturbo. »

« In tal caso acconsento a rispondere a più domande. »

« Okay », risposi, quindi mi alzai di malavoglia e guardai verso la porta. « Hai qualche preferenza? »

« Prosecco », disse senza esitazione. « Ma, Tigre... due bottiglie. »

Annuii e feci per avviarmi, ma mi prese la mano. Mi attirò leggermente a sé, senza alzarsi. Quando le nostre bocche s'incontrarono, ebbi l'impressione che tutto il mondo intorno a noi turbinasse e fossimo nell'occhio di un ciclone. Come se avessimo trovato rifugio nel bel mezzo di un terremoto. Durò pochi secondi, eppure bastò perché tutte le domande, le risposte, tutti i dubbi e le incertezze cessassero di avere significato.

Poi ci guardammo, senza dire una parola, mi girai e uscii dalla stanza. Con le gambe che mi tremavano mi diressi verso il negozio più vicino. Non pensavo a nulla, avevo la mente bloccata.

Mi guardavo continuamente intorno ma, solo dopo avere percorso qualche centinaio di metri, mi resi conto che non cercavo un negozio di alcolici, quanto un segno che qualcosa non andava. Il segno di un pericolo incombente.

Dopo la terribile tragedia che aveva avuto luogo nelle ultime ore, era tutto troppo bello per poter durare. Io ed Ewa dovevamo ritornare alla nostra vita? Crearne insieme una nuova?

Entrambe le possibilità sembravano ugualmente irreali. Guardavo di qua e di là, quasi cercando una conferma che la prospettiva di un lieto fine sarebbe ben presto svanita.

Non avrei scoperto da cosa era mossa Ewa, perché aveva agito in quel modo, e neppure come aveva ottenuto tutto ciò che le aveva permesso di realizzare il suo piano.

D'un tratto, da dietro un palazzo, sarebbe spuntato fuori un poliziotto. Oppure avrei visto la luce lunare riflettersi sull'arma impugnata da un emissario di Kajman. Sarebbe finito tutto qui e ora.

Ma nell'oscurità non scorsi nessuno. Infine zoppicai fino a una stazione di servizio. Comprai due bottiglie di Prosecco, incurante delle occhiate preoccupate del commesso. Poi tirai fuori dal frigo anche una confezione da quattro di Heineken.

Mentre tornavo alla stanza d'albergo, sentii montare nuovamente l'inquietudine. Per un momento si trasformò quasi nella certezza che non vi avrei più trovato Ewa.

Bussai senza sapere neanch'io perché e aprii piano la porta. Avanzai di un passo e mi fermai. Spaventato, feci vagare lo sguardo nella stanza vuota. « Ewa? » chiesi.

4

Mentre aspettavo il ritorno di Werner mi sembrò che il tempo scorresse in maniera terribilmente lenta. Provai a occupare i pensieri in qualcosa, ma invano. Mi turbinavano in testa come impazziti. Ormai non sapevo neanche più da dove ricominciare il racconto.

Avevo bisogno di alcol, poco ma sicuro.

Andai su e giù per la stanza, guardai a più riprese dalla finestra e alla fine mi sedetti al tavolino con un giornale. Sfogliai qualche pagina senza avere la più pallida idea di che cosa stessi leggendo. Poi andai a controllare Wojtek.

Allora sentii aprirsi la porta.

Subito dopo risuonò un rumore sommesso di passi. Lenti, cauti, come se qualcuno camminasse su un campo minato. Trattenni il respiro.

Lasciai fuoriuscire l'aria solo quando sentii Damian pronunciare il mio nome. Uscii dalla camera da letto e mi richiusi piano la porta alle spalle. Sorrisi a Werner. Sembrava che fosse stato appena sfiorato dalla morte.

« Qualcosa non va? » chiesi.

« No... no, mi hai semplicemente spaventato. »

« Come? »

Scosse la testa e fece un gesto della mano. Poi tirò fuori il Prosecco dal sacchetto, si sedette al tavolo e si mise ad armeggiare col tappo. Presi posto di fronte a lui e lo osservai. Era piuttosto maldestro e in un'altra situazione mi avrebbe sicuramente fatto tenerezza. Ma adesso volevo soltanto bere.

Quando alla fine aprì la bottiglia, un po' di vino si versò sul tavolo. Imprecò piano e si guardò intorno.

« Non preoccuparti, domani metteremo in ordine. »

« Cerco un bicchiere. »

« Ah », risposi con un sorriso. « A me non serve. » Presi la bottiglia e mi versai il vino nel bicchiere di carta lasciato dal personale dell'albergo nell'eventualità che gli ospiti volessero prepararsi un tè.

Poco dopo Werner beveva la sua birra e io la mia bevanda preferita. Mi sentii subito meglio. Riordinai le idee quel tanto che bastava perché sapessi cosa dovevo dire.

Damian era teso, guardava continuamente dalla finestra in preda all'ansia. Riflettei che la cosa migliore fosse indirizzare i suoi pensieri su qualcosa che non fosse l'ipotetica minaccia da parte degli uomini di Robert o di Kajman.

Ci eravamo fatti dei nemici, non c'era dubbio. Ma nessuno sapeva dove eravamo. Nessuno sapeva con quale macchina ci spostavamo. In quel momento, nulla ci minacciava.

« Dove eravamo rimasti? » chiesi.

« Al fatto che a un certo punto ne hai avuto abbastanza. »

« Tanto per usare un eufemismo », ammisi allontanando il bicchiere. « Ormai ero oltre ogni sopportazione. »

« Immagino. »

« E alla fine ho deciso di agire. »

« Ma perché non ti sei messa semplicemente in contatto con me? »

« E come? Robert controllava ogni mio spostamento. Sai quanti sforzi mi costava un minuto di conversazione sulla RIC? E potevo condurla solo perché il ticchettio sulla tastiera non suscitava i suoi timori. E neanche quelli delle persone che pagava per sorvegliarmi. »

Werner inarcò le sopracciglia.

« Giardinieri, donne delle pulizie, guardie del corpo, potrei continuare all'infinito. Mi tenevano tutti d'occhio. »

« Parli come se fossi stata prigioniera in casa tua. »

« Lo ero. E non solo in casa. »

Socchiuse gli occhi, come se quella consapevolezza gli causasse un dolore fisico.

« Ho riflettuto a lungo su come stabilire un contatto con te », ripresi subito. « Dovevo trovare un modo che non attirasse l'attenzione di Robert. E un canale di comunicazione che avrei potuto usare in segreto non per qualche ora o per qualche giorno, ma molto più a lungo. Non sapevo quanto tempo sarebbe stato necessario a te per arrivare qui e a me per trasferire tutto il denaro e preparare la fuga. »

Ascoltava attentamente, cercando di non farsi sfuggire nemmeno una parola. Pensai che era da un pezzo che qualcuno non si comportava in quel modo con me. Nessuno mi guardava così.

Mi resi conto che con Werner potevo davvero sentirmi al sicuro. Non c'era bisogno che avesse un'organizzazione alle spalle in grado di tener testa alla mafia di Kajman.

Bastava che fosse pronto a fare tutto per me.

Lo osservai un po' troppo a lungo perché non si accorgesse che i miei pensieri vagavano altrove. Si mosse nervosamente e bevve un sorso di birra. « Non capisco bene come il piano che hai ideato potesse funzionare... » osservò.

« Perché non sai che, nel corso degli anni, avevo imparato a manipolare Robert. Almeno fino a un certo punto. »

« E cioè? »

« Sapevo che, se una notte lo avessi fatto arrabbiare un po' di più, se lo avessi provocato a fare cose peggiori delle solite, il giorno seguente avrei potuto contare su maggiori concessioni. Era come un pendolo, avevo imparato a metterlo in movimento.»

«Suona piuttosto inquietante.»

Scrollai le spalle. Dall'esterno doveva davvero fare quell'effetto. In fondo, l'unico modo d'influenzare mio marito ormai consisteva nell'invogliarlo a picchiarmi più forte e più spesso. Forse quella era la migliore dimostrazione di quanto fosse tossico, patologico il nostro rapporto.

«Non importa ciò che sembra.» Non avevo voglia di affrontare la questione. «Una notte ho cominciato a fargli delle allusioni sessuali.»

Damian ingoiò a fatica la saliva, e solo allora mi resi conto che la sua fantasia doveva già funzionare a pieni giri.

«Era asessuato. Trovava soddisfazione solo nella violenza.»

Werner annuì.

«Ne ho approfittato per farlo andare su tutte le furie quando ha cominciato il suo... rituale quotidiano.»

«Suppongo che non sia stato difficile.»

«No. Non lo è stato.» Non volevo tornare coi pensieri a quei momenti. Quando avevo cominciato a rinfacciare a Robert che era impotente, che non sapeva fare l'amore e infine che era attratto dagli uomini, aveva fatto di tutto per dimostrarmi il contrario.

Di solito la sua era una violenza comune. Che era preceduta dalle botte e finiva con le botte.

Non sapevo che mio marito si sarebbe spinto tanto lontano. La violenza sessuale non lo aveva mai interessato, sembrava che non ne avesse bisogno per placare il suo desiderio degenerato. Malgrado ciò, allora lo aveva spinto proprio a quello.

Dovevo. Non c'era altra via d'uscita.

«Il giorno seguente ha fatto ciò che faceva sempre», proseguii. « Non ha chiesto perdono, sentiva di non meritarlo. In compenso, ha provato a supplicarmi di fargliela pagare. Pensava di potermi risarcire in qualche modo. Voleva una punizione. »

« O fingeva. »

« No », replicai in tono risoluto. « Il suo era autentico rimorso. Autentico senso di colpa. »

« Veramente non mi è sembrato uno che... »

« Lo conoscevo bene, Wern. O piuttosto li conoscevo, perché c'erano due Robert Reimann. »

« Okay. »

La sua voce era tutt'altro che convinta, ma non mi stupiva. Al suo posto chiunque avrebbe pensato che le cose stessero diversamente.

« La mattina ho raccolto ciò che avevo seminato la notte. »

« In che modo? »

« L'ho costretto a promettermi una gita. Breve, di un giorno. »

Negli occhi di Werner comparve un lampo di comprensione.

« Al concerto di Breslavia? »

« Sì. Avevo cominciato a progettare la cosa mesi prima, appena avevo scoperto che ci sarebbero stati i Foo Fighters. Sapevo che Blitzer ci sarebbe andato, non poteva perdere una simile occasione. » Presi fiato e spostai la frangetta di lato. « E neanch'io. »

« Non sei mai andata matta per i Foo Fighters. » Sorrise di sfuggita.

« Ma Robert non lo sapeva. Anzi, era convinto che amassi alla follia quel gruppo. »

« Sì? »

« Da quando avevo saputo del concerto, consumavo i loro album. E, arrivato il momento giusto, Robert non dubitava che ci tenessi davvero a vederli dal vivo.»

Damian espirò a fatica. Come se la consapevolezza di tutto ciò che mi ero dovuta sobbarcare avesse cominciato a opprimerlo.

«Quel giorno stesso ho fatto un'ordinazione», aggiunsi con soddisfazione. «Ho comprato una felpa grigia con cappuccio.»

«Con la scritta 'There Is Nothing Left To Lose' e il logo dei Foo Fighters.»

«Esatto.»

«E per te una T-shirt che mi avrebbe condotto agli altri indizi.»

Nella sua voce percepii finalmente ammirazione.

«Era l'unico modo per farlo senza destare sospetti. Robert controllava scrupolosamente i miei acquisti. In realtà era lui a decidere che cosa potevo ordinare o no.»

Werner trasalì, si rendeva sempre più conto del poco controllo che avevo avuto sulla mia vita. Per me era importante che capisse. Spiegava molte cose, come del resto le registrazioni che avevo fatto per lui.

Grazie a esse Damian doveva acquisire la sensazione che potevamo recuperare almeno in parte quei dieci anni perduti. Non ero certa di avere raggiunto il mio scopo. «Alla fine non mi restava che prenotare i biglietti.»

«E contare sul fatto che Blitzer ti scorgesse?»

«No. Quello dovevo evitarlo, non potevo rischiare. Ero pur sempre là con Robert.»

«Certo.»

«Ma al concerto c'era anche Glazur. Doveva farmi la foto che poi ha postato su Spotted e sui profili legati ai Foo Fighters. Sapevo che Blitz li avrebbe visitati.»

Werner annuì, triste. «Se si trattava di abbordare qualcuno, si poteva sempre contare su Blitzkrieg », osservò con voce assente. « Del resto... » S'interruppe, ma intuii che cosa voleva dire, che ci si poteva fidare di lui anche per altro.

Non volevo pensare a Blitz, ce l'avevo sulla coscienza. La sua morte non avrebbe mai dovuto avere luogo. Il mio piano non l'aveva messa in conto.

Ma non potevo prevedere tutto.

Tornai a concentrarmi su quanto dovevo dire a Damian. Per facilitarmi il compito bevvi un sorso di Prosecco. Me ne servirono parecchi altri perché le parole cominciassero a legarsi in maniera coerente.

Wern mi guardava impaziente. « Dunque, Phil Braddy doveva assicurarsi che Blitzer si mettesse sulle tue tracce. »

« Glazur. »

« Certo... Da dove viene questo nomignolo? »*

« Dalla cicatrice che ha sul viso. »

« Giusto. »

Scossi le spalle, chiedendomi da quale punto riprendere il filo. Alla fine preferii attenermi all'ordine cronologico. Cominciai a raccontare con quanto nervosismo seguivo i progressi di Blitz, come aspettavo che da qualche parte comparisse un segno che Damian si era unito alle ricerche.

E quanto mi aveva sorpreso la reazione della polizia.

« In realtà Prokocki si sentiva responsabile. Si è preoccupato subito di far sparire tutte le foto e le tracce. Era in buona fede », spiegai.

« Forse. »

« Sicuramente. È l'unico di cui non sospetto. Mi ha protetta in tutti questi anni. »

« Ma la fuga di notizie è partita da qualcuno, e non neces-

* *Glazura* in polacco significa « glassa » o « smalto ». (*N.d.T.*)

sariamente da Falkow», borbottò Werner. «Ed è proprio questa persona che ha causato la morte di Blitz.»

Annuii piena di rimorso.

«Sai chi è stato?»

«No. Forse qualcuno da fuori, pagato da Kajman. Dubito che volesse affidare questo compito ai suoi uomini o agli infiltrati nella polizia.»

«Ma...»

Sapevo benissimo che cosa voleva chiedere. Malgrado ciò, non gli offrii la risposta su un piatto d'argento. Partivo dal presupposto che dovesse essere lo stesso Wern a riordinare di volta in volta il tutto nella sua testa.

«Ma hanno accusato me. Perché? Prokocki doveva pur sapere che non ero stato io a uccidere Blitz», disse dopo un po'.

«Presumo lo sapesse.»

«Ma?»

«Te l'ho detto, si sentiva davvero in dovere di proteggermi.»

«Fino a questo punto?»

«Ti stupisce?» chiesi rigirandomi tra le mani il bicchiere di carta nel quale gorgogliavano le bollicine di anidride carbonica. «È un poliziotto vecchio stampo, mi ha dato la sua parola che sarei stata al sicuro. Dopo che Kajman aveva commissionato l'omicidio dei miei genitori, Prokocki aveva giurato a se stesso che avrebbe fatto di tutto perché non mi toccasse la stessa sorte.»

«E mi ha accusato di un omicidio con cui non avevo niente a che fare?»

«Ha solo indirizzato l'attenzione del procuratore su...»

«Lascia stare», m'interruppe Damian. «È stata una sua decisione. Perché l'ha fatto?»

«Per proteggermi», risposi a fatica. «Ha pensato che, per me, rappresentassi il pericolo più grande.»

Damian sbuffò piano, come se avessi detto una gran sciocchezza.

« Era sicuro che tutta l'operazione fosse stata ideata da Kajman. E che, a distanza di anni, avesse infine trovato il modo di arrivare fino a me. Attraverso te. »

« Mmm. »

« Prokocki era sicuro che alla fine saresti giunto alla verità, che mi avresti rintracciata in Pomerania. E che, subito dopo, lo avrebbe fatto chi aspettava da anni di vendicarsi. »

« Allora poteva semplicemente... »

« Che cosa? Mettersi in contatto con te quando ti nascondevi da tutti? »

Werner dovette rendersi conto solo ora che, dopo avere scoperto il corpo dell'amico, non era stato davvero nel mirino della polizia. Aveva dato per scontato di essere stato incastrato, e che gli avrebbero dato la caccia.

E proprio a quello puntava Kajman. Un fuorilegge alla ricerca della fidanzata scomparsa, disperato, era molto più utile. Perciò Blitzer era stato ucciso e Damian era stato lasciato in vita.

La mossa di Kajman era geniale nella sua semplicità. Aveva ottenuto tutto ciò che voleva, ma non aveva immaginato che avrei condotto Werner da un punto all'altro della Polonia facendo in modo che seminasse gli inseguitori.

« Vuoi dirmi che, se avessi semplicemente parlato con Prokocki, tutto sarebbe potuto andare in maniera diversa? »

« A volte una semplice conversazione basta », risposi diplomaticamente, e feci una breve pausa. « A volte no. »

Restammo in silenzio. Vedevo che Damian si sentiva doppiamente manipolato. Prima da me, poi dalla gente che voleva catturarmi.

Tuttavia, decisi che non era il momento di tirargli su il morale. Doveva sapere il resto.

« Alla fine Prokocki ha ritenuto che la situazione fosse disperata. E che Kajman fosse a un passo dal localizzarmi. »

« E così ha inscenato il ritrovamento del corpo a Bolko. »

« Sì », risposi con un sospiro.

« A chi apparteneva? »

« Non lo so. Suppongo che fosse una vittima non identificata. O magari non c'era nessun corpo. »

« Nei documenti ufficiali esiste senz'altro. »

Lo confermai con un mormorio. « Prokocki cercava di convincere tutti, compreso te, che ero morta », aggiunsi, perché avevo la sensazione che andasse detto chiaramente. « Ma forse, per ottenere l'effetto desiderato, avrebbe dovuto farlo molto prima. »

Werner fissò un punto fuori dalla finestra. Sapevo che ormai aveva unito tutti i puntini. Almeno per quanto riguardava le azioni degli altri. Non ero sicura che capisse le mie, di ragioni.

« Non avevo altra via d'uscita, Tigre. »

Inarcò le sopracciglia con aria interrogativa.

« Dovevo tenerti sempre in movimento. »

« Lo so. »

« E dovevo avere la certezza che solo tu decifrassi i miei messaggi. Era assolutamente fondamentale, perché non c'era dubbio che gli uomini di Kajman ti avrebbero tenuto d'occhio e avrebbero trovato qualunque traccia avessi lasciato. »

Damian si alzò e andò alla finestra. Per un po' rimase immobile, senza girarsi. Avevo l'impressione che, nella ricostruzione degli eventi che gli avevo presentato, avesse trovato qualcosa che scricchiolava. Talmente forte, che non poteva passarci sopra come se niente fosse.

Ma non sapevo che cosa.

5

L'uomo col berretto sportivo arretrò di due passi nel vedere apparire Damian Werner alla finestra del motel. Con ogni probabilità non lo avrebbe notato, ma meglio andare sul sicuro che poi pentirsi di essersi fatti scoprire in un modo così stupido.

Aveva un travestimento abbastanza azzeccato, visto il posto in cui si trovava. Era arrivato lì con un camion, un nuovo modello di Scania, o *skakanka,** come dicevano sulla radio CB. Nessuno faceva caso a lui, e tanto meno Werner.

L'autista del tir non se ne stupiva. Chiunque fosse in fuga si aspetterebbe piuttosto di essere seguito da un'auto nera, sospetta. I camion, invece, sono al di sopra di ogni sospetto. Sulle strade polacche erano parte del paesaggio, si confondevano con l'ambiente.

L'uomo sapeva che quello era l'unico modo per seguire indisturbato Werner e Kasandra.

Aveva trovato il corpo di Reimann poco dopo che i due fuggitivi avevano lasciato la villa. Si era chiesto che cosa farne, perché aveva parecchio tempo. Non doveva viaggiare attaccato al paraurti della Peugeot azzurra, si era preparato in anticipo in modo da non perdere le tracce della coppia in fuga.

Reimann aveva complicato un po' le cose. Il suo cadavere

* *Skakanka* in polacco significa «corda per saltare». (*N.d.T.*)

poteva far entrare in gioco la polizia. Gli inquirenti non avrebbero aspettato i risultati delle perizie della Scientifica per individuare il responsabile dell'omicidio. Ma c'era qualcuno in grado di trovare la pista giusta? No, era poco probabile.

L'uomo fissò Werner e si chiese quanto avrebbe dovuto aspettare ancora per passare all'azione. In realtà era già pronto. Damian non aveva idea di essere osservato e, quando avrebbe capito che erano stati seguiti fin dall'inizio, sarebbe stato troppo tardi per fare alcunché.

L'uomo si calò in testa il berretto a visiera e tornò nella cabina del camion. Chiuse lo sportello, ma non tirò le tendine. Aveva parcheggiato in modo da tenere d'occhio che cosa succedeva nella stanza del motel.

Ma, anche se la luce non fosse stata accesa, avrebbe saputo che Kasandra stava raccontando come era sfuggita a Kajman in tutti quegli anni. L'uomo col berretto era convinto di conoscere ogni dettaglio. E ogni singolo passo che quei due avrebbero fatto da lì in poi.

Avrebbero dormito, si sarebbero riposati e si sarebbero rimessi in viaggio. Non era sicuro di quale direzione avrebbero preso, ma avrebbero cercato senz'altro di lasciare l'Unione Europea. Non per niente erano diretti a est.

Poco prima del confine, in una cittadina piuttosto piccola, si sarebbero fermati per ritirare il contante che Kasandra aveva sottratto dai conti del marito. Con quel consistente aiuto, avrebbero proseguito e iniziato una nuova vita.

Il camionista fissò lo sguardo su Werner. Il sorriso che intravide sul suo viso gli suggerì che forse anche Damian aveva in mente quella soluzione.

La speranza è la madre degli stupidi e l'amante infedele degli innamorati, pensò l'uomo, quindi si sedette più comodamente e si preparò a una lunga attesa. Un'attesa che sarebbe stata coronata dal suo più grande successo.

6

Diedi le spalle alla finestra e mi sedetti sul davanzale. Ewa mi guardava con aria incerta, come se si aspettasse che non avrei capito il suo comportamento.

Invece lo capivo benissimo. Una volta mi ero imbattuto in certe ricerche sulla violenza domestica contro le donne che mi avevano fatto gelare il sangue nelle vene. Non ricordavo i particolari, ma una statistica mi era rimasta stranamente scolpita nella memoria. Ogni settimana, tre donne morivano per mano di uomini come Robert Reimann.

Un giorno Ewa sarebbe potuta diventare una delle tre. Reimann si era fatto sempre più brutale e nulla stava a indicare che a un certo punto la situazione sarebbe cambiata. Per strapparsi a quell'orrore la mia fidanzata aveva dovuto agire, e con la massima cautela. Per paura non solo di Kajman, ma anche di suo marito. Forse soprattutto di lui.

Se avesse capito che la moglie intendeva fuggire, sarebbe finito tutto tragicamente. Ecco perché Ewa aveva optato per una soluzione così complicata.

Chiusi un momento gli occhi pensando a quante donne si trovavano in una situazione simile. Tre ne venivano uccise ogni settimana dai rispettivi partner, ma quante vivevano un inferno come quello di Ewa? Un inferno che aveva luogo dietro le porte chiuse e che perciò non era compreso in nessuna statistica.

« Qualcosa non va? » chiese Ewa all'improvviso.

« No, è tutto okay. »

« Sembri preoccupato. » Si alzò e mi si avvicinò lentamente. Si mise alla finestra, quindi fece vagare lo sguardo in strada. « Hai visto qualcosa di sospetto? »

« No », risposi prendendola per mano. « Ma effettivamente in questa situazione un briciolo di paranoia non guasta. »

Eravamo l'uno davanti all'altra, a pochi centimetri di distanza. Ci guardammo tanto a lungo che il mondo sembrò fermarsi brevemente per darci infine l'occasione di godere della reciproca presenza.

« Non ci segue nessuno. La polizia non ha idea di dove cercarci. Kajman non ha localizzato le nostre tracce e gli uomini di Robert non sanno ancora che cosa è successo », mi rassicurò.

« Magari fosse davvero così. »

« Ci ho pensato io », ribatté con un sorriso. « Sotto questo aspetto non ci minaccia proprio nulla. »

« Ma sotto un altro sì? »

Mi lasciò la mano e tornò al tavolino. Si versò dell'altro Prosecco e si sedette in modo da potermi vedere. « Temo di sì. »

« Che cosa? » Mi sembrava che le tre minacce cui aveva accennato esaurissero completamente i nostri eventuali motivi di preoccupazione.

« Non so se potrai perdonarmi, Tigre. »

« Che vuoi dire? »

« Tutto quello che ho fatto... » S'interruppe e distolse lo sguardo. « So come deve sembrare. »

« Come? »

« Come se avessi giocato con te. Come se avessi stabilito egoisticamente che tu dovevi percorrere almeno in parte la strada che avevo stabilito. »

Aggrottai la fronte, cercando una risposta adatta. Conoscevo le sue motivazioni, le capivo alla perfezione. Avrebbe dovuto saperlo, anche se forse, al suo posto, pure io avrei nutrito qualche dubbio.

Le andai vicino. «Parli come se non mi conoscessi.»

Non rispose a lungo. Decisamente troppo a lungo. Sapevo che cosa significava.

Mi sedetti di fronte a lei e mi costrinsi a sorridere. Continuava a farmi male tutto il viso, ma presumevo che, in quella situazione, la cosa migliore fosse semplicemente abituarsi al dolore. Niente faceva presumere che sarei tornato alla svelta in perfetta salute. Fisica e psichica.

«Eppure mi conosci come le tue tasche», dissi.

«Ne sei certo?»

«Sì. Sono lo stesso tizio che ti ha chiesto di sposarlo al Loża Szyderców. Forse non lo sono stato per dieci anni, ma ora sono tornato a esserlo.»

Mi guardava con aria indagatrice. Mi rendevo conto che aveva in mente una sola domanda cruciale: eravamo ancora le stesse persone che si erano messe insieme tanti anni prima? A me sembrava di sì. Nonostante tutto quello che avevamo passato.

«Non volevo umiliarti, Tigre.»

«Lo so», risposi senza esitare. «Come so che neppure per te è facile capire le tue stesse ragioni.»

«Che vuoi dire?»

«Forse non sarai disposta a riconoscerlo, ma tutto questo è stato anche un banco di prova.»

«Di cosa stai parlando?»

«Del fatto che inconsciamente volevi che ti dimostrassi la mia dedizione e il mio amore. Così hai scoperto quanto significavi ancora per me. E che ero pronto ad attraversare i nove cerchi dell'inferno pur di trovarti.»

Sorrise debolmente. Non erano certo queste le sue motivazioni principali, ma dentro di sé doveva sapere che, in quanto avevo detto, un po' di verità c'era. Doveva ottenere la conferma di avere a che fare con lo stesso Werner di un tempo.

Non poteva permettersi di ripetere l'errore che aveva commesso con Robert.

« Non è così », disse.

« Non importa. Ciò che conta è averti dimostrato quanto tenga a te. »

Manifestò il suo apprezzamento con un lieve sorriso. « È vero. »

La attirai dolcemente a me e la baciai. Avevo l'impressione inquietante di poterle fare del male. Era una sensazione assurda e priva di fondamento, ma al tempo stesso in certo modo giustificata.

Tutto ciò che Ewa aveva passato l'aveva quasi distrutta. E temevo che bastasse un solo mio gesto infelice per completare l'opera.

« Non trattarmi come se fossi fatta di vetro », mi rimproverò, quasi mi avesse letto nel pensiero.

« Non intendo farlo. »

Inclinò la testa di lato e mi guardò dritto negli occhi. « Allora avanti, Tigre. »

Le cinsi la vita e cercai di darle l'impressione di volere davvero venire al dunque. Ma non era vero. In quel momento mi sembrava inopportuno.

Come se approfittassi di lei sfruttando il dramma che aveva vissuto. Non c'era nessuna logica, ma per la verità non c'era neppure in tutto il resto. Eravamo in una situazione impossibile.

Stavamo fuggendo dal Paese inseguiti dalla polizia e dalla banda di Kajman. Inoltre, non appena gli uomini di Robert Reimann avessero capito quanto era successo, avrebbero mandato i loro gorilla. Come se non bastasse, viaggiavamo con un bambino.

Scossi la testa.

« Non è così che ti mettevi all'opera, se ben ricordo », disse Ewa.

Lanciai un'occhiata al letto. « Saresti stesa già da un pezzo là con me sopra se Wojtek non dormisse nella stanza accanto. »

« Oooh », fece in tono di approvazione. « Con l'età sei diventato un gentiluomo? »

« Lo sono sempre stato. »

Invece di rispondere, si strinse tra le mie braccia come in una coperta calda in una notte gelida. Quanto ci dicevamo aveva poco a che fare con la vera conversazione che conducevamo. E che non aveva bisogno di parole.

Rimanemmo per un po' immobili e in silenzio. Alla fine però Ewa fece mezzo passo indietro e mi rivolse uno sguardo interrogativo. « Cosa vuoi sapere ancora? »

« Tutto. »

« Allora chiedi. Finiamola qui, adesso, togliamoci il pensiero. »

« Okay », risposi facendomi guidare verso il tavolo. « Ma il passato non m'interessa più. »

« Ah, no? »

« M'importa solo ciò che abbiamo davanti. »

La sua espressione mi fece capire che non ci credeva troppo.

« Non vuoi chiedermi se i miei gusti culinari sono cambiati? Se nel tempo libero ho cominciato a leggere i fumetti della Marvel? Se mi sono decisa a farmi la plastica? »

« E perché dovrei? Mi basta guardarti per vedere che l'hai fatto. »

« Ah, sì? Allora, prego, dimmi che cosa è cambiato. » Si versò del Prosecco, incrociò le braccia sul petto e aspettò la mia risposta.

« Hai fatto una piccola correzione al naso, hai aumentato il volume degli zigomi e ingrandito impercettibilmente la bocca. »

« E...? »

« È tutto. »

« Non proprio. Mi sono fatta correggere la mandibola arretrata. »

« Non hai mai avuto la mandibola arretrata. »

« Forse ai tuoi occhi », replicò in tono sarcastico. « Ma in fin dei conti non si trattava di un abbellimento. »

« E nonostante ciò hai approfittato dell'occasione. »

Scrollò le spalle e sorrise. Non mi stupiva che avesse voluto cambiare aspetto, al suo posto avrei fatto esattamente lo stesso. A dire il vero, nonostante le assicurazioni dei chirurghi plastici, certi interventi non potevano fare miracoli, ma con un po' di fortuna Ewa sarebbe riuscita a ingannare qualche persona troppo curiosa. Chi non la conosceva bene forse non l'avrebbe identificata con Kasandra Reimann. Però per me non era un problema.

Immaginai che si fosse fatta operare dopo essersi messa con Robert, prima non aveva certo i mezzi necessari. Ma non volevo chiederglielo. Non ero interessato a nulla che avesse a che vedere con quell'uomo.

Inoltre, volevo davvero concentrarmi sul futuro. Avevamo ancora tanto da fare.

« Ora probabilmente dovrei essere io a pensare a una plastica... »

« Basta che ti fai crescere la barba. »

« Credi? »

« Là dove stiamo andando non ti serve altro, Tigre. »

« E dove stiamo andando? »

« Nel futuro. »

« Ovvero in Bielorussia? »

« O in Ucraina. Eventualmente a Kaliningrad », rispose scostando il bicchiere. « Ho pensato che sarebbe stato meglio prendere la decisione dopo avere vuotato tutti i conti. »

« Non ci rintraccerà nessuno? »

« No. »

La sua voce non tradiva la minima incertezza. Era convinta di essersi occupata di ogni cosa. « Tutti i conti sono a nome tuo, l'entità dei versamenti era tale da non interessare il fisco e nulla li collega a me o a Robert. Almeno sulla carta. Anche se ora qualcuno... scoprisse il corpo, non farebbe mai in tempo a recuperare quei soldi. »

« Speriamo. »

Era la nostra unica assicurazione. In Bielorussia o in Ucraina non potevamo contare su un lavoro ben retribuito, ma il denaro accumulato da Reimann cambiato in rubli o in grivnie ci avrebbe permesso una vita agiata. Con un pizzico di fortuna saremmo riusciti a investirlo bene e a moltiplicarlo, pensai.

Del resto, Ewa aveva sicuramente già un piano pronto anche per quello.

« La polizia non troverà le mie tracce? » chiesi.

« Sì. Ma saremo già lontani da qui. »

« Sei sicura? »

« Sì », confermò di nuovo senza esitare. « Ti cercheranno a Opole, forse nei dintorni. Qui, per un altro po', sei al sicuro. »

Aveva ragione. Anche se per me l'assassinio di Blitz rappresentava una tragedia, per la polizia polacca non aveva la priorità su altri delitti. Del resto, all'occorrenza bastava che

Ewa parlasse con Prokocki e gli assicurasse che sarebbe stato assurdo continuare a darmi la caccia.

« E adesso? » domandai.

« Domattina ci rimetteremo in viaggio, ritireremo i soldi in luoghi diversi e poi spariremo. »

« E i documenti? »

« Anche questo è già sistemato. »

« Come? »

« Devi proprio saperlo? »

« Considerando che mi hai trascinato per tutta la Polonia tenendomi all'oscuro di ogni cosa, forse dovrei... »

« Sì, sì », m'interruppe, e fece un gesto con la mano. « Hai il diritto di sapere con quale gente losca ho preso accordi. »

In realtà non dovevo conoscere tutti i dettagli. Era ovvio che Ewa si fosse servita di legami che aveva allacciato grazie al marito. E al tempo stesso che non avesse chiesto aiuto a persone che avrebbero potuto riferirlo a qualcuno del suo ambiente. Almeno non subito.

« Glazur continuerà ad aiutarci? » chiesi.

« No, gli ho ordinato di sparire dopo averti consegnato l'ultimo messaggio. Non potevo rischiare. Ha fatto comunque molto per me. Si è occupato di tutto ciò che concerneva le questioni informatiche. Dal collocamento degli indizi nel deep web alla scelta del formato dei file. »

« Non mi sembrava così in gamba. »

« Le apparenze ingannano. Sa fare davvero tante cose. »

« Devo essere geloso? »

« Mai », rispose in tono sarcastico. « E di nessuno. »

Ha fatto bene ad allontanarlo, commentai tra me. A quel punto chiunque fosse al corrente della faccenda era solo un peso per noi. Fissai lo sguardo su Ewa e per un istante cercai di stabilire quanto fosse certa di portare sino in fondo il suo piano. Finora era andata avanti imperterrita per la sua strada, ma per quanto ancora avrebbe potuto farlo?

Nei suoi occhi non vedevo tracce di dubbio. Ciò mi faceva credere davvero che non fossimo minacciati da nulla.

Malgrado ciò, quando infine andammo a letto, non riuscii a chiudere occhio. Era già l'alba, cominciava pian piano a fare luce. I primi versi degli uccelli che si svegliavano furono la conferma definitiva che ormai era troppo tardi per riposarsi.

Rimanemmo a letto un'ora, forse due. Poi ritenemmo di comune accordo che fosse tempo di mettersi in viaggio. Wojtek si svegliò solo un momento, quanto bastava per passare come in trance dalla camera all'auto. Si stese sul sedile posteriore e si riaddormentò. Invidiai la sua spensieratezza infantile.

Questa volta mi misi io al volante. Diedi un'occhiata al camion parcheggiato nella stradina d'ingresso e mi stiracchiai. Ebbi la sensazione di sentirmi spaccare le costole.

Poco dopo eravamo diretti verso est. Ero sollevato, come se avessimo lasciato ogni pericolo lontano, dietro di noi. In certi momenti non mi preoccupavo nemmeno di quanto poteva attenderci oltre il confine.

A un certo punto dimenticai quasi che dovevamo continuare a essere vigili. Abbassai la guardia, mi concessi di godermi un briciolo di felicità. E, ogni volta che io ed Ewa ci scambiavamo un breve sguardo, mi convincevo di avere tutto il diritto di farlo.

Andavamo piano, secondo il codice stradale. Già da un po', lontano alle nostre spalle, avanzava un camion, probabilmente uno Scania.

Quando il sole spuntò sopra la strada umida davanti a noi, ebbi l'impressione che, insieme con l'alba, sopraggiungesse il nostro gioioso futuro comune. Sapevo che Ewa provava la stessa sensazione. Eravamo convinti di essere immortali.

Verso sera - avevamo appena ritirato tutto il denaro ed eravamo ormai diretti in Ucraina - la vita ci fece capire brutalmente quanto ci fossimo sbagliati.

Eravamo in una strada secondaria, sicura perché lontana dalle principali vie di comunicazione. Volevamo arrivare al confine ucraino attraverso le strade del voivodato, evitando le superstrade.

Partivamo dal presupposto che, adesso che avevamo in macchina tutti i nostri beni, tutto il nostro futuro, ed eravamo così vicini alla meta, non potevamo permetterci neppure il minimo rischio.

Fu questo il nostro errore.

Un errore che, in realtà, ci fece correre il rischio più grande. Mentre percorrevamo la strada deserta che attraversava sconfinati campi coltivati, nello specchietto retrovisore scorsi lo stesso Scania che avevamo avuto dietro quando ci trovavamo ancora nel Nord del Paese.

Ma ormai era troppo tardi perché potessi fare alcunché. L'autista accelerò, quasi che si fosse addormentato al volante e avesse regolato il tempomat in modo che il veicolo acquistasse gradualmente velocità. Prima che capissi che non sarebbe riuscito a frenare, il camion si trovava ormai a pochi metri di distanza dalla nostra Peugeot.

7

L'uomo col berretto era convinto di avere scelto il momento giusto. Prima di decidersi aveva viaggiato per molti chilometri a distanza di sicurezza dalla macchina azzurra. Aveva studiato in anticipo la cartina, si era preparato al meglio.

Doveva solo aspettare il momento adatto, ed eccolo, era arrivato. Si trovavano su un tratto di strada diritto, secondo il navigatore la prossima diramazione sarebbe stata qualche chilometro più in là.

Davanti alla Peugeot, a breve distanza, viaggiava un altro camion. L'uomo aveva controllato sulla radio CB, ed era subito venuto fuori che meglio di così non poteva andare. Il veicolo era guidato da un ucraino che non masticava bene il polacco. Magari, con un po' di fortuna, trasportava un carico extra non proprio lecito, il che significava che non avrebbe chiamato la polizia.

Ma forse non ne avrebbe avuto neanche motivo. I pensieri dell'uomo col berretto accelerarono ancora. Osservava attentamente il comportamento di Damian Werner. Sapeva che il compagno di Kasandra non aveva idea della minaccia incombente.

Un momento prima che la parte anteriore del camion urtasse la parte posteriore della Peugeot, l'uomo schiacciò il pedale del freno. Werner reagì esattamente come ci si sarebbe aspettati: accelerò.

La vecchia 206 avrà avuto al massimo cento cavalli sotto

il cofano, non acquistò molta velocità. Se l'uomo non avesse frenato, Damian non avrebbe avuto chance.

Ma non voleva farli uscire di strada. Sarebbe stato un rischio troppo grande.

In realtà era liberissimo di prendere decisioni estemporanee, ma su una cosa non si discuteva: né Kasandra né il bambino si sarebbero dovuti fare male.

Certo, sarebbe stato meglio risparmiare anche Werner. Tuttavia, se fosse stato necessario, sarebbe stato pronto ad annoverarlo tra le perdite.

L'autista prese il microfono della radio e si schiarì la gola. Il suo russo era un po' arrugginito, non lo usava da un pezzo, ma immaginava che sarebbe riuscito a dire ciò che serviva.

Toccò il pulsante laterale, prese fiato e gridò all'ucraino che gli viaggiava davanti di accelerare. Di non farsi superare a nessun costo dalla Peugeot.

L'uomo non sapeva se le sue grida piene di panico si sarebbero rivelate efficaci ma, se l'altro autista trasportava davvero sigarette di contrabbando, olio combustibile o qualcos'altro che poteva mettere sul chi vive i doganieri, non avrebbe rischiato di sicuro. Del resto, anche la solidarietà tra camionisti avrebbe dovuto fare la sua parte.

Accelerò di buon grado, il collega rispose qualcosa via radio, ma l'uomo col berretto non lo sentiva più. Adesso tutto dipendeva da lui. Schiacciò di nuovo il pedale del gas, questa volta senza intenzione di frenare. L'automobile azzurra era in trappola.

8

«Superalo!» gridai, pur sapendo che Werner non ce l'avrebbe fatta.

Tutti e tre i veicoli procedevano a velocità troppo sostenuta, Damian non aveva il tempo di reagire nella maniera adeguata. In realtà avrebbe potuto sterzare bruscamente e passare sull'altra corsia, ma si rendeva conto del duplice pericolo che ciò comportava.

Era impossibile vedere se arrivava qualcuno dalla direzione opposta. Uno scontro frontale con un'altra macchina sarebbe stato tragico, inutile illudersi che qualcuno di noi sarebbe sopravvissuto. La Peugeot si sarebbe accartocciata come una fisarmonica.

E, anche se avessimo avuto fortuna e non fosse sopraggiunto nessuno, in un attimo avremmo affiancato il tir. Bastava che il guidatore girasse leggermente nella nostra direzione e il semirimorchio ci avrebbe spinti sul ciglio della strada.

Il risultato poteva essere altrettanto tragico di uno scontro frontale con un'altra automobile.

Malgrado ciò gridai con quanto fiato avevo in corpo, spinta dall'istinto di sopravvivenza. Per fortuna Werner m'ignorò e non provò a superare il camion che ci precedeva.

In una frazione di secondo ci ritrovammo tra i due camion.

« Mamma! » urlò Wojtek dal sedile posteriore quando il camion che ci seguiva colpì leggermente il paraurti.

Vidi Damian stringere talmente forte le mani sul volante, che gli sbiancarono le nocche.

« Mamma! » strillò mio figlio.

Avrei voluto tranquillizzarlo, avrei voluto dire una cosa qualsiasi, ma non riuscii a pronunciare nemmeno una parola. Mi tenni forte al cruscotto, anche se forse era la cosa peggiore da fare.

Nel caso di uno scontro mi sarei potuta rompere le braccia, senza contare che avrei impedito all'airbag di svolgere la funzione per la quale era stato progettato. Sempre che la Peugeot ne fosse dotata.

I pensieri mi turbinavano in testa come impazziti. Non potevo raccoglierli, trovare una soluzione adeguata. Alla fine fissai lo sguardo sullo specchietto retrovisore. « Werner! È solo! »

Damian mi guardò spaventato.

« L'ucraino davanti a noi è qui per caso! » Vedevo che non capiva cosa intendevo. Dio mio, scorrevano secondi preziosi, e non potevo permettermi di sprecarne neanche uno di troppo. « Frena! »

« Sei impazzita?! »

« Subito! »

Alla fine capì, o almeno così mi parve. L'unica salvezza era rallentare, far allontanare l'ucraino e accelerare di colpo. Il motore non sarà stato molto potente, ma un'auto prendeva comunque velocità più rapidamente di un camion.

Non c'era altra opzione.

« Frena! » gridai.

Alla fine lo fece. Tutto accadde nel giro di pochi secondi,

non ci fu il tempo di discutere di nulla. Dovevamo salvarci nell'unico modo che ci era venuto in mente.

Werner schiacciò con forza il pedale del freno, mentre io guardavo con terrore lo specchietto. Temevo che Damian avesse esagerato, frenando così di colpo.

La parte superiore della cabina del camion sembrò curvarsi in avanti quando l'autista cercò di frenare. Per un breve istante, procedemmo paraurti contro paraurti.

E poi successe l'inevitabile.

La pressione del veicolo di parecchie tonnellate indusse Werner a girare il volante leggermente a destra. Risuonò lo stridio degli pneumatici, e una frazione di secondo più tardi la Peugeot perse aderenza al terreno. L'auto sbandò, Wojtek gridò terrorizzato. Il suo urlo mi risuonò nelle orecchie, paralizzandomi.

L'auto uscì di strada e s'infilò in un fosso. Si levò un fragore che mi fece pensare a un'esplosione. Ma non scoppiò nulla. Eravamo finiti su un piccolo terrapieno tra gli alberi, e capii subito quanto eravamo stati fortunati.

Per un momento rimasi disorientata, non capivo cosa succedeva. La sensazione d'irrealtà m'impietrì. Ma mi riscossi in fretta. Diedi uno strappo deciso alla cintura, cercando al tempo stesso di girarmi per controllare Wojtek.

Premetti il pulsante di rilascio più presto che potevo, la cintura si riavvolse con un sibilo e io mi curvai all'indietro. Mio figlio era illeso. Era sotto shock, aveva il respiro accelerato e si guardava intorno agitato, ma era tutto intero.

Trassi un sospiro di sollievo vedendo con la coda dell'occhio Damian saltare fuori dell'auto. Prima che riuscissi a capire qualcosa, correva già verso il camion che stava frenando.

Aveva preso la decisione giusta. Visto che l'autista era solo, in quell'istante l'unica via d'uscita sensata era prendere l'iniziativa. Anche perché in uno scontro uno contro uno avrebbe potuto non avere grandi possibilità.

Gridai a Wojtek di non muoversi e spinsi lo sportello. Mi precipitai fuori dall'auto come se andasse a fuoco e corsi dietro a Werner. D'un tratto tutte le ferite provocate da Robert sembrarono sparire. Almeno quel tanto da non farmi bloccare subito da un dolore lancinante.

Sapevo che era merito dell'adrenalina e che di lì a un momento sarebbe tornato tutto come prima.

Io e Werner corremmo a perdifiato. Damian si rendeva conto che, se voleva avere la meglio sull'autista, doveva arrivare alla cabina di guida prima che il suo avversario riuscisse a riprendersi.

Non riuscii a raggiungerlo. Non potevo respirare e avevo l'impressione che qualcosa mi lacerasse i polmoni dall'interno.

Quando Werner raggiunse il camion, dovetti fermarmi. Ero in condizioni peggiori di quanto supponessi. Adrenalina o no, il mio corpo mi fece capire chiaramente che non potevo spingermi oltre.

Mi piegai in due, mi puntellai sulle ginocchia e, ansimando forte, alzai lo sguardo.

Vidi lo sportello aprirsi. Dalla cabina emerse un uomo del tutto ignaro che Damian era lì accanto. Non appena si sporse fuori, Damian lo agguantò per la felpa e lo scaraventò sulla strada.

Senza stare troppo a pensarci gli mollò un calcio dritto in testa.

L'uomo non aveva la minima chance.

Chiusi per un momento gli occhi, ripresi fiato e poi corsi lungo il fosso. Con la coda dell'occhio vidi un piccolo ramo che poteva fare al caso mio. Lo afferrai in corsa, rallentai solo un attimo. Poi feci appello a tutte le mie forze per arrivare al più presto al camion.

Damian colpì di nuovo e d'un tratto si fermò.

Sapevo benissimo perché.

9

Agivo come un automa. Non riflettevo, non calcolavo, non valutavo le mie possibilità nello scontro con quell'uomo. Sapevo soltanto che era solo. Era bastato a farmi decidere.

Quando lo tirai fuori dal veicolo, non esitai a colpire. Era in gioco la sicurezza di Ewa, di Wojtek e mia. No, non solo la sicurezza, tutto il nostro futuro.

Quell'uomo poteva toglierlo.

Lo colpii un'altra volta selvaggiamente e intendevo continuare finché non avessi avuto la certezza che non si sarebbe più rialzato. Ma poi lo guardai in faccia.

Da un angolo della bocca gli scorreva del sangue, sulla tempia aveva un taglio e subito accanto il segno lasciato da uno dei miei colpi. Un rivolo rosso scorreva verso l'occhio sinistro. E inondava la piccola cicatrice sottostante.

Rimasi agghiacciato, in un primo momento non capii come fosse possibile. La mente mi giocava un brutto tiro? Sognavo? Avevo davanti a me l'uomo che avevo incontrato a Biskupin.

L'uomo con la cicatrice sotto l'occhio.

Glazur.

Colui che aveva aiutato Ewa fin dall'inizio, che si era occupato di tutti i problemi informatici, che mi aveva fornito un indizio dopo l'altro. Che, a causa di ciò, era stato cacciato dal lavoro, aveva dovuto dire addio alla carriera e con ogni probabilità era costantemente sorvegliato dagli uomini di Robert Reimann.

Che cosa succedeva, maledizione?

Arretrai di un passo, senza capire perché Glazur dovesse aggredirci. E neppure come avesse fatto a trovarci.

Non aveva nulla a che fare con l'organizzazione criminale di Reimann. E neanche con quella capeggiata da Kajman. Altrimenti avrebbe mostrato già da un pezzo le sue vere intenzioni. Aveva avuto più di un'occasione per farlo.

I pensieri mi turbinavano in testa. Sentivo Ewa correre verso di noi, ma non potevo muovermi.

« Porca puttana, che cosa... » farfugliai.

L'uomo steso a terra sputò sangue e mi rivolse uno sguardo incerto. Nei suoi occhi non scorsi la paura che mi sarei aspettato.

Forse collaborava con la polizia? No, neanche quello aveva senso.

« Chi sei? » chiesi.

Borbottò qualcosa d'incomprensibile, e io arretrai di mezzo passo. Solo allora capii che era molto più stordito di me. Ma, se nel suo caso ciò era dovuto ai colpi ricevuti, nel mio lo stordimento derivava dallo shock. Non riuscivo a raccogliere i pensieri.

Mi girai nella direzione dalla quale stava correndo Ewa.

Allora arrivò il colpo. Forte, veloce, a suggello di tutto ciò che era successo. Sentivo che mi aveva raggiunto alla tempia, ma il mio cervello rifiutava di provare a capire da dove fosse arrivato.

Barcollai leggermente e allora Ewa mi colpì un'altra volta.

Mi rintronò la testa, come se mi trovassi accanto ai giganteschi altoparlanti durante uno scatenato concerto rock. Il senso di disorientamento lasciò il posto a una totale impotenza. Crollai a terra senza poter ammortizzare la caduta.

Ewa mi ansimava sopra. Quando abbassò il braccio, vidi il mio sangue gocciolare dall'estremità del ramo. E sentii una pozza che mi si andava allargando dietro la testa.

Non capivo niente.

Assolutamente niente.

Ewa mi passò accanto senza degnarmi della minima attenzione. Come se pensasse che non costituivo più una minaccia e che, perciò, non valeva la pena interessarsi a me. Si accucciò accanto a Glazur e gli toccò il viso.

Disse qualcosa, talmente piano che non lo capii.

Provai a sollevarmi, ma riuscii solo a sussultare. Con ogni evidenza uno dei colpi era stato particolarmente violento. Mi aveva provocato un danno maggiore di quanto Ewa volesse. O almeno così mi facevano pensare i resti di razionalità coi quali valutavo la situazione.

Che cosa era successo in realtà? Era accaduto davvero? O dormivo nella stanza d'albergo e stavo avendo l'incubo più brutto della mia vita?

Ewa aiutò Glazur ad alzarsi e gli guardò il viso. Quando lui le mise le mani sulla vita e parlò, sembrava un uomo qualunque, impegnato ad assicurare all'amata che andava tutto bene.

Cominciai a strisciare lentamente verso di loro.

Proprio come avevo fatto dieci anni prima al Loża Szyderców.

Il cerchio, infine, si era chiuso.

10

Glazur allontanò le mani, mi assicurò nuovamente che non aveva nulla e guardò preoccupato la Peugeot. « Wojtek sta bene? » chiese.

« Sì, tutto a posto. È un po' spaventato, ma... ci occuperemo subito di lui. »

Annuì, quindi spostò lo sguardo su Werner. Lo osservò a lungo, mentre io cercavo di valutare se lui avesse una commozione cerebrale. Glazur capì subito i miei timori, mi abbracciò e mi garantì che stava bene.

« Hai ricevuto dei colpi tremendi », protestai.

« Poteva andare peggio. »

Difficile non essere d'accordo. Ma tutto sarebbe dovuto finire in modo completamente diverso, e sarebbe senz'altro andata così, se Damian non avesse perso il controllo del volante. Però nessuno dei due voleva parlarne.

Ormai non aveva senso.

« Non dovevi colpirlo così forte », osservò Glazur.

Lo presi per mano, e mi attirò a sé.

« È tutto a posto », disse.

« Lo so. »

Guardò ancora verso Damian. « Werner sopravvivrà? »

Mi auguravo di sì. Non avevo mai voluto che subisse più di quanto era strettamente necessario alla realizzazione del mio piano. « Speriamo. »

« Avresti potuto evitare d'infierire. »

«Dovevo avere la certezza che non ci avrebbe più minacciati.»

«Non lo avrebbe fatto. Mi ha riconosciuto e ha sicuramente cominciato a capire da solo come stanno le cose.»

Non la pensavo così. Dal punto di vista di Damian, la situazione sembrava del tutto diversa rispetto alla realtà.

Meritava di conoscere la verità. Avrei voluto esporgliela in ben altre circostanze, attenuare un po' il colpo che aveva ricevuto dalla sorte.

No, non dalla sorte. Da me, da Glazur e da tutti gli altri che erano coinvolti in quell'impresa. Era ora che glielo confessassi apertamente. Presi fiato e mi girai dalla sua parte.

Strisciava verso di noi lasciandosi dietro una scia rossa. Aveva un aspetto orribile, come se stesse percorrendo gli ultimi metri prima del confine che lo divideva dalla morte.

Mi guardai nervosamente intorno.

«Non abbiamo molto tempo», disse Glazur.

«Lo so.»

«Se vuoi spiegargli il perché e il percome, devi sbrigarti.»

«Voglio, ma...»

«Cosa?» domandò Glazur attirando il mio sguardo. Mi fissò profondamente negli occhi. «Merita almeno di sapere la verità.»

«Lo so», ammisi. «Ma non possiamo permetterci di correre altri rischi.»

Non dovemmo discutere a lungo. Sarebbe bastata una macchina di passaggio per mandare in fumo tutto ciò su cui avevamo lavorato tanto a lungo.

Ci avviammo senza una parola verso la Peugeot. Sapevo che Wojtek sarebbe stato contento di vedere Glazur. Avrebbe sicuramente gridato pieno di entusiasmo, come faceva di solito: *Zio!* Poi Glazur lo avrebbe preso in braccio e lo avrebbe portato nella cabina del camion in modo che non vedesse Damian steso sulla carreggiata.

Gli avremmo spiegato che Werner aveva dovuto lasciarci. Wojtek non avrebbe fatto domande, non aveva avuto il tempo di conoscerlo bene, né tanto meno di affezionarglisi. Per lui Damian era quasi uno sconosciuto, sicuramente di lì a qualche anno non avrebbe neppure ricordato di averlo incontrato.

Io e Glazur non avremmo potuto dire lo stesso.

Dopo avere portato Wojtek sul camion, ci occupammo di quanto si trovava nella Peugeot. Impacchettammo alla svelta i soldi in piccoli involti e li nascondemmo tra la merce nel semirimorchio. Era tutto pronto per passare il confine.

Ci sorridemmo soddisfatti. Ma nel profondo dell'anima provavo un senso di delusione. A un certo punto Glazur dovette accorgersene, perché corrugò la fronte.

« Volevo davvero spiegargli ogni cosa », dissi.

Lui si guardò intorno. « Forse abbiamo un altro po' di tempo. »

« No », replicai in tono risoluto.

Annuì e montò nella cabina di guida. Io invece mi accucciai accanto a Werner. Aveva perso conoscenza e sanguinava. Mi resi conto che in quelle condizioni non avrebbe comunque sentito granché e ancora meno se lo sarebbe ricordato.

« Mi dispiace », dissi soltanto. Mi alzai e mi avviai verso il camion. Montai e sorrisi a Glazur. Lui mi rivolse a sua volta un sorriso. Non mi serviva nient'altro per essere felice.

Mentre ci allontanavamo, diedi ancora un'occhiata allo specchietto laterale. Mi sembrò che Werner avesse sollevato leggermente la testa.

11

Vorrei dire che ripresi i sensi in ospedale, ma non sarebbe la verità. Aprii gli occhi in un letto di ospedale, sì, ma in effetti mi svegliai in un nuovo mondo.

Un mondo privo di sogni, illusioni e speranze. Alla fine era diventato qualcosa di vero. Un luogo reale al quale tendevo ormai da tempo.

Accanto al letto erano seduti mio padre e mia madre. Nel corridoio di tanto in tanto vedevo passare indolentemente un poliziotto. Dal suo punto di vista, non era successo niente. Non doveva preoccuparsi di nulla, e soprattutto non di me.

Ero stato prosciolto da ogni accusa, le indagini sull'assassinio di Blitz si erano concluse e il sospetto chiuso in camera di sicurezza. Era un tipo noto alla polizia, ma non legato a Kajman. Questi lo aveva sicuramente assoldato, ma non c'erano prove.

Prove di cui aveva bisogno la procura. Non io.

I miei genitori avevano provato più volte a parlarmi, ma inutilmente. A un certo punto avevano temuto che fossero sopraggiunti problemi irreversibili, anche se il medico aveva assicurato che dalle analisi non era emerso nulla di preoccupante.

A dir la verità avevo avuto una commozione cerebrale, ma gli effetti più gravi erano ormai scomparsi. Non avevo niente. O almeno nessun disturbo che potesse essere individuato da una risonanza magnetica.

Alla fine parlai, solo per tranquillizzare i miei. Nel vederli sospirare di sollievo fui assalito dai rimorsi di coscienza per averli tenuti tanto a lungo sulle spine. Però la verità era che non sapevo cosa dire.

Tanto più che continuavano a farmi sempre la stessa domanda.

« Che cosa è successo, figliolo? »

« Non lo so. »

Si guardarono.

« Ma la polizia che dice? » chiesi.

« Che... » cominciò mia madre, ma s'interruppe.

« Vogliono muoverti altre accuse », terminò mio padre al posto suo.

Ebbi l'impressione di essere stato colpito da una paralisi totale. Mi ci volle un momento per digerire l'informazione. Dunque c'era un motivo se il poliziotto era lì? Sembrava assurdo.

Forse ero stato picchiato più forte di quanto pensassi? Forse c'era qualcosa che non ricordavo?

Inghiottii a fatica e rivolsi uno sguardo incerto a mio padre. « Cristo... Quali accuse? » gemetti.

« Omicidio e rapimento. »

« Cosa? »

« Dicono che hai ucciso qualcuno a Rewal, figliolo. »

Capii che avevano trovato il corpo di Robert Reimann. Con sopra innumerevoli tracce del mio DNA. E non era certo necessario controllare quelle su di me per scoprire l'origine delle mie tante ferite.

Mi mossi nervosamente e di colpo ogni singola ferita si fece sentire. Guardai i miei genitori cercando di capire come dovesse apparire tutto ciò dal loro punto di vista. Di certo non credevano alla polizia. Ma, in tal caso, che cosa pensavano?

«Ascoltate...»

«Non devi dire niente», m'interruppe mia madre.

Indicò la porta con lo sguardo, e mi resi conto che il poliziotto era sulla soglia. Non ero ammanettato al letto, evidentemente presumevano che fossi troppo malridotto per tentare la fuga.

«Lo so. Ma voglio spiegarvi. E non m'importa se qualcuno ascolta.»

«Per noi è tutto chiaro, figliolo.»

«Non tutto.»

«Sei stato ingannato», continuò mio padre. «Non sappiamo come, però ti aiuteremo a venirne a capo.»

Sapevo che sarebbe stato davvero così, anche se negli occhi di mia madre scorsi una domanda inespressa. Forse anche più d'una. La guardai a lungo, affinché capisse che stavo aspettando la domanda che più la tormentava.

Alla fine si schiarì piano la voce, e io le feci un cenno d'intesa. «Chiedi, mamma.»

«Voglio solo...»

«Non ora», intervenne mio padre sottovoce.

«No, no. Non ho motivo di nascondere nulla alla polizia», protestai.

Ripresero fiato e rimasero in silenzio.

«Vi chiedete perché sono andato a Rewal?» suggerii, immaginando che fosse proprio quello a impensierirli. «Perché là mi aspettava Ewa. E questa assurda accusa di rapimento deve riguardare lei.»

«Figliolo...»

Alzai leggermente la mano. «Aspetta. Fammi finire», dissi a mio padre.

«Ewa è morta.»

Scossi la testa. « È viva. Il corpo che hanno trovato a Bolko appartiene a... »

« A lei », intervenne mia madre. « È davvero lei. »

Mio padre abbassò lo sguardo con aria triste. « Lo hanno confermato le analisi. »

« La polizia non ha dubbi al riguardo. »

Sembrava che non ne avessero neanche loro. Ma non ero disposto a crederci. Anche se, dopo quanto era successo, in realtà avrei dovuto accettare ogni versione, anche la più irrazionale. Avrei dovuto essere pronto a tutto. E non solo ora, ma già da tempo.

« Impossibile », ribattei.

« Abbiamo visto noi stessi i risultati, figliolo. Il commissario Prokocki ci ha convocati al comando, ci ha mostrato ogni cosa. »

« I documenti si possono contraffare. Loro cercavano semplicemente di proteggerla. »

« Proteggerla? E da chi? » chiese mia madre.

« Dagli uomini di Kajman. Da quelli che la inseguivano. »

« Kajman? »

Guardai il poliziotto come se sperassi che spiegasse tutto ai miei. Ma, quando incontrai il suo sguardo stupito, mi resi conto di una cosa.

Tutto ciò che sapevo su Kajman veniva dalle registrazioni di Ewa.

Lo stesso dicasi per quanto le era accaduto negli ultimi dieci anni.

Inoltre, ogni informazione su Prokocki, sulla protezione dei testimoni e su ogni mossa della polizia veniva dalla stessa fonte.

Avevo ricostruito il quadro della situazione sulla base di ciò che mi aveva raccontato Ewa.

Dio mio, mi ero fatto coinvolgere in una gigantesca truffa?

I miei pensieri sembravano mulinare in un vortice che risucchiava tutte le mie facoltà razionali. Potevo solo osservarne i resti turbinare sempre più svelti, abbandonandosi alla corrente. E sparirvi.

Da quella corrente impazzita, non riuscivo a strappare una possibile conclusione. Tutto mi appariva al tempo stesso possibile e impossibile. Fattibile e infattibile. Mi ero completamente smarrito, e il peggio era che non mi veniva in mente nessuno che potesse fornirmi le risposte.

A parte Ewa.

« Figliolo? »

« È tutto a posto... » borbottai.

« Chi è Kajman? »

Scossi la testa e socchiusi gli occhi. « Ora non importa. Racconterò alla polizia tutto quello che so... »

Si guardarono di nuovo, come se ognuno dei due aspettasse dall'altro un'idea su come aiutarmi. Immaginavo che sarebbe stato mio padre a tentare di suggerire qualcosa, ma non ne ebbe il tempo. L'agente entrò nella stanza e concentrammo la nostra attenzione su di lui.

Mi porse un cellulare come se mi puntasse contro una pistola. « Il commissario Prokocki vorrebbe parlare con lei. »

Aprii la bocca, ma non dissi nulla.

Non mi sembrava la procedura standard. Se intendevano davvero rivolgermi delle accuse, il contatto telefonico era piuttosto fuori luogo.

Allungai la mano e il poliziotto mi diede il telefono.

« Sì? » chiesi.

« Si è creato un mucchio di problemi », disse il vicecommissario.

« L'ho notato. »

« Ma almeno riuscirà a liberarsi di una parte di essi, sempre che si decida a collaborare. »

« Sinceramente, non saprei con chi. »

Prokocki sbuffò piano. « Non è la prima volta che lo sento. Ma rispondo sempre allo stesso modo: la cosa migliore è fidarsi di coloro che giurano di vegliare sulla sicurezza dei cittadini. »

« Intende gli stessi che di tanto in tanto infrangono quel giuramento? »

« In ogni gregge c'è una pecora nera. »

« Ma lei non lo è? »

« No », rispose con un sospiro, quasi gli pesasse doverlo esprimere a parole. « Sono la sua ultima ancora di salvezza. E l'unica speranza di uscire dalla palude in cui sta sprofondando. »

Rimasi in silenzio, non sapevo se Prokocki avesse davvero ragione. Stando a quanto avevo sentito nelle registrazioni, il vicecommissario era l'unica persona che poteva aiutarmi. Però in quella fase non credevo più a nulla di quanto mi aveva detto Ewa.

« È ancora lì? »

« Sì », risposi.

« Bene. Visto che non ha riattaccato, suppongo stia almeno considerando l'idea di fidarsi di me. »

« Esatto. »

Prokocki sospirò di nuovo. « Dunque mettiamola così: lei non ha assolutamente nessuna via d'uscita, porca puttana. È accusato dell'omicidio di Reimann, nonché del rapimento della moglie e del figlio. »

« È assurdo. »

« Sembra anche a me. »

« Allora perché... »

« Perché il fatto che a me sembri così non basta né ai miei superiori né alla procura. »

Per un momento nessuno dei due aprì bocca.

«Perciò devo sapere che cosa l'ha mossa, maledizione. Capisce?»

Non capivo più niente, ma tenni per me quella considerazione. Guardai i miei genitori, che mi fissavano con ansia. Non avevano bisogno di parlare, sapevo comunque che, dopo avere incontrato Prokocki, per qualche motivo si fidavano di lui.

Forse sapevano più di me? Forse li aveva informati di qualcosa che avevano stabilito di comune accordo di tenermi segreto per il mio bene?

Scossi la testa e mi rimproverai di avere rivolto tali domande a me stesso e non al mio interlocutore. In quel momento mi resi conto di avere preso una decisione. Telefonandomi, il vicecommissario mi aveva teso una mano. In maniera informale, come un gesto di buona volontà. Dovevo approfittarne.

«Kasandra Reimann in realtà è Ewa, commissario.»

«Come?»

«Si è legata a Robert anni fa, per garantirsi la sicurezza. Non poteva certo immaginare...»

«Ma che diavolo va dicendo?»

Una conversazione telefonica non era il modo migliore per esporgli quella storia complicata, ma non avevo alternative. Feci un respiro profondo, intenzionato a continuare, ma lui non me ne diede il tempo. «Abbiamo identificato il corpo tramite l'analisi del DNA. Volevamo averne la certezza assoluta.»

«Questo lo dice lei.»

«La smetta. Che ragione avrei di mentire?»

«Cerca ancora di proteggerla.»

«Proteggere?»

«Ewa. Ha paura che la trovino.»

« Chi? Chi dovrebbe cercarla? » chiese Prokocki in tono grave.

« Gli uomini di Kajman. Quelli contro cui ha testimoniato. »

« Ewa non ha testimoniato contro nessuno. »

« Ma... »

« Non so da dove attinga queste informazioni, ma evidentemente è stato indotto in errore. »

Provai a inghiottire, però avevo la gola secca. Tossii, nervoso. Mi stava venendo caldo.

Strinsi ancora di più il telefono, sebbene mi mancassero le forze. Cominciavo pian piano a intravedere la verità. « Ma... Lei... Eppure... »

Alla fine Prokocki intuì la fonte della mia versione dei fatti. « Kasandra Reimann è Kasandra Reimann. L'abbiamo controllato con cura appena è stato trovato il corpo di suo marito. Non ha niente a che vedere con la sua fidanzata, tranne forse la somiglianza fisica. »

Le sue parole mi risuonarono in testa con un'eco sorda.

« Ne è... Ne è sicuro? »

« A meno che qualcuno non abbia falsificato i documenti conservati negli uffici, corrotto svariate persone perché si spacciassero per i suoi familiari e amici, contraffatto le foto risalenti agli ultimi decenni, è così. Ne sono sicuro. »

Non sapevo cosa rispondere.

Il commissario parlò un altro po', assicurando che mi avrebbe fornito tutte le prove. Mi sarei potuto convincere da solo che il cadavere ritrovato apparteneva alla mia fidanzata scomparsa. Alla fine Prokocki non escluse neppure che potessi vedere le foto dell'autopsia.

Ero come paralizzato, la realtà sembrava prendere forma da qualche parte lontano da me. Era davvero possibile che Kasandra Reimann non fosse Ewa?

A quel punto non potevo più permettermi la certezza infondata di sapere la risposta. Dovevo ammettere ciò che fino a poco tempo prima mi sembrava impossibile.

Dio mio, in tal caso che cosa era successo a Ewa? Dov'era stata per dieci anni? E perché era scomparsa?

Altre domande mi si affollarono in mente mentre Prokocki continuava a garantirmi che non era stato commesso nessun errore. Parlò ancora un po', ma ormai non lo sentivo più.

Poi restituii il telefono al poliziotto con mano tremante e guardai i miei. «Dove... Dov'è il mio cellulare?» farfugliai.

Mio padre indicò uno dei cassetti accanto al letto. Supponevo che il telefono fosse stato scrupolosamente controllato dalla polizia, in effetti mi stupiva che non lo avessero requisito. Ma forse pensavano che avessi agito insieme con qualcuno e che prima o poi quella persona mi avrebbe contattato.

In un certo senso era così.

Quando accesi il cellulare, trovai un messaggio non letto. Lo aprii e vidi un codice di accesso alla RIC.

Mi sembrò che tutto il sangue mi defluisse dal viso.

«Che succede, figliolo?» chiese mio padre.

Feci di nuovo molta fatica a inghiottire. «Ho bisogno di un portatile», balbettai.

12

Eravamo ormai nei pressi di Łódź, quando infine il sistema della RIC m'informò che Wern aveva ricevuto il codice. Non eravamo andati in Ucraina, inizialmente ci eravamo diretti là solo per ingannare Damian. Non dubitavo che prima o poi avrebbe raccontato tutto quello che gli avevo detto alla polizia.

« Ha ricevuto il messaggio », annunciai.

Glazur distolse lo sguardo dalla strada e mi lanciò un'occhiata. « Vuoi che ci fermiamo? »

« Sì. »

Annuì, senza provare a convincermi a non parlare con Werner. Sapeva che dovevo farlo, anche se ciò avrebbe comportato una perdita di tempo. Continuava a dire che lo dovevo a Damian.

Nulla impediva che lo contattassi attraverso la RIC. La comunicazione era cifrata e l'eventuale traccia virtuale talmente intricata, che non ci sarebbe stato modo di stabilire la mia posizione, anche se qualcuno avesse saputo dove cercare.

« McDonald's? » chiese Glazur.

« È indifferente. In qualsiasi posto ci sia il wi-fi. »

Non ci volle molto per trovare il luogo adatto. La caratteristica insegna gialla si vedeva da lontano. Andammo al McDonald's poco oltre lo svincolo di Skierniewice. Wojtek e Glazur si sedettero a un tavolino non lontano dalla finestra, io mi sistemai un po' in disparte.

Mi premeva che nessuno mi disturbasse. Ordinai un caffè grande al McCafé e mi loggai sulla RIC. Damian mi stava già aspettando. Feci un profondo respiro, non sapevo da dove cominciare.

Per fortuna Werner mi venne in soccorso.

[Wern] Chi sei veramente?

Non era la domanda più facile che potesse rivolgermi, ma era un modo come un altro per rompere il ghiaccio. Bevvi un sorso di caffè rammaricandomi di non avere a disposizione del Prosecco.

[Kas] Kasandra Reimann.

[Wern] E non hai niente a che vedere con la mia fidanzata?

[Kas] No.

La risposta tardò ad arrivare. Provai a immaginare che cosa doveva provare Damian, ma allontanai alla svelta quel pensiero. Era troppo doloroso.

[Wern] Spiegami tutto.

[Kas] Molto devi averlo già capito da solo.

[Wern] Ma non abbastanza.

Annuii, quasi potesse vedermi. Sentii su di me lo sguardo di Glazur e gli rivolsi una breve occhiata rassicurante. Sapevo che cosa lo preoccupava. Temeva che ciò che avevamo fatto non mi avrebbe dato pace negli anni a venire. Che sarei stata tormentata da rimorsi di coscienza di cui non sarei riuscita a liberarmi.

Da un pezzo cercavo di convincerlo che non sarebbe andata così. Gli ripetevo che avrei affrontato ogni passo che avevo deciso d'intraprendere come una spiacevole necessità e che me la sarei cavata, che non avevo scelta.

Dovevo salvarmi. Tutte le decisioni che prendevo derivavano dal tentativo di salvare me e Wojtek.

Fissai lo sguardo sullo schermo e per un momento rimasi immobile, le dita sulla tastiera del portatile. Si erano messe da sole nei punti giusti. Cominciai lentamente a premere un tasto dopo l'altro.

[Kas] Scusa.

Dovetti di nuovo aspettare un po' la risposta.

[Wern] Non m'interessano le scuse, solo le spiegazioni.

[Kas] Capisco.

[Wern] In tal caso cominciamo da quanto c'era di vero nelle registrazioni.

[Kas] Tutto ciò che ti ho detto su Robert.

[Wern] E la parte sulla testimonianza contro Kajman?

[Kas] Anche quella è vera, ma... solo riguardo a Ewa.

[Wern] Spiega.

Puntai lo sguardo sul cursore tremolante.

[Kas] Ciò che ti ho raccontato è accaduto davvero. Il padre di Ewa era coinvolto nei loschi affari di Kajman e ha dato il via a una serie di avvenimenti che hanno infine condotto a quanto è successo al Loża Szyderców. E a tutto il resto. Grazie alle risorse della Reimann Investigations abbiamo controllato scrupolosamente ogni pista, scoprendo a poco a poco le varie tessere del puzzle.

Mandai il messaggio e mi presi una piccola pausa per bere il caffè.

[Wern] Prokocki non è di questo avviso.

[Kas] Mente. Lui vuole arrestarti, perché dal suo punto di vista sei stato tu a causare la morte di Ewa. Inoltre, ti considerano l'assassino di Robert.

Non volevo neanche pensare a quello che stava avvenendo nella testa di Damian. Non sapeva più cos'era vero e cosa no.

[Wern] Ma come siete capitati su questo caso? E come sei riuscita a ingannarmi? Sei veramente uguale a lei.

[Kas] Lo so.

[Wern] Spiegamelo.

Mi passai nervosamente la mano tra i capelli e spostai la frangetta.

[Kas] Sai che cosa ho passato negli ultimi anni, te l'ho raccontato.

[Wern] Sì.

[Kas] Ma non sai quanto è durato. Nella versione che ti ho offerto ho dovuto fartela breve. La verità è che Robert mi maltrattava da molti anni, Wern.

[Wern] E...?

[Kas] Ho cercato a lungo un modo per sfuggire a quella vita.

[Wern] Come?

[Kas] Controllando le banche dati delle persone scomparse. Cercavo la possibilità di sfruttare l'identità di una di loro.

[Wern] Di spacciarti per lei. Chiama le cose col loro nome.

[Kas] D'accordo. All'inizio si trattava soltanto di assumerne l'identità e di attirare su di me l'attenzione della polizia. Di farla venire spontaneamente in mio aiuto. Pensavo che fosse l'unica possibilità di scappare da quell'inferno.

[Wern] Avresti potuto semplicemente informare la polizia.

[Kas] No. Robert aveva in pugno tutte le persone cui mi sarei potuta rivolgere. E poi sorvegliava ogni mio passo. Anche se fossi riuscita ad assoldare qualcuno al di fuori della sua influenza, si sarebbe messo subito in azione. E, credimi, controllava pure ufficiali di alto grado. Alla fine dunque ho capito che non era la strada giusta. Dovevo inventarmi qualcos'altro.

Per un po' Damian non rispose. Stava senz'altro riordinando i tasselli che alla fine avrebbero composto il quadro d'insieme.

[Wern] Come ti sei imbattuta in Ewa?

[Kas] Come in tutte le altre candidate: controllando le banche dati. Non hai idea di quanto abbia cercato una come lei. Nel corso degli anni, avevo individuato alcune ragazze per le quali mi sarei potuta spacciare ma, appena ho visto Ewa, ho capito che avevo finalmente trovato la persona giusta.

[Wern] Per la somiglianza fisica.

[Kas] Già. Avevo scorso centinaia, forse migliaia d'informazioni diverse su persone scomparse. Ogni tanto m'imbattevo in donne con cui avevo qualcosa in comune ma, prima d'allora, non avevo mai trovato nessuna che mi assomigliasse tanto. Sarei dovuta comunque ricorrere a qualche intervento e temevo che ciò potesse suscitare i sospetti di Robert. Per fortuna non è accaduto. Il problema più grande era che non sapevo quanto la mia voce ricordasse quella di Ewa. Alla fine però ho dovuto correre il rischio. E il fatto che fossero passati dieci anni dall'ultima volta che l'avevi sentita mi faceva ben sperare. Il trascorrere del tempo agiva a mio favore. Più anni fossero passati, maggiori erano le mie probabilità di successo.

Anche questa volta la risposta fu il silenzio. A poco a poco Damian doveva rendersi conto di quanta fatica mi fosse costata tutta quella mistificazione. Quanta fatica e quanti anni di preparazione. Sapevo fin dall'inizio che ogni cosa sarebbe dipesa dalla mia tenacia. E alla fine aveva dato i suoi frutti.

Dovevo giocarmela bene anche dal punto di vista psicologico. Mi rendevo conto che Werner poteva dubitare di avere trovato la vera Ewa. Era necessario creare il massimo divario tra quanto sapeva e quanto desiderava scoprire.

George Loewenstein ha scritto sull'argomento dimostrando che il bisogno di colmare questo abisso è il motore propulsivo della psiche umana. Mi restava solo da avviare quel motore alla potenza adeguata. In modo che Damian fosse accecato dal bisogno di trovare la verità.

Come volevasi dimostrare, il bisogno era divenuto talmente forte, da offuscare tutto il resto. Via via che gli sottoponevo le varie registrazioni, risvegliando il suo appetito, la logica e la razionalità passavano in secondo piano. Ormai non ragionava più come avrebbe dovuto. Non ammetteva la possibilità che fosse tutto un inganno.

E, più la cosa durava, maggiore era l'effetto. Era una questione non solo psicologica, ma anche fisiologica. Le ricerche confermavano che l'attesa febbrile del risultato favoriva la produzione di dopamina. Secondo Helen Fisher, più ci tocca aspettare, più il nostro cervello e il nostro midollo spinale producono questo neurotrasmettitore. Di conseguenza la dopamina prende il controllo sul nostro processo decisionale.

In fin dei conti tutto si riduce al fatto che crediamo ciò che vogliamo credere. Ignoriamo gli avvenimenti che lo contraddicono. E ci affidiamo a quelli che confermano le nostre supposizioni.

Non giocavo coi sentimenti di Damian. Giocavo coi principi universali che governavano la mente umana.

[Wern] Quando l'hai trovata?

[Kas] Qualche anno fa.

[Wern] E ti sei preparata da allora?

[Kas] Sì. Mi è costato molti sacrifici e l'assunzione di un rischio, ma non avevo alternative.

[Wern] Sì che ne avevi.

[Kas] No.

La breve risposta risoluta doveva fargli capire che non avevo il minimo dubbio al riguardo. Se non avesse funzionato, speravo che lo avrebbero convinto i miei chiarimenti successivi.

[Kas] Devi capire che non potevo rivolgermi né alla polizia, né agli amici, alla famiglia o ai collaboratori. Robert aveva eliminato gradualmente dalla mia vita tutte le persone che non poteva controllare. A un certo punto ero rimasta sola. Potevo contare unicamente su Glazur, e anche lui aveva un campo di manovra limitato.

[Wern] Dunque ti sei procurata un idiota che ti tirasse fuori da quella palude.

[Kas] Sapevo che avresti fatto tutto il necessario.

Per un po' la risposta non arrivò.

[Wern] Tu sei malata.

Non sapevo cosa scrivere. E non solo perché non volevo iniziare una discussione. Semplicemente non ero certa di come rispondere.

A volte avevo l'impressione di vivere in un mio personale mondo distorto. Lo avevano modellato la violenza, l'incessante senso del pericolo e l'alcol. Non ricordavo l'ultima volta che avevo passato un giorno senza bere o una notte senza essere picchiata.

C'erano momenti in cui mi vedevo come una pazza.

Ma non ero impazzita. Al contrario, avevo agito in maniera razionale. Avevo salvato mio figlio nell'unico modo possibile.

Bevvi il caffè e scossi la testa, decidendo di continuare la conversazione. Lo dovevo a Werner.

[Kas] Avevo bisogno di qualcuno pronto a qualunque cosa. E al quale poter affidare tutto il denaro dei conti di Robert. Lo capisci, vero?

[Wern] No. E dubito che chiunque lo capirebbe. Dovresti curarti.

[Kas] Non avevo vie d'uscita, Wern.

[Kas] Avresti potuto dirmi la verità.

[Kas] E sperare che di punto in bianco avresti dimenticato che ti avevo ingannato? E che avresti rischiato la vita per aiutarmi, mosso da pura empatia? Mentre Ewa era ancora da qualche parte là fuori?

Questa volta fu lui a non sapere cosa rispondere.

[Kas] Non potevo permettermi un simile rischio. C'era in gioco la vita di mio figlio.

[Wern] C'erano molti altri modi per fuggire da Robert.

Fosse stato seduto al tavolino davanti a me, gli avrei quasi riso in faccia. Non sapeva che tipo fosse Robert Reimann. Non si rendeva conto di che cosa erano capaci i suoi uomini. E lui stesso.

[Kas] Sei sicuro?

[Wern] Sì.

[Kas] Allora, per favore, dimmi in che modo avrei potuto risolvere la questione. Dalla fuga al recupero di tutti i soldi, coi quali assicurerò un futuro a mio figlio. Dimmi come avrei fatto a trovare qualcuno che non solo mi aiutasse a uscire dall'inferno in cui mi trovavo, ma che alla fine non mi avrebbe derubata.

Non mi aspettavo una risposta. E, anche se gliene fosse venuta in mente una, probabilmente un istante dopo l'avrebbe rigettata da solo. E forse sarebbe infine giunto alla mia stessa conclusione. Che non avevo altre vie d'uscita.

Me lo ripetevo senza posa. Ma sapevo che alla fine non sarei riuscita a convincere al cento per cento neppure me stessa.

Del resto, dopo tutto quello che avevo passato, potevo ancora valutare qualcosa razionalmente? Già l'aver bevuto in continuazione per anni e anni m'impediva di scorgere il confine che divideva ciò che era giustificato dalle circostanze da ciò che era inammissibile.

No. Non aveva senso rifletterci. Tutto ciò che avevo tramato aveva un unico scopo: salvare Wojtek.

Volevo scriverlo a Damian, ma avevo l'impressione che non fosse necessario. Mi aveva conosciuta come un'altra persona, però capiva le mie motivazioni. Aveva capito anche qualcos'altro. Qualcosa che non mi dava requie.

E che forse, nel corso degli anni, non avrebbe smesso d'incombere su di me come uno spettro ostile.

[Wern] L'hai uccisa tu.

[Kas] No.

[Wern] È morta a causa tua.

[Kas] Io non c'entro niente, Wern.

[Wern] Non dire cazzate. È in seguito al tuo intervento che Ewa ha deciso di uscire allo scoperto o che gli uomini di Kajman hanno trovato le sue tracce. In un modo o nell'altro, sei stata tu a mettere tutto in movimento. Ce l'hai sulla coscienza, porca puttana. E non mi darò per vinto finché non ti avrò trovata. E ti giuro che pagherai le conseguenze di tutto ciò che hai fatto.

Per un momento mi paralizzai. Poi guardai verso il tavolino al quale erano seduti Wojtek e Glazur.

Senza pensarci troppo su, presi la custodia del portatile e ce lo chiusi dentro con violenza. Proprio come se mi fossi chiusa una porta alle spalle lasciando dall'altra parte non solo Werner e Robert, ma anche tutto ciò che mi legava al passato.

Finii di bere il caffè con lo sguardo fisso oltre la finestra. Sull'autostrada sfrecciavano le macchine, alcune svoltavano verso la stazione di servizio accanto al McDonald's. La vita scorreva normalmente, nessuno si rendeva conto di ciò che avevo fatto.

Ogni anno in Polonia sparivano ventimila persone. Vale a dire più di cinquanta al giorno.

Che importava se avevo rubato l'identità di una di loro? Anche se, così facendo, ne avevo causato la morte, non era un prezzo che valeva la pena pagare per salvare mio figlio dalla tragedia? Una tragedia nella quale alla fine Robert lo avrebbe coinvolto?

Avevo salvato molte altre persone, mi rassicurai. Prima o poi l'organizzazione di mio marito si sarebbe sciolta a causa delle lotte interne per il potere. E grazie a ciò molte persone della cui esistenza neppure sospettavo avrebbero evitato un destino atroce.

Continuai a ripetermelo per un altro po' mentre viaggiavo verso ovest con Wojtek e Glazur.

Ma poi decisi che era inutile cercare di convincere me stessa. Avevo commesso cose mostruose e dovevo convivere con quella consapevolezza. Un giorno avrei dovuto subirne le conseguenze? Non certo nel modo in cui sperava Wern.

Nessuno mi avrebbe trovata, nessuno ci avrebbe rintracciati. Ci saremmo lasciati tutto alle spalle e nessuno ci avrebbe seguiti.

Nessuno tranne Ewa, che era diventata parte di me.

NOTA DELL'AUTORE

Le statistiche sulle persone scomparse in Polonia sono allarmanti, ma quelle riguardanti la violenza domestica sulle donne fanno gelare ancora di più il sangue nelle vene. Secondo le stime, infatti, nel corso di un anno ne sono vittime tra le settecentomila e il milione di polacche. Ogni settimana, per questa ragione, muoiono tre donne.

In un certo senso, è da qui che mi è venuta l'idea di scrivere questo libro. Mi chiedevo fin dove sarebbe stata disposta a spingersi una di loro se fosse stata in gioco non solo la sua vita, ma anche quella di suo figlio. E se l'eventuale possibilità di salvarsi fosse stata assolutamente contraria alla morale.

Immaginavo che la ricerca di una risposta sarebbe stata inquietante, e il lavoro sul libro non ha fatto che confermarlo. A un certo punto, ho capito che non potevo prevedere un lieto fine. Non solo, ho cominciato a chiedermi quale potesse essere davvero il lieto fine dal punto di vista dei due protagonisti.

Kasandra è riuscita a salvarsi, ma nel farlo ha distrutto la vita di Werner. E ha causato la morte di una persona innocente. Anche se, così facendo, ha realizzato i suoi progetti, ha attuato il suo piano. Per lei si è trattato di un *happy end*? La risposta non dovrebbe richiedere una lunga riflessione.

Ma qualsiasi altra donna che si sia trovata nella sua situazione può contare su un lieto fine?

Mi auguro di sì. Tanto più che molto dipende da come noi stessi ci comportiamo ogni giorno, come reagiamo a certi avvenimenti, quali atteggiamenti incoraggiamo e come ci rapportiamo a quanto accade nella sfera pubblica. La violenza fisica è preceduta da quella psichica. E questa deriva da modelli che assimiliamo nel corso di tutta la nostra vita.

La riduzione delle donne a oggetto, magari parlando di «bel culo» o assegnando loro infantilmente un voto da uno a dieci, depone un seme di disprezzo nella psiche dei giovani. Un disprezzo difficile da estirpare.

Non è solo un problema nostro. In tutto il mondo muoiono più donne per violenza domestica che per incidenti automobilistici. O di cancro. O di malaria, che nell'Africa tropicale e subtropicale è ancora un flagello.

Stando ad Amnesty International, la violenza domestica riguarda una donna su tre al mondo. Ci sono tuttora Stati in cui la legge non punisce la cosiddetta «violenza coniugale», e non si tratta solo di Paesi arretrati. Tra loro c'è la Tunisia. A Londra, che non ha niente a che vedere con gli Stati del Terzo Mondo, oltre il quaranta per cento delle donne ammette di essere stato vittima di violenza. E quante tacciono? Sicuramente non lo sapremo mai.

C'è solo da chiedersi se non lo sapremo mai perché non possiamo o perché non vogliamo...

RINGRAZIAMENTI

Spero che, grazie a questo libro, si siano riuscite a esprimere ad alta voce alcune questioni importanti. A noi stessi e forse anche ad altri, sebbene la prima dimensione sia probabilmente la più importante. Ringrazio per avermi aiutato in questo:

Te, perché senza di Te il mondo rappresentato nel *Labirinto delle ombre* sarebbe vuoto. Io creo solo il guscio, sei tu a riempirlo con la tua fantasia;

I miei genitori, che non solo mi hanno introdotto al mondo dei libri e mi hanno mostrato la magia in essi celata, ma mi hanno anche insegnato come le cose di poco conto possano influire su quelle importanti;

Olga, Marysia, Piotr, Mateusz, Adrian e tutta la squadra della casa editrice FILIA, che un giorno ha creduto che il dattiloscritto di un autore sconosciuto potesse rivelarsi un best-seller;

Madeleine Milburn, grazie alla quale questo libro ha superato i confini della Polonia e grazie alla quale i miei sogni di scrittore stanno diventando realtà;

Gabriel Niemiec e Mirosław Krzyszkowski, che m'infondono fiducia nelle mie capacità letterarie. Per uno scrittore infatti non c'è nulla di più gratificante che sentir dire da un redattore che è un piacere lavorare con lui;

Michał Kramarz, che ha tradotto il testo talmente bene,

che siamo stati contattati quotidianamente da editori stranieri;

tutti coloro i quali, pur sapendo che il grido più sonoro è il silenzio, fanno sentire la propria voce.

REMIGIUSZ MRÓZ

Opole, maggio 2017

Maria Grund

IL PECCATO CAPITALE

Alcuni peccati possono essere lavati solo col sangue...

Due morti sconvolgono la quiete di una piccola isola al largo della costa svedese. Prima il cadavere di una ragazzina riemerge dal fango gelido del lago di una cava, poi una ricca collezionista di libri antichi viene trovata riversa in una pozza di sangue in casa sua. Se dai tagli sui polsi sembrerebbe che la ragazzina si sia suicidata, la donna è stata uccisa con numerose pugnalate al petto e con una strana ferita alla gola: due linee nette che s'intersecano a formare una croce. Chiamata a indagare sui casi, Sanna Berling è una donna in bilico sull'orlo dell'abisso. Tornata in servizio dopo che un incendio doloso le ha strappato via la famiglia, tiene sempre in tasca l'indirizzo del piromane, assolto per un cavillo legale, e spera che il lavoro la distolga dalla sete di vendetta che le avvelena l'anima. In effetti, nello studio della collezionista c'è un quadro che cattura la sua attenzione: rappresenta un gruppo di giovani col volto coperto da maschere di animali. Un dettaglio, quello, che potrebbe collegare la donna alla ragazzina della cava. E quando un secondo cadavere, e poi un terzo, vengono rinvenuti con la stessa croce segnata sul collo, Sanna capisce che quella catena di morte affonda le radici nel passato delle vittime e che è solo all'inizio. Per spezzarla, ha un unico testimone: Jack, il figlio tredicenne di una delle vittime, che però è traumatizzato e non parla con nessuno. Eppure, se è nella stessa stanza con Sanna, i suoi occhi si accendono di una luce diversa. Solo lei può farlo parlare, riportando alla luce una verità che in molti, sull'isola, preferirebbero restasse sepolta...

EDITRICE NORD

Glenn Cooper

IL TEMPO DEL DIAVOLO

«Uno degli scrittori più amati dai lettori italiani.»
la Repubblica

Dalla finestra della sua casa per le vacanze, Jesper Andreason guarda il mare nero lambire la costa della Calabria. La moglie e le due figlie dormono, e lui pensa solo a quanto gli mancheranno domani, quando il lavoro lo costringerà a rientrare negli Stati Uniti. La mattina dopo, i domestici trovano la villa deserta. Non ci sono segni di effrazione e non è stato rubato niente. Eppure non risulta che Jesper sia mai arrivato in aeroporto, e nemmeno le ingenti risorse messe a disposizione dal padre, il miliardario Mikkel Andreason, riescono ad aiutare le autorità a fare luce sul mistero. L'intera famiglia è svanita nel nulla. Quattro anni dopo, le sorelle Andreason ricompaiono in quella stessa villa. Gli ingressi non sono stati forzati, le finestre sono chiuse dall'interno e le bambine non hanno nessun ricordo di cosa sia successo loro. Ma non è solo quello a sconvolgere Mikkel, bensì il fatto che le nipotine non sono cresciute di un giorno. Per loro, il tempo non è passato.
La notizia fa il giro del mondo e si scatenano le teorie più audaci. Qualcuno sostiene si tratti di un miracolo, altri che sia una maledizione, soprattutto dopo la scoperta che entrambe le bambine sono affette dalla stessa forma di leucemia. Nessuno può immaginare che la verità, forgiata nel fuoco e nel sangue, si nasconda là dove la nostra speranza più ardita incontra la nostra paura più profonda...

EDITRICE NORD

Anika Scott

QUELLO CHE RESTA

Il potente ritratto di una nazione sconfitta e di una donna alla ricerca della verità

La chiamavano la « Fräulein di ferro », la giovane e bella ereditiera a capo dell'impero dei Falkenberg, una delle fonderie più importanti per lo sforzo bellico del Reich. Un anno dopo la resa della Germania, Clara Falkenberg non è nessuno. Col padre in prigione e le proprietà confiscate, è costretta a vivere sotto falso nome, in fuga dalle truppe angloamericane che vorrebbero assicurare anche lei alla giustizia. Quando un ufficiale inglese arriva pericolosamente vicino a scoprire la sua vera identità, Clara decide di rifugiarsi dalla sua vecchia amica Elisa, l'unica persona di cui possa fidarsi. Perciò torna a casa, a Essen, solo per trovare la città distrutta ed Elisa scomparsa. Vagando tra le macerie, Clara incontra Jakob, un reduce che la guerra ha privato di tutto, e che ora traffica al mercato nero per sfamare le sorelline. Anche lui sta cercando Elisa e sembra essere disposto ad aiutarla. Forse lui non la considera una criminale, ma una figlia devota, che ha fatto quanto era necessario per sopravvivere; che ha nascosto il suo odio per il regime per timore delle rappresaglie; che ha obbedito agli ordini per salvare l'impresa di famiglia. Forse lui la crede innocente eppure, più si guarda indietro, più Clara si sente colpevole. E si rende conto che, se vuole davvero cominciare una nuova vita, dovrà prima fare i conti con quello che resta del suo passato e con le conseguenze delle sue azioni...

EDITRICE NORD

Kate Quinn

LA CACCIATRICE

« Una straordinaria storia di riscatto e vendetta. »
Publishers Weekly

La chiamano die Jägerin, « la Cacciatrice ». Nessuno conosce il suo vero nome e chiunque l'abbia incontrata non è sopravvissuto per raccontarlo. Tranne Nina. Soldato speciale dell'esercito sovietico, Nina seguiva le sue tacce da mesi e, una notte, persino lei è stata costretta a fuggire, lasciando che la più spietata assassina del Reich uccidesse un innocente. Da allora, non ha fatto altro che scappare. Ma ora le cose sono cambiate. Ora la guerra è finita e Nina avrà la sua vendetta...

Non è stato facile per Jordan accettare che il padre si risposasse, per di più con una vedova di guerra. Eppure, ora che il gran giorno è arrivato, è felice che quella donna così sensibile sia entrata nella loro vita. Quando raccoglie il bouquet, però, Jordan si accorge di un dettaglio stonato nascosto tra i fiori: una Croce di Ferro, una delle più alte onorificenze conferite dal regime nazista. Sebbene accetti la spiegazione che quell'oggetto sia solo un ricordo del defunto marito, una voce dentro di lei inizia a sussurrare che la dolce Annelise non sia affatto chi dice di essere. E, quando viene contattata da un gruppo di cacciatori di nazisti, da anni alla ricerca della famigerata Jägerin, Jordan capisce di non poter continuare a vivere tormentata dai dubbi. Deve scoprire la verità. E così, lei e Nina si troveranno a lavorare insieme, accomunate dalla stessa sete di giustizia. E, se per Nina questa sarà l'occasione per chiudere i conti con un passato forgiato nel sangue e nella paura, per Jordan significherà imparare a lottare per un mondo più giusto, anche a costo della felicità delle persone che ama. Perché esistono crimini che non possono essere dimenticati nel silenzio. Mai.

EDITRICE NORD

Fotocomposizione Editype S.r.l.
Agrate Brianza (MB)

Finito di stampare
nel mese di maggio 2021
per conto della Casa Editrice Nord s.u.r.l.
da Elcograf S.p.A.
Stabilimento di Cles (TN)
Printed in Italy